CAY RADEMACHER

STILLE SAINTE-VICTOIRE

CAY RADEMACHER

STILLE SAINTE-VICTOIRE

Ein Provence-Krimi
mit Capitaine Roger Blanc

DUMONT

Les montagnes se replient;
Le livre de la terre se ferme.
André Suarès

Ein Toter im Schatten der Sainte-Victoire

Capitaine Roger Blanc hatte in seiner Karriere zwar schon einige Mordopfer gesehen – aber nie zuvor einen Mann, dem ein spitzer Stein in die Brust gestoßen worden war. Er beugte sich über den Toten, ohne ihn anzurühren. Mindestens 1,85 Meter groß, schätzte er, hager, kurze graue Haare, stark und dicht wie bei einer Drahtbürste, leicht sonnengebräunte Haut. Er trug schwarze Arbeitsschuhe, deren Vorderseite mit Stahlkappen verstärkt war, dazu Jeans, ein kariertes Hemd, darüber eine beige Outdoorjacke mit vielen Taschen. Neben seinem Kopf lag ein brauner Sonnenhut, genau das Modell, wie es Indiana Jones in den legendären Hollywoodfilmen getragen hatte, vermutlich war er beim Sturz vom Haupt gerutscht. Über Hemd und Jacke hatte sich ein großer roter Fleck ausgebreitet. Blanc blickte neugierig und misstrauisch auf das Objekt, das die tödliche Verletzung verursacht hatte: Es war ein ockerfarbener Stein, der ihn an die Spitze einer Hacke erinnerte. Er konnte nicht einschätzen, wie groß er war und wie tief er in den Oberkörper eingedrungen sein mochte. Die Mordwaffe war mit bereits eingetrocknetem Blut besudelt, auf einer Seite erkannte er bei genauerem Hinsehen eine Reihe feiner Einkerbungen, die Widerhaken glichen.

Doktor Thezan wird Schwierigkeiten haben, den Stein aus dem Leib des Toten zu ziehen, dachte er. Blanc stand auf und sah sich um. Der Boden war felsig, die mürben Steine schimmerten grau unter einem Teppich aus ockerrotem Sand.

Ginster- und Wacholdersträucher wuchsen aus Gesteinsspalten, die Blüten von wilder Iris leuchteten hier und dort gelb aus dem Unterholz. Über ihm wölbten sich die Zweige von Fichten und Aleppo-Kiefern, einen Hang weiter glaubte er, Tannen zu erkennen. Flüchtig fragte er sich, wie diese nordischen Bäume hierhergekommen sein mochten. Vielleicht lag es an diesem Berg: Einige Hundert Meter nördlich stand die Montagne Sainte-Victoire vor dem wolkenlosen Himmel, eine von der Zeit zernarbte Pyramide aus hellgrauem Fels mit einem riesigen dunklen Gipfelkreuz, auf seltsame Art zugleich schroff und einladend. Ein tausend Meter hoher Solitär, der bewundert werden wollte. Cézanne hatte die Sainte-Victoire gemalt, zu jeder Jahreszeit, bei jedem Licht, immer anders, immer gleich. Gut möglich, dass der Tote genau dort lag, wo der Maler vor mehr als hundert Jahren seine Staffelei aufgestellt hatte. Zwei Raubvögel kreisten im Aufwind, kleine schwarze Kreuze, die sich noch ihre Gräber suchten. Blanc atmete tief ein. Es war erst der 9. April, doch die Welt roch schon nach Sommer. Ein leichter, warmer Südwind rauschte durch die Baumnadeln, die Luft duftete nach Rosmarin und Thymian und süßlich nach Wasser. Zu seiner Linken leuchtete der Lac de Bimont, in der Mitte war der Stausee tintenblau, zu den Ufern hin, wo versunkene Felsen durch das klare Wasser schimmerten, wechselte die Farbe zu einem geradezu irrealen Türkis.

Die ersten Gendarmen, die am Tatort eingetroffen waren, hatten per Funk bereits einige Angaben zum Opfer durchgegeben: Roland Dallest, zweiundvierzig Jahre alt, Ingenieur, nicht vorbestraft, kein Eintrag in irgendeiner Datenbank der Gendarmerie, ein unauffälliger Bürger. Es gab keinen Zeugen für den Mord, keinen Verdächtigen, keine heiße Spur. Eine Kollegin von Dallest hatte die Gendarmerie alarmiert. Nachdem der Mann nicht zur Mittagspause erschienen war, hatte sie sich auf die Suche nach ihm gemacht, und als sie ihn endlich gefunden hatte, war es schon für jede Hilfe zu spät gewesen. Einige uniformierte Gendarmen hatten den Tatort inzwischen abgesperrt, was aber eigentlich überflüssig war, denn zu dieser Mittagsstunde waren keine Schaulustigen da. Drei Kriminaltechniker in weißen Ganzkörperschutzanzügen durchsuchten die Umgebung, schienen aber nichts Verdächtiges zu finden.

»Dallest hat seit etwa drei Wochen am Lac de Bimont gearbeitet«, sagte Blancs Kollegin Sous-Lieutenant Fabienne Souillard und starrte dabei auf ihr iPhone, durch das sie sich in einem Tempo, mit dem Blanc nie mithalten würde, bereits etliche Informationen besorgt hatte. »Sein Ingenieurbüro hat eine Website, auf der Dallest ein paar Fotos und Daten gepostet hat. Er untersucht die Stabilität des Staudamms, was immer das bedeuten mag. Scheint aber Routine zu sein, solche Analysen werden offenbar alle paar Jahre gemacht.«

Blanc betrachtete das Bauwerk, das den See begrenzte, eine lange, bogenförmig geschwungene, aus der Entfernung makellos wirkende Betonbarriere. »Der Mann ist in der Nähe seines Arbeitsplatzes umgebracht worden«, meinte er nachdenklich, »aber ob das etwas mit seinem Job zu tun hatte?«

Lieutenant Marius Tonon, Blancs bester Freund unter den Gendarmen, deutete auf die Tatwaffe und schüttelte skeptisch den Kopf. »Der Mörder wollte sein Verbrechen inszenieren. Auf so eine Idee musst du doch erst einmal kommen. Typen, die ihre Opfer mit einem Stein töten, schlagen ihnen damit gewöhnlich den Schädel ein. Hier liegen Millionen Brocken herum, mit denen du jemandem den Kopf zertrümmern könntest. Aber ein Stein, den du deinem Opfer wie einen Dolch in die Brust rammen kannst?« Er blickte sich demonstrativ um.

»Ich sehe keinen zweiten. Wahrscheinlich musst du ziemlich lange danach suchen. Also hat sich das der Mörder genau überlegt, und er hat sich vorbereitet. Das war keine spontane Tat. Was aber könnte ein spitzer Stein mit einem Staudamm zu tun haben?«

»Das ist kein Stein. Sondern ein Zahn.«

Blanc und seine Kollegen drehten sich erstaunt um. Sie hatten nicht gehört, wie Doktor Fontaine Thezan von hinten an sie herangetreten war. Die Gerichtsmedizinerin schob ihre große Sonnenbrille ins Haar und küsste Blanc zur Begrüßung auf die Wangen, die anderen beiden bedachte sie mit einem angedeuteten Nicken. In einigen Schritten Abstand nahm Blanc einen jungen, bärtigen Mann wahr, der, halb neugierig, halb verlegen, im Schatten einer Pinie wartete. Er hatte diesen Mann noch nie gesehen, vermutete aber, dass er der neueste in der langen Reihe jüngerer Liebhaber der Medizinerin war. Die meisten Gendarmen wussten längst um ihre Vorlieben und tolerierten Fontaine Thezans jeweilige Begleiter, solange sie dem Tatort nicht zu nahe kamen.

Blanc räusperte sich. »Bei allem Respekt, Doktor, aber das Objekt sieht aus wie ein Stein.«

»Es ist ein Stein, gewissermaßen.« Fontaine Thezan deutete auf die Tatwaffe. »Sehen Sie die winzigen Widerhaken an der Innenseite? Es handelt sich um einen fossilierten Fangzahn.«

Blanc blickte auf den Zahn und versuchte, sich einen Kiefer voller solcher Zähne vorzustellen. Einen Kopf, der zu diesem Kiefer passte. Und einen Körper zu diesem Kopf. »Wir sind in der Provence, nicht in Jurassic Park«, murmelte er schließlich fassungslos.

Die Gerichtsmedizinerin bedachte ihn mit einem milde spöttischen Blick. »Irrtum. Wir sind in Jurassic Park.« Sie deutete auf den Berg. »Im Schatten der Sainte-Victoire werden seit Jahren Überreste von Dinosauriern ausgegraben, wussten Sie das nicht?«

Blanc und Marius schüttelten die Köpfe.

Fabienne hatte bereits ihr Handy gezückt und sah mit großen Augen auf das, was Google ihr anzeigte. »Sie wollen andeuten, dass jemand Dallest mit einem T-Rex-Hauer erdolcht hat?!«

»Soweit ich mich erinnern kann, werden Fossilien von Tyrannosauriern ausschließlich in Amerika gefunden«, erklärte Fontaine Thezan gelassen, während sie sich blaue Gummihandschuhe überstreifte. »Aber ich bin sicher, dass uns ein Paläontologe erklären kann, zu welcher Art dieser Zahn gehört. Es handelt sich auf jeden Fall um einen Raubsaurier.« Sie deutete noch einmal auf die Widerhaken. »Solche Zähne finden Sie heute noch im Gebiss von Carnivoren, zum Beispiel von Haien. Dieser Zahn wurde von der Natur geschaffen, um Körper zu zerfleischen. Wenn Sie mich nun bitte einen Augenblick lang ungestört arbeiten lassen?«

Sie traten zurück, damit die Gerichtsmedizinerin den Toten untersuchen konnte. Fontaine Thezan nutzte ihr Handy als Diktiergerät, um ihre Beobachtungen aufzuzeichnen. Sie sprach dabei allerdings so leise, dass Blanc sie nicht verstand. Gelegentlich machte sie auch ein Foto mit dem Apparat. Anschließend tastete sie das Opfer mit routinierten und raschen, aber behutsamen Bewegungen ab. Sie besah sich die starr gen Unendlichkeit gerichteten offenen Augen des Toten, untersuchte eingehend seine Hände. Schließlich packte sie den Zahn und zog mit erstaunlicher Kraft daran. Er kam mit einem leise schabenden Geräusch aus dem Brustkorb, vermutlich hatte das Fossil an einer Rippe gerieben. Marius sah fort, Fabienne sog die Luft scharf ein. Blanc betrachtete den vom

Blut schwarzrot gefärbten Zahn, den Fontaine Thezan ihnen entgegenhielt.

»Er ist fünf bis sechs Zentimeter lang, schätze ich«, sagte sie, »ich werde ihn später im Labor ausmessen.«

»So lang wie die Klinge eines kleinen Springmessers«, bemerkte Blanc.

Die Medizinerin betrachtete das Objekt. »Lang genug jedenfalls. Die Haut ist unser Panzer«, fuhr sie fort. »Sie müssen fünfzig Newton Kraft aufwenden, um mit einem Objekt die Haut eines Menschen zu durchdringen – vorausgesetzt, dieses Objekt ist spitz, so wie zum Beispiel dieser Zahn. Hat man diese Barriere erst einmal überwunden, benötigt man danach viel weniger Kraft, um das Objekt tiefer in den Körper zu treiben. Im Brustraum reicht es aus, das Objekt nur drei Zentimeter tief einzudrücken, um tödliche Verletzungen hervorzurufen. Dieser Zahn hier steckte etwa vier Zentimeter tief im Oberkörper und hat vermutlich das Herz getroffen. Endgültig werden wir das selbstverständlich erst wissen, wenn der Tote bei mir auf dem Seziertisch liegt.«

»Ist Ihnen sonst noch etwas Besonderes aufgefallen?«

Sie deutete auf seinen Kopf. »Dallest trug ein Hörgerät in jedem Ohr. Beide Geräte sind eingeschaltet. Vermutlich hat er dank dieser Hilfsmittel besser gehört als der Durchschnitt der Männer seines Alters.«

»Keine Chance, dass sich jemand ungehört an ihn herangeschlichen hat?«

»Es wäre zumindest schwierig gewesen.«

»Hat er denn weitere Verletzungen?«, wollte Blanc wissen.

»Soweit ich das bei der ersten Beschau feststellen kann: nein.«

»Also hat sich Dallest nicht einmal gewehrt?«

Fontaine Thezan zögerte mit einer Antwort. »Seine Hände

zeigen keine typischen Abwehrverletzungen wie Stiche oder Schnitte«, erklärte sie schließlich. »Andererseits ist diese Art Verletzung vor allem für Opfer typisch, die sich mit bloßen Händen gegen scharf geschliffene Klingen wehren. Aber ein Saurierzahn? Sehen Sie ihn sich an: Er ist spitz, und es gibt diese Widerhaken, aber die Seiten sind nicht messerscharf. Wenn Sie da mit der Hand zupacken, um eine Verletzung abzuwehren, werden Sie möglicherweise gar nicht verwundet. Ich fürchte, darüber existiert noch keine medizinische Veröffentlichung.« Sie lächelte schmal. »Ich denke, ich sollte darüber einen kleinen Fachaufsatz verfassen. Vorsätzliche Tötung mit Hilfe eines fossilen Zahns. Meine Kollegen werden überrascht sein.«

»Mörder lassen sich immer wieder etwas Neues einfallen«, brummte Blanc. Ein Saurierzahn ... Er fragte sich beunruhigt, ob sie es mit einem Psychopathen zu tun hatten. Und was würden die Journalisten aus dieser Geschichte machen? Bald war Ostern, er hatte sich auf ruhige Feiertage mit Paulette gefreut, *eh merde*.

»Sie können den Körper ins Krankenhaus überführen lassen, *mon Capitaine*«, sagte Fontaine Thezan und gab zugleich dem unter dem Baum wartenden jungen Mann einen Wink. »Ich bereite die Obduktion vor. Morgen haben Sie meinen Bericht.« Sie hob den blutigen Zahn, den sie noch immer in der behandschuhten Rechten hielt. »Soll ich mich darum kümmern?«

»Wie meinen Sie das?«

»Ich könnte einen befreundeten Paläontologen nach der Dinosaurierart fragen.«

Als wäre das wichtig, wollte Blanc schon antworten, doch dann besann er sich eines Besseren. Wenn man die Art kannte, dann wusste man vielleicht auch, wo das Fossil gefunden worden sein könnte, und das wiederum war vielleicht eine Spur. Er schüttelte den Kopf und holte einen verschließbaren Plastikbeutel aus der Jackentasche. »Packen Sie das Beweisstück bitte hierhinein, Doktor«, bat er. »Vielleicht treibe ich einen Zeugen auf, der mir mehr dazu sagen kann.«

Fontaine Thezan legte den Zahn vorsichtig in den Beutel und verabschiedete sich.

»Apropos Zeugen«, meinte Marius. »Wollen wir uns jetzt mit der Ingenieurin unterhalten, die Dallest gefunden hat? Es geht ihr nicht besonders gut.«

Ein Beamter führte sie zu einem Felsbrocken im Schatten einer Pinie, der wie eine Bank geformt war. Eine arabischstämmige, schöne Frau erhob sich, als sie näher kamen. Ende zwanzig, schätzte Blanc, ihre langen Haare waren blondiert, sie trug drei goldene Armreife um das linke Handgelenk, auffällige Ringe an fast jedem Finger, einen hellen Seidenschal und eine blaue Bluse mit einem provenzalischen Muster aus kleinen gelben Zikaden, dazu Jeans und dieselbe Art Arbeitsschuhe wie Dallest. Aus ihrer linken Jeanstasche ragte ein Paar Arbeitshandschuhe hervor, wie Bauarbeiter sie trugen, aus der rechten Tasche leuchtete der metallische Kopf einer Taschenlampe.

»Ich bin Samia Zerfaoui«, stellte sie sich vor. Sie sah nicht aus, als hätte sie geweint, doch ihre Stimme zitterte.

»Sie haben Monsieur Dallest gefunden?«, vergewisserte sich Blanc.

»Ja. Wir haben vormittags am Staudamm gearbeitet. Roland wollte dann noch schnell etwas erledigen, während ich die letzten Messergebnisse eingetragen habe. Wir hatten uns auf dem Parkplatz neben dem Damm verabredet, weil wir mit dem Auto zum Mittagessen nach Aix-en-Provence hinunterfahren wollten, das sind ja bloß ein paar Minuten, machen wir fast jeden Tag. Ich habe auf Roland gewartet. Er ist immer sehr pünktlich, er ist halt Ingenieur.« Sie lächelte, bis ihr auffiel, dass sie im Präsens von ihm gesprochen hatte. Sie schluckte schwer. »Na, jedenfalls habe ich mich schon gewundert, dass er um zwölf Uhr nirgendwo zu sehen war. Also habe ich ihn angerufen, aber ich bin nach dem fünften oder sechsten Klingeln bloß bei seiner Mailbox gelandet.«

Blanc blickte seine Kollegen an. Niemand hatte ein Handy beim Toten gefunden. Er winkte einen jungen Gendarmen herbei. »Würden Sie meinem Kollegen bitte die Nummer von Dallest geben?«, bat er Samia Zerfaoui. Nachdem sie das getan hatte, schickte Blanc den Mann zu den Kriminaltechnikern zurück. »Vielleicht ist das Handy unter irgendeinen Busch gerutscht oder in eine Felsspalte, was weiß ich. Rufen Sie die Nummer an und hören Sie sich um. Hoffentlich finden Sie das Handy so. Wir müssen es auf jeden Fall sicherstellen.«

Er wandte sich wieder an die junge Frau. »Schließlich haben Sie sich auf die Suche nach Ihrem Kollegen gemacht. Wann etwa?«

»Direkt nachdem ich ihn nicht erreicht hatte. Das sieht Roland überhaupt nicht ähnlich, dass er nicht ans Handy geht. Ich habe befürchtet, dass er vielleicht irgendwo mit dem Fuß umgeknickt ist. Wissen Sie«, sie lächelte traurig, »Roland ist in seinem Job zwar ständig auf Baustellen, aber eigentlich ist er in seinem tiefsten Innern ein Mann geblieben, der sich drinnen am Schreibtisch wohler fühlt als draußen in der Natur. Er ist manchmal ein wenig linkisch.«

Fabienne blickte sie mitfühlend an. »Wie lange hat es gedauert, bis Sie Ihren Kollegen gefunden haben?«

Samia Zerfaoui schloss die Augen. »Sein Anblick war schrecklich«, flüsterte sie schließlich. Dann straffte sie sich.

»Ich weiß es nicht genau. Zehn Minuten? Fünfzehn? Nicht sofort jedenfalls, aber ich musste andererseits auch nicht sehr lange suchen.«

»Seit wann sind Sie und Monsieur Dallest Kollegen?«, wollte Marius wissen. Er hatte eine väterliche Art, Zeugen zu befragen, und seine Sie-können-mir-alles-anvertrauen-Miene aufgesetzt.

»Wir sind seit einem Vierteljahr Partner«, antwortete Samia Zerfaoui.

»Partner?«

»Geschäftspartner«, setzte sie rasch hinzu, die Röte schoss ihr ins Gesicht. »Wir sind Bauingenieure. Roland hat einige Jahre in einem großen Büro gearbeitet und hatte es satt, noch länger Angestellter zu sein. Ich kam frisch von der Uni und, *eh bien,* ich wollte schon immer auf eigenen Beinen stehen. Wir haben uns zufällig getroffen und vor drei Monaten in Lyon unser eigenes Büro gegründet. Wir analysieren Gebäude auf ihre Sicherheit hin. Auf die Statik, den Zustand der Bausubstanz, solche Sachen. Wir untersuchen Fußgängerbrücken, Treppen, Unterführungen. Alle Arten öffentlicher Bauten, wir werden von Städten oder Départements dazu beauftragt.«

»Waren Sie das erste Mal am Lac de Bimont?«, fragte Marius.

»Ja. Die Analyse eines Staudamms kommt wirklich nicht jeden Tag vor. Das hier ist der wichtigste Auftrag, den wir bislang bekommen haben, gewissermaßen unser Durchbruch. Wenn wir diesen Job gut erledigen, dann werden wir in ganz Südfrankreich weitere Großaufträge erhalten, Autobahnbrücken, Bahnhofshallen, jedenfalls komplexe Herausforderungen.«

Und lukrative, dachte Blanc und betrachtete Samia Zerfaoui unauffällig. Seit er in der Provence lebte, hatte er schon mehrere Frauen wie sie getroffen, Ärztinnen, Anwältinnen, Managerinnen: Töchter von Immigranten aus dem Maghreb, klug und enorm ehrgeizig, die wussten, dass sie in Frankreich eine Chance hatten, die ihre Mütter, Großmütter, die überhaupt nie zuvor Frauen ihrer Familien gehabt hatten. Töchter, die lernten und studierten und arbeiteten, um frei zu sein. Und Samia Zerfaoui hatte sich nicht allein als Araberin unter Franzosen durchsetzen müssen, sondern auch als Frau in der Männerwelt der Ingenieure. Sie war Ende zwanzig, hatte schon ihr eigenes Büro, sie arbeitete an einem wichtigen Auftrag – doch jetzt lag der Mann, mit dem zusammen sie das alles aufgebaut hatte, tot im Staub. Ein Wunder, dass sie Haltung bewahrte.

Der junge Gendarm, den Blanc fortgeschickt hatte, kehrte zurück. »Wir haben immer wieder versucht, die Nummer anzurufen, *mon Capitaine*«, meldete er, »doch da klingelt kein Handy rund um den Toten. Wir haben auch noch einmal alles gründlich abgesucht und nichts gefunden.«

»Vielen Dank, Brigadier«, erwiderte Blanc und wandte sich dann wieder Samia Zerfaoui zu. »Wissen Sie, wo Monsieur Dallest gewöhnlich sein Handy bei sich trug? In der Hosentasche? Oder in einer Tasche seiner Jacke?«

Sie schüttelte den Kopf. »Nein, Roland trägt seine Sachen immer in einer Ledertasche mit sich herum. Ein schwarzes Modell, sieht aus wie eine Aktentasche, hat aber einen Gurt, mit dem man sie über der Schulter tragen kann. Er hat darin immer die Papiere bei sich, die für seinen jeweiligen Auftrag wichtig sind, vor allem also Baupläne. Dazu ein paar Notizhefte und Stifte, ein Maßband, seine Geldbörse, die Schlüssel, eigentlich alles. Und natürlich auch sein Handy.«

Blanc blickte den Brigadier fragend an. Der schüttelte den Kopf.

»Sind diese Unterlagen in der Tasche wertvoll, Madame Zerfaoui?«, fragte Marius.

Sie blickte ihn verständnislos an. »Wie meinen Sie das?«

»Nun, sind das zum Beispiel vertrauliche Dokumente? Dokumente, die Unbefugte nicht sehen dürfen? Dokumente, für die jemand ein Verbrechen begehen würde, um sie in die Hand zu bekommen?«

»Mais non!« Sie schüttelte energisch den Kopf. »Für den Job am Staudamm haben wir Kopien der alten Baupläne bekommen und andere technische Unterlagen. Die Originale liegen im Archiv von Aix, die kann jeder einsehen, nichts davon ist geheim.«

»Und der übrige Inhalt von Dallests Tasche? Ist der womöglich wertvoll?«, wollte Fabienne wissen. »Trug er zum Beispiel viel Geld mit sich herum?«

»Ich will nicht behaupten, dass ich weiß, was Roland jeden Tag alles in seine Tasche gepackt hat, aber er hatte auf jeden Fall nie viel Bargeld dabei. Und sein Handy war schon ziemlich alt und ... also, das waren wirklich alles nur ganz gewöhnliche Dinge«, schloss sie traurig. Es war, als würde ihr gerade bei der Erinnerung an diese alltäglichen Sachen erst richtig bewusst werden, dass Dallest nun für immer fort war.

Blanc spürte, dass sie nun doch am Ende ihrer Kraft war. »Wo wohnen Sie, Madame?«

»In Lyon. Aber für die Zeit der Arbeiten am Staudamm hat sich jeder von uns beiden über Airbnb eine kleine Wohnung in Aix besorgt.«

»Ich werde einen Kollegen bitten, Sie dorthin zu fahren. Erholen Sie sich ein paar Stunden. Später holen wir Sie ab und protokollieren Ihre Aussagen noch einmal auf der Station.«

Sie nickte schwach. »Ich weiß gar nicht, was jetzt aus dem Büro werden soll«, sagte sie gedankenverloren.

»Eine letzte Frage habe ich noch«, meinte Blanc behutsam. »Sie haben vorhin gesagt, dass Sie und Ihr Kollege vormittags am Staudamm gearbeitet haben. Doch Monsieur Dallest hatte danach noch ›etwas zu erledigen‹. Was genau haben Sie damit gemeint?«

»Roland wollte zu seinem Bruder Christian. Der arbeitet ganz in der Nähe, eine Viertelstunde Fußmarsch durch die Hügel Richtung Sainte-Victoire. Roland wollte Hugues Vallauri dort treffen, der ist nämlich häufig bei seinem Bruder. Monsieur Vallauri ist Rentner, der schon ewig in der Region lebt und als ehrenamtlicher Naturschützer arbeitet. Außerdem ist er so etwas wie ein Heimatforscher. Der Staudamm von Bimont ist in den Vierzigerjahren gebaut worden. Roland meinte, es würde bei unseren Auftraggebern gut ankommen, wenn wir in unseren trockenen technischen Bericht ein paar Einzelheiten der Baugeschichte einfließen lassen. Er hat gehofft, dass ihm Vallauri diese Einzelheiten erzählen würde, von den Bauarbeitern damals lebt außer ihm sonst niemand mehr.«

Blanc notierte sich den Namen und blickte Samia Zerfaoui fragend an. »Und was hat Monsieur Vallauri ausgerechnet mit Roland Dallests Bruder zu tun? Ist Christian Dallest auch Bauingenieur? Oder Heimatforscher?«

Samia Zerfaoui lachte kurz auf, trotz allem. »Ein Heimatforscher der besonderen Art, könnte man sagen. Vielleicht haben Sie ihn sogar schon mal im Fernsehen gesehen. Christian arbeitet seit Jahren am Fuß der Sainte-Victoire. Er ist Professor für Paläontologie an der Universität Aix-Marseille. Er gräbt Fossilien aus.«

Blanc glaubte sich verhört zu haben. »Das ist … ein erstaunlicher Zufall«, murmelte er.

»Ja. Soweit ich weiß, ist das das erste Mal, dass die Brüder am gleichen Ort arbeiten. Christian gräbt schon ewig an der

Sainte-Victoire. Aber da es hier weit und breit keine Brücken oder so etwas gibt, wäre Roland niemals in diese Gegend gekommen, wenn wir nicht den Staudamm-Job bekommen hätten. Ich habe …«, sie zögerte, schloss die Augen, seufzte schwer, »ich hoffe, Sie sehen mir das nach, aber ich habe einen Augenblick lang geglaubt, dass es Christian ist, den ich tot im Unterholz gefunden habe. Bitte halten Sie mich nicht für herzlos, aber ich kenne Roland halt sehr gut, Christian dagegen habe ich bloß zwei- oder dreimal gesehen, also steht mir Roland viel näher. Ich habe Roland gefunden und wusste sofort, dass er es ist. Und doch habe ich eine Sekunde lang gehofft, dass er es *nicht* ist. Absurd, nicht wahr? Es tut mir leid. Na, jedenfalls habe ich dann die Hörgeräte gesehen. Roland trug schon lange welche, Christian braucht so etwas nicht. Ansonsten kann ich die beiden kaum auseinanderhalten. Roland und Christian Dallest sind nämlich Zwillingsbrüder.«

Indiana Jones

Zwillingsbruder ... Während Blanc mit Fabienne und Marius auf dem Wanderweg, den Samia Zerfaoui ihnen beschrieben hatte, durch den Wald ging, spukte das Wort in seinem Geist: Zwillingsbruder, Zwillingsbruder, Zwillingsbruder.

»Alles in Ordnung mit dir?« Er hörte Fabiennes Stimme wie aus weiter Ferne. Sie blickte ihn besorgt an.

Blanc nahm sich zusammen. »Ja. Ich habe nur ... nachgedacht.«

Fabienne sah einen Moment lang so aus, als wollte sie darauf etwas erwidern, unterließ es dann aber.

»Ich will ja keine vorschnellen Schlüsse ziehen«, brummte Marius, »aber ich habe das dumme Gefühl, dass der Fall teuflisch kompliziert ist.«

»Komplizierte Sachen sind nichts für Männer. Zum Glück habt ihr mich«, erwiderte Fabienne.

»Gib es uns!«, rief Blanc, etwas zu bemüht locker. Er wollte das Gespräch in diesen Bahnen halten, dienstlichen Bahnen gewissermaßen, bloß jetzt nichts Privates.

Sie nickte nachdenklich. »Beide Zwillingsbrüder arbeiten unterhalb der Sainte-Victoire, nur ein paar Minuten Fußmarsch voneinander entfernt. Sie sehen sich so ähnlich, dass man sie kaum unterscheiden kann. *Voilà*, daraus ergeben sich zwei Aufgaben für uns. Aufgabe eins: Wir suchen selbstverständlich den Mörder von Roland Dallest. Aufgabe zwei: Möglicherweise hat der Mörder die Brüder verwechselt und wollte eigentlich Christian Dallest umbringen. Wir müssen also auch den potenziellen Mörder von Christian Dallest suchen, obwohl der Mann noch lebt. Klingt kompliziert, ist aber eigentlich ganz einfach. Wir müssen in zwei Richtungen ermitteln.«

»Marius hat recht«, warnte sie Blanc. »Keine vorschnellen Schlüsse. Wir haben Christian Dallest noch nicht einmal gesehen.«

»Geht es dir wirklich gut?«, fragte Fabienne. »Du bist ein bisschen blass um die Nase.«

»Ich fühle mich ausgezeichnet«, log Blanc. Zwillingsbruder. Er zwang sich, nicht mehr an dieses verdammte Wort zu denken, und deutete nach vorne. »Wir sind da.«

Sie gelangten auf ein höher gelegenes Plateau, das einen oder zwei Kilometer von dem Platz entfernt war, an dem Roland Dallest den Tod gefunden hatte. Rötliches und hellgraues Geröll bedeckte den Boden, es wuchsen nur wenige Bäume, die Sträucher waren niedriger. Alles hier war trockener als an dem Ort, der doch nur einige Minuten Fußmarsch hinter ihnen lag. Hier zwitscherten keine Vögel; vielleicht klang deshalb das Summen der Bienen besonders laut, die wie winzige Derwische um den blühenden Rosmarin tanzten. Auch schien der Wind hier stärker zu sein, manchmal wirbelte er kleine Staubfahnen auf. Selbst die Sainte-Victoire wirkte aus dieser Perspektive anders, niedriger, langgestreckter, nicht länger eine Pyramide, dachte Blanc, sondern eine wild gezackte archaische Festungsmauer. Die Sonne stand nun tiefer im Westen und zeichnete Schattenbänder auf die Bergflanken, die dadurch dunkler und irgendwie schwerer wirkten. Die Sainte-Victoire war keine Verheißung mehr, keine Aufforderung zum Gipfelsturm, sondern eine Grenze: bis hierher und nicht weiter.

Sie sahen etwa zehn Frauen und Männer, die im Staub saßen oder knieten, manche hatten sich sogar lang hingestreckt. Sie bearbeiteten den Boden mit Spachteln, Kellen, Pinseln, kratzten, schabten, bliesen Staub fort, niemand achtete auf die Neuankömmlinge. Im Zentrum der Grabung arbeitete ein kniender Mann, der aussah, als wäre der Tote von unten auferstanden. Blanc hielt inne und beobachtete Christian Dallest: Seine Jeans war vielleicht etwas zerschlissener als die des Bruders, sein Hemd war blau statt grün kariert, er trug Trekking- statt Arbeitsschuhe, und die Haut auf seinen nackten Unterarmen war eine Spur tiefer sonnengebräunt. Doch derselbe Körper, dasselbe Gesicht, dieselben Haare, dieselbe Outdoorjacke und, vor allem, dieselbe auffällige Kopfbedeckung. Christian Dallest trug einen Indiana-Jones-Hut, er sah aus wie das Klischee eines abenteuersüchtigen Forschers, der in der Einöde uralten Schätzen nachjagte. Die Krempe warf einen Schatten, der seine Ohren verdeckte. Aus dieser Entfernung konnte Blanc unmöglich erkennen, ob er Hörgeräte trug oder nicht. Eine Verwechslung, dachte er spontan, es war wirklich wahnsinnig leicht, die beiden Brüder zu verwechseln.

Dallest sah auf, entdeckte Blanc und seine Kollegen und bedachte sie mit einem misstrauischen Blick, bevor er sich erhob und auf sie zukam. Er bewegte sich auf mühelos wirkende Art und Weise, wie ein gut trainierter Sportler. Die anderen Forscher bemerkten die Gendarmen nun auch, musterten sie kurz, wandten sich dann rasch wieder ihren Fossilien zu oder was auch immer sie aus der Erde kratzten. Sie überließen es Dallest, sich um die Fremden zu kümmern, er war eindeutig der Boss hier.

Blanc atmete tief durch. Nun folgte der beschissenste Teil seines Jobs. Er präsentierte seinen Gendarmerie-Ausweis, stellte sich und seine Kollegen vor und sagte dann, wobei er sich bemühte, sachlich und doch mitfühlend zu klingen: »Monsieur Dallest, ich muss Ihnen leider mitteilen, dass Ihr Bruder gestorben ist.«

Dallest sprach oder tat einige Sekunden lang gar nichts. Er starrte Blanc bloß an, es war nicht einmal klar, ob er überhaupt begriff, was ihm da gerade gesagt worden war. Blanc räusperte sich schließlich und teilte ihm so behutsam wie möglich das Notwendigste mit: Wann und wo Roland Dallest gestorben war und dass es sich bedauerlicherweise wohl um Mord handelte.

Endlich holte Christian Dallest tief Luft. »Sie sollten hier nicht mit Baseballcap herumlaufen, typischer Anfängerfehler.« Er deutete auf Blancs von unzähligen Sonnenstunden hellblau ausgebleichte Kappe der New York Yankees.

»Pardon?« Blanc blickte Fabienne und Marius Hilfe suchend an.

»Die Kappe schützt bloß Augen und Gesicht, aber nicht die Ohren und den Nacken. Sie werden sich hier noch einen Sonnenbrand holen.«

Fabienne formte mit den Lippen lautlos ein Wort: *Schock*.

»Professor Dallest ...«, begann Marius.

Doch da hob der Paläontologe abwehrend die linke Hand und strich sich zugleich mit der rechten kurz über die Augen. »Bitte verzeihen Sie mir«, murmelte er. »Ich bin nicht ganz bei Sinnen.« Er sah sie wieder an. »Roland ist tot?«

Blanc erzählte die Geschichte geduldig ein zweites Mal.

»Das ...« Christian Dallest stockte und setzte neu an. »Ich habe Roland noch heute Vormittag gesehen. Er wirkte kerngesund.«

»Das war er vermutlich auch«, erklärte Marius sanft. »Es ist ihm leider Gewalt angetan worden.«

Erst jetzt schien Dallest wirklich zu begreifen, was das hieß. »Aber warum ...?«, stotterte er. Er war unter der Sonnenbräune blass geworden und schwankte. Fabienne trat einen Schritt näher, bereit, ihn jederzeit aufzufangen.

»Wer hat das getan?«, keuchte Dallest.

»Wir werden das herausfinden«, versicherte Blanc. Er fragte sich, ob es allein der Schock der Todesnachricht war, der den Professor so sehr erschütterte. Die meisten Angehörigen fragten in einer vergleichbaren Situation nach Einzelheiten am Tatort, selbst vermeintlich trivialen wie dem Wetter, oder ob das Opfer die Augen geschlossen hatte oder nicht. So als würde ihnen erst der Detailreichtum der Nacherzählung eines Verbrechens das Unbegreifliche bestätigen. Doch Dallest hatte sich nicht nach Einzelheiten erkundigt, sondern zuerst nach dem Motiv, dann nach dem Täter. Ob er womöglich schon daran dachte, dass der Mordanschlag eigentlich ihm gegolten hatte? Blanc musste ihn befragen, solange der Schock noch frisch war. Auch wenn das zynisch war – jemand, der sich noch nicht wieder ganz gefangen hatte, gab vielleicht Dinge preis, die er mit klarem Kopf eher verschweigen würde. Er suchte einen Punkt, an dem er möglichst unauffällig beginnen konnte, und deutete auf seine alte Baseballcap. »Sie haben übrigens recht: Ich spüre schon einen leichten Sonnenbrand im Nacken«, log er.

Christian Dallest starrte ihn einen Moment verwirrt an, dann erinnerte er sich wieder und nickte zerstreut. »Sie sind wohl nicht von hier. Genau wie mein Bruder.«

»Er trug denselben Hut wie Sie.«

Wieder blickte der Paläontologe erstaunt auf, dann brachte er ein trauriges Lächeln zustande. »Stimmt. Jetzt erinnere ich mich wieder.« Er nahm seinen Hut ab, drehte ihn in den Händen und zeigte Blanc eine Metallnadel, die im Stoff steckte.

Blanc las den Schriftzug auf dem Anstecker: *Indiana Jones.* »Meinen ersten Hut haben mir Freunde geschenkt, als man mich zum Assistenten am Institut für Paläontologie der Universität Aix-Marseille ernannt hat, für die war das ein Scherz. *Mon Dieu,* war mir das peinlich, als ich damit das erste Mal auf einer Grabung aufgekreuzt bin! Aber es war eben ein Geschenk, und ich hatte es meinen Freunden versprochen ...« Seine Stimme verlor sich, er starrte Richtung Sainte-Victoire, doch Blanc war sich nicht sicher, ob er den Berg überhaupt sah. »*Eh bien,* am Ende des Tages hatte ich jedenfalls keinen Sonnenbrand. Und ich hatte bemerkt, dass die eine oder andere Studentin diesen Hut recht ..., na, sagen wir: kleidsam fand. Also habe ich ihn fortan doch jeden Tag getragen. Und als er schließlich ganz zerknautscht war, habe ich einen neuen gekauft und dann noch einen und noch einen. Inzwischen nehme ich immer drei oder vier Hüte mit, wenn ich eine neue Grabung beginne. Es muss der von Indiana Jones sein, was anderes kommt mir nicht auf den Kopf. Ich finde, jeder richtige Professor muss einen Spleen haben. Der Hut ist gewissermaßen mein Markenzeichen geworden. Einmal habe ich einen meiner Studenten gefragt, warum keiner von ihnen so einen praktischen Hut trägt. Er hat mir geantwortet, dass niemand mich so plump imitieren möchte.«

»Hat Ihr Bruder Sie imitiert?«, fragte Fabienne.

Christian Dallest schüttelte den Kopf. »Mein Bruder ist fünf Minuten jünger als ich. Vielleicht bin ich deshalb der Typ geworden, der immer rauswill, und er ist der, der lieber zu Hause bleibt. Wir machen darüber jede Menge Witze. Machten«, korrigierte er sich und atmete durch. »Na, jedenfalls ist Roland heute Morgen zu mir auf die Grabung gekommen und hatte nichts auf dem Kopf. Typisch für ihn. Der arbeitet jetzt seit drei Wochen unten am Staudamm, aber er denkt immer noch, dass die Sonne da nicht stärker brennt als in seinem Büro. ›Ist doch erst April‹, hat er gesagt, als ich ihn darauf angesprochen habe. Da habe ich ihm einen Hut aus meinem Vorrat geschenkt, damit er keinen Sonnenstich bekommt.«

Das Markenzeichen des Professors, dachte Blanc. In welchem Alter wurde man Assistent am Institut für Paläontologie, wann wurde man dort Professor? Angenommen, Dallest war mit Mitte zwanzig Assistent geworden, dann trug er diese Art Hut jetzt seit ungefähr zwanzig Jahren. Lange genug, dass jeder Kollege an der Universität davon wusste. Lange genug auch, dass überhaupt jedem, der mehr oder weniger regelmäßig die Gegend der Sainte-Victoire besuchte, dieser Hut und sein Träger aufgefallen sein musste. Denn wer sonst würde in der Landschaft Cézannes herumlaufen wie der junge Harrison Ford? Roland Dallest hingegen war zum ersten Mal überhaupt in dieser Gegend und das erst seit drei Wochen und wohl meistens am, auf oder sogar im Staudamm, jedenfalls nicht unbedingt da, wo ihn viele Leute zu Gesicht bekamen. Und er hatte nie zuvor so einen Hut getragen. Jeder, der Roland Dallest mit dem Hut an diesem Vormittag auf seiner letzten Wanderung durch das Buschwerk gesehen hatte, hatte ihn deshalb wohl mit Christian Dallest verwechseln müssen.

Blanc zog den Plastikbeutel mit dem Zahn aus seiner Jackentasche. »Das ist die Tatwaffe. Wissen Sie, was das ist?«

Jetzt musste Fabienne den Professor doch stützen, sonst wäre er zu Boden gesunken.

Christian Dallest stammelte etwas, das Blanc nicht verstand. Er beugte sich näher zum Professor, doch er verstand ihn immer noch nicht, vielmehr: Er verstand die Worte, begriff aber deren Sinn nicht: »Arcovenator escotae.«

»Ist das ein Dinosaurier?«, riet er.

Dallest nickte schwach. »Ein Raubsaurier aus der späten Kreidezeit«, sagte er. »Stellen Sie sich einen Tyrannosaurus Rex vor, nur etwas kleiner. Wobei ›kleiner‹ relativ ist. Arcovenator war wohl etwa sieben Meter lang und wog eine Tonne. Dem wollen Sie nicht beim Waldspaziergang begegnen. Die liefen hier einst überall herum.«

Blanc sah sich verwundert um. Er hatte vor hundert Jahren mit seinen Kindern im Kino *Jurassic Park* gesehen und noch früher, wie jeder richtige Junge, in seiner Dinosaurierphase Bücher über die urzeitlichen Reptilien verschlungen. Bilder von üppigen Dschungeln und Brontosauriern in tropischen Sümpfen stiegen vor seinem geistigen Auge auf. Nicht gerade das, was sich ihm darbot, wenn er auf die Montagne Sainte-Victoire blickte.

Der Professor hatte sich wieder in der Gewalt und erriet, was ihm durch den Kopf ging. »Der Berg ist vor fünfzehn Millionen Jahren entstanden, geologisch gesprochen war das gewissermaßen vorgestern«, erklärte er und klang dabei erschöpft. »Da waren die Dinosaurier schon seit etwa fünfzig Millionen Jahren ausgestorben. Als sie hier noch lebten, war Südfrankreich ein gigantisches Flussdelta, feucht, sumpfig, riesige Bäume, Magnolien und Farne überall. Dinosaurier, Riesenkrokodile, Farnwedel, Baumblätter, alles sank in den Schlamm, und manche Überreste wurden dann über die Äonen zu Stein. Das Land ist wirklich ein Traum für Paläontologen. An der Sainte-Victoire sowie bei Velaux und im Tal des Flusses Arc, der hier ganz in der Nähe verläuft, und noch weiter im Norden Richtung Alpilles und Luberon – es gibt Dutzende Fundstellen. 1869 hat Philippe Matheron bei Arbeiten am Tunnel de la Nerthe zufällig den ersten Saurier entdeckt: Rhabdodon, ein Pflanzenfresser, gewissermaßen das Rind der Kreidezeit. Ich vermute, sie haben hier in großen Herden gegrast. Und die Raubsaurier waren die Wölfe ihrer Zeit, sie haben die Pflanzenfresser gejagt. ›Arcovenator‹ bedeutet ›Jäger aus dem Arc‹ und ›escotae‹, *eh bien*«, er zuckte mit den Achseln, »das ist …«

»Escota!«, rief Marius verblüfft. »Die Autobahngesellschaft!«

Christian Dallest nickte. »Ich habe damals bei Pourrières gegraben, das ist im Département Var. Escota hat dort die A8 gebaut, und wir durften das Terrain untersuchen, bevor die Bagger anrückten. Das Unternehmen hat die Grabungen finanziert. Ich habe die Fossilien entdeckt und nach unserem Sponsor benannt. Das erleichtert gewisse Verhandlungen, wenn mal wieder eine Straße gebaut wird und man gerne vorher das Erdreich durchsuchen möchte. Wir finden übrigens seither auf vielen Grabungen in Südfrankreich Reste von Arcovenator.«

»Wir haben dieses Fossil leider nicht auf einer Grabung gefunden«, meinte Blanc, »sondern im Körper Ihres Bruders.« Er erklärte ihm so schonend wie möglich, wie genau Roland Dallest zu Tode gekommen war.

Der Bruder des Opfers starrte ihn lange an. »Das ist ein Albtraum«, flüsterte er, »ein absurder, grotesker, schrecklicher Albtraum.« Doch man sah ihm an, dass er selbst nicht glaubte, dass er gerade träumte, sondern sehr genau wusste, wie grausam real das alles war. »Wer tut so etwas Bestialisches?«

»Um das herauszufinden, müssen wir Sie leider in dieser schweren Stunde befragen«, erwiderte Marius einfühlsam.

»Ich habe Roland diesen Zahn geschenkt, ich erkenne ihn daran wieder.« Der Professor deutete auf eine winzige Einkerbung des Fossils, die Blanc gar nicht aufgefallen war. »Das war vor drei Monaten, als er sein Büro eröffnet hat. Es sollte ein Glücksbringer sein.« Er hatte jetzt Tränen in den Augen, holte umständlich ein Papiertaschentuch aus einer der vielen

Taschen seiner Outdoorjacke und wischte sich damit über das Gesicht. »Verzeihung«, murmelte er.

»*Sie* haben ihm diesen Zahn geschenkt?«, vergewisserte sich Fabienne. »Trug Ihr Bruder ihn seither immer bei sich?«

»Soweit ich weiß, ja. An einem Lederband um den Hals, wie ein Amulett. Eigentlich ist der Zahn schon beinahe zu groß für so eine Art Schmuckstück, und schwer ist er auch. Aber mein Bruder hat darauf bestanden. Das war vielleicht *sein* neuer Spleen.« Der Professor seufzte. »Roland ist durch und durch Ingenieur, aber damit sieht er aus wie ein Schamane. Sah er aus«, korrigierte er sich.

»Wer wusste von diesem Fossil?«, fragte Marius.

Christian Dallest zuckte mit den Achseln. »Ich. Meine Frau Marjorie. Seine Partnerin Madame Zerfaoui. Und vermutlich jeder, der Roland begegnet ist. Der Zahn fiel ja schon auf.«

Blanc hatte zum Handy gegriffen und rief einen der Kriminaltechniker an. »Haben Sie beim Toten ein Lederband gefunden?«

»Ja, *mon Capitaine*. Ein zerrissenes Band, circa dreißig Zentimeter lang. Es lag unter dem Nacken und der oberen Rückenpartie des Toten. Wir haben es entdeckt, als die Leichenträger den Körper angehoben haben.«

Blanc bedankte sich und beendete das Gespräch. Roland Dallest hatte die bizarre Waffe, mit der man ihn ermordet hatte, für jedermann sichtbar um den eigenen Hals getragen. Aber war nicht selbst das ein Indiz dafür, dass sich der Mörder geirrt hatte? Müsste man nicht glauben, dass von den Zwillingsbrüdern Dallest der Paläontologe derjenige war, der einen Saurierzahn bei sich trug, nicht der Ingenieur?

Blanc deutete mit einer Geste in die Landschaft. »Bitte zeigen Sie mir, was Sie hier machen, Professor«, bat er.

Das Grabungsfeld war ein steiniges Plateau mitten in der

Garrigue, vielleicht so groß wie ein Fußballfeld, vermutete Blanc, obwohl es schwer war, die Dimensionen zu schätzen. Auf dem gelblich-grauen Fels wuchs kein Baum, kein Busch, nicht einmal ein Grashalm. Er fragte sich, ob dieser Flecken Erde schon immer blank unter der Sonne gelegen hatte oder ob die Forscher vor ihrer Arbeit alle Pflanzen herausgerissen hatten. Der Boden war uneben, manche Stellen glänzten wie poliert, anderswo blies jede Windböe kleine gelbe Staubfahnen auf. Mitten im Terrain gab es eine etwa einen Meter tiefe und zehn Meter weite Senke. Dort sah man einen jungen bärtigen Mann, der Stoffgewebe über etwas legte, das Blanc für einen Felsbrocken gehalten hätte. Dann strich er feuchten Gips darüber.

»Durch Eingipsen sichern wir das Objekt für den Transport ins Labor«, erklärte Christian Dallest.

»Was für ein Objekt?«, fragte Marius erstaunt.

»Den Caput femoris eines Titanosauriers.«

»Caput femoris eines Titanosauriers, ah ja«, brummte Marius. »Darauf hatte ich auch selbst kommen können.«

Einige Meter weiter goss eine junge Frau Wasser aus einer Plastikflasche über einen Stein. Manche Stellen verfärbten sich daraufhin dunkler als andere – und wie durch ein Wunder erkannte Blanc plötzlich einen im Stein eingeschlossenen Schädel, zumindest ein Fragment davon: eine Augenhöhle, einen Teil der Stirn, ein Bruchstück vom Oberkiefer.

»Ein Rhabdodon«, sagte die Frau, als sie seinen Blick bemerkte. »Wir haben auf dieser Kampagne ein praktisch vollständig erhaltenes Skelett geborgen, was sehr selten ist. Meistens finden wir nur ein paar Knochen.« Sie erhob sich, klopfte sich den Staub aus der Kleidung und reichte ihm die Hand. »Marjorie Dallest.«

Blanc stellte sich und die Kollegen vor. Er schätzte sie auf

Anfang dreißig, sie war kräftig, trug Hose und Jacke in Tarnfarben, wie Jäger oder Soldaten, dazu einen weißen Seidenschal, sie hatte lockige, schwarze Haare, lebhafte braune Augen. Sie wirkte, als hätte sie noch nie im Leben Make-up aufgetragen, dafür war ihre Haut mindestens so gebräunt wie die des Professors, dessen Nachnamen sie trug.

»Sie sind Monsieur Dallests Gattin?«, vergewisserte er sich höflich.

»Wir sind schon seit acht Jahren verheiratet«, sagte Christian Dallest, bevor sie antworten konnte, in seiner Stimme schwang Stolz mit.

»Was führt Sie zu uns?«, fragte sie und sah ihn aufmerksam, vielleicht sogar misstrauisch an. Wie jemand, der sich vor dem Besuch der Gendarmerie in Acht nimmt, fuhr es Blanc unwillkürlich durch den Kopf. Er berichtete ein drittes Mal von dem Mord an Roland Dallest.

»Wie schrecklich«, sagte sie, als er geendet hatte, aber das klang eher wie eine Floskel. So, als dächte sie, dass man irgendeine Äußerung der Erschütterung von ihr erwartete.

»Kannten Sie Roland Dallest gut?«, fragte Fabienne.

Marjorie Dallest legte ihre Hand kurz auf die ihres Mannes, nahm sie wieder fort und zuckte mit den Achseln. »Er ist mein Schwager. War mein Schwager. *Eh bien.* Christian und ich haben ihn hin und wieder in Lyon besucht. Man sieht sich auf Familienfeiern. Wobei, Roland ist nicht so der Familienmensch, keine Frau, keine Kinder, er ist eher ein Eigenbrötler. War ein Eigenbrötler. Nett, aber, na ja, ein Ingenieur halt und …« Sie suchte nach Worten.

»Ein Zahlenmensch?«, soufflierte Marius.

»So ungefähr. Oder nicht ganz. Sagen wir eher: Ich werde nervös, wenn ich länger als zehn Minuten in einem Büro hocken muss. Roland wird nervös, wenn er länger als zehn Minuten sein Büro verlassen muss. Wir standen uns nicht wirklich nahe, dazu waren wir zu verschieden. Roland ist ganz anders als Christian.« Sie bedachte ihren Mann mit einem raschen, schwer zu deutenden Blick.

»Haben Sie die Brüder je einmal verwechselt?«, wollte Blanc wissen.

Sie lachte und schüttelte den Kopf. »Nie! Sie sind einfach ... *eh bien,* ich kann das nicht beschreiben. Ich habe einfach immer gespürt, wer wer ist, verstehen Sie?«

Blanc nickte verständnisvoll. »Außerdem hat es sicherlich auch geholfen, dass Roland Dallest Hörgeräte trug, sein Bruder aber nicht.«

»Hörgeräte?« Marjorie Dallest sah ihn verblüfft an. »*Mais oui,* das hatte ich vergessen. Selbstverständlich. Aber ich habe Christian und Roland auch ohne diese Knöpfe im Ohr auseinandergehalten.«

Der Bärtige winkte. »Marjorie? Ich bin so weit.« Er deutete auf den Gips, der inzwischen ausgehärtet war.

»Bitte entschuldigen Sie mich«, sagte sie zu Blanc. »Ich muss meinem Kollegen helfen, das Fossil zu bergen.«

»Selbstverständlich.« Blanc sah den beiden zu, wie sie den eingegipsten Knochen vorsichtig anhoben und zu einem Zelt trugen, das am Rand der Ebene aufgeschlagen war. Marjorie Dallest bewegte sich behutsam, aber sicher. Eine Frau, die es gewohnt war, vorsichtig zu sein. Sie wirkte konzentriert und so in ihre Aufgabe vertieft, als hätte sie die Nachricht vom Mord schon wieder vergessen. Und auf eine schwer zu bestimmende Weise wirkte sie sogar erleichtert, dachte Blanc. Erleichtert über den Tod ihres Schwagers? Oder erleichtert darüber, dass die Gendarmen nicht wegen einer ganz anderen Sache bei der Grabung aufgekreuzt waren? Jedenfalls hatte sie nicht einen Moment daran gedacht, ihren Mann nach der

Todesnachricht seines Bruders in den Arm zu nehmen, zu trösten, ihm auch nur ein einziges aufmunterndes Wort zu schenken.

Christian Dallest räusperte sich. »Marjorie und Roland haben sich wirklich selten gesehen«, sagte er entschuldigend. »Außerdem kennt sich meine Frau mit Dinosauriern besser aus als mit Menschen. Manchmal denke ich, dass in ihren Augen die Fossilien lebendiger sind als wir.« Er lachte kurz und freudlos auf. »Mit einem Titanosaurus sind wir sogar ins Fernsehen gekommen. Ein Pflanzenfresser, riesiger Rumpf, langer Hals, tonnenförmige Beine, genau so, wie Karikaturisten ihn zeichnen, wenn sie einen Dinosaurier darstellen sollen. Mit dem Reporter hat Marjorie zunächst kaum drei Worte gewechselt. Aber als er sie bat, den Saurier zu beschreiben, da hat sie losgelegt, als wäre sie ein Talkshow-Profi. Unser Exemplar war mindestens zwölf Meter lang, aber sie hat es so anschaulich geschildert, dass jeder Zuschauer am Ende der Sendung gedacht haben muss, wir hätten den größten Dino aller Zeiten gefunden. Von diesem neuen Exemplar«, er deutete auf das Zelt, in dem Marjorie und der Mann verschwunden waren, »haben wir bislang leider noch nicht so viel geborgen, dass sich wieder ein Fernsehteam zu uns bemühen würde. Eigentlich erst einen Knochen.«

»Caput femoris«, brummte Marius.

»Das obere Ende des Oberschenkels«, erklärte Dallest, »der runde Kopf, der ins Hüftgelenk passt. Haben Sie auch, bloß viel kleiner.«

Blanc hatte das Gefühl, dass er so ausführlich über alte Knochen redete, um sie abzulenken. Vielleicht von der kaltherzigen Reaktion seiner Frau, vielleicht von etwas anderem. »Professor«, sagte er, »wie gut kennen Sie Madame Zerfaoui?«

Er hob die Schultern. »Ich habe sie das erste Mal vor drei Monaten getroffen, als sie und Roland ihre Büroräume in Lyon eingeweiht haben. Es gab eine kleine Feier. Seit die beiden unten am Staudamm zu tun haben, sind wir uns auch ein-, zweimal über den Weg gelaufen. Sympathische Frau.«

»Hat Ihr Bruder mal mit Ihnen über Madame Zerfaoui gesprochen?«

Dallest schüttelte den Kopf. »Roland hat nie über Frauen gesprochen. Zumindest nicht mit mir. Wie Marjorie schon sagte: Er war ein Eigenbrötler.«

»Vielleicht standen sich die beiden trotzdem auch privat näher?«

Christian Dallest lachte überrascht auf. »Roland? Nein.« Er räusperte sich, weil er wohl selbst merkte, dass dies ziemlich respektlos, sogar verächtlich geklungen hatte. »Ich glaube nicht, dass die beiden eine Affäre hatten. Aber ausschließen kann ich das nicht. Roland und ich haben nicht über solche Dinge gesprochen.«

»Mit ›solchen Dingen‹ meinen Sie Frauen?«, vergewisserte sich Fabienne mit bissiger Stimme.

»Genau«, erklärte der Professor ohne jeden Anflug von schlechtem Gewissen. »Auch wenn das für Sie vielleicht seltsam klingen mag: Roland und ich haben nie über unser Privatleben gesprochen. Bei ihm lag das wahrscheinlich daran, dass es kein Privatleben gab.«

»Und woran lag es bei Ihnen?«, fragte Fabienne.

»An meinem Taktgefühl«, erklärte Christian Dallest völlig ironiefrei. »Ich bin, *eh bien,* sagen wir, mir gelingen hin und wieder einige Dinge im Leben. Meine Ehe, meine Professur. Es wäre taktlos, solche Dinge gegenüber jemandem herauszustellen, dem solche Erfolge nicht vergönnt sind.«

»Ihr Bruder war immerhin Ingenieur und hatte sein eigenes

Büro gegründet. Das würde ich nicht gerade ›erfolglos‹ nennen«, sagte Marius erstaunt.

»Wenn Sie meinen.«

Blanc fand die Arroganz des Professors ebenfalls schwer erträglich, doch wollte er vermeiden, dass sich die beiden Kollegen davon zu sehr provozieren ließen. Er beschloss, das Thema zu wechseln. »Kennen Sie«, er sah in seinen Notizblock nach dem Namen, »Hugues Vallauri? Madame Zerfaoui sagte, dass Ihr Bruder ihn auf Ihrer Grabung treffen wollte.«

»Ich wünschte, er hätte Hugues getroffen, vielleicht würde er dann noch leben.« Dallest atmete tief durch. »Hugues ist so alt, man könnte denken, der hat hier noch die Dinosaurier durch die Sümpfe streifen sehen. Er hat immerhin schon auf dem Bau des Staudamms von Bimont gearbeitet, damals hat sich noch niemand etwas dabei gedacht, Vierzehnjährige bei solchen Projekten einzustellen, heute würde das Jugendamt die Polizei rufen. Na, jedenfalls ist Hugues kein Wissenschaftler. Aber er ist schon seit mehr als zwanzig Jahren Witwer, die Kinder sind längst aus dem Haus, er ist Rentner – seither kümmert er sich als ehrenamtlicher Naturschützer um die Gegend hier. Er verdient nicht einen Sous dabei, aber er arbeitet gewissermaßen offiziell für den nationalen Wanderverband. Er kümmert sich im Auftrag der Fédération Française de la Randonnée Pédestre darum, dass die Wanderwege richtig markiert sind, achtet darauf, dass niemand mitten in der trockenen Garrigue ein Grillfeuer entzündet, er stoppt die Jäger, die außerhalb der Saison auf Kaninchen und Vögel schießen. Hugues kennt hier jeden Strauch und jeden Stein, von den Vororten von Aix bis hinauf zum Gipfel der Sainte-Victoire. Jedes Mal, wenn wir hier graben, reden wir mit ihm. Hugues gibt uns Tipps, wo wir suchen könnten, zeigt uns die besten Wege zu unzugänglichen Stellen, und über die Jahre hat er selbst einen gewissen Blick für Fossilien bekommen. Letztes Jahr hat er ein ganzes Nest gefunden.«

»Ein Dinosauriernest?«, unterbrach ihn Fabienne.

»Denken Sie nicht an Vögel, obwohl Dinosauriereier schon eine gewisse Ähnlichkeit mit Straußeneiern aufweisen. Denken Sie eher an Krokodile oder Alligatoren. Dinosaurier haben ihre Eier in den Schlamm am Ufer der Sümpfe gelegt, vermutlich, weil es im Sumpf so gestunken hat, dass mögliche Nesträuber die Eier nicht riechen konnten. Sie haben die Eier nicht vergraben, sondern in einer Art Mulde deponiert. Manche Gelege sind trotzdem verschüttet worden, und dann tauchen sie siebzig, achtzig Millionen Jahre später als Fossilien wieder auf. Wir haben in den letzten zwanzig Jahren rund um die Sainte-Victoire mehr als dreihundert Eier von mindestens fünf verschiedenen Saurierarten gefunden. Jedenfalls ist Hugues gerne auf unseren Grabungen, hat dabei sein Auge trainiert und findet nun ebenfalls hin und wieder Dinosauriereier, die ein Laie bloß für Steine halten würde. Er ist häufig bei uns. Und da der alte Herr kein Handy besitzt, hat man eine ganz gute Chance, ihn bei uns anzutreffen, wenn man mit ihm reden will. Nur leider nicht heute.«

»Ihr Bruder ist also bloß auf Verdacht zu Ihnen gekommen?«, vergewisserte sich Blanc.

»Genau. Er kam vom Staudamm hoch, weil er hoffte, er könnte Hugues hier treffen. Aber der ist schon am frühen Morgen kurz auf der Grabung gewesen, danach wollte er die Markierungen eines Wanderweges erneuern oder wegmachen, ich erinnere mich nicht mehr. Er war auf jeden Fall nicht mehr da. Roland wollte ihm nachgehen, um ihn im Wald zu suchen, und da er keinen Hut hatte, habe ich ihm einen von meinen gegeben, bevor er sich in die Natur aufgemacht hat. Das war das letzte Mal, dass ich ihn gesehen habe. Ich habe nur gesagt: ›Man sieht sich‹. Ich habe ihm nicht mal nachgeblickt, sondern mich umgedreht und wieder auf den Boden gekniet, um einen Knochen freizukratzen …« Seine Stimme verlor sich.

»Was hätte Ihr Bruder mit Monsieur Vallauri besprechen wollen?«, fragte Marius.

Der Professor räusperte sich. »Das weiß ich nicht genau. Roland hat gesagt, dass Hugues der letzte noch lebende Bauarbeiter des Staudamms von Bimont ist. Er wollte ihn nach einigen Details fragen, für seinen Bericht. Ich habe aber keine Ahnung, was genau er damit meinte. Roland ist … Roland war Ingenieur und ziemlich stolz darauf. Also, ich glaube nicht, dass er sich mit einem Mann, der seinerzeit ein vierzehnjähriger Hilfsarbeiter auf dem Bau gewesen ist, über technische Einzelheiten austauschen wollte. Roland hätte Hugues, was das anging, vermutlich gar nicht ernst genommen. Ich glaube eher, dass es um so etwas wie persönliche Anekdoten ging, Erinnerungen, vielleicht ein paar alte Fotos, damit Roland damit seinen doch ziemlich trockenen Bericht verschönern könnte. Ich gehe ins Fernsehen und halte Fossilien in die Kamera. Roland kopiert einen Haufen alter Schwarz-Weiß-Fotos in sein Gutachten. Am Ende geht es immer ums Geld. Wir sichern uns die Gunst der Sponsoren für unser nächstes Projekt.«

»Ist Ihnen an diesem Vormittag noch irgendetwas Ungewöhnliches aufgefallen, Professor Dallest?«, fragte Blanc. »Haben Sie vielleicht jemanden gesehen, der sonst nicht in dieser Gegend anzutreffen ist?«

Dallest lachte hart. »Sie meinen Menschen, die hier nicht hingehören? Das kann man so sagen.« Er nahm den Hut ab und kratzte sich am Kopf. Blanc hätte schwören können, dass seine grauen Haare auf den Millimeter genauso kurz geschnitten waren wie die seines ermordeten Bruders. Hatten sich die beiden beim selben Friseur verabredet? Oder machte man das einfach automatisch, ganz ohne nachzudenken, wenn man Zwilling war, dass man selbst trivialste Dinge gewissermaßen doppelt und auf gleiche Weise erledigte?

»Alphonse war heute Morgen hier, Alphonse Péchenard. Ein Kollege.«

»Ein Paläontologe wie Sie?«, fragte Marius.

»Ungefähr, ja.« Dallest räusperte sich. »Er ist nicht Professor, sondern arbeitet am Musée des Dinosaures in Espéraza, das ist am Pyrenäenrand bei Carcassonne. Da gibt es eine große Fundstelle. Aber Péchenard gräbt seit zwei Jahren hin und wieder auch in Velaux. Das ist nah am Tal des Flusses Arc, einige Kilometer von hier entfernt. Das war vor vielen Millionen Jahren derselbe Sumpf, in dem die Dinosaurier lebten.«

Marjorie Dallest kam aus dem Zelt zurück und gesellte sich zu ihnen. Sie musste vom Zelt aus alles mitgehört haben, denn sie mischte sich ungefragt ins Gespräch ein. »Alphonse hat in Velaux einen Titanosaurier ausgegraben, das größte Exemplar, das man bislang in Europa freigelegt hat. Den ›Giganten der Garrigue‹ hat ein Journalist ihn genannt.«

Ihr Mann schnaubte verächtlich. »Das hat nichts mit Wissenschaft zu tun.«

»Das Skelett war zu achtzig Prozent erhalten, das ist enorm viel. Wir haben bei unserem Titanosaurier nur vierzig Prozent gefunden«, erwiderte Marjorie Dallest mit einer gewissen Schärfe in der Stimme.

»War Monsieur Péchenard damit auch im Fernsehen?«, fragte Blanc.

Dallest lachte hart auf und schüttelte den Kopf. »Alphonse hat das Charisma einer Tablette Doliprane.«

Seine Frau sah aus, als wollte sie auch darauf etwas erwidern, schwieg dann jedoch. Sieh an, dachte Blanc. Dallest bringt es mit seinem Titanosaurier bis in die Abendnachrichten. Péchenard findet einen größeren und besser erhaltenen Saurier, aber für den interessiert sich niemand, und Professor ist er auch nicht geworden.

»Was wollte Ihr Kollege denn heute Morgen hier?«, sagte er. »Velaux ist doch, wie viel, dreißig, vierzig Kilometer entfernt?«

»Alphonse wollte angeben. Er hat behauptet, er sei zufällig in Aix gewesen, und da habe er einen Abstecher zu uns gemacht. Aber eigentlich war das ein Vorwand, um uns zu sagen, dass er unten in Velaux einen einmaligen Fund gemacht haben will.«

»Eine neue Dinosaurierart?«, riet Fabienne.

»Zum Beispiel. Oder den größten Saurier seiner Art. Irgendetwas Spektakuläres«, erklärte Marjorie Dallest. »Paläontologie ist nicht nur Wissenschaft, sondern auch Wettkampf: Jedes Team versucht, den schönsten, größten, besterhaltenen Dinosaurier zu finden. Damit macht man sich unsterblich.«

»Und Monsieur Péchenard hat heute Morgen behauptet, dass er so ein Exemplar in Velaux gefunden hat?«, hakte Blanc nach.

»Das hat er behauptet«, bestätigte Dallest und wirkte nicht sehr froh darüber. »Alphonse hat gesagt, dass sie Knochen gefunden haben, die wirklich einmalig sind. Und dass sie noch Wochen brauchen werden, um sie freizulegen, so viele sind es. Ich habe ihn beglückwünscht und ihm gesagt, dass ich demnächst mal bei ihm vorbeischauen werde, um mir die Fossilien anzusehen.«

»Und dann?«, fragte Marius, nachdem der Professor nicht weitersprach.

»Nichts. Alphonse hatte wohl mehr Enthusiasmus erwartet. Aber Sie sehen ja, dass wir hier auch nicht untätig sind. Ich konnte unmöglich alles stehen und liegen lassen, um mit ihm nach Velaux zu eilen, wie er sich das wohl vorgestellt hatte. Na, jedenfalls ist er unverrichteter Dinge davongestapft.«

»Wohin?«, fragte Blanc.

»Richtung Staudamm. Neben dem Lac de Bimont gibt es den einzigen großen Parkplatz weit und breit. «

»War Monsieur Péchenard allein unterwegs?«

»Ja.«

Blanc warf Marius und Fabienne einen raschen Blick zu. Ein anderer Paläontologe, ein Rivale, eine Enttäuschung, vielleicht gar Demütigung. Und dann begegnet dieser Péchenard womöglich irgendwo unter den Eichen und Pinien einem Mann, den er für Christian Dallest halten musste ...

»Wissen Sie, wo wir Monsieur Péchenard erreichen können?«

Dallest holte sein Handy heraus, öffnete die Navigations-App und zeigte ihnen eine Stelle in der Natur, etliche Kilometer neben dem Städtchen Velaux. »Das Gelände gehört zwar noch zum Gebiet der Gemeinde, aber dort wohnt niemand. Ich schicke Ihnen die Koordinaten, wenn Sie mir Ihre Telefonnummer geben.«

Blanc nickte und hatte dreißig Sekunden später die Daten in seinem Apparat. Er würde Péchenard so bald wie möglich einen Besuch abstatten. »War Péchenard der einzige unangekündigte Besucher an diesem Morgen?«

»Nein, leider nicht. Meistens graben wir hier ungestört, niemand verirrt sich bis zu uns hoch. Aber manche Tage sind verhext, da denkt man, man ist auf dem Gare Saint-Charles in Marseille. Martini war zum Beispiel auch da.« Als der Professor merkte, dass Blanc nicht auf den Namen reagierte, hob er entschuldigend die Hand. »Pardon, Sie sind nicht vom Fach. Das passiert mir immer, wenn ich länger auf einer Grabung bin: Ich rede dann mit allen Leuten so, als würden sie ihr Leben den Dinosauriern widmen. Ange-Toussaint Martini, der Name sagt Ihnen selbstverständlich nichts. Aber wir Paläontologen verehren ihn – oder fürchten ihn, je nachdem, aber es gibt niemanden, der nicht zumindest von ihm gehört hat. Martini ist der bedeutendste Fossilienhändler der Welt. Nicht, dass es sehr viele Händler gäbe, die einem ein T-Rex-Skelett verkaufen könnten.«

»Aber Monsieur Martini könnte das?«, hakte Blanc nach.

»Martini hat im Laufe seiner langen Karriere schon eine ganze Herde verkauft.«

»Ist das nicht illegal?«, fragte Fabienne verwundert. »Wenn ich einen antiken Marmorkopf oder eine Goldmünze aus dem Boden grabe, dann darf ich die doch auch nicht einfach so verhökern, oder?«

»Bei Dinosauriern ist das anders«, erklärte Dallest. »Solange es nicht einmalige Exemplare sind, darf man die schon an Museen oder Sammler verkaufen. Wenn ich morgen das Skelett eines weiteren Rhabdodon finde, dürfte ich es übermorgen verkaufen, so viele Rhabdoden hat man bereits in der Provence entdeckt.«

»Wir haben Martini schon etliche Fundstücke verkauft«, ergänzte Marjorie Dallest, was ihrem Mann seinem Gesichtsausdruck nach nicht sonderlich zu gefallen schien. Sie ignorierte das und deutete auf den Kopf, den ihre junge Kollegin mit Hilfe des Wassers im Stein sichtbar gemacht hatte. »Der wird auch unter dem Hammer landen, da bin ich mir sicher. Ein Skelett finanziert gewissermaßen das nächste: Mit dem Verkauf von weniger bedeutsamen Fossilien besorgen wir uns das Geld für die folgende Grabungskampagne. Sie wissen ja selbst, wie es um die öffentlichen Finanzen bestellt ist. Mit den paar Euro vom Staat allein könnten wir das hier nicht organisieren.« Sie machte eine weit ausholende Geste, die die freigelegte Fläche Erde, das Zelt, irgendwie sogar die ganze Gegend um die Sainte-Victoire umfasste.

Als würde sie das alles leiten, nicht ihr Mann, dachte Blanc. »Warum war Monsieur Martini heute Morgen bei Ihnen? Wollte er Ihnen ein paar Knochen abkaufen?«

»So, wie Sie das formulieren, klingt das irgendwie, als wären wir Leichenschänder«, brummte Dallest. »So weit sind wir noch nicht. Das Schädelfragment, von dem Marjorie gesprochen hat, kann er gerne haben, aber ich fürchte, das interessiert ihn kaum. Zu klein, zu unspektakulär. Martini war da, um uns gewissermaßen über die Schulter zu sehen. Er wollte wissen, an welchen Funden wir sonst noch arbeiten. Und ob wir ihm demnächst etwas wirklich Gutes anbieten können.«

»Können Sie?«, fragte Marius freundlich.

»Vielleicht. Vielleicht auch nicht. Wir sind noch nicht so weit«, wiederholte Dallest ausweichend.

»Sie haben Monsieur Martini also noch nichts versprochen? Er zog mit leeren Händen wieder ab?«

»Das ist schon wieder so eine negative Formulierung.« Der Professor schüttelte missbilligend den Kopf, als wäre Marius ein Student, der eine falsche Antwort gegeben hatte. »Martini würde gerne einen meiner aktuellen Funde kaufen. Ich zögere noch, weil ich vermute, dass es eine neue Art ist. Also muss Martini sich gedulden und möglicherweise mit einer Absage rechnen. Das gehört zum Geschäft.«

»Geschäft …«, murmelte Fabienne nachdenklich. »Sie verkaufen Fossilien an Händler. Sie benennen Dinosaurier nach Autobahngesellschaften. Ich hatte mir Ihren Job irgendwie romantischer vorgestellt.« Sie deutete auf seinen Hut. »Indiana Jones in echt, gewissermaßen.«

»Forschung ist heute nicht mehr romantisch – wenn sie es denn je gewesen ist, Mademoiselle«, belehrte sie Dallest.

»Ausgräber müssen Geld machen. Institute müssen Geld machen. Museen müssen Geld machen. Wir leben im einundzwanzigsten Jahrhundert.«

»Jetzt, wo Sie es sagen, fällt es mir auch auf«, entgegnete Fabienne spitz. Dallest mochte wie ein gönnerhafter Professor auftreten, doch er sollte nicht den Fehler machen, sie für eine Studentin zu halten.

Blanc sagte schnell etwas, bevor das noch eskalierte. »Ich nehme an, dass auch Monsieur Martini nach seinem Besuch Richtung Bimont gegangen ist. Dort befindet sich doch der einzige Parkplatz in der Nähe Ihrer Grabung?«

Dallest zuckte mit den Achseln. »Vermutlich. Ich habe ihn nicht gefragt und ...«

»Das ist auch gar nicht so wichtig«, fiel ihm seine Frau ins Wort. »Péchenard, Martini, das sind Profis. Sie gehören nicht zu unserem Team, aber sie sind vom Fach. Und selbst der alte Hugues Vallauri ist gewissermaßen ein Profi, zumindest kennt er sich mit Fossilien ganz gut aus. Der einzige Kerl, der heute Morgen in unserem Lager aufgekreuzt ist und wirklich nicht hierhergehört, ist dieser Garro. Der Typ ist die Pest.«

»Franck Garro«, ergänzte Dallest und nickte seufzend, »ein Blogger. Er war der erste unangemeldete Besucher, den wir heute Morgen hatten.«

Blanc hielt seinen Notizblock noch immer in der Hand und notierte nun den Namen.

Fabienne warf ihm einen milde mitleidigen Blick zu, ersparte sich aber einen Kommentar. Sie bearbeitete ihr iPhone und hatte nach wenigen Sekunden das Blog aufgerufen. »Garro beschreibt Wanderrouten«, sagte sie. »Mit Karten, Fotos, Wegmarkierungen, Steigung, Länge, Schwierigkeitsgrad. Das wirkt ziemlich professionell.«

»Leider«, bestätigte Dallest. »Dieser Garro ist ein furchtbar arroganter, selbst ernannter Naturschützer, der in Wahrheit aber die Natur zerstört.«

»Ein Anarcho-Trekker«, ergänzte Marjorie Dallest. »Jemand, der sich nicht an die markierten Wanderwege hält, sondern seine eigenen Routen durch die Gegend um die Sainte-Victoire beschreibt. Der geht einfach querfeldein durchs Unterholz. In seinem Blog beschreibt er anschließend den Weg, und damit es ihm auch jeder Trottel nachmachen kann, markiert Garro sogar seine selbst erfundenen ›Wanderwege‹. Er sprüht Bauschaum auf die Steine – können Sie sich das vorstellen?«

»Das Problem sind diese Idioten, die ihm dann folgen«, fuhr nun wieder Dallest fort. »Der Kerl hat Tausende Leser. Jedes Mal, wenn er eine neue Route vorstellt, brechen anschließend ganze Horden durchs Unterholz. Die respektieren gar nichts.«

»Wenn er den Zähler auf seiner Seite nicht manipuliert hat, dann hatte Garro in den etwa zwei Jahren, die er sein Blog jetzt betreibt, schon mehr als einhunderttausend Visits«, meinte Fabienne.

»Heute Morgen ist Garro plötzlich neben dem Lager aufgetaucht«, erklärte Dallest und deutete auf eine Stelle rechts hinter dem Zelt, wo Blanc bei genauem Hinsehen eine Art winzige Schneise in der Garrigue jenseits der kahlen Ausgrabungsfläche erkennen konnte, eine kaum handbreite Lücke im Buschwerk, vielleicht ein Wildwechsel, den sich Kaninchen und Füchse über die Jahre geschaffen hatten.

»Der wäre quer über unser Grabungsfeld gelaufen und hätte womöglich noch Bauschaum auf einen versteinerten Knochen gesprüht, wenn wir uns ihm nicht in den Weg gestellt hätten.«

»Wer ist ›wir‹?«, fragte Blanc.

»Meine Studenten und ich«, antwortete Dallest. »Wir haben uns ihm buchstäblich in den Weg gestellt, indem wir eine menschliche Mauer gebildet haben. So wie beim Freistoß im Fußball. Wir haben ihn einfach nicht vorbeigelassen. Garro hat eine sehr kurze Lunte. Er hat sofort geflucht und uns den Tod an den Hals gewünscht. Mit dem Typen kann man nicht vernünftig diskutieren.«

»Kam es zu einer körperlichen Auseinandersetzung?«, wollte Marius wissen. »Einer Rangelei? Gar zu Schlägen?«

Marjorie Dallest schüttelte den Kopf. »Vallauri hat uns gewissermaßen gerettet, ohne dass er es weiß. Ich habe Garro gesagt, dass wir Vallauri auf der Grabung erwarten und dass er jeden Augenblick da sein müsste. Da ist Garro schimpfend abgezogen.«

»Der alte Hugues ist gewissermaßen Garros natürlicher Feind«, ergänzte Dallest. »Hugues ist einer der Freiwilligen, der die offiziellen Wanderwege in Schuss hält. Garro und seine wilden Routen sind ihm ein Gräuel. Hugues kratzt den Bauschaum ab, wo immer er ihn findet. Er legt auch schon mal Steine oder Baumstämme quer auf Garros Routen, um sie zu blockieren. Und wenn er jemanden erwischt, der auf diesen Wegen unterwegs ist, macht er ihm die Hölle heiß.«

»Dann schreiben die Nutzer, denen von Vallauri der Kopf gewaschen wurde, anschließend böse Kommentare in Garros Blog«, ergänzte seine Frau. »Das wiederum macht Garro wütend. Aber er kann Vallauri ja schlecht verklagen, denn genau genommen ist sein eigenes Blog ja von vorne bis hinten illegal: Die ganze Gegend um die Sainte-Victoire steht unter Naturschutz, man darf hier nur auf den offiziell ausgewiesenen Wegen gehen. Und prügeln kann er sich auch nicht mit ihm. Garro ist jung und kräftig, aber Hugues hat vierzig Jahre auf dem Bau geschuftet, und vor seinen Händen kann man sich immer noch fürchten. Also hat sich Garro heute Morgen schimpfend davongemacht, als er hörte, dass Hugues hier aufkreuzen würde.«

Ein Anarcho-Trekker, der sich mit Dallest gestritten hatte, dachte Blanc. Ein *Mann mit kurzer Lunte.* »Wo wohnt dieser Garro?«

»Keine Ahnung. Wir treffen ihn hin und wieder irgendwo in der Natur, mehr will ich von dem gar nicht wissen«, erklärte Dallest.

»Das finde ich heraus«, sagte Fabienne und tippte auf ihr Handy.

Sie verabschiedeten sich von dem Professor und seinen Leuten. Sie waren schon einige Dutzend Meter weit durch das Unterholz gegangen und sahen das Grabungsgelände bereits nicht mehr hinter Büschen und Pinienkronen, als Marjorie Dallest ihnen hinterhergelaufen kam. »Einen Augenblick noch!« Sie rannte so schnell, dass sich ihr weißer Seidenschal halb gelöst hatte und wie eine leuchtende Fahne um ihren Hals flatterte. »Sie dürfen meinen Mann nicht falsch verstehen«, sagte sie, als sie bei ihnen war. Sie atmete nicht mal heftiger, fiel Blanc unwillkürlich auf, kein Schweiß auf ihrer Stirn, obwohl es ziemlich heiß war und sie durchs Gelände gespurtet war. Gut in Form.

»Mein Mann ist manchmal«, Marjorie Dallest suchte nach dem richtigen Wort, »schroff. Das klang vielleicht gerade so, als wäre für ihn Monsieur Martini genauso ein unwillkommener Besucher wie dieser Garro. Aber tatsächlich kennen wir Ange-Toussaint schon seit vielen Jahren, ohne ihn hätten wir auf mindestens die Hälfte unserer Grabungen verzichten müssen.«

»Sie verkaufen ihm regelmäßig Fossilien?«, fragte Blanc.

»Wir sind seine besten Lieferanten.«

»Wie viel bringt denn so ein alter Knochen?«, wollte Fabienne wissen.

»Einzelne Knochen wie das Schädelfragment, das Sie gerade gesehen haben, vielleicht ein paar Tausend Euro, höchstens.«

»Ein Oberschenkelknochen von Ihrem Monster der Garrigue ist mehr wert, als ich im Monat verdiene?«

»Ich weiß ja nicht, was Sie verdienen, *ma Sous-Lieutenant*«, erwiderte Marjorie Dallest verlegen.

Blanc wurde hellhörig. »Und diese Sammler oder Museen, was zahlen die? Sagen wir: Ich will mir einen versteinerten T-Rex ins Wohnzimmer stellen – wie viel Geld müsste ich dafür bei einem Händler wie Martini hinblättern?«

»Wenn es denn mal ein gut erhaltenes Skelett zu verkaufen gibt, die sind ja doch ziemlich selten. Nun«, Marjorie Dallest zögerte, »ein bis zwei Millionen Euro für die Knochen eines, sagen wir, weniger populären Dinosauriers. Spektakuläre Stücke, also ein T-Rex oder ein Brontosaurus, die spielen in einer anderen Liga, wenn ich das mal so sagen darf. *Alors,* der höchste Preis, der mir bekannt ist, war siebenundzwanzig Millionen Dollar.«

Blanc pfiff durch die Zähne. »So viel Geld würde auch ein Dealer aus den Quartiers Nord nicht verachten.«

»Wir sind nicht in Marseille, das ist ganz legal«, versicherte Marjorie Dallest rasch. »Sehen Sie, *mon Capitaine*: Mein Mann und ich sind mit zehn, manchmal zwanzig Helfern auf einer Grabung. Wir tragen das Erdreich ab, legen die Knochen mühselig frei, am Ende schaufeln wir das Erdreich wieder drauf, um die Fundstelle zu schützen und damit die Natur sich erholen kann. Wir müssen Behördengänge machen und tausend Vorschriften einhalten. Und dann erst werden die Knochen im Labor mühsam präpariert. Dann analysiert.

Dann schreiben wir wissenschaftliche Veröffentlichungen dazu, Fachaufsätze, Vorträge, manche junge Kollegen fabrizieren aus dem Fragment eines Unterkiefers eine ganze Dissertation. Wir machen Hightech-Forschung kombiniert mit Tiefbauarbeiten. Das ist wirklich teuer.«

»Von Hightech habe ich keine Ahnung, aber Tiefbauarbeiten kenne ich«, brummte Marius. »Meine Ex hat mich mal auf höhere Unterhaltszahlungen verklagt, weil sie zu ihrem neuen Haus eine Zufahrt anlegen wollte. Wenn die Jungs mit dem Bagger anrücken, dann tut es der Brieftasche richtig weh.«

Marjorie Dallest lächelte schief. »So ungefähr. Jedenfalls müssen wir eigentlich bei jeder Grabung mindestens ein Skelett verkaufen«, betonte sie. »Ange-Toussaint war heute Morgen hier, um sich zu erkundigen, was wir ihm diesmal liefern könnten. Er hat ein bestimmtes Fossil im Auge. Aber Christian kann sich einfach nicht davon trennen. Deshalb war er so ungehalten, als Ange-Toussaint aufgetaucht ist. Aber das wird schon noch. Die beiden einigen sich immer.«

»Vielen Dank für Ihre Präzisierung, Madame«, sagte Blanc und dachte: Siebenundzwanzig Millionen Dollar, und der Herr Professor will dem Händler die Fossilien nicht verkaufen.

»Ihr Gatte war vorhin«, er wählte seine Worte sorgfältig, »ziemlich gefasst, als wir ihm die Nachricht vom Tod seines Bruders überbracht haben.« Das war nicht fair, und das wusste Blanc auch, denn auf seine eigenwillige Art war der Professor sehr wohl geschockt gewesen. Doch er wollte seine Frau dazu bringen, mehr über ihn zu erzählen. »Ihr Gatte ist ein Mann, der zumindest in dieser Angelegenheit seine Gefühle wirklich gut unter Kontrolle hat.«

»Gefühle sind nicht Christians größte Stärke.« Marjorie Dallest seufzte. Blanc fragte sich im Stillen, ob ihr klar war, dass ihr Mann wenige Minuten zuvor ungefähr dasselbe über sie behauptet hatte. »Sehen Sie, *mon Capitaine,* selbst ich muss hinter den Fossilien zurückstehen. Christian ist seit seiner Kindheit fasziniert von diesen alten Knochen, niemand weiß, warum. In seiner Familie waren die Leute eher wie Roland: Ingenieure, Ärztinnen, hoch gebildete, aber solide Typen, wenn Sie verstehen, was ich meine. Christian ist aus der Art geschlagen. Er ist besessen, ständig sucht er neue Fossilien. Kaum hat er einen Dinosaurier gefunden, schon will er woanders graben. Für die notwendige, spannende und langwierige Arbeit im Labor interessiert er sich nur am Rande. Und für seine Mitmenschen eben auch nicht wirklich. Ich glaube, Roland hat darunter gelitten, auch wenn ich ihn eigentlich nicht gut kannte. Aber in Christians Kopf und in seinem Herzen bleibt nicht viel Platz für andere Menschen, leider.«

Wegbereiter

Sie folgten dem Pfad den Hügel hinab. Der Himmel war wie blaues Glas, makellos und so hell, als würde er aus sich selbst heraus leuchten. Trotzdem lag nun ein Hauch von Rosa auf den grauen Flanken der Sainte-Victoire. Blanc wunderte sich, welcher optische Effekt dafür wohl verantwortlich sein mochte, vielleicht brachen winzige Kristalle im Felsen die Strahlen, oder es war der Sandstaub in der Luft oder der Dunst, der aus dem Stausee quoll, jedenfalls verstand er, warum ein Maler wie Cézanne hier nie wieder hatte fortziehen wollen. Die Pinien- und Fichtenzweige wurden nur noch hin und wieder von den letzten erschöpften Böen des Nachmittags geschüttelt. Es war so still, dass sie bei jedem Schritt die Steine unter ihren Sohlen knirschen hörten.

Blanc achtete mehr als sonst auf den Weg, suchte mit untrainiertem Blick nach Oberkiefern oder Dinosauriereiern unter Ginster und Thymian, auch wenn er wusste, dass das sinnlos war. Da verbergen sich Millionen im Staub, dachte er, man muss sie bloß finden, Klondike mitten in der Provence, Knochen wie Gold. Er erschrak beinahe, als plötzlich ein lebendes Tier bis dicht vor seine Fußspitzen rannte: Ein Kaninchen flitzte von rechts aus dem Unterholz auf den Pfad, starrte ihn für einen Sekundenbruchteil an, als wäre es überrascht, Menschen hier zu sehen, schlug einen Haken, rannte etliche Meter den Weg hügelab, noch ein Haken, dann war der graue Fellball unter einem Wacholderstrauch verschwunden. Seltsam, sagte sich Blanc, sie konnten das Kaninchen nicht aufgeschreckt haben, sonst wäre es ihnen nicht aus seinem sicheren Versteck direkt in den Weg gelaufen. Jemand anderes musste das Tier zur Flucht getrieben haben, jemand irgendwo zu ihrer Rechten. Er hob die Hand, um Marius und Fabienne darauf aufmerksam zu machen.

»Da ist jemand«, flüsterte er und deutete auf eine Stelle vielleicht dreißig Meter rechts vom Pfad, wo sich ein Busch bewegte. Nur eine oder zwei Sekunden später erhob sich dort tatsächlich ein Mann, der bislang hinter dem Strauch gekniet haben musste. Er war jung, Anfang zwanzig, schätzte Blanc, etwas über mittelgroß, kräftig. Trotz seines breitkrempigen Sonnenhuts, der entfernt dem Indiana-Jones-Hut des Paläontologen ähnelte, erkannte Blanc lange blonde Haare, die zum Pferdeschwanz gebunden waren. Der Mann trug das Outfit der Trekker: Wanderschuhe, Hose und Weste mit zahllosen Taschen. Seine nackten Unterarme waren über und über tätowiert, sodass Blanc weder einzelne Bilder noch Muster erkennen konnte. Der Unbekannte hatte sie noch nicht bemerkt, obwohl sie ihm so nahe waren, denn er schien sich auf etwas auf dem Boden vor sich zu konzentrieren. In der rechten Hand hielt er einen in der Sonne glänzenden, zylindrischen Gegenstand, den er nun hob.

»*Putain!*«, fluchte Marius plötzlich laut. »Der Typ sprüht Bauschaum in die Botanik!«

Der Mann hob ruckartig den Kopf. Einen Moment lang sah es so aus, als wollte er weglaufen. Doch da stand Blanc bereits vor ihm, Fabienne war rasch hinter seinen Rücken getreten, Marius auf dem Pfad geblieben.

»Was seid Ihr denn für Typen?«, rief der Mann wütend.

»Wir sind Typen, die gerne gesiezt werden«, erwiderte Blanc und zeigte seinen Gendarmerie-Ausweis. »Monsieur Garro?«

Die Augenlider des Mannes flatterten, er sah Blanc für eine Sekunde erschrocken an, dann hatte er sich wieder unter Kontrolle. »Woher kennen Sie meinen Namen?«, fragte er misstrauisch.

Fabienne deutete auf die Sprühflasche in seiner Hand. »Auch Flics sind manchmal im Internet unterwegs.«

Blanc unterdrückte ein Lächeln. Fabienne hatte Garro getäuscht. Gut so. Sollte der Kerl ruhig eine Zeit lang glauben, dass sie ihm von allein auf die Spur gekommen waren und nicht durch den Hinweis der Paläontologen. Solange Garro ahnungslos blieb, hatten sie die Chance, dass er ihnen Sachen verriet, die er sonst wohl für sich behalten hätte.

»Monsieur Garro, eigentlich müssen wir Ihnen jetzt einen PV ausstellen.« *Procès-Verbal,* einhundertfünfunddreißig Euro, doch Blanc hatte so lange schon kein Strafmandat mehr ausgestellt, dass er nicht einmal wusste, ob er den Block mit den Formularen dabeihatte. Das musste er diesem Typen ja auch nicht verraten.

»Eigentlich, *eh*?! Hat dieser *Collabo* Vallauri mich angezeigt?«

»Monsieur Vallauri ist kein Kollaborateur, wir sind nicht die Gestapo, und Sie stecken ganz ohne Anzeige durch irgendjemanden in Schwierigkeiten«, erklärte Marius ruhig. »Wie kann man bloß Bauschaum in der Landschaft versprühen, die Cézanne verewigt hat?« Bei Marius klang das gar nicht mal vorwurfsvoll, sondern eher wie bei einem geduldigen Lehrer, der einem besonders begriffsstutzigen Schüler eine Sache zum hundertsten Male erklärte – was einen Mann wie Garro wahrscheinlich wütender machte, als wenn man ihn anbrüllen würde, dachte Blanc. Und vermutlich war es auch genau das, was Marius provozieren wollte.

»Das bisschen Schaum!«, schnaubte Garro. »Der zersetzt

sich durch Sonne und Regen sowieso in wenigen Monaten wieder, dann sehen Sie nichts mehr. Ich bin der Naturschützer hier, nicht dieser Vallauri!«

»Das müssen Sie uns erklären«, meinte Blanc gelassen. »Was hat das, was Sie hier machen, mit Naturschutz zu tun?«

»Ich zeige den Leuten neue Wege durch die Natur. Abseits der ausgetretenen Pfade, im wahrsten Sinne des Wortes. Da können sie endlich mal Tiere sehen, die sie sonst nicht sehen ...«

»... wie ein Kaninchen«, unterbrach ihn Marius sanft.

Garro sah ihn einen Moment lang irritiert an. »Vögel, Insekten, sogar Schlangen«, erklärte er dann ungehalten. »Und Wildblumen. Diese beschissenen offiziellen Wanderwege, auf denen sich die Touristen drängen, das sind doch Autobahnen! Da fliehen die Tiere, und alle Blumen werden von irgendwelchen sentimentalen Trotteln gepflückt. Erst mitten in der Natur lernt man das Leben kennen. Und dann respektiert man die Natur auch. Und dann schützt man sie. Dieser Vallauri spielt sich als großer Naturschützer auf, dabei hat der früher mitgeholfen, Millionen Tonnen Beton in diese Landschaft zu gießen. Das hätte Cézanne sicher nicht gefallen!« Er deutete auf den Staudamm von Bimont, der einige Hundert Meter unterhalb von ihnen in der Nachmittagssonne leuchtete.

»Sie mögen den Damm nicht?«, fragte Fabienne. »Ich finde den Lac de Bimont ziemlich schön.«

»Stauseen verändern das Mikroklima. Und seit wann ist Beton schön? Wenn ich könnte, würde ich den einfach wegsprengen.« Garro merkte, was er da gerade gesagt hatte – und wem. »War ein Scherz«, setzte er wenig überzeugend hinzu.

»Und die Leute, die dort arbeiten, mögen Sie sicher auch nicht, oder?«, sagte Blanc freundlich und so, als glaubte er wirklich an einen Scherz und als wäre ihm die Antwort darauf auch gar nicht so wichtig.

Garro blickte ihn verblüfft an. »Da arbeiten Menschen? Das ist eine Betonmauer, wer soll da arbeiten?« Er dachte einen Moment nach. »*D'accord,* irgendwer wird da schon arbeiten, Techniker, Bauarbeiter, was weiß ich. Aber darum habe ich mich noch nie gekümmert.«

»Kennen Sie einen Roland Dallest?«, wollte Blanc wissen.

»Nie gehört. Was stellen Sie denn überhaupt für Fragen?« Garro lachte hart auf. »Ich kenne einen Dallest – der reicht mir fürs Leben!«

»Professor Christian Dallest?«, fragte Marius freundlich.

Garro sah ihn irritiert an. »Ist das hier ein Quiz, oder was?«

Blanc bemerkte, dass eine Tasche der Outdoorjacke des Mannes ausgebeult war, als wäre dort etwas Schweres verborgen. Vielleicht ein Stein. Ihm kam plötzlich ein Verdacht. »Was haben Sie da in der Tasche?«

»Das geht Sie gar nichts an!«

»Ich kann Sie auf den Boden werfen, Ihre Hände hinter dem Rücken fesseln und dann nachsehen«, schlug Fabienne vor. »Oder Sie holen diesen Gegenstand einfach selbst heraus. Aber schön langsam und vorsichtig, damit ich nicht nervös werde.«

Garro wollte sie wütend anfahren, doch dann sah er das Leuchten in ihren Augen, und er war klug genug, nichts zu erwidern und mit betont langsamen Bewegungen einen ungefähr faustgroßen, leicht rötlich schimmernden ovalen Stein herauszuholen. An zwei oder drei Stellen sah er so aus, als wäre dort eine dünne Schicht Gestein abgeplatzt.

»Ein Dinosaurierei!«, rief Blanc und tat empört. Ein Bluff. Er hatte in Wahrheit keine Ahnung, was Garro ihnen da präsentierte.

»Die finden Sie hier überall«, erklärte der junge Mann. »Dachten Sie, ich trage hier eine Handgranate herum, mit der ich den Staudamm in die Luft sprengen will, oder was?!«

»Was wollen Sie mit dem Fossil machen?«, fragte Fabienne.

Garro zuckte mit den Achseln. Seine Wut verrauchte fast so schnell, wie sie aufgeflammt war. »Früher hätte man das als Briefbeschwerer benutzt, aber wer schreibt heute noch Briefe? Wahrscheinlich schenke ich es meiner Oma.«

Blanc beobachtete Fabienne unauffällig. Sie bemühte sich, tough und bedrohlich zu wirken, doch er kannte sie gut genug: Sie fing an, diesen Kerl zu mögen. Ein tätowierter Rebell, der sich seine Wege nicht vorschreiben ließ und seiner Oma ein Fossil schenkte. Blanc unterdrückte ein Seufzen. Es war besser, Garro jetzt ins Bild zu setzen, bevor seine Kollegin das gleich aus Sympathie tat und dabei womöglich zu viel preisgab. In wenigen Worten erklärte er Garro, warum sie hier waren: der Mord an Robert Dallest mit einem Saurierzahn, ihre Befragung des Bruders und seines Teams auf der Ausgrabungsstelle. Er vermied es aber zum Beispiel, dem Mann zu verraten, dass Robert und Christian Dallest Zwillingsbrüder und beinahe gleich gekleidet waren.

Garro hob die Hände und ließ sie wieder sinken. Wenn ihn ein Saurierzahn als Mordwaffe erstaunte, so zeigte er das jedenfalls nicht. »Wie gesagt: Die Typen vom Staudamm kenne ich nicht. Und die interessieren mich auch nicht.«

»Aber Professor Dallest kennen Sie«, stellte Marius in neutralem Ton fest.

»Wenn Sie ihn schon verhört haben, dann wissen Sie ja, was heute Morgen passiert ist. Das war jetzt schon das dritte Mal in den letzten zwei Wochen, dass er mir in den Weg getreten ist, als ich durch die Natur gewandert bin. Ist das nicht Freiheitsberaubung oder Nötigung oder so etwas? Der Prof benimmt sich, als würde ihm der ganze Berg gehören! Ich habe ihn mal im Fernsehen gesehen: Da hat er sich genau auf diesem Grabungsfeld interviewen lassen. Das müssen Millionen

Zuschauer gesehen haben, jeder von denen hätte danach zur Sainte-Victoire rennen können. Und da regt er sich auf, wenn ich eine Route lege, auf der vielleicht ein paar Dutzend Leute seine beschissenen Fossilien besuchen!«

»Was haben Sie gemacht, als Dallest und seine Mitarbeiter Ihnen die Route versperrt haben?«, fragte Blanc.

Garro deutete mit einer vagen Geste in die Landschaft. »Ich habe mir einen Weg um die Grabungsstelle herum gesucht.«

»Seit heute Morgen sind Sie also hier in der Umgebung der Sainte-Victoire?«, vergewisserte sich Fabienne.

Garro nickte. Plötzlich wirkte er freundlicher, sogar begeistert. Vielleicht hatte er auch gerade seine Sympathie für Fabienne entdeckt. Vielleicht riss ihn aber auch sein Enthusiasmus mit, weil er nun über das sprechen konnte, was er leidenschaftlich gerne tat. »Wenn du eine neue Route legst, musst du die ganze Zeit neu ansetzen«, erklärte er und kümmerte sich nicht länger ums Siezen. »Du findest einen Wildwechsel oder einen Felsgrat, auf dem man ganz gut durchs Unterholz kommt. Also folgst du ihm. Aber vielleicht führt er dich nach ein paar Metern an einen Abgrund oder vor eine Steinwand, oder er hört einfach in irgendeinem Brombeerstrauch auf. Dann musst du einen anderen Weg finden, vielleicht die fast schon zugewucherten Reste eines Trampelpfades, den Jäger im letzten Jahrhundert mal angelegt haben, was weiß ich. Manchmal habe ich schon zwei, drei Kilometer einer Route durch die Natur gelegt, und dann komme ich einfach nicht weiter. Dann muss ich alles zurückgehen und noch mal von vorne anfangen. Für einen Weg, den die Leser meines Blogs später in zwei, drei Stunden bewältigen können, laufe ich zwei, drei Tage durch die Garrigue. Das ist harte Arbeit! Lohnt sich aber. Ich gewinne jeden Monat ein paar Tausend neue Follower hinzu.«

»Sie leben von Ihrem Blog?«, fragte Fabienne mit Bewunderung in der Stimme.

Garro schüttelte den Kopf. »Von den Klicks auf Anzeigen kann ich nicht leben. Noch nicht. Ich studiere Biologie an der Universität Aix-Marseille, aber nach dem Diplom will ich das schon gerne zum Beruf machen. Vielleicht komme ich ja irgendwann auf den Dreh, wie man mit Wanderrouten Geld machen kann. Viel brauche ich nicht, ich stehe nicht so auf große Häuser und dicke Autos.« Er lächelte jetzt und sah auf einmal hinreißend aus: charmant, draufgängerisch, jungenhaft, unfassbar optimistisch.

Ein Brad Pitt für die Kids von Fridays for Future, fuhr es Blanc durch den Kopf. Ein blonder, tätowierter, aufmüpfiger Naturschützer mit einer Riesengefolgschaft im Internet. Der Typ ist wirklich clever, dachte er mit widerwilliger Bewunderung, und charismatisch ist er auch. Anders, als er uns weismachen will, hat er sehr wohl schon eine Idee, wie es nach seinem Diplom weitergehen soll, glaubte Blanc. Der weiß ganz genau, wie er sich bekannt machen kann. Der weiß ganz genau, wie er Anhänger für sich einnimmt. Vielleicht will er so etwas wie ein Star in der virtuellen Welt werden. Oder vielleicht will er in die Politik. Oder vielleicht lässt sich das eine heute vom anderen gar nicht mehr unterscheiden. Jedenfalls war Professor Dallest, der sich ihm in den Weg gestellt hatte, nicht einfach bloß ein Spielverderber, der die illegale Wanderroute eines Bloggers sabotierte. Dallest behinderte die Zukunftspläne eines jungen Mannes, dessen Ehrgeiz möglicherweise grenzenlos war.

»Monsieur Garro«, sagte er, »wir verzichten dieses Mal noch auf einen PV und belassen es bei einer Ermahnung: Legen Sie bitte keine illegalen Wanderwege im Naturschutzgebiet an, *d'accord*?«

»*Mon Capitaine,* Sie und ich wissen, dass ich damit Probleme hätte.« Garro wirkte nun, da er ahnte, dass die Befragung ein Ende nahm, heiter und gelassen. Sein Lächeln war entwaffnend, und er wusste das auch. Er reichte Blanc mit großzügiger Geste die Sprühflasche, als würde er ihm ein Geschenk machen. »Ich verspreche Ihnen, dass ich auf den Bauschaum verzichte. Dass ich kein böses Wort mehr über den alten Vallauri und seinen Staudamm sage. Und dass ich ab jetzt einen großen Bogen um jeden Saurierknochen und erst recht um Professor Dallest mache.«

»Das ist doch schon mal ein guter Anfang!«, rief Fabienne, der offenbar gleichgültig war, dass Garro *nicht* versprochen hatte, mit seinem Blog und den illegalen Wanderrouten aufzuhören.

Blanc seufzte. Er hatte auf den PV verzichtet und war auch bereit, sich auf diesen lauwarmen Kompromiss einzulassen, weil er Garro nicht unnötig verärgern wollte. Er war nämlich noch längst nicht fertig mit ihm. Zu dem Zeitpunkt, als Roland Dallest ermordet wurde, musste er irgendwo allein in dieser Gegend gewesen sein. Vielleicht würde Blanc ihn noch einmal als wichtigen Zeugen befragen müssen. Oder als Tatverdächtigen.

Denn Franck Garro hatte womöglich ein Motiv für einen Mord und ganz sicher kein Alibi.

Sie ließen Garro zurück, der wenigstens aus Höflichkeit so tat, als würde er seine Wanderroute nicht weiter verfolgen, und zwischen Büschen und Sträuchern wartete, bis sie außer Sicht waren.

Schließlich erreichten sie die Stelle, an der man den Toten gefunden hatte. Der Leichnam war abtransportiert worden, die Kriminaltechniker hatten die wenigen Spuren geborgen, kein Uniformierter hielt mehr hier Wache, warum auch? Blanc betrachtete den staubigen, von vielen Schuhsohlen zertretenen Boden. Er sah noch einen kleinen dunklen Fleck im gelben Sand, vielleicht eine Blutlache, womöglich aber auch nur Dreck. Spurlos, fuhr es ihm durch den Kopf, Roland Dallest ist spurlos verschwunden. In Millionen Jahren würde niemand hier seine Fossilien bergen. Absurd, was einem so einfiel, wenn man auf einem verlassenen Tatort stand.

»Wir müssen tatsächlich gewissermaßen zwei Mordermittlungen führen«, sagte er nachdenklich, während er noch immer auf den Fleck starrte. »Die eine ist ganz klassisch: Wir durchleuchten die Person Robert Dallest, sein Privatleben, seinen Job, alles. Wer hatte mit ihm was zu schaffen? Wer könnte ein Motiv gehabt haben, ihm so etwas anzutun?«

»Und bei der anderen Ermittlung tun wir so, als wäre Christian Dallest umgebracht worden«, fuhr Fabienne fort und nickte zustimmend. »Ich habe es euch doch gleich gesagt. In diesem Fall wäre Roland nur irrtümlich getötet worden, eigentlich wäre sein Zwillingsbruder das Ziel gewesen. Also: Wer könnte ein Motiv gehabt haben, den Professor ins Jenseits zu befördern?«

»Wenn an dieser These etwas dran ist, dann schwebt Christian Dallest in Lebensgefahr«, warf Marius ein. Auch er blickte auf den dunklen Fleck. »Denn dann wird dem Mörder früher oder später ja aufgehen, dass er den falschen Mann getötet hat. Und er wird es womöglich wieder versuchen.«

»Irgendwelche Ideen?«, fragte Blanc.

»*Cherchez la femme*«, erwiderte Fabienne. »Roland Dallest war nicht verheiratet. Samia Zerfaoui war seine Partnerin. Das mag ja alles ganz professionell gewesen sein, aber vielleicht war es ja doch auch privat. Und manche Beziehungen enden nun mal in Mord und Totschlag.«

»Wofür es hier zwar noch kein Indiz gibt, aber ja, das müssen wir überprüfen«, stimmte Blanc ihr zu.

»Beim Herrn Professor fallen mir gleich viel mehr Verdächtige ein«, meinte Marius, hob die Hand und zählte an den Fingern auf: »Verdächtiger Nummer eins: der Fossilienhändler Martini; er will alte Knochen verkaufen, die ihm Millionen bringen könnten, die Dallest aber aus irgendeinem Grund nicht herausrücken will. Verdächtiger Nummer zwei: dieser Doktor Péchenard. Ein Paläontologe und Rivale, der urplötzlich auf Dallests Grabung aufkreuzt, um einen sensationellen eigenen Fund anzukündigen, aber von Dallest mehr oder weniger unverrichteter Dinge nach Hause geschickt wird.«

»Eine Demütigung vor Zeugen«, ergänzte Fabienne. »Das haben Dallests Frau und seine Mitarbeiter sicher alles mitbekommen.«

»Bevor uns Spekulationen zu weit forttragen, sollten wir uns daran erinnern, dass wir weder mit Martini noch mit Péchenard bislang gesprochen haben«, mahnte Blanc. »Wir wissen gar nicht, welchen Charakter sie haben, ob sie ein Alibi vorweisen können, nichts.«

»Um die beiden verhören zu können, musst du auch erst einmal die Untersuchungsrichterin überzeugen«, sagte Fabienne. »Offiziell ist das der Mordfall Roland Dallest. Warum sollten wir beispielsweise einen Paläontologen in Velaux verhören, wenn das Opfer ein aus Lyon stammender Bauingenieur an der Sainte-Victoire ist? Das musst du Madame Vialaron-Allègre sehr genau erklären.«

Es versetzte Blanc einen Stich, den Namen seiner ehemaligen Geliebten zu hören, aber selbstverständlich hatte Fabienne recht: Er würde möglichst bald mit Aveline reden und sie von seinem Vorhaben überzeugen müssen. Er konnte nicht behaupten, dass er sich auf dieses Gespräch freute.

»Verdächtiger Nummer drei«, fuhr Marius fort, unbeirrt von diesem Geplänkel. »Franck Garro. Dallest stellt sich ihm in den Weg, der Kerl ist sauer, und als er später einen Mann, den er für Dallest hält, ohne Zeugen mitten in der Landschaft trifft, macht er ihn in einem Anfall von Jähzorn und Rachsucht mit einem Saurierzahn kalt. Der Kerl trägt ja sogar eine Versteinerung in seiner Westentasche mit sich herum, für den ist ein Fossil vielleicht nicht einmal eine ungewöhnliche Waffe.«

»Das war ein Ei, kein Zahn«, erwiderte Fabienne und klang dabei eine Spur bissig.

Ich wusste es, dachte Blanc leicht resigniert, Fabienne wird sich zur Verteidigerin dieses Typen aufschwingen. »Ich habe noch mindestens zwei Namen mehr auf der Liste«, sagte er. »Zum einen den Naturschützer und ehemaligen Staudammarbeiter Vallauri. Der ist bislang nämlich der einzige Mensch, den wir sowohl mit Roland als auch mit Christian Dallest in Verbindung bringen können: Er war oft auf der Ausgrabung des Professors, aber es war der Bauingenieur, der ihn sprechen wollte.«

»Aber was für ein Motiv sollte der alte Mann haben?«, fragte Marius skeptisch.

»Ob er eines hat, werden wir herausfinden. Wir werden Vallauri auf jeden Fall befragen.« Blanc lächelte dünn. »Und dann bleibt da noch: *cherchez la femme …*«

»Was soll Marjorie Dallest mit alldem zu tun haben?«, wollte Fabienne wissen.

»Bei jedem Tötungsdelikt nimmst du das familiäre Umfeld des Opfers unter die Lupe«, erklärte Blanc. »Marjorie Dallest hat sich vorhin nicht gerade leidenschaftlich über ihren Gatten geäußert. Sollte tatsächlich Christian Dallest das Ziel gewesen sein, müssen wir auch seine Frau befragen.«

»Die allerdings als so ziemlich einzige Person die beiden

Brüder gut unterscheiden kann. Warum sollte ausgerechnet sie die Männer verwechselt haben?«

»Du hast nur ihre Aussage, dass sie die Brüder auseinanderhalten kann. Dabei musste ich sie allerdings erst daran erinnern, dass Roland Dallest Hörgeräte trug«, gab Blanc zu bedenken.

»Warum musste sich der Mörder bloß ausgerechnet einen Zwilling aussuchen!«, fluchte Marius.

Zwilling ... Blanc hoffte, dass er sich so gut in der Gewalt hatte, dass seine beiden Kollegen nicht bemerkten, wie aufgewühlt er war. Auch er fand diesen Fall schrecklich, aber aus ganz anderen Gründen als Marius.

Aus familiären Gründen.

Sie fuhren bis nach Aix-en-Provence zur Adresse des möblierten kleinen Appartements, das Roland Dallest gemietet hatte: Place des Quatre Dauphins, man konnte in der Stadt kaum besser wohnen. Ein winziger Platz im Quartier Mazarin, in der Mitte ein Brunnen, auf dem vier steinerne Delfine um einen kleinen Obelisken spielten. Aus ihren Mäulern plätscherte Wasser ins Becken, es war das einzige Geräusch hier, denn die vier Straßen, die kreuzförmig auf den Platz zuliefen, waren so eng, dass nur selten ein Auto vorbeifuhr. Ein Hauch Chlor aus dem Brunnenwasser hing in der Luft, sodass sich Blanc absurderweise einen Moment lang vorkam, als wäre er in einem Schwimmbad. Drei junge Touristinnen fotografierten einander vor dem Brunnen, einige weitere Besucher hatten sich offenbar in den Gassen des Quartier Mazarin verlaufen, studierten einen Stadtplan und diskutierten in einer Sprache, die Blanc vage osteuropäisch vorkam. Die Wohnung von Dallest lag im Erdgeschoss eines der palastartigen, wuchtigen Häuser, die die Place des Quatre Dauphins umschlossen wie

Mauern. Die Fenster waren hoch und mit elegant geschwungenen, doch ziemlich solide aussehenden Eisengittern gesichert. Sie hatten die Vermieterin angerufen, die bereits auf sie wartete und ihnen aufschloss. Bei Dallest selbst hatten sie keinen Wohnungsschlüssel gefunden – er war, vermutete Blanc, mit der schwarzen Umhängetasche verschwunden.

Sie betraten die klassisch, doch unpersönlich eingerichteten Räume: eine Wohnküche, ein kleines Schlafzimmer, ein Bad. Alte rote Fliesen auf dem Boden, weiße Wände, stuckverzierte hohe Decken, im größeren Raum stand ein marmorner Kamin. Ein Spiegel mit vergoldetem Rahmen reflektierte das Licht vom Fenster und ließ das Zimmer größer wirken; die ziemlich gute Reproduktion eines der Bilder, die Cézanne von der Sainte-Victoire gemalt hatte, war die einzige andere Verzierung. Küche und Möbel waren modern und funktionell. Der Kühlschrank war mit Vorräten gut gefüllt, in der Spüle stand noch das schmutzige Geschirr vom Frühstück: eine Tasse, ein Teller, ein Messer. Dallest hatte allein gefrühstückt. Ansonsten gab es in diesem Raum überhaupt kein Zeichen dafür, dass er je hier gelebt haben könnte. Im Bad sahen sie einen Rasierer und die üblichen Toilettenartikel. Keine Medikamente, auch keine leeren Packungen im Mülleimer.

Das Schlafzimmer wirkte kaum persönlicher. Marius und Fabienne durchsuchten die Kleidung im Schrank, entdeckten jedoch nichts Ungewöhnliches. Blanc fand auf dem Nachttisch kleine Plastikschalen, in denen man Hörgeräte ablegen konnte. Ein schon ziemlich zerlesenes Buch: Hervé Le Tellier, *L'Anomalie*. Ein Handyladegerät. Nur ein persönliches Detail erregte seine Aufmerksamkeit: An die Nachttischlampe waren zwei in Plastik eingeschweißte Dokumente angelehnt, sodass sie dort wie Fotos standen, die man neben dem Bett platziert. Das eine war tatsächlich ein Fotoabzug, und Blanc dachte einen Moment lang, dass Roland Dallest ein Selbstporträt auf seinen Nachttisch gestellt hatte. Doch als er genauer hinsah, war er sich ziemlich sicher, dass es der Zwillingsbruder war: Christian Dallest inmitten einer staubtrocken wirkenden Landschaft, vermutlich auf einer Grabung. Er trug den Indiana-Jones-Hut und hatte mit den Fingern der rechten Hand das Victory-Zeichen geformt. Das zweite Dokument war ein langer Artikel, der aus dem Wissenschaftsteil von *Le Monde* ausgeschnitten worden war. Ein Beitrag über Christian Dallest und den Fund eines Titanosaurus. Dazu ein Foto des Paläontologen, der selbstbewusst lächelnd auf dem staubigen Erdboden neben einem riesigen fossilen Knochen kniete. Mit seinem Hut, seinem Lächeln und dem auffälligen Fund neben ihm wirkte es wie das Idealporträt des modernen Schatzsuchers.

»Keine Frau hat es bis in dieses Schlafzimmer geschafft, nur der Bruder«, kommentierte Fabienne, die neben Blanc getreten war.

»Die standen sich garantiert sehr nah«, meinte Marius. »Wie das als Zwilling wohl so ist. Das kann man sich als Nicht-Zwilling gar nicht vorstellen.«

Blanc sagte nichts dazu und starrte aus dem Fenster. Er hoffte, dass die beiden nicht bemerkten, wie sehr seine Hände zitterten.

Madame le Juge mischt sich ein

Samstagmorgen, Blanc hielt Paulette in den Armen und sog den Duft ihrer Haut ein. Er genoss diesen Augenblick, gleich würde er aufstehen müssen, um zur Gendarmerie-Station zu fahren. Bei Mordermittlungen gab es kein freies Wochenende. Paulette war Krankenschwester und hatte deshalb noch nie eine normale Fünf-Tage-Woche gehabt. Einerseits war das gut, denn so hatte sie Verständnis für seine durchgearbeiteten Samstage und Sonntage. Andererseits war es schlecht, denn wenn Blanc doch einmal frei hatte, dann hatte seine Nachbarin und Geliebte garantiert Dienst im Krankenhaus von Salon-de-Provence. Er küsste sie auf den Hals.

»Mmh«, murmelte sie mit geschlossenen Augen, »mein Kreislauf ist noch im Ruhemodus.«

»Nicht mehr lange«, versprach Blanc und küsste sie erneut.

Später saßen sie mit einer *Bol* dampfenden Kaffees und *Pain au chocolat* vor Blancs alter Ölmühle. Die mürben Sandsteine der Mauer schimmerten im Frühlicht gelb und sogen sich schon mit Wärme voll. Trotz der Morgenstunde hatte sich Blanc bereits seine Baseballcap aufgesetzt. Er würde der ewige Nordländer bleiben und wollte keinen Sonnenbrand riskieren. Seine Geliebte hatte pechschwarze, lange Haare und olivfarbene Haut, Paulette war für dieses Licht geboren.

Seit sie ein Paar waren, hatte sie mit kundigen Händen und unter beherztem Einsatz von Schere und Hacke den verwilderten Garten vor seinem Haus in ein Kunstwerk verwandelt, dessen Anblick Blanc jeden Morgen aufs Neue erstaunte. Paulette brachte Pflanzen zum Blühen, von denen er nicht einmal wusste, dass sie Blüten treiben konnten, sie legte Bäume frei, die er in dem guten Dreivierteljahr, das er jetzt in der Provence lebte, in dem Urwald neben seiner Ölmühle bislang nie bemerkt hatte. Während der Kaffee seinen Geist belebte, betrachtete er einen Seidenbaum, den sie aus der Umklammerung von Brombeeren, Efeu und wilden Feigen herausgelöst hatte: fünf Meter hoch, eine Krone wie ein Schirm, samtige Blätter, die sich nachts schlossen, Blüten, die zwischen Rot und Rosa schimmerten und aussahen, als wären sie aus feinsten Vogelfedern geformt. *Acacia de Constantinople* – vorher hatte er noch nie diesen Namen gehört, hatte nie Blüten wie Federbälle gesehen, und dabei wuchs so ein Wunder direkt vor seiner Nase.

»Früher hat der Seidenbaum erst ab Mai geblüht«, erklärte Paulette, die seinem Blick gefolgt war. »Doch seit ein paar Jahren hat die Natur die Uhr vorgestellt: Ob das die *Acacia de Constantinople* ist oder Pfirsich, Kirschen, Lavendel, Mohn, Wein, sogar Oliven – alles reift früher, als müssten sich die Pflanzen beeilen.«

»Eine Hektik wie in Paris.« Blanc lächelte und überraschte sich selbst, als er das sagte. Er dachte kaum noch an seine langen Jahre in der Hauptstadt, und die anfängliche schmerzhafte Sehnsucht, aus dem Midi in die Metropole zurückzukehren, war irgendwann unter der südlichen Sonne verdampft. Wenn er durch die Hügel hinter der Ölmühle lief, sah er immer irgendwelche Farbkleckse unter Pinien und Fichten, selbst im Januar hatten winzige gelbe und blaue Blüten aus dem Unterholz geleuchtet.

»Warst du schon oft an der Sainte-Victoire?«, fragte er. Blanc hatte sich längst angewöhnt, ihr von den Ermittlungen zu erzählen, die ihn umtrieben, und scheiß drauf, dass er das eigentlich nicht durfte. Seit dem letzten Abend war sie im Bilde.

Paulette zuckte mit den Achseln. »In der Schule sind wir andauernd dorthin geschleppt geworden. Unsere Kunstlehrerin ist mit uns auf den Spuren von Cézanne gewandelt, wir mussten die Sainte-Victoire malen. Und das in einem Alter, in dem wir lieber die Plattencover unserer Lieblingsbands nachgezeichnet haben! Ich habe sogar die Banane von Lou Reeds Album kopiert, kannst du dir das vorstellen? Unser Naturkundelehrer hat uns ebenfalls bis zum Gipfelkreuz hochgescheucht und uns dort erklärt, dass die Sainte-Victoire noch immer sieben Millimeter pro Jahr wächst, oder drei, oder zehn, ich habe es vergessen, jedenfalls wird der Berg Jahr für Jahr größer. Und unser Geschichtslehrer hat uns die alten Steinbrüche gezeigt, aus denen man früher Marmor geholt hat. Selbst im Schloss von Versailles sind Kamine aus dem *Marbre d'Aix* gemauert. Das hat uns als Teenager aber auch nicht umgehauen. Und später ...« Sie zuckte mit den Achseln. »Mein Ex-Mann war kein großer Naturfreund, und dann kamen unsere Töchter und dann die Scheidung und, na ja, jedenfalls bin ich schon seit Jahren nicht mehr auf der Sainte-Victoire gewesen.«

»Hast du nie etwas von den Dinosauriern dort gehört?«

»Nie. Ich weiß, dass sie in Istres hinter dem Rathaus einen Dinopark eingerichtet haben, wo lebensgroße Plastikdinosaurier auf einem Hügel herumstehen; Audrey und Agathe waren mal dort. Ich habe mich aber immer gefragt, wie man auf diese Idee gekommen ist, ausgerechnet hier Urzeittiere zu präsentieren.«

»Einer der Paläontologen, Christian Dallest, ist mit seinen Fossilien hin und wieder im Fernsehen.«

»Wer kommt denn heute *nicht* ins Fernsehen?« Paulette

schüttelte den Kopf. »Diese Knochenjäger gehören zu einer Welt, für die sich bei uns im Süden kaum jemand interessiert.«

Blanc nickte. Die Welt der Knochenjäger, dachte er, eine Welt für sich. Würde schwierig werden, sich dort umzuhören. Schwierig zu verstehen, welche Leidenschaften die Menschen darin antrieben. Liebe, Hass, Ehrgeiz, Neid, wie immer. Aber was waren die Objekte dieser Leidenschaften, und in welchen Arenen wurden ihre Kämpfe ausgefochten?

»Ich muss los«, sagte er bedauernd.

»Wenn diese Sache vorbei ist, steigen wir gemeinsam auf die Sainte-Victoire. Vielleicht male ich sogar wieder«, erwiderte Paulette und küsste ihn zum Abschied.

In Gadet standen die Leute bis auf den Bürgersteig vor den beiden Boulangerien. An den Cafétischen unter den Platanen diskutierten die Alten, andere lasen *La Provence*, vor allem den Sportteil, heute Abend würde Olympique Marseille spielen. Aus irgendeinem offenen Fenster wehte Musik, Louane, die Spatzen, die sich auf den warmen Dachschindeln sonnten, zwitscherten dazu. Der ganze Ort duftete nach frischen Baguettes und Kaffee und süßem Nichtstun. Die Gendarmerie-Station, auf deren Parkplatz er seinen alten grünen Espace abstellte, leuchtete zartrosa; Blanc fragte sich, wann er sich an den neuen Fassadenanstrich endlich gewöhnen würde. Er empfand das als nicht gerade subtile Herabwürdigung durch seine Mitbürger, Flics in Rosa, *merde*, wer nahm die noch ernst? Aber vielleicht war das auch bloß eine Frage des Alters, rosa war in Wahrheit jetzt modern, und die Gendarmen waren modetechnisch ganz weit vorne, nur er hatte das noch nicht begriffen.

Der erste Beamte, der auf der Station seinen Weg kreuzte, war ausgerechnet Sylvain. Blanc wollte ihn wie schon zahllose Tage zuvor mit »Guten Morgen, Brigadier« grüßen, doch bemerkte er noch rechtzeitig den zusätzlichen Streifen auf seinem Schulterstück: Sylvain war tatsächlich befördert worden, Maréchal des logis, wie es ihm ihr Chef Commandant Nkoulou vor einem Monat versprochen hatte – bevor Sylvain zwangsweise einen mehrwöchigen »Urlaub« hatte antreten müssen. Sylvain war ein junger Kollege, der zu unschuldig für einen Gendarmen ausgesehen hatte, rosiges, bartloses Gesicht, helle, klare Augen, mit ein wenig gutem Willen hatte man sich sogar einbilden mögen, auf seinen Wangen noch immer so etwas wie Babyspeck zu sehen. Nun jedoch wirkte er älter, hagerer, reifer. Härter auch.

»Wie geht es Ihnen?«, fragte Blanc statt einer Begrüßung.

Sylvain salutierte. »Sehr gut, *mon Capitaine*!«

Blanc seufzte. »Wir sind nicht auf dem Paradeplatz. Zucken Sie bitte nicht so mit der Hand am Käppi herum. Und Sie können mir ruhig ehrlich sagen, wie es Ihnen geht.«

Sylvain hatte letzten Monat mit einem ebenso raffinierten wie skrupellosen Trick, der es niemals in ein Lehrbuch der Gendarmerie schaffen würde, seinen eigenen Vater als mehrfachen Mörder überführt. Der saß jetzt in Luynes in Untersuchungshaft und würde dort noch Monate auf seinen Prozess warten – einen Prozess, als dessen Folge er, so wie die Dinge lagen, niemals mehr aus dem Gefängnis freikommen würde.

Der junge Beamte zögerte, bevor er sich ein Herz fasste, sich noch etwas straffer hielt und mit einer Stimme berichtete, als würde er seinen Vorgesetzten über einen rein dienstlichen Vorfall informieren: »Meine Eltern haben mit dem Geld, das sie eigentlich für ihre Weltreise gespart hatten, einen Anwalt aus Aix-en-Provence engagiert. Einen sehr guten Anwalt. Mein Vater ist optimistisch, dass er freikommt, irgendwann.«

»Und Sie, Maréchal?«

Sylvain schluckte nun doch. »Ich weiß nicht, was ich denken soll, *mon Capitaine*. Mein Vater ist ein Mörder und verdient seine Strafe. Aber er ist halt doch mein Vater ...« Er blickte an Blancs Schulter vorbei durch die offene Eingangstür. Zwei Autos rollten auf den Parkplatz, Kies knirschte unter den Reifen. Die nächsten Kollegen. Sylvain redete nun schneller. »Jedenfalls will mein Vater nicht, dass ich ihn in der Untersuchungshaft besuche. Er hat mir nichts mehr zu sagen, hat er mir über meine Mutter ausrichten lassen. Und das war ungefähr auch das Letzte, was meine Mutter mir gesagt hat. Sie will mich auch nicht mehr sehen.«

»Und Ihre Verlobte?«, fragte Blanc.

Hier huschte zum ersten Mal ein Lächeln über Sylvains Gesicht. »Laetitia und ich werden diesen Sommer heiraten.« Er sah sich kurz um. »Ich wäre Ihnen dankbar, wenn das alles unter uns bleibt, *mon Capitaine*.« Er hatte nun die Stimme gesenkt und sprach noch drängender. »Ich will einfach wieder ganz normal arbeiten.«

»Sie können leider nichts mehr daran ändern, dass jeder Kollege weiß, welche Rolle Sie in dem Fall gespielt haben«, erinnerte ihn Blanc behutsam. »Es wird immer Gerüchte geben und schräge Blicke. Besser, Sie gewöhnen sich möglichst schnell daran.«

»Die Leute werden das schon nach und nach vergessen. Es gibt ja immer neue Fälle«, meinte Sylvain vorsichtig optimistisch. »Apropos neuer Fall: Doktor Thezan hat heute früh angerufen. Sie möchte Sie gerne auf einen Tee im Büro sprechen.«

»Sie ist hier?«

Sylvain wurde rot und war auf einmal wieder der schüchterne junge Mann von früher. »Ich meinte das Au Bureau in Salon-de-Provence.«

»Das Café unterhalb der Burg, in dem die ganzen Büromenschen und Schüler ihre Pausen vertrödeln?«

»Doktor Thezan nimmt sich manchmal ihre Unterlagen mit, um dort zu arbeiten. Wenn sie es im Krankenhaus bei den Toten nicht mehr aushält. Das waren ihre Worte.«

»Danke, Maréchal, ich mache mich auf den Weg.« Die Rechtsmedizinerin hatte die seltene Gabe, ihn stets aufs Neue zu verblüffen.

Das Au Bureau war ein Restaurant am Fuß des Burghügels von Salon. Das Château de l'Emperi auf der Anhöhe war eine Festung wie aus einem Märchenbuch, wuchtiger Donjon, Zinnen, Mauern, Tor, und über allem flatterte eine Fahne mit Ritterwappen im Wind. Das Viertel darunter war in den Siebzigerjahren gebaut worden, der Epoche von Beton und geraden Kanten, doch offenbar hatte der Architekt den Auftrag bekommen, sich trotzdem irgendwie an die alte Burg anzupassen. Also hatte man sandfarbenen Putz auf dem Beton verstrichen und Fenster in die Häuser gesetzt, die entfernt an Schießscharten erinnerten. Das war alles in allem keine wirklich gelungene Idee, doch im milden gelben Licht der Morgensonne wirkte selbst dieses Viertel im Zentrum von Salon so, als hätte es schon immer in der Provence gestanden. Das Restaurant war in dem Haus untergebracht, das der Treppe am nächsten stand, die zum Burgtor hinaufführte. Vielleicht war es diese Lage, vielleicht die beeindruckende Zahl von Tischen und Stühlen, die vor dem Gebäude auf dem Platz standen, vielleicht waren es auch die unzerstörbar gut gelaunten jungen Frauen und Männer, die hier bedienten, jedenfalls war das Au Bureau eigentlich immer voll. Voll und laut und damit nicht gerade das, was Fontaine Thezan sonst schätzte.

Doch dann entdeckte er ihren jungen, bärtigen Begleiter,

den er bereits gestern an der Sainte-Victoire gesehen hatte. Er passte viel besser zu den hippen Gästen, die dieses Restaurant liebten. Blanc sah genauer hin: Der Mann saß allein an einem kleinen Tisch und rührte gelangweilt mit dem Löffel in seinem Kaffee. Doch neben dem Kaffee standen eine Teetasse und ein Aschenbecher, aus dem noch eine nicht ganz zerdrückte Zigarette qualmte. Blanc blickte sich um: Fontaine Thezan musste hier irgendwo sein. Tatsächlich entdeckte er sie nach wenigen Sekunden, sie hatte einen Tisch am anderen Ende des Restaurants besetzt. Er lächelte. Sie musste rasch den Platz gewechselt haben, als sie ihn hatte herankommen sehen. Die Gerichtsmedizinerin verbarg ihre Liebhaber nicht, aber sie ließ es niemals zu, dass sie zu viel über ihre Untersuchungen erfuhren, weshalb sie ihre Männer gerne auf Distanz hielt, wenn ein Flic auftauchte.

»Ich bestelle Ihnen noch einen Pfefferminztee«, begrüßte er sie und setzte sich zu ihr. Er hob den Arm, winkte einer Kellnerin und orderte für sich zusätzlich einen Espresso. »Möchten Sie auch essen?«

»Ich bin bereits zum Frühstück verabredet.«

»Es überrascht mich, dass Sie gerne ins Au Bureau gehen.«

»Man kann hier so leicht Bekanntschaften schließen.«

Blanc nickte bloß und vermied es, zum jungen Mann hinüberzusehen.

Fontaine Thezan lächelte dünn, zündete sich eine Mentholzigarette an und reichte ihm eine Mappe mit einem ausgedruckten Bericht, ein paar Fotos und Skizzen vom Körper des Mordopfers. Sie deutete auf die Aufnahme eines Organs. »Sehen Sie die Verletzung im *Ventriculus cordis dexter*? Der Saurierzahn hat die rechte Herzkammer zwar nur bis zu einer Tiefe von einigen Millimetern perforiert, dabei aber trotzdem eine tödliche innere Blutung ausgelöst«, erklärte sie. »Dallest hat vermutlich sehr rasch das Bewusstsein verloren. Doch gestorben ist er erst nach ein, zwei Minuten.«

Die Kellnerin brachte Tee und Espresso; sie waren wirklich unglaublich schnell hier. Blanc wartete, bis die junge Frau wieder davongeeilt war, bevor er fortfuhr: »Hat Dallest noch um Hilfe rufen oder versuchen können zu fliehen?«

»Ich glaube nicht. Die Stelle, an der man ihn gefunden hat, ist auch die Stelle, an der der tödliche Angriff stattgefunden hat. Und wenn er überhaupt noch Laute von sich geben konnte, dann wohl kaum mehr als ein Stöhnen.«

»Nur sein Mörder hat ihn gehört.« Blanc betrachtete einige Fotos, während er den Espresso in drei kurzen Zügen trank. Der Saurierzahn. Das zerrissene Lederband. Die schreckliche Brustwunde. »Jemand hat Dallest den Zahn vom Hals gerissen und sofort zugestochen«, sagte er gedankenversunken.

»Das ist pure Spekulation und also Ihr Bereich, *mon Capitaine*«, erwiderte Fontaine Thezan.

»Eine tödliche Verletzung von nur wenigen Millimetern Tiefe – bedeutet das womöglich, dass der Täter sich gut in Anatomie auskennt und genau gewusst hat, wo er zustoßen muss?«

»Das ist möglich, muss aber nicht sein. Das Herz eines erwachsenen Mannes ist so groß wie eine Faust. Wenn Sie mit einer Waffe wie diesem Saurierzahn den oberen linken Brustbereich treffen, ist die Möglichkeit, das Herz zu verletzen, ziemlich hoch. So hoch, dass es auch einem Laien gelingt.«

»Dallest ist mitten in der Natur, aber es ist Mittagszeit, es ist hell, und so dicht ist die Vegetation um die Sainte-Victoire nicht«, fuhr Blanc unbeirrt fort. »Niemand kann ihm unbemerkt hinter einem Baum oder Busch aufgelauert haben. Und diesen Zahn musste ihm der Mörder erst einmal vom Hals reißen und dann zustechen. Das bedeutet: Der Mörder konnte

Dallest ganz offen sehr nahe kommen, ohne dass der Mann misstrauisch geworden oder gar geflohen wäre. Und dann muss der Angriff – der Griff zum Zahn und der tödliche Stoß – sehr schnell und überraschend gekommen sein.«

»Wenn das so ist, dann kannte Dallest den Mörder und hat ihn nahe an sich herangelassen, weil er nichts Böses gefürchtet hat. Er hielt den Mörder für seinen Freund, nicht seinen Feind.« Fontaine Thezan stellte ihre nur halb geleerte Tasse auf den Unterteller, blickte quer durch das Restaurant und winkte.

Blanc verstand das Zeichen als Aufforderung an ihren Begleiter, sich die Speisekarte kommen zu lassen. »Das ist bereits alles, was Sie herausgefunden haben, Doktor?«, vergewisserte er sich etwas enttäuscht.

»Dallest hatte zum Zeitpunkt seines Todes weder Drogen noch Alkohol noch Medikamente konsumiert. Dass er Hörgeräte trug, wissen Sie bereits, aber seine Schwerhörigkeit geht nicht auf Missbildungen zurück, die man bei einer Obduktion hätte feststellen können. Er hatte zwei kleine Operationsnarben auf der Bauchdecke: eine rechts, man muss ihm vor Jahren den Blinddarm entfernt haben. Eine weitere links, dort hat man ihm offenbar Krampfadern entfernt, die bis auf die Hoden hinuntergingen. Ein Routineeingriff bei jungen Männern, um einer drohenden Unfruchtbarkeit vorzubeugen. Dallest war allerdings trotzdem unfruchtbar.«

»Er hätte niemals Kinder zeugen können?«, vergewisserte sich Blanc.

»Nie«, bestätigte die Gerichtsmedizinerin.

Blanc dachte an die Aussage von Marjorie Dallest: kein Familienmensch. An Samia Zerfaoui: mein Partner. Das mochte nichts bedeuten. Oder es mochte etwas bedeuten.

Später in Gadet saß Blanc mit Fabienne und Marius in der Gendarmerie-Station zusammen und besprach die nächsten Schritte. Saad Ben-Rouijal, der Leiter der Kriminaltechnik, kam herein und legte seinen Bericht auf den Schreibtisch. »Es gibt keine Fingerabdrücke auf dem Saurierzahn«, verkündete er und schob seine Brille von der Nasenspitze eine Winzigkeit weiter hoch auf den Rücken. »Wir haben eine genetische Spur gesichert, aber ich fürchte, das hilft uns kaum weiter. Die DNA stammt von Roland Dallest selbst – oder von seinem Bruder Christian, die beiden waren eineiige Zwillinge.«

Blanc nickte. »Wir haben keine Chance, die Spur zuzuordnen?«

Ben-Rouijal wog nachdenklich den Kopf hin und her. »Eine kleine. Eineiige Zwillinge haben eigentlich identisches Erbgut. Hin und wieder allerdings tritt bei einem von beiden bereits im Mutterleib eine Mutation auf – dann sind die DNA-Proben doch nicht hundertprozentig identisch. Aber, wie gesagt: Das ist selten.«

»Und selbst wenn«, warf Fabienne ein: »Christian Dallest hat ausgesagt, dass er selbst den Zahn gefunden und seinem Bruder geschenkt hat. Wenn seine Genspur auf dem Objekt ist, was hat das schon zu sagen?«

»Lassen Sie uns trotzdem ein Test-Set hier«, bat Blanc den Kriminaltechniker. »Wir werden die DNA-Probe von Professor Dallest nehmen, sicher ist sicher.«

»Ich weiß nicht, was ich davon halten soll«, gestand Blanc, nachdem Ben-Rouijal den Raum verlassen hatte. »In manchen Augenblicken bin ich hundertprozentig sicher, dass der Mörder das Opfer verwechselt hat und eigentlich Christian Dallest töten wollte. Dann denke ich andererseits wieder an den Bericht von Doktor Thezan und diesen verdammten Saurierzahn ... Roland Dallest muss den Täter gekannt haben.

Und der Mörder, kann der wirklich sein Opfer verwechselt haben, wenn er bloß noch ein paar Zentimeter vor ihm stand? Dallest und der Mörder müssen doch vor dem Anschlag ein paar Worte miteinander gewechselt haben, oder nicht? Dallest war alleine in der Landschaft, die Sainte-Victoire ist ja nicht die Champs-Elysées. In Paris kann dir jemand ganz nahe kommen, ohne dass du auf ihn achtest. Aber dort oben in der Natur? Dallest muss den Täter gesehen haben, und dann hat er ihn auch angesprochen – und wenn man erst einmal anfängt zu reden, dann muss doch jedem klar sein, welchen der Brüder man vor sich hat.«

»Nicht unbedingt«, gab Marius zu bedenken. »Wer kann schon Zwillinge auseinanderhalten? Meistens haben sie ja sogar gleich klingende Stimmen, sprechen die Wörter genau gleich aus, so etwas. Und vielleicht hat Roland Dallest jemanden zwischen den Büschen gesehen, den er kannte, und bloß eine Phrase zur Begrüßung gesagt: ›*Salut, wie geht's?*‹ Und dann war der Mörder schon heran und hat zugestochen, ohne zu begreifen, dass er den Falschen umlegt.«

»Ich wünschte wirklich, wir hätten es nicht mit Zwillingsbrüdern zu tun«, murmelte Blanc.

»Geht es dir gut?«, fragte Fabienne.

»Alles bestens«, versicherte Blanc rasch und nahm sich zusammen.

»Na schön.« Fabienne war anzumerken, dass sie ihn jetzt nicht weiter bedrangen wollte, aber Blanc wusste, dass er sie beunruhigt hatte. Er würde ihr ein paar Dinge erklären müssen. Später, sagte er sich.

»Ich habe mich bei Leuten erkundigt, die mit Roland Dallest zu tun hatten«, fuhr Fabienne fort. »Das ging recht schnell, man kann nicht gerade behaupten, dass Dallest einen großen Freundeskreis hatte. Familie: sein Bruder, sonst niemand mehr, die Eltern sind schon lange tot, es gibt keine weiteren Geschwister. Freunde: vielleicht Samia Zerfaoui, und die werden wir ja bald wieder befragen. Ansonsten bin ich auf ehemalige Kollegen gestoßen, Mitarbeiter der Firma, in der Dallest gearbeitet hat, bevor er sich selbstständig gemacht hat. Und auf ein paar Beamte in diversen Verwaltungen, die mit ihm zu tun hatten, weil er Bauwerke untersucht hat. Alle loben Dallest als zuverlässig, kompetent, unbeirrbar. Ein Ingenieur, der seinen Job sehr genau erledigt hat, ein ehemaliger Kollege nannte ihn sogar ›pingelig‹. Aber Privates? Beinahe Fehlanzeige. Zwei Männer, die früher mit ihm zusammengearbeitet haben, haben ausgesagt, dass Roland Dallest einmal einen Fernsehauftritt seines Bruders auf einen USB-Stick kopiert und im Büro einer Baubehörde während der Mittagspause stolz vorgeführt hat. Das wirkte so befremdlich, dass sich die Zeugen daran erinnert haben. Es war so, als wäre Roland ein Fan seines Bruders, wie ein Teenager Fan von einem Popstar ist: grenzenlose Bewunderung, keine Kritik, beinahe religiöse Verehrung. Niemand scheint jedoch darüber hinaus viel über Dallest zu wissen. Das ist der Kollege, mit dem du zusammen die Arbeit machst, aber mit dem du nicht nach der Arbeit einen Wein trinken gehst.«

»Gab es Probleme bei seinem aktuellen Job?«, wollte Blanc wissen.

»Nicht direkt. Der Auftrag zur Untersuchung des Staudamms stammt von der SCP, der Société du Canal de Provence. Das ist die öffentliche Verwaltung der Kanäle, die etwa ein Drittel der Bevölkerung von Aix und Marseille mit Trinkwasser versorgen und fast achttausend Hektar landwirtschaftliche Fläche bewässern. Außerdem betreibt die SCP im Unterbau des Staudamms von Bimont ein kleines Wasserkraftwerk, das etwa ein Zwölftel des Stromverbrauchs von Aix abdeckt.

Die SCP lässt alle paar Jahre die Stabilität des Staudamms von einem unabhängigen Ingenieurbüro prüfen, das ist Vorschrift. Den Auftrag haben, nach Auskunft eines Abteilungsleiters, den ich befragt habe, Dallest und Zerfaoui zum ersten Mal bekommen. Angeblich, weil ihre Referenzen so gut waren. Aber nachdem ich ein bisschen nachgebohrt habe, hat der Abteilungsleiter zugegeben, dass Dallest und Zerfaoui das günstigste Angebot gemacht haben. Ihr Abschlussbericht sollte nächste Woche vorgelegt werden. Es ist so, wie Samia Zerfaoui gesagt hat: Das war der bislang wichtigste Auftrag ihres Büros.«

»Und sie waren damit so gut wie fertig«, ergänzte Marius. »Vielleicht ist das kein Zufall.«

»Du hast gesagt, es gab ›nicht direkt‹ Probleme bei dem Job«, erinnerte Blanc sie.

Fabienne seufzte. »Zwei Tage vor dem Mord hat Samia Zerfaoui bei den Kollegen der Police Nationale von Aix-en-Provence im Namen des Ingenieurbüros Anzeige erstattet – gegen Franck Garro.«

Blanc lehnte sich in seinem Stuhl zurück. Er dachte nicht länger an Zwillingsbrüder, er fühlte sich gleich besser. Sein Jagdinstinkt war geweckt. »Garro hat behauptet, dass er die Menschen, die am Staudamm arbeiten, nicht kennt. Dass sie ihn überhaupt nicht interessieren. Dabei haben die ihn angezeigt. Was ist passiert?«

»Wie es aussieht, hat Garro in der Nähe des Staudamms einen seiner illegalen Wanderwege markiert – in einer Zone, in der sich Menschen gar nicht aufhalten dürfen, weil es gefährlich ist. Ich habe keine Ahnung, was nahe eines Staudamms gefährlich sein soll, das ist ja kein Atomkraftwerk, aber so zumindest steht es in der Anzeige: Garro war da, wo es gefährlich ist.«

»Wer hat ihn angezeigt? Dallest? Oder Samia Zerfaoui?«, hakte Marius nach.

»Das ist ein wenig seltsam. Dem Text der Anzeige zufolge war es Dallest, der Garro – so steht es da – ›gestellt‹ hat. Klingt wie bei einem Dieb, *mon Dieu,* dabei ist Garro nur irgendwo durch die Büsche gelaufen! Aber es war Samia Zerfaoui, die anschließend zur Police gegangen ist. Vielleicht sollten wir diese Sache gar nicht so ernst nehmen. Möglicherweise weiß Garro nicht einmal, dass er angezeigt worden ist. Manchmal dauert so etwas, bis der Beschuldigte angehört wird. Die Polizisten in Aix haben die Sache offenbar bislang nicht weiter verfolgt, sie haben Wichtigeres zu tun.«

Blanc musterte seine Kollegin. Fabienne wusste so gut wie er, dass sie sich Garro noch einmal vornehmen mussten, aber sie mochte diese Vorstellung nicht. »Wir befragen Garro. Wir befragen Madame Zerfaoui. Dann sehen wir, was es mit dieser Anzeige auf sich hat«, erklärte er in nüchternem Tonfall. »Gibt es sonst noch etwas Neues?«

Marius nickte. »Ich war heute früh schon am Parkplatz von Bimont. Ich wollte die Studenten befragen, die dort ankommen, bevor sie zur Grabung hochgehen. Und bevor ihr Professor und seine Gattin da sind.« Er grinste. »Einerseits bestätigen sie alle, was uns Christian Dallest und seine Frau gesagt haben. Andererseits erzählen dir die Studenten freimütig ein Detail, das uns der Herr Professor vorenthalten hat: Alphonse Péchenard und Dallest sind schon seit ewigen Zeiten Rivalen, wohl schon, seit sie beide selbst noch Studenten waren. Dallest ist der Professor und Fernsehstar, der Mann, der den Ruhm einheimst und sich von Autobahngesellschaften sponsoren lässt. Péchenard hat das Charisma eines versteinerten Knochens – hier zitiere ich eine Studentin –, und er hat bloß einen Posten in einem Provinzmuseum. Im Fernsehen war er noch nie, und keiner seiner Saurier ist nach einem Multimillionen-Unternehmen benannt worden. Doch alle Studenten sind sich einig, dass Péchenard in seinem Fach ein Ass ist. Jemand, der Fossilien aufspürt, die sonst niemand findet. Jedenfalls ist er zwar gestern auf der Grabung an der Sainte-Victoire aufgekreuzt und hat verkündet, dass er einen spektakulären Fund gemacht hat, doch Dallest hat ihn nicht, wie er uns glauben machen wollte, mehr oder weniger kurz angebunden abgewimmelt. Die beiden Saurierforscher haben sich ordentlich gestritten. Péchenard war stolz, aber Dallest hat ihn ausgelacht, woraufhin Péchenard beleidigt war und ihn als ›Blender‹ und ›Angeber‹ geschmäht hat. Das Ganze wäre noch mehr eskaliert, wenn nicht Marjorie Dallest dazwischengegangen wäre. Sie hat es irgendwie geschafft, die Streithähne zu trennen. Péchenard ist jedenfalls schimpfend abgezogen, und Dallest hat ihn immer noch ausgelacht, als er schon in den Büschen verschwunden war.«

»Ich kann es gar nicht mehr erwarten, diesen Péchenard zu verhören«, rief Fabienne.

»Offiziell ist der Streit noch eine Privatangelegenheit der beiden Männer«, erinnerte Blanc sie. »Ich muss erst die Untersuchungsrichterin davon überzeugen, dass es sich bei dem Mord möglicherweise um eine Verwechslung handeln könnte, damit sie uns erlaubt, auch das Umfeld von Christian Dallest zu durchleuchten.«

Fabienne lächelte spöttisch. »Dann wird es wohl Zeit, dass du deiner Freundin einen Besuch abstattest.«

»Will einer von euch mit?«, fragte Blanc.

»Lieber gehe ich zum Zahnarzt«, erklärte Marius entschieden.

Auf dem Weg den Hügel hoch nach Caillouteaux musste Blanc in seinem Espace an einer Baustellenampel warten. Ein Stück weiter waren Arbeiter in gelben Westen damit beschäftigt, Stromkabel von alten, nach Teer stinkenden und bei jeder Mistralböe schwankenden Strommasten abzunehmen und in Schächten am Rand der Route Départementale zu verlegen. Drei Monate zuvor hatte Blanc an genau derselben Stelle schon einmal gewartet: Da waren Glasfaserkabel verlegt worden, damit Caillouteaux endlich Anschluss an das Internet des einundzwanzigsten Jahrhunderts gewann. Er fragte sich, warum man die beiden Kabel nicht zur gleichen Zeit in denselben Schacht verlegt hatte. Stattdessen wurde die Landstraße jedes Mal aufgerissen, neu geteert, dann wieder aufgerissen und neu geteert, bis sie aussah, als wäre hier eine russische Panzerkolonne entlanggedonnert. Noch vor ein paar Wochen hätte er nervös mit den Fingern aufs Lenkrad getrommelt, wenn sein Weg nach Caillouteaux blockiert gewesen wäre, so sehr hatte er sich nach Aveline gesehnt. Heute war es ihm ganz recht, dass ihm eine Minute geschenkt wurde, während der er in den Wald blicken konnte. Die Kronen der Eichen und Fichten zu beiden Seiten der Landstraße filterten das Mittagslicht, das wie Wellen aus gelben Vorhängen auf den Sandboden fiel. Eine Wolke von Schmetterlingen umtanzte einen Strauch, in dessen Zweigen violette Blüten leuchteten. *Arbre aux Papillons,* dachte Blanc verwundert, Schmetterlingsbaum – blühte der früher nicht erst ab Mai? Durch die offenen Fenster wehte sein Duft in den alten Minivan, dazu Thymian, Rosmarin ... Die Ampel sprang um. Blanc zögerte, bis der Fahrer hinter ihm ungeduldig hupte. Es waren nicht einmal mehr zwei Kilometer bis Caillouteaux.

Die Stadt lag auf einem felsigen, zum Gipfel hin abgeflachten Hügel, gut hundert Meter über dem Étang de Berre, im

Zentrum eine trutzige, tausend Jahre alte Kirche, daneben ein Uhrenturm, dessen Uhr niemals die richtige Zeit anzeigte. Die Häuser waren klein und drängten sich aneinander wie Schafe, wenn im Wald der Wolf heulte. Alle Gebäude wirkten, als stammten sie aus dem Mittelalter, wären aber erst letzte Woche renoviert worden. Eine ältere Dame führte eine magersüchtige Katze an einer Leine aus, ein Glöckchen bimmelte am Halsband des unglücklich dreinblickenden Tiers, das einzige Geräusch in Caillouteaux. Die Gassen waren ansonsten leer, die Bürger blieben hier gerne im Schutz ihrer vier Wände verborgen.

Blanc parkte seinen Espace neben der Kirche, stieg aus und grüßte die Frau mit einem Nicken, die aber so tat, als hätte sie ihn nicht bemerkt. Und wenn schon. Früher, war noch gar nicht so lange her, hatte es Blanc vermieden, von den Nachbarn gesehen zu werden, wenn er zu Aveline ging. Doch heute war er bloß ein Gendarm, der zum Bericht antrat bei Untersuchungsrichterin Madame Vialaron-Allègre, die, wie jeden Samstag, ihre Akten zu Hause bearbeitete und nicht im Justizpalast von Aix-en-Provence. Sollten die Leute hinter ihren Fensterläden starren, so viel sie wollten, er konnte guten Gewissens an ihrer Tür klingeln.

5, Rue du Passe-Temps – und Blanc ging doch vorbei.

Er folgte der steingepflasterten Gasse weiter, die ihn um den Rand des Plateaus herumführte, auf dem sich Caillouteaux erhob. Am Ende öffnete sich die Rue du Passe-Temps zu einer Art natürlichem Balkon hin, einem ungepflegten, verlassenen Platz, der wie eine Pfeilspitze geformt war. Ein altes Lavoir stand hier, ein von einem Dach geschütztes steinernes Becken, an dessen Rand früher die Frauen die Wäsche gewaschen, getratscht und dabei das Dorf heimlich regiert hatten. Das Becken war längst trocken, und die Frauen regierten heute beim

Pilates-Kurs das Dorf. Vom Platz aus ging Blancs Blick weit hinaus ins große Blau. War das noch der Himmel, oder leuchtete da am Horizont schon das Mittelmeer? Zu seiner Linken ragte ein graues Dreieck auf, wie eine Haiflosse im Ozean: die Montagne Sainte-Victoire. Unfassbar, wie klar die Luft war; er konnte Muster im Berg erkennen, Adern aus dunkelgrauem Gestein in den hellgrauen Felswänden, sogar das Gipfelkreuz glaubte er auszumachen, und dabei war die Sainte-Victoire mehr als vierzig Kilometer entfernt. Sainte-Victoire, der Damm von Bimont, der Zahn eines Arcovenator und Blut, viel Blut, *eh merde*. Es brachte nichts, sich vor Aveline zu verstecken, er musste den Mörder von Roland Dallest stellen, verdammt. Blanc drehte sich um und ging mit entschlossenen Schritten zur 5, Rue du Passe-Temps.

Avelines Mann war Staatssekretär im Innenministerium, und Männer wie er lebten in Festungen. Das Haus wirkte von außen unscheinbar und klein, doch die vermeintlich antike Holztür war stahlgepanzert, massive Gitter schützten die Fenster im Erdgeschoss gegen Einbrecher, eine diskrete Kamera hatte die ganze Fassade im Fokus. Blanc klingelte und blickte hoch ins Objektiv, damit Aveline ihn auf dem Überwachungsmonitor sah. Er hoffte, dass der Staatssekretär das Wochenende, wie so häufig, in Paris verbrachte.

»*Mon Capitaine,* welche Freude, Sie zu sehen.« Aveline trug ihre pechschwarzen Haare jetzt länger und hatte sie, zum ersten Mal, seit Blanc sie kannte, zu einem komplizierten Zopf geflochten. Ihre Augen schimmerten schwarz, sie trug ein schwarzes Kostüm von Chanel, sie war eine dunkle Göttin. Sie sog an ihrer Gauloises, blies den Rauch aus und musterte ihn ein paar Momente lang durch den bläulichen Qualm, vielleicht spöttisch oder doch eher abwartend, sogar misstrauisch, Blanc wusste bei ihr nie, woran er war.

»Die Freude ist ganz meinerseits, *Madame le Juge*«, log er.

»Kommen Sie herein. Sie trinken einen Espresso.« Eine Feststellung, keine Frage.

Sie führte ihn über verwirrend verschachtelte Flure und Treppenhäuser zu ihrem eleganten Arbeitszimmer, wo er auf dem Besucherstuhl Platz nahm und ihr zusah, wie sie mit einer modernen italienischen Maschine zwei Espressi aufbrühte. Ihre Gesten waren ihm so vertraut, es nahm ihm den Atem. Sei kein Idiot, ermahnte er sich.

Als der Kaffee dampfte und herrlich duftete, setzte sie sich auf die andere Seite des kleinen antiken Schreibtisches. »Es geht um einen Fall.« Auch das war keine Frage.

»Warum sonst wäre ich hier, *Madame le Juge*?« Blanc gelang es tatsächlich zu lächeln. Aveline lächelte ebenfalls, es hatte etwas Komplizenhaftes. Er räusperte sich und berichtete von dem Mord, erklärte ihr die Ermittlungen, referierte das, was sie an Fakten bereits zusammengetragen hatten. »Das Besondere an diesem Fall«, schloss er, »ist, dass wir auch im Umfeld eines Mannes ermitteln wollen, dem kein Haar gekrümmt worden ist.«

»Wollen Sie Christian Dallest ins Gesicht sagen, dass er eigentlich ein Mordopfer hätte sein sollen?«, fragte Aveline und nahm sich eine neue Zigarette.

Was immer sie über Blanc dachte oder fühlte, sie trennte es von ihren gemeinsamen Ermittlungen. Blanc hatte längst den Verdacht, dass Aveline bei Morden und anderen schweren Verbrechen den Täter nicht allein überführen wollte, um Gerechtigkeit zu erlangen, sondern um sich mit seiner Intelligenz zu messen, um zu zeigen, dass sie klüger war als der Verbrecher. Das mochte nicht das nobelste Motiv sein, aber es machte sie zu einer furchterregend guten Ermittlerin.

»Das ist ein Problem«, gab er zu. »Christian Dallest gehört als Bruder zum Umfeld des Toten und zählt somit automatisch zu den Personen, die uns bei Ermittlungen interessieren, vielleicht gar zum Kreis der potenziellen Verdächtigen. Auch Brüder können Mörder sein. Sollte er also für den Tod von Roland Dallest verantwortlich sein, wir ihm jedoch sagen, dass wir ihn selbst für das eigentliche Anschlagopfer halten, dann weiß er, dass das eine falsche Spur ist. Er könnte uns dann durch seine Aussagen bestärken, dieser falschen Spur zu folgen, um von sich abzulenken. Es wäre also kontraproduktiv, es ihm zu sagen. Andererseits: Falls er nichts mit dem Mord zu tun hat, droht ihm vielleicht Gefahr, wenn wir es verschweigen. Denn müsste Christian Dallest sich nicht besser schützen? Ich weiß nicht einmal, was Professor Dallest denkt. Ist ihm auch schon der Verdacht gekommen, dass er das eigentliche Anschlagsziel gewesen sein könnte? Er wirkt auf mich nicht im Mindesten beunruhigt. Nach Aussage seiner Ehefrau ist er ein wenig emotionaler Mann, selbst dem eigenen Bruder gegenüber. Allerdings fragt er schon auf eine Weise nach dem Täter und dem Motiv, dass ich glaube, seine Überlegungen könnten doch in diese Richtung gehen.«

»Ich halte es für klug, Sie sagen ihm nichts. Professor Dallest ist ein freier Bürger. Wir können ihn deshalb sowieso nicht – selbst wenn es zu seinem eigenen Besten wäre – gegen seinen Willen zu Hause einsperren oder ihn unter falschem Namen in irgendeinem Hotel verstecken. Wir können ihm nicht verbieten, jeden Tag auf die Grabung zu gehen oder sonst wohin. Wir können ihm nicht einmal Personenschutz an die Seite stellen. Wie sollten wir das begründen? Warum wird Dallest bedroht? Durch wen? Darauf könnten Sie keine Antworten geben, *mon Capitaine.*«

»Noch nicht.« Blanc atmete tief durch. »Geben Sie mir

trotzdem freie Hand«, bat er. »Selbstverständlich werden wir ebenfalls alles durchleuchten, was wir zu Roland Dallest finden.«

»*D'accord,* ermitteln Sie ruhig, wie Sie es für richtig halten. Aber ...«, sie führte die Hand zum Mund und hustete.

»Fühlen Sie sich nicht gut, *Madame le Juge?*«

»Nur eine verspätete Wintererkältung. Mein Arzt rät mir, auf Zigaretten zu verzichten, bis ich auskuriert bin, aber wenn wir alle auf unsere Ärzte hören würden, wären wir sehr unglückliche Menschen.« Aveline lächelte spöttisch und nahm wie aus Trotz einen tiefen Zug von ihrer Zigarette. »Aber denken Sie daran, dass es durchaus weitere dunkle Zonen in dem Fall gibt, denen ein wenig Licht guttun würde«, nahm sie den Gesprächsfaden wieder auf. »Wie zum Beispiel die Anzeige gegen Monsieur Garro.«

»Mit Garro sind wir längst noch nicht fertig. Aber ich will auch den Paläontologen Péchenard befragen. Oder den Fossilienhändler Martini. Zwei Männer, die, soweit ich das überblicke, nichts mit Roland Dallest zu tun haben.«

»Und die sich deshalb wundern werden, warum Sie ausgerechnet bei ihnen aufkreuzen, *mon Capitaine.* Péchenard und Martini könnten sich beschweren, sie könnten sich sogar Anwälte nehmen.«

»Genau deshalb brauche ich ja Ihre Rückendeckung, *Madame le Juge.*«

Aveline nickte. »Diesen Gefallen tue ich Ihnen gerne.«

»Ich halte Sie auf dem Laufenden.« Blanc erhob sich. Freie Hand bei den Ermittlungen. Und ein dienstliches Gespräch, ganz professionell und höflich. Dieser Besuch war, fand er, besser gelaufen als befürchtet.

Sie geleitete ihn zum Ausgang und öffnete die Tür. »Ich habe gehört, Sie haben ein neues Hobby, *mon Capitaine*«, sagte sie im Plauderton zum Abschied. »Sie züchten jetzt Camargue-Pferde?«

Blanc schüttelte verwundert den Kopf. »Wie kommen Sie denn darauf?«

»Man sieht Sie jetzt hin und wieder im Wald mit Camargue-Pferden.«

Er hoffte, dass seine Gesichtszüge nichts verrieten, obwohl er den Atem anhielt, als hätte sie ihm einen Schlag verpasst. Er begleitete Paulette in letzter Zeit oft, wenn sie mit den Pferden ausritt. Er fragte sich, ob Aveline ihn gesehen oder ob man es ihr nur zugetragen hatte, aber wer sollte das getan haben? Er fragte sich, ob diese Anspielung bloß eine von ihren intellektuellen Herausforderungen war, ihre Art, ihm zu sagen: Ich bin über alles im Bilde, mir machst du nichts vor. Er fragte sich, ob da nicht vielleicht doch so etwas wie Eifersucht mitschwang. Und ob Aveline nicht gar eine Drohung in diesen Worten versteckte, weil sie es nicht ertrug, dass es eine andere Frau in seinem Leben gab.

»Ich kümmere mich um die Pferde meiner Nachbarin«, erklärte er.

»Da hat Madame Aybalen ja Glück«, erwiderte sie.

Blanc fuhr nachdenklich zurück nach Gadet. Er fragte sich, woher Aveline Paulettes Namen kannte.

Ein sehr alter und sehr tödlicher Kampf

Am nächsten Tag machte sich Blanc mit Fabienne auf den Weg nach Velaux, um Péchenard zu befragen. Sie hatten ihn zuvor angerufen und erfahren, dass der Paläontologe mit seinen beiden Assistenten auch am Sonntag arbeitete, denn »bei einem Fossil macht man kein Wochenende.« Sie stiegen in einen wuchtigen, blau und schwarz lackierten Peugeot 5008, der an einen Land Rover erinnerte – der erste Streifenwagen, der selbst die Dealer in den Quartiers Nord beeindruckte. Blanc sog die Luft durch die Nase ein. Wann hatte er zuletzt in einem Auto gesessen, das noch nach Neuwagen roch? Der Innenminister hatte der Gendarmerie teure Ausrüstung spendiert, wozu auch Ersatz für die Klapperkisten zählte, mit denen die Beamten bis dahin unterwegs gewesen waren. Blanc machte sich keine Illusionen: Das war eine Belohnung für den Einsatz während der Coronakrise, als die Regierung ihnen anfangs nicht einmal Schutzmasken zur Verfügung stellen konnte und sie alle unfassbar viele Überstunden angehäuft hatten. Man sollte wenigstens komfortabel in die Scheiße fahren, wenn man schon die Gesundheit nicht schützte. Gesundheit … Er musste daran denken, dass Fabienne es schon lange wieder mit einer künstlichen Befruchtung versuchen wollte, aber den Eingriff immer wieder hinausgezögert hatte, weil Ärzte und Krankenhäuser während der Pandemie so überlastet gewesen waren. Ob sie es jetzt probierte? Ob sie gar schon schwanger war? Er konnte sie als ihr Vorgesetzter ja schlecht offen danach fragen und bloß hoffen, dass ihnen keine dramatischen Ermittlungen bevorstanden. Es ging zwar um Mord, doch in der Welt der Ingenieure und Saurierforscher würden sie sich wohl kaum prügeln müssen. Hoffte er.

»Was willst du Péchenard sagen?«, fragte Fabienne und riss ihn aus seinen Gedanken. »Der wird sich doch wundern, dass wir bei ihm aufkreuzen.«

Blanc nickte. »Wir werden ihm nur das Nötigste zu dem Fall erzählen. Wir sollten ihm weismachen, dass wir wegen der Tatwaffe zu ihm kommen: ein Saurierzahn, er ist Paläontologe, wir brauchen Expertenwissen. Vielleicht kommt Péchenard allerdings von alleine auf die Idee, dass eigentlich Christian Dallest das Ziel gewesen sein könnte, und ahnt dann auch, warum wir ihn befragen. Sehen wir mal, wohin die Reise geht.«

Der Hügel, auf dem Péchenard grub, lag an einer schmalen Nebenstraße der Route Départementale 113, die zu einer einige Kilometer in der Garrigue versteckten Feuerwehrkaserne führte. Zwischen der Route Départementale und der Kaserne war kein Haus zu sehen, kein Gewerbegebäude, kein Parkplatz, die Straße hatte nicht einmal einen ordentlichen Standstreifen. Blanc stellte den Peugeot schließlich neben dem Hügel, den ihnen Fabiennes Navigationsapp anzeigte, mitten auf der Straße ab. Außer Feuerwehrfahrzeugen würde wohl niemand sonst hier vorbeikommen, und Blanc hoffte, dass die *Pompiers* nicht so hektisch zum Einsatz ausrückten, dass sie ihren nagelneuen Streifenwagen zu Schrott fuhren.

Sie stiegen den Hügel hinauf, zuerst durch einen Wald aus Pinien, Kiefern, Micocouliers. Es war kühl und schattig, über ihnen sangen Vögel, ein Hase kreuzte den Pfad. Nach ein paar Metern entdeckten sie einen uralten Brunnen, dahinter erhob sich zwischen den Bäumen eine verfallende Kapelle. Das Gotteshaus war klein, das Glockengestell leer, jemand hatte die einst wohl hell verputzten Wände mit Graffiti besprüht, aus dem halb eingefallenen Dachstuhl wuchs ein junger Baum. Aus alter Gewohnheit – er mochte es nicht, einen versteckten Ort hinter sich zu lassen, ohne ihn zu durchsuchen – warf Blanc einen Blick ins Innere. An den schmutzigen Wänden schimmerten noch hier und da verblasste Fresken, die letzten Gespenster einer einst farbenfrohen Ausmalung. Ein Sofa mit aufgeschlitzten, stockfleckigen Polstern stand in der Mitte, auf dem Boden lagen leere Flaschen und kleine Trümmer von Stuckverzierungen, die aus dem Gewölbe gestürzt waren. Er fragte sich, wer diese Kapelle einst im Wald errichtet hatte und wozu: Es führte nicht einmal ein Forstweg hierher.

Sie stiegen weiter hoch, die Luft schmeckte nach Kiefer, Blanc glaubte, dass sich seine Lunge mit jedem Atemzug weitete. Er fing an, Paläontologen zu beneiden, die an der Sainte-Victoire oder in Velaux auf Schatzsuche gehen durften. Plötzlich traten sie am Saum des Waldes hinaus auf einen Feldweg und blieben überrascht stehen. Kilometer um Kilometer legten sich die hellgrünen Linien von Weinstöcken über gewellte Anhöhen, liefen bis zum Horizont, wo sich die Montagne Sainte-Victoire aus dem bläulichen Dunst schälte. Zu ihrer Rechten führte der Weg zu einem kleinen Hochplateau, das zu steil und zu felsig war, als dass man es mit Weinreben hätte bepflanzen können. Am Fuß des Hochplateaus wuchsen Dutzende verwilderte Olivenbäume in einem schon lange nicht mehr gepflegten Hain, weiter oben am Hang hatten sich nur Blumen und Büsche in die Spalten gekrallt. Als sie ganz oben angekommen waren, fanden sie sich auf einer Ebene wieder, die mit Garrigue-Gestrüpp bewachsen war. Ein rostbrauner Eisenzaun versperrte die Fläche, doch Blanc entdeckte ein Tor, das schon vor langer Zeit aufgebrochen worden sein musste. Sie zwängten sich hindurch. Überall blühten Immortellen, kleine gelbe Leuchten im Unterholz. Daneben waren die winzigen violetten Blüten des Thymians aufgegangen, sie dufteten so intensiv, dass es ihn beinahe schwindelte. Drei vom Wind modellierte Aleppo-Pinien warfen Schatten auf das ansonsten ungeschützt in der Sonne liegende Plateau. Blanc blickte von hier oben auf die Silberscheibe des Étang de Berre, auf die blauen Hügel der Alpilles, auf die stahlgraue Pyramide der Sainte-Victoire.

Fabienne stieß ihn leicht in die Rippen und lenkte mit einem Kopfnicken seine Aufmerksamkeit auf ein weniger poetisches Motiv: einen Mann, der ein Stück weiter und halb hinter einem Ginsterbusch verborgen auf dem Boden kniete und den Blanc unter anderen Umständen für einen Clochard gehalten hätte. Er war nicht besonders groß, aber kräftig, trug zerschlissene Jeans, ein altes T-Shirt mit irgendeinem bunten Aufdruck und einen Sonnenhut aus Stroh mit eingerissener und am Rand ausgefranster Krempe.

»Monsieur Péchenard?«, rief Blanc.

»Sie haben hier nichts zu suchen! Haben Sie den Zaun nicht bemerkt?« Der Mann erhob sich und massierte seine Hände – auffallend große Hände, wie Blanc selbst auf ein paar Meter Entfernung bemerkte.

Er zog seinen gelben Dienstausweis und schwenkte ihn. »Gendarmerie!«, rief er.

An zwei anderen Stellen des Hochplateaus tauchten nun Gestalten auf, junge Männer, die wie Studenten wirkten. Einer ging auf den Mann zu und flüsterte ihm etwas ins Ohr. Es sah aus, als redete er beruhigend auf ihn ein. Der Mann massierte noch immer seine Hände, nahm dann aber den Sonnenhut, fächerte sich damit Luft zu und kam endlich auf sie zu. Er war Anfang vierzig, schätzte Blanc, trug einen dichten Vollbart, hatte aber nur noch wenige Haupthaare, die er sich in dünnen Strähnen über die Glatze gekämmt hatte. Eine runde Nickelbrille balancierte auf seiner Knollennase, er hatte grüne Augen, deren Ränder rötlich entzündet waren. Seine bloßen Füße steckten in Wandersandalen, Nägel und Ballen sahen allerdings so aus, als könnte er auch ohne festes Schuhwerk durch die Wildnis streifen. In den Falten seiner behaarten Pranken hatte sich rötlicher Staub festgesetzt. Beim Näherkommen erkannte Blanc den Aufdruck des T-Shirts: »Jurassic Park«. Er dachte an den Indiana-Jones-Hut von Dallest und seufzte innerlich: Die Selbstironie von Paläontologen kam eher mit dem Holzhammer daher.

»Monsieur Péchenard?«, wiederholte er seine Frage.

»*Docteur* Péchenard«, antwortete der Mann und machte keine Anstalten, ihnen die Hand zu schütteln. »Was wollen Sie von mir?«

»Ich will, dass wir jetzt die Fragen stellen und Sie die Antworten geben, *Docteur* Péchenard«, erwiderte Blanc, lächelte gelassen und stellte sich und Fabienne vor.

Péchenard grunzte empört. »Ich habe selbstverständlich eine Grabungslizenz.«

»Daran zweifeln wir nicht eine Sekunde«, antwortete Fabienne. Auch sie hatte sich dafür entschieden, freundlich zu bleiben. »Wir sind hier, weil Sie der Fachmann sind, den wir suchen.«

Péchenard hatte wohl nicht mit einem Kompliment gerechnet. Er blickte Fabienne einen Moment lang erstaunt an, als bemerkte er sie erst jetzt richtig, dann entspannte er sich. Er drehte sich um und winkte den beiden jungen Männern zu. »Macht ruhig weiter!« Gehorsam gingen beide wieder auf die Knie und waren im Buschwerk kaum noch zu erkennen. »Was wollen Sie wissen?«

Blanc erzählte ihm die Geschichte, die er sich zurechtgelegt hatte: der Mord an Roland Dallest, der Saurierzahn, nun suchten die Gendarmen einen Experten.

Sollte Péchenard durch die Todesnachricht verwundert oder beunruhigt sein, so verbarg er das sehr gut. »Dallest? So wie Christian Dallest, mein Kollege?«

»Roland Dallest war der Bruder von Professor Dallest«, erklärte Blanc.

»Warum fragen Sie dann nicht gleich Christian?«, entgegnete Péchenard, schon wieder etwas mürrisch, als würde es ihn ärgern, dass er den Namen seines Rivalen nennen musste. »Der Bruder gräbt an der Sainte-Victoire. Das ist der Experte, der es sogar bis ins Fernsehen schafft.«

»Wir haben selbstverständlich mit Professor Dallest gesprochen, Doktor Péchenard.« Blanc betonte die beiden akademischen Titel, um klarzumachen, dass er genau wusste, welcher ranghöher war. Es konnte nicht schaden, Péchenard ein wenig zu provozieren.

»Aber der Tote ist halt der Zwillingsbruder, deshalb stand Dallest unter Schock«, ergänzte Fabienne.

Péchenard nickte. Auch die Erwähnung des Begriffs »Zwillingsbruder« schien ihn nicht sonderlich zu interessieren. Entweder wusste er das schon oder er maß dem keine Bedeutung bei. »Kaum zu glauben, dass man Christian mit irgendeiner Nachricht, die nichts mit Fossilien zu tun hat, beeindrucken kann.«

»Professor Dallest ist nicht Ihr Freund?«, vergewisserte sich Blanc.

Der Forscher zuckte mit den Achseln. »Ein wahrer Feind ist besser als ein falscher Freund. Und weil Christian also angeblich unter Schock steht, fragen Sie mich?«

»Sie sind der einzige andere Paläontologe mit exzellentem

Ruf in hundert Kilometer Umkreis«, schmeichelte ihm Fabienne.

Péchenard brummte Unverständliches, das aber nicht ganz unfreundlich klang. Dann meinte er gnädig: »Haben Sie den Zahn?«

»Nur ein Foto, das Original ist ja ein Beweisstück. Es befindet sich auf der Gendarmerie-Station.«

»Na schön, Sie wollen ja kein wissenschaftliches Gutachten von mir, oder? Nur eine erste Einschätzung.«

Fabienne nickte und zeigte ihm eine Aufnahme auf dem iPhone.

»Vermutlich ein Arcovenator«, erklärte Péchenard nach kurzem Studium des Bildes. »Könnte auch von einem eng verwandten Majungasaurus oder Carnotaurus stammen. Sicher kann ich das selbstverständlich erst sagen, wenn ich das Objekt im Original sehe.«

Blanc nickte und verriet mit keiner Regung, dass er das Entscheidende zum Saurierzahn längst wusste. »Das Opfer trug das Fossil als Schmuckstück um den Hals.«

Péchenard verzog den Mund, nahm die Brille ab und rieb seine entzündeten Augen. »So ein Idiot«, zischte er.

»Der Mann ist tot.«

»Toter Idiot.« Der Wissenschaftler setzte die Brille wieder auf. »Fossilien sind wie Bücher, die uns etwas über die ferne Vergangenheit verraten. Das muss man respektieren. Sie tragen ja auch kein Buch als Amulett auf der Brust.«

»Alte Bücher stehen in der Bibliothek. Was machen Sie mit Ihren Fossilien?«, fragte Blanc.

»Es sind nicht ›meine‹ Fossilien. Sie gehören der ganzen Menschheit.« Péchenard räusperte sich. »Was ich damit meine: Man muss sie der Allgemeinheit zeigen. Die Fossilien, die ich berge, sind für das Museum bestimmt. Vor ein paar Jahren zum Beispiel habe ich auf diesem Hochplateau eine ganz neue Art entdeckt, die ich Mistralazhdarcho maggii genannt habe. Er hat heute einen Ehrenplatz im Museum. Ein Flugsaurier mit mehr als vier Metern Flügelspannweite.«

»Cool«, sagte Fabienne beeindruckt, »ein echter Drache.«

»Eh bien«, wehrte Péchenard ab, plötzlich bescheiden. »Er war gefiedert, hatte einen Schnabel und ging wohl meistens auf seinen Hinterbeinen. Stellen Sie sich eine Art großen Storch vor.«

»Ein Storch, ah ja.« Kein Wunder, dass der Typ keine tolle Karriere hingelegt hat, sagte sich Blanc. Dabei trägt er das Filmplakat auf der Brust. *Jurassic Park – so* muss man Dinos der Öffentlichkeit verkaufen. »Mistral ist wohl nach dem Wind benannt«, riet er.

»Und Azhdarcho ist der Name einer Flugsaurierart«, ergänzte der Paläontologe. »Der Beiname maggii schließlich ehrt Jean-Pierre Maggi, den damaligen Bürgermeister von Velaux, der meine Grabung sehr unterstützt hat.«

»Maggi?«, hakte Fabienne verwundert nach. »Der ist doch vor ein paar Jahren wegen Korruption verurteilt worden, oder nicht?«

Péchenard hustete verlegen. »Für Politik interessiere ich mich nicht.«

Autobahngesellschaften, korrupte Bürgermeister, *mon Dieu,* dachte Blanc, haben diese Fossilientypen denn gar keine Hemmungen? »Sie waren gestern Morgen bei Ihrem Kollegen, Professor Dallest«, sagte er unvermittelt.

Péchenard sah ihn erschrocken an, wurde rot, dann hatte er sich wieder in der Gewalt. »Ich wollte ihn von einem Fund unterrichten. Sozusagen von Kollege zu Kollege. Die Mühe hätte ich mir sparen können, Christian wird sich nie ändern.«

»Was für ein Fund, Doktor?«

»Kommen Sie.«

Er führte sie hinter den Ginsterbusch, wo er mit seinen beiden Assistenten gearbeitet hatte. Der Boden war gelblich, sandig, auf mehreren Quadratmetern frei von allen Pflanzen. Auf einer etwas unebenen Stelle lagen ein Pinsel, ein Spachtel und ein handgroßes GPS-Gerät.

»Das ist Ihre Hightech für die Knochen?« Fabienne deutete auf das GPS. »Der Sender stammt doch selbst schon aus der Kreidezeit.«

Péchenard blickte sie einen Moment lang empört an, beschloss dann aber, die Sache mit Fassung zu tragen. »Unser Budget erlaubt keine modernen Geräte, aber diese alten Sender erfüllen auch ihren Zweck.«

»Welchen Zweck?«, fragte Blanc.

»Wir bestimmen die Position jedes Fundes mit Hilfe des GPS auf den Zentimeter genau und tragen ihn in eine Karte ein. Das ermöglicht uns später präzise Analysen. Wir können anhand ihrer Lage beispielsweise feststellen, ob eine urzeitliche Flussströmung Knochen vor ihrer Versteinerung zerstreut haben könnte. Erst wenn wir die Position bestimmt haben, arbeiten wir die Fossilien mit unseren Werkzeugen aus dem Gestein.«

Blanc sah genauer hin. Langsam bekam er Übung in diesen Dingen. Er erkannte Rückenwirbel in der Felsplatte neben dem GPS-Gerät, sie wirkten seltsam verdreht. Daneben oder darüber Rippen, einen Unterkiefer mit Zähnen, einen Beckenknochen – doch er konnte die Knochen im Geiste nicht zu einem Skelett zusammensetzen. Es wirkte wirr und zufällig auf ihn, als hätte ein Verrückter Knochen aus einem Beinhaus genommen und auf den Boden geschleudert, wo sie dann zu Stein erstarrt waren.

»Das sind kämpfende Dinosaurier!«, erklärte Péchenard

und hob dabei die Stimme, als hielte er einen Vortrag. »Es gibt auf der ganzen Welt nur einen einzigen annähernd vergleichbaren Fund, aus der mongolischen Wüste. Aber das hier ist größer und spektakulärer.« Sein Gesicht war gerötet, Kolumbus war wahrscheinlich nicht stolzer gewesen, als er Amerika erblickt hatte.

»Das sind *zwei* Dinosaurier?!«, rief Fabienne ungläubig.

»Exakt!« Péchenard schien vergessen zu haben, dass sie Flics und warum sie gekommen waren. Er zog einen Bleistift aus einer Hosentasche und benutzte ihn als Zeigestock, berührte jedoch den Felsen nicht. »Hier«, er deutete auf den Unterkiefer, »das ist der Schädel eines Arcovenator. Aber die Halswirbel, auf denen der Kiefer liegt, gehören einem Titanosaurier. Einem Jungtier, vier bis sechs Meter lang, aber sicher schon zweieinhalb Tonnen schwer.« Er deutete auf das Rückgrat, auf Beinknochen, Fußspuren im Schlamm, die ebenfalls versteinert waren. Péchenard verwandelte sich in einen anderen Mann, enthusiastisch, ein guter Erzähler, zugleich, fand Blanc, auf eine schwer zu bestimmende Art sanft zu jenen längst ausgestorbenen Tieren wie ein Hirte zu seiner Herde. Vor seinem geistigen Auge entstand dank Péchenards Worten die Szene eines dramatischen Kampfes vor siebzig Millionen Jahren am Rande eines Sumpfes: Ein junger Titanosaurier fraß arglos Pflanzen, bis er von einem großen Arcovenator angefallen wurde – die fürchterlichen Zähne des Räubers hatten sich bereits in den langen Hals des Opfers gebohrt.

»Und dann?«, fragte Fabienne gespannt.

Péchenard hob die Hände. »Ein Rätsel, das wir vielleicht erst klären können, wenn wir die Fossilien geborgen und noch einmal alle GPS-Daten analysiert haben. Oder vielleicht auch niemals. Womöglich sind die beiden Saurier beim Kampf in ein schlammiges Loch gefallen und dort versunken. Möglich aber auch«, sein Bleistift wies auf einen dicken, halb unter Rippen verborgenen Knochen, »dass der Titanosaurus im Todeskampf stürzte und sein tonnenschwerer Leib dabei das rechte Bein des Angreifers unter sich begrub. Der Arcovenator konnte sich nicht mehr befreien und starb unter seinem Opfer. Auf jeden Fall ist das der spektakulärste Saurierfund der letzten Jahre, ach, was sage ich: der letzten Jahrzehnte, nicht allein in Europa, sondern weltweit!«

»Professor Dallest schien weniger begeistert zu sein«, bemerkte Blanc trocken. »Er hat sich nicht einmal hierher bemüht.«

Péchenards Begeisterung verpuffte. »Der werte Kollege ist bloß neidisch«, erklärte er verdrießlich. »Christian kann es nicht ertragen, wenn jemand einen Fund macht, der seine Arbeit in den Schatten stellt. Dabei gibt es etliche Paläontologen, die mehr vorzuweisen haben als er. Er kann sich nur besser verkaufen als wir.«

»Verkaufen im Sinne von: Er verkauft sich gut im Fernsehen? Oder im Sinne von: Er verkauft den Namen seiner Fossilien an Autobahngesellschaften?«, wollte Fabienne wissen.

»Fernsehen, Sponsoren, das ist doch dasselbe. Christian ist einfach unseriös.«

»Könnte es sein, dass Dallest mit seinen Aktionen mehr Geld für Grabungen auftreibt als Sie?«, fragte Blanc. Er warf den beiden Assistenten einen kurzen, bedeutungsvollen Blick zu. Hier waren bloß zwei Personen tätig, an der Sainte-Victoire gruben fünfmal so viele.

Péchenard schnaubte nur verächtlich. »Christian glaubt nicht mal, dass es sich um kämpfende Dinosaurier handelt. Der glaubt, dass die Knochen der verendeten Tiere in den Sumpf sanken und durch eine Strömung durcheinandergewirbelt wurden, bevor sie versteinerten. Ohne sich das Objekt auch nur angesehen zu haben! Der gönnt mir bloß den Ruhm nicht.«

»Er hat Sie kritisiert?«

»Er hat mich verhöhnt! Vor seinen Studenten! Vor Marjorie!«

»Vor Marjorie?«

»Vor seiner Assistentin«, erklärte Péchenard und hüstelte.

»Vor seiner Frau«, ergänzte Blanc. Er nahm sich vor, dieses Thema gleich noch einmal anzusprechen. »Professor Dallest ist ja nicht der einzige Paläontologe auf der Welt. Sie werden sicherlich andere Fachkollegen begeistern können.«

»Und Sammler und überhaupt jeden, der sich für Dinos interessiert«, ergänzte Fabienne. »Wenn ein T-Rex fast dreißig Millionen einbringt, wie viel würde dann erst so etwas einbringen?« Sie deutete auf die im Stein eingeschlossenen Knochen.

Der Paläontologe schnappte nach Luft. »Würden Sie etwa die Akropolis verkaufen?! Dieser Fund ist unvergleichlich, man könnte nicht einmal einen Preis schätzen! Der muss ins Museum, und ich hoffe nicht in irgendeines, sondern ins Muséum national d'histoire naturelle in Paris!«

Blanc ahnte plötzlich, dass sich Péchenard bereits in der Hauptstadt wähnte, im Großen Saal des Naturgeschichtlichen Museums, wo er die Fossilien feierlich enthüllen würde, selbstverständlich im Beisein des Präsidenten, und selbstverständlich würde sein Name auf der Plakette neben diesem Jahrhundertfund stehen. »Ein Händler wie Monsieur Martini würde Ihnen sicherlich ein Vermögen dafür bieten«, bemerkte er mit einem Hauch Bosheit in der Stimme.

Péchenard bedachte ihn mit einem finsteren Blick. »Sie kennen sich ja doch aus«, brummte er, »sonst hätten Sie noch nie von Martini gehört.«

»Martini war gestern bei Professor Dallest«, erläuterte Fabienne.

»Na, zu mir kommt dieser Kerl nicht! Wissen Sie, was Martini gerade plant?«

Blanc und Fabienne schüttelten die Köpfe.

»Er versteigert einen Triceratops. Kollegen haben ihn in South Dakota geborgen, eines der größten Exemplare, die je gefunden worden sind. Doch«, Péchenard hob empört die Hände gen Himmel, »die amerikanischen Paläontologen haben ihn ›Big John‹ getauft. Das klingt doch wie eine Comicfigur!«

Blanc musste sich beherrschen, um seine Gesichtszüge unter Kontrolle zu halten. Er fand Big John für einen Dino gar nicht so schlecht. Und auch Fabienne tat so, als müsste sie husten.

Der Paläontologe schien ihre Reaktionen nicht zu bemerken. »Das Skelett steht zurzeit im Schaufenster des Hôtel Drouot in Paris, jeder Idiot kann es angaffen und ...«

»Pardon«, unterbrach ihn Blanc, »aber gerade sagten Sie mir, dass Sie jeden Saurier am liebsten im Museum ausstellen wollen. Da werden die Tiere doch auch angestarrt.«

»Aber doch nicht so! Im Museum studiert man sie ernsthaft. Mit Respekt. Im Schaufenster eines Auktionshauses, da ist so ein Triceratops doch ... ein Freak, wie eine Missgeburt, die man früher auf der Kirmes zeigte.«

»Übertreiben Sie hier nicht etwas, Doktor Péchenard?«, meinte Fabienne.

»*Mais non!* Diese Show in Paris soll die Fossilien bloß bekannt machen, das treibt den Preis. Diesen Herbst wird das Skelett versteigert, das Mindestgebot wird bei sechs Millionen Euro liegen. Mindestgebot! Was glauben Sie, wie hoch der Preis noch steigen wird?«

»Ich habe keine Ahnung«, gestand Blanc.

»Nun«, Péchenards Erregung ebbte ab, »ich eigentlich auch nicht. Auf jeden Fall wird viel Geld fließen. Und dann wird das Skelett irgendwo als Wohnzimmerdekoration bei einem Milliardär herumstehen, der damit seine Frauen und Freunde beeindrucken will.«

Frauen und Freunde, dachte Blanc, möglicherweise ist das nicht gerade das, mit dem sich dieser Kerl auskennt. »Nur, damit ich das richtig verstehe«, insistierte er. »Monsieur Martini ist ein Geschäftspartner von Professor Dallest, aber mit Ihnen hat er noch nie Geschäfte gemacht?«

»Und das wird er auch nie tun«, bekräftigte Péchenard.

»Madame Dallest schien mir diesen Fossilienhandel zu fördern«, warf Blanc ein.

»Marjorie ...« Péchenard räusperte sich. »Sie tut, was Christian sagt. Sie ist halt seine Assistentin.«

»Sie ist zwar seine Frau«, meinte Fabienne mit einer gewissen Schärfe in der Stimme, »aber das bedeutet heutzutage doch nicht mehr, dass sie tut, was ihr Gatte verlangt. Im Gegenteil: Sie ist diejenige, die auf den nächsten Fossilienhandel drängt, ihr Mann scheint mir derjenige zu sein, der zögert.«

»So? Na, dann muss sie dafür einen guten Grund haben. Marjorie würde alles tun, um weiterzugraben. Vielleicht geht denen da oben an der Sainte-Victoire doch das Geld aus.«

»Sie kennen Madame Dallest offenbar gut«, meinte Blanc freundlich.

Péchenard zögerte, bevor er sich zu einer Antwort durchrang. »Marjorie war meine Studentin, als ich noch Assistent an der Universität war. Sie hat als Erstsemester in meinem Proseminar gesessen. Ich war es gewissermaßen, der ihre Leidenschaft geweckt hat.«

Fabienne warf Blanc einen raschen Blick zu: ihre Leidenschaft geweckt ... Blanc schüttelte unmerklich den Kopf: nicht jetzt. Sie würden sich dieses seltsame Dreiecksverhältnis zwischen Christian Dallest, seiner Frau Marjorie und Alphonse Péchenard noch einmal genauer ansehen. Später. »*Merci beaucoup,* Doktor Péchenard. Wenn wir noch Fragen haben, kommen wir wieder zu Ihnen.«

»Vielleicht habe ich doch diesen Bruder mal gesehen«, rief ihnen der Paläontologe nach, als sie schon einige Schritte fortgegangen waren. »Den Toten, meine ich. Also, genauer gesagt, als er noch nicht tot war.«

Sie drehten sich erstaunt um.

»*Eh bien*«, fuhr Péchenard verlegen fort, »nicht aus der Nähe, meine ich. Als ich gestern zu Christian wollte, habe ich meinen Wagen auf dem Parkplatz neben dem Staudamm abgestellt. Da habe ich aus der Entfernung einen Mann gesehen. Mit dem gleichen Hut wie Christian. Ich habe zuerst gedacht, dass er es ist. Aber das konnte ja gar nicht sein, was hätte er auf dem Damm zu suchen gehabt? Also bin ich gar nicht näher zu ihm hin, sondern habe mich auf den Weg Richtung Sainte-Victoire gemacht.«

»*Alors?*«, ermunterte ihn Blanc, als Péchenard zögerte.

»Nun, also, dieser Mann war nicht allein. Er stand mitten auf dem Damm und hat sich mit einer Frau gestritten.«

»Worum ging es bei dieser Auseinandersetzung?«, fragte Fabienne.

»Das weiß ich nicht. Ich war zu weit weg, als dass ich etwas gehört hätte. Ich habe bloß die Gesten der beiden gesehen. Sie sahen eben so aus, als würden sie sich streiten. Wie ein Paar beim Ehekrach, verstehen Sie?«

»Gewalttätig?«, hakte Blanc nach.

»Nein, nur ... emotional. Beide schienen sehr wütend zu sein.«

Fabienne war wieder näher gekommen und hielt ihm ihr iPhone als Aufnahmegerät hin. »Können Sie die Frau beschreiben, Doktor Péchenard?«

Péchenard räusperte sich und betrachtete das Handy misstrauisch. Dann atmete er tief durch. »Wie gesagt, ich war ziemlich weit weg. Sie war sehr blond, zu blond für meinen Geschmack, sicher war sie gefärbt. Sie hatte lange Haare und war eher jung, schätze ich, jünger als der Mann jedenfalls. Und sie trug eine auffällige Bluse, blau mit gelben Punkten oder so etwas.«

»Merci beaucoup«, sagte Blanc, »wir gehen der Sache nach.«

»Glaubst du ihm diese Geschichte?«, wollte Fabienne wissen, als sie langsam wieder hinunterstiegen. Die Sonne stand nun tief im Westen. Die wellige Hochebene mit den Weinreben leuchtete wie ein goldener Teppich, der über den bereits in schwarzen Schatten versunkenen Wäldern schwebte. Eintagsfliegen tanzten in silbrigen Wolken wie verrückt durch die weiche Luft, als wollten sie ihr Leben bis zum letzten Lichtstrahl auskosten. In den Duft der Wildkräuter mischte sich der Geruch nach trockener Erde.

Blanc ließ sich Zeit mit der Antwort. »Eine blond gefärbte Frau, jünger als Dallest«, sagte er schließlich nachdenklich, »eine auffällige blaue Bluse mit gelbem Muster – das alles kann sich Péchenard nicht ausgedacht haben. Er muss Samia Zerfaoui irgendwann einmal tatsächlich gesehen haben. Aber ob er sie gestern auf dem Staudamm beobachtet hat? Im Streit mit Dallest?«

»Eben«, pflichtete ihm Fabienne bei. »Das hätte er uns doch sofort gesagt, nachdem du ihm von dem Mord berichtet hast. Aber er wartet mit dieser Aussage, bis wir praktisch schon wieder weg sind, als würde ihm ein kleines Detail erst ganz zum Schluss einfallen. Ich glaube, der Kerl lügt. Der hat sich diese Geschichte im letzten Augenblick ausgedacht, um uns von dem abzulenken, was er uns davor erzählt hat. Vor allem über Marjorie Dallest.«

»Wenn das sein Ziel war, dann ist er gescheitert.« Blanc grinste. »Wir werden uns noch genauer ansehen, wie Péchenard zu Madame Dallest steht.«

»Vielleicht sind Péchenard und Dallest nicht bloß bei alten Saurierknochen Rivalen, sondern auch bei mindestens einem höchst lebendigen weiblichen Wesen.«

Sie gingen eine Weile schweigend durch den Wald. Die Kapelle tauchte aus dem Dämmerlicht auf, ein eckiger Block zwischen den Stämmen, dunkler als die Schatten. Noch ein paar Jahrzehnte Verfall, dann wird sie nicht mehr da sein, fuhr es Blanc durch den Kopf. Jahrzehnte, Jahrhunderte, das war Menschenmaß. Zum ersten Mal bekam er eine Ahnung davon, was das hieß: fünfzig Millionen Jahre, sechzig, siebzig. Wie unfassbar alt diese Fossilien waren. Was würde von ihm, von seinen Kindern, von Paulette, von Freunden und Kollegen, von allen Menschen, die er je getroffen hatte, nach so langer Zeit bleiben? Nichts, gar nichts. Selbstverständlich konnten Knochen versteinern, das hatte er ja nun zu Genüge gesehen. Doch wie unfassbar selten war dieses Schicksal – von zahllosen Dinosauriern, die über Jahrmillionen die Erde bevölkert hatten, waren nur wenige erhalten geblieben, von manchen Exemplaren ein einziges Exemplar auf der ganzen Welt. Und wer weiß, wie viele Arten gänzlich verschwunden waren? Was für ein unglaublicher Zufall es also war, dass genau diese Knochen an genau diesem Ort nach Äonen wieder zutage traten. Plötzlich begriff er die Ehrfurcht, mit der Péchenard von seinen Funden sprach. Das waren Reliquien für ihn, gar nicht so sehr anders als die Knochen der Märtyrer für die Gläubigen.

»Péchenard ist ein Fanatiker«, sagte er. »Der gibt sich seiner Wissenschaft ganz und gar hin. Im Mittelalter wäre so jemand Mönch geworden.«

»Oder Ketzer«, spottete Fabienne. »Zumindest hat er offenbar ein Talent, sich innerhalb seiner Community Feinde zu machen. Dallest macht sich über ihn lustig. Péchenard ist nicht Professor, obwohl er mal Assistent an der Universität war. Kein Fernsehteam hat ihn je eingeladen. Der Kerl scheint mir eher ein Außenseiter in seiner Zunft zu sein. *Mon Dieu,* der Typ findet die Knochen von einem Drachen, der direkt aus einem Roman von Tolkien angeflattert sein könnte – und dann vergleicht er den Dino mit einem großen Storch! Geht es noch langweiliger?«

»Und den Namen von dem Vieh kann niemand aussprechen.«

»Mistralirgendwas maggii! Dass ich nicht lache! Wie kann man auf die Idee kommen, einen Haufen Knochen nach einem korrupten Provinzbürgermeister zu benennen?! Wenn ich einen Drachen finden würde und ein bisschen PR gut gebrauchen könnte, also, na, ich würde ihn Meradi nennen, nach Kad Merad.« Sie kicherte. »Oder Cottini. Camille Cottin ist sexy. Dann interessiert man sich sogar für Dinosaurier. Und dann kommst du ins Fernsehen. Und dann klappt's auch mit der nächsten Grabung. Und der Professur.«

Sie standen am Waldrand. Der große Peugeot parkte noch genau dort, wo sie ihn abgestellt hatten, beulen- und kratzerfrei, wie Blanc erleichtert feststellte. »Das sind offenbar nicht die Gedanken, die Péchenard durch den Kopf gegangen sind.«

»Erstaunlich, welche Gedanken den Leuten *nicht* durch den Kopf gehen, wenn sie Namen vergeben.« Fabienne stieß ihn an. »Wusstest du, dass ich eigentlich Hélène heißen sollte? Meine

Eltern hatten sich nach langen Diskussionen darauf geeinigt. Als ich geboren wurde, hing auch schon ein Schild mit diesem Namen an meiner Wiege. Doch als meine Mutter noch mit mir im Krankenhaus war, ist mein Vater zur *Mairie* gegangen, um mich eintragen zu lassen. Unterwegs fand er Hélène plötzlich nicht mehr so gut, ich habe bis heute keine Ahnung, warum. Jedenfalls hat er mich als Fabienne ins Geburtsregister eintragen lassen, ohne meine Mutter auch nur zu fragen. Ein Wunder, dass die Ehe meiner Eltern überhaupt eine zweistellige Jahreszahl erreicht hat.«

»Habt ihr euch schon einen Namen für euer zukünftiges Kind ausgesucht?«, fragte Blanc vorsichtig.

Fabienne hatte schon die Beifahrertür geöffnet, doch sie blieb stehen und warf ihm einen schrägen Blick zu. »Roger Blanc, du möchtest wissen, ob ich wieder schwanger bin. Aber du traust dich nicht zu fragen.«

Blanc räusperte sich verlegen. »Das steht mir ja nicht zu. Immerhin bin ich dein Vorgesetzter.«

»O Mann, manchmal weiß ich nicht, ob du der letzte Gentleman Europas bist oder einfach bloß ein bisschen verklemmt. Keine Sorge, mir geht es super. Wenn es so weit ist, sage ich dir Bescheid.«

»Es ist nur … Wenn es doch so weit ist und ein Einsatz wird etwas gefährlich, dann muss ich das unbedingt wissen.«

»Damit du mich dann nicht mitnimmst, wenn es ernst wird, schon klar. Genau deshalb sage ich dir ja nichts. Ich bin so zäh wie einer dieser Raubsaurier. Und jetzt fahr mich bitte nach Hause, damit meine Liebste und ich wenigstens den Rest des Sonntags zusammen sind.«

Abends aß Blanc mit Paulette in ihrem Haus gegenüber seiner alten Ölmühle. Frisches Baguette, mittelalter Saint Albray, ein alter Rotwein, was brauchte man mehr, um satt und glücklich zu sein? Er erzählte ihr von kämpfenden Dinosauriern und kämpfenden Paläontologen und einer Rivalität, die vielleicht nicht nur professioneller Natur war.

»Du meinst, Dallest hat die Professur bekommen, die Péchenard nie bekommen hat? Genauso wie die Frau?«, vergewisserte sich Paulette.

»Das wären jedenfalls schon zwei gute Motive für Péchenard, um Dallest zu hassen.«

»Sei nicht so ein Macho«, tadelte ihn seine Geliebte sanft.

»Sehe ich aus wie Clint Eastwood?«

»Schlimmer: Du denkst auch wie er. Zwei Männer, eine Frau, das kann nur bedeuten, dass die Männer Rivalen um die Frau sind, als wäre die Dame so starr wie ein versteinerter Knochen. Dabei hätte doch Marjorie auch ein Motiv, oder? Sie ist genauso Wissenschaftlerin wie die beiden Kerle, also weiß sie ganz genau, wie fürchterlich so ein Dinosaurierzahn verletzen kann. Und möglicherweise will *sie* ihren Mann beseitigen, weil sie lieber mit dem Rivalen zusammen ist? Péchenard kann vielleicht weniger gut reden, aber wenn die Geschichte mit den kämpfenden Sauriern stimmt, dann wird er trotzdem in seiner Wissenschaft so etwas wie ein Superstar werden. Also entledigt sich Marjorie des lästigen Gatten, um sich mit dem aufstrebenden Stern zusammenzutun, beruflich und vielleicht auch privat – dumm nur, dass sie den Ehemann mit seinem Zwillingsbruder verwechselt. Eine kurzsichtige Frau ist eine gefährliche Frau.«

Blanc erschrak unwillkürlich bei diesem letzten Satz: *eine gefährliche Frau*. Er hatte Paulette nichts von seinem Gespräch mit Aveline erzählt und hoffte jetzt, dass sie seine

Unruhe nicht bemerkte. »Ist dir eigentlich in letzter Zeit bei deinen Ausritten im Wald jemand begegnet, den du noch nie zuvor gesehen hast?«, fragte er und bemühte sich, das unverfänglich klingen zu lassen.

»Warum willst du das wissen?«, erwiderte sie amüsiert und schüttelte den Kopf. »Ich bin keiner mordlüsternen Wissenschaftlerin über den Weg gelaufen und erst recht keinem Raubsaurier. Niemandem, der mir gefährlich werden könnte.«

Wasser und Beton

Der Staudamm von Bimont war wie ein breiter Pinselstrich in der Landschaft von Cézanne: eine Betonbarriere quer in einem schroffen, felsigen, nur von wenigen Büschen bewachsenen Tal. Der Damm war bogenförmig gegen den Stausee hin gebaut, damit er dem immensen Wasserdruck besser widerstand, vermutete Blanc. Das mussten doch Tausende, gar Millionen Tonnen Gewicht sein, die gegen ihn drückten. Vom Parkplatz aus hatte er grau geleuchtet. Doch als Blanc zusammen mit Marius und Fabienne die Oberkante betrat und am Beton hinunterblickte, änderte das Material seltsamerweise die Farbe. Die Seite, die sich zum türkis glänzenden Wasser hin wölbte, war beinahe weiß. Die gekrümmte, zum Tal hin weisende Flanke hingegen leuchtete in einem zarten Ton irgendwo zwischen Orange und Rosa. Mitten durch den Damm schien von oben nach unten eine schräge Linie zu verlaufen, links von ihr schimmerte der Beton etwas dunkler orange, rechts eher hell und rosa. Aber die Wand war nicht gestrichen worden, die Linie zwischen beiden Schattierungen folgte wohl auch keinem Riss – die Sonne schien einfach zwei unterschiedliche Farben auf diese gewaltige Leinwand zu malen. Was ist das bloß für ein Licht?, wunderte sich Blanc. Auch die Sainte-Victoire, die jenseits des Stausees den Himmel zerteilte, zeigte sich an diesem Morgen hellrosa, beinahe durchsichtig.

Sie hatten sich für diesen Montagmorgen telefonisch mit Samia Zerfaoui verabredet. Sie war nicht in ihrer Wohnung in Aix, sondern am Damm, »denn die Arbeit muss ja weitergehen«, wie sie erklärt hatte. Sonst kann sie das Ingenieurbüro gleich wieder dichtmachen, ergänzte Blanc im Geiste. Die Behörden hatten ein Gutachten bestellt, sie wollten ein Gutachten sehen, und wenn zwischendurch jemand starb, dann war das verdammtes Pech, aber es hatte ja nichts mit diesem Job zu tun.

Die Staudammkante war schattenlos und schon zu dieser frühen Stunde ziemlich warm. Aus der Nähe wirkte der Beton nicht mehr ganz so makellos wie vom Parkplatz aus. Das massive Geländer an den Seiten der Kante war grau und verwittert. Ein süßlicher Geruch nach Wasser wehte vom Stausee hoch, am Himmel kreiste ein Falke.

Die junge Ingenieurin kam ihnen von der gegenüberliegenden Seite des Staudamms entgegen. Sie hatte sich heute die Haare hochgesteckt und trug einen gelben Helm. In einer durchsichtigen Plastiktasche, die an ihrer linken Hand baumelte, leuchteten drei weitere Helme.

»Begleiten Sie mich doch auf meinem Inspektionsgang und stellen mir dabei Ihre Fragen«, sagte sie zur Begrüßung. »Dann verliere ich keine Zeit. Ich muss das jetzt ja alles alleine erledigen.« Sie blickte sie einen Moment lang traurig an, zwang sich dann aber zu einem Lächeln. Sie wirkte gefasster als vor drei Tagen. Samia Zerfaoui führte Blanc und seine Kollegen zur Talseite, wo eine winzig und nicht sehr solide anmutende Stahltreppe am Staudamm hinunter bis zum Grund führte. Sie wirkte wie eine improvisierte Konstruktion, als ware sie den Architekten erst nachträglich eingefallen und als hätte man sie nachlässig an den Beton gedübelt.

Marius starrte in die Tiefe. »Wenn Ihr nichts dagegen habt, dann bleibe ich lieber hier oben.« Feine Schweißperlen glänzten auf seiner Stirn.

»Bist du etwa nicht schwindelfrei?«, neckte ihn Fabienne.

»Ich möchte noch ein paar Jahre leben«, erwiderte er schnaufend.

»Das ist alles hundertprozentig in Ordnung«, versicherte Samia Zerfaoui, »ich gehe jeden Tag da hinunter. Und die Leute vom Wartungspersonal benutzen diese Treppe seit beinahe achtzig Jahren.«

»Genau das meine ich ja«, brummte Marius. »Achtzig Jahre, *putain*. Die Treppe sieht auch aus wie meine Oma. Konnten Sie in all den Jahren nicht einen Aufzug einbauen?«

Die Ingenieurin schüttelte bloß den Kopf und drückte ihm trotzdem einen Helm in die Hand. »Damit ich den nicht mit mir herumschleppen muss.« Sie reichte auch Blanc und Fabienne je einen. »Vorschrift ist Vorschrift. Doch soweit ich weiß, ist hier noch nie jemandem irgendetwas auf den Kopf gefallen.«

Marius nahm den Helm in die Hand und winkte mit ihm zum Abschied. »Ich werde eure Hinterbliebenen trösten.«

»Das beruhigt mich«, brummte Blanc. Fabienne und er setzten die Helme auf und nahmen die ersten Stufen nach unten. Das eiserne Gitterwerk war durchsichtig, Blancs Füße schienen im Himmel zu schweben. Die Treppe zitterte bei jedem Schritt, ihm lief ein Schauder wie ein Stromstoß durch das Rückgrat. Nach ein paar Stufen hatte er sich jedoch daran gewöhnt und fasste Vertrauen in die Haltbarkeit der Konstruktion.

»Wie viele Stufen führen hinunter?«, fragte er.

Samia Zerfaoui stieg vor ihm die Treppe in die Tiefe. Sie drehte sich um. »Etwa dreihundert. Sie werden fluchen, wenn Sie später wieder hochsteigen.« Sie lachte und hatte ihre Schritte nicht verlangsamt, während sie Blanc anblickte. Sie musste diese Treppe wirklich schon viele Male genommen haben.

»Das Biest hier ist siebenundachtzig Meter hoch und unten dreizehn Meter breit.« Sie tätschelte im Gehen mit der linken Hand den Beton der Mauer, so wie man auch die Flanken eines Pferdes tätscheln würde, zärtlich, stolz.

Für eine Ingenieurin ist so ein komplexes Bauwerk vielleicht gewissermaßen lebendig, fuhr es Blanc durch den Kopf. Ein Wesen mit einer Biografie, einem Charakter, *mon Dieu,* womöglich hatte sie sogar einen Spitznamen für den Damm. »Was genau machen Sie eigentlich hier?«

»Haben Sie mal von Malpasset gehört?«

»Kommt mir irgendwie bekannt vor. Wie etwas, das ich mal in der Zeitung gelesen habe.«

»Dann war es wahrscheinlich eine Ausgabe vom 2. Dezember, wenn es mal wieder einen Jahrestag gab.« Samia Zerfaoui blieb nun doch stehen und drehte sich zu ihnen um. »Der Damm von Malpasset im Département Var wurde in den Fünfzigerjahren gebaut. Der Stausee war gerade erst vollgelaufen, als der Damm am 2. Dezember 1959 um 21.13 Uhr brach. 50 Millionen Kubikmeter Wasser liefen aus.«

Sie wartete offenbar auf eine erstaunte, schockierte, jedenfalls irgendeine Reaktion von Blanc und Fabienne, doch die beiden warfen sich nur ratlose Blicke zu. 50 Millionen Kubikmeter.

Samia Zerfaoui seufzte das Seufzen, das Ingenieure für Laien reserviert hatten. »Aus den Bergen des Var donnerte eine Welle bis nach Fréjus am Mittelmeer«, erklärte sie. »Die Welle war vierzig Meter hoch und siebzig Stundenkilometer schnell. Danach waren 423 Menschen tot, viele sind ins Meer gerissen worden, man hat sie nie wieder gefunden. Das waren mehr als vier Prozent der Bevölkerung von Fréjus. Malpasset war eine Fehlkonstruktion, der Damm hat dem Wasserdruck einfach nicht standgehalten. Im Laufe der Jahre sind weltweit mindestens 150 Staudämme gebrochen. Die meisten allerdings waren keine Fehlkonstruktionen. Es ist Wasser ins Mauerwerk eingedrungen, Fundamente haben sich verschoben, es sind Risse aufgetreten, solche Dinge. Ein Staudamm ist nicht einfach eine Mauer. Er ist eine Maschine, man muss ihn genauso warten, wie Sie Ihr Auto warten.«

Blanc dachte an seinen alten Espace, der nicht gerade scheckheftgepflegt war, verzichtete aber auf eine Antwort.

»Eine Wartung ist genau das, was wir hier machen«, fuhr Samia Zerfaoui fort. Sie wurde blass. »Was *ich* jetzt mache«, korrigierte sie sich leise. Dann straffte sie sich. »Ich überprüfe den Staudamm von Bimont auf möglicherweise neu aufgetretene strukturelle Schwächen und schlage, falls ich etwas finde, Reparaturen oder Vorsorgemaßnahmen vor.«

»Haben Sie etwas gefunden?«, fragte Fabienne.

Sie schüttelte den Kopf. »Dieses Bauwerk wird ewig halten.«

»Hat sich Roland Dallest eigentlich gut mit seinem Bruder verstanden?«, wechselte Blanc das Thema.

»Ich denke schon, er hat aber nicht viel von Christian erzählt.«

»Er hat angeblich einmal bei irgendeiner Behörde einen Fernsehfilm gezeigt, in dem sein Bruder auftrat.«

»Sie kennen diese Geschichte?« Samia Zerfaoui lächelte. »Ja, Roland hat seinen Bruder bewundert. Christian ist so ... so anders als er. Ein Abenteurer. Ein Draufgänger. Jemand, der gerne im Rampenlicht steht. Also alles das, was man als Ingenieur nicht sein sollte, wenn man für andere Leute Bauwerke kontrolliert.«

»Hat Christian Dallest denn umgekehrt auch seinen Bruder bewundert? Ich meine: Die Arbeit an so einem Staudamm ist doch auch beeindruckend.« Blanc strich nun ebenfalls über die Betonwand. Sie war rau und warm von der Sonne, und sie schien ganz leicht zu zittern, als würde das Bauwerk tatsächlich atmen. Absurd.

Sie zuckte mit den Achseln. »Ich kenne Christian Dallest ja nicht gut, aber ich hatte immer den Eindruck, der interessiert sich mehr für Fossilien als für seinen Bruder. Ich glaube, Roland hat darunter gelitten, auch wenn er darüber nie ein Wort verloren hat.«

Sie stiegen tiefer hinunter. Das Tal war sehr still, der Damm schnitt nun den halben Himmel ab. Irgendwie war es bedrückend, im Schatten des Staudamms zu sein. Ein lebendiges Wesen, in der Tat, sagte sich Blanc. Der Damm wirkte wie ein Monster, das im Berg schlief und das man auf keinen Fall wecken durfte. Wenn das eine Einbildung war, dann bildeten sich die Tiere das auch ein. In diesem Tal sang kein Vogel, kein Kaninchen huschte durch die Sträucher.

»Sie hatten Streit mit Franck Garro«, sagte Blanc unvermittelt.

Samia Zerfaoui blieb so abrupt stehen, dass Fabienne und er beinahe in sie hineingerannt wären. Sie atmete tief durch, dann musterte sie ihn. »Wer hat Ihnen das denn gesagt?«

»Ich bin Gendarm, Madame.«

»Monsieur Garro war …«, sie suchte nach dem richtigen Wort, »… unangenehm.«

»Wie meinen Sie das?« Fabiennes Ton war eine Spur zu scharf.

Blanc machte ihr unauffällig ein beruhigendes Zeichen.

Samia Zerfaoui hatte Fabiennes plötzliche Verteidigungshaltung bei der Erwähnung von Garros Namen entweder nicht bemerkt oder sich entschieden, das zu ignorieren. Sie deutete auf den felsigen Hang. Sie waren inzwischen so tief hinuntergestiegen, dass das Tal schon sehr schmal war. Von der Treppe aus waren die steilen, zerklüfteten Abhänge gut zu sehen. »Sehen Sie diesen Pfad?«

Vielleicht huschten hier doch Tiere durch das Tal, und vielleicht hatten sie einen Wildwechsel angelegt, jedenfalls glaubte Blanc nun, zwischen einigen Ginsterbüschen so etwas wie eine Linie zu erkennen, die sich im Zickzack die steile Flanke des Tals hochwand. Er nickte.

»Als Roland und ich vor, lassen Sie mich nachrechnen, vor fünf Tagen die Treppe hinuntergestiegen sind, haben wir diesen Garro dort am Hang gesehen. Mit einer Art Sprühdose. Roland hat ihm zugerufen, dass er verschwinden soll. Doch der Kerl hat bloß gelacht. Da ist Roland den ganzen Weg wieder nach oben gestiegen und hat auf ihn gewartet, bis dieser Typ endlich oben angekommen war. Sie haben sich dann gestritten.«

»Das ist ein Berghang«, erwiderte Fabienne. »Warum war Monsieur Dallest so wütend? Das hat doch nichts mit dem Staudamm zu tun.«

»Gewissermaßen doch. Das Tal im Rücken des Staudamms ist Sperrgebiet. Niemand darf sich dem Bauwerk nähern, sonst würde ja jeder hier herumklettern. Das ist viel zu gefährlich. Jedenfalls durfte dieser Garro gar nicht dort sein, und Roland hat ihn zur Rede gestellt.«

»Garro wurde sogar angezeigt. Allerdings nicht von Dallest, sondern von Ihnen, Madame«, stellte Blanc klar.

Sie hob die Hände und ließ sie wieder sinken, eine Geste, die vielleicht *Was soll's?* bedeuten mochte oder auch: *Das verstehen Sie sowieso nicht.* Sie atmete tief durch. »Roland ist … Roland war kein sehr praktisch veranlagter Mensch. Ich meine, in manchen Dingen. Der wäre niemals zur Polizei gegangen, und wenn doch, dann hätte er sich bei der Anzeige so ungeschickt angestellt, dass ihn die Flics nicht ernst genommen hätten. Also habe ich das für ihn erledigt. Ich bin diejenige, die im Büro den Verwaltungskram erledigt, denn das schafft Roland einfach nicht. Er ist mehr der Typ, der Sachen durchrechnet und noch einmal durchrechnet und dann zur Sicherheit noch ein drittes Mal, wenn Sie verstehen, was ich meine. *Eh bien*«, sie wandte den Blick ab und schien auf irgendeinen interessanten Punkt der gewaltig über ihnen aufragenden Staumauer zu starren, »jetzt muss ich mich wohl daran gewöhnen, dass ich meine Berechnungen auch noch zweimal nachprüfe.« Sie ging wieder weiter.

»Haben Sie sich denn auch mit Monsieur Garro gestritten?«, fragte Fabienne.

Samia Zerfaoui schüttelte den Kopf. »Roland ist, wie gesagt, zuerst allein nach oben gegangen. Ich bin später nachgekommen. Da haben sich die beiden oben auf der Staudammkante bereits ziemlich heftig angebrüllt. Ich weiß gar nicht, warum. Was Garro gemacht hat, ist zwar verboten, aber er hat ja nicht gerade eine Handgranate auf den Damm geschleudert. Ich habe Roland aber selten so wütend gesehen.« Sie dachte kurz nach. »Eigentlich war er niemals zuvor so wütend. Na, jedenfalls musste ich die beiden Streithähne trennen. Garro hat sich dann so weit beruhigt, dass ich ganz normal mit ihm reden konnte. Ich will nicht behaupten, dass wir dabei Freunde geworden sind, aber immerhin haben wir uns wie zivilisierte Menschen verhalten. Er ist dann auch bald gegangen. Ich hätte es dabei belassen, aber Roland wollte ihn unbedingt anzeigen. Und da er sich so aufgeregt hat, habe ich das für ihn übernommen. Wer weiß, wie Roland sich auf der Polizeiwache aufgeführt hätte.«

Sie waren unten angekommen und standen auf einer Art Balkon. Der Staudamm ragte unfassbar hoch über ihnen auf, eine Festungsmauer wie aus einem durchgeknallten Fantasyfilm, nur dass sich dahinter nicht Mordor verbarg, sondern Wasser. Dreizehn Meter zwischen uns und einer Monsterwelle, die uns bis ins Mittelmeer fortreißen würde, dachte Blanc. Auch unterhalb des Balkons, am Fuß des Damms, war der Talgrund mit einem kleinen See gefüllt, der leuchtete, als wäre er mit dunkelgrüner Aquarellfarbe gefüllt. Dicht unter der Oberfläche sah er ein großes Rohr, das aus dem Staudamm kam und unablässig eine sprudelige Blasenwolke in den Aquarellsee blies.

»Das Rohr lässt Wasser aus dem Stausee in dieses Auffangbecken. Von dort fließt es in einem Kanal weiter Richtung Aix-en-Provence und Marseille«, erklärte Samia Zerfaoui. »Die Mitarbeiter der Société du Canal de Provence können, je nach Wasserstand, Verbrauch und Außentemperatur, die Durchflussmenge regulieren. Stellen Sie sich einen Wasserhahn vor, den sie auf- oder zudrehen, nur größer.«

»Ein Paradies für einen Klempner«, meinte Fabienne.

»Und ein Paradies für Fledermäuse.« Die Ingenieurin deutete auf einige kreisrunde Löcher in der Felswand des Tals dicht über dem Auffangbecken. »In den Vierzigerjahren hat man bei den Bauarbeiten viele Steine weggesprengt. Doch die Arbeiter haben damals mehr Löcher gebohrt, als man am Ende brauchte. In diese Löcher da hat nie jemand Dynamitstangen hineingesteckt. Also haben Fledermäuse diese künstlichen Höhlen besiedelt. Über dem Wasser des Auffangbeckens schweben Millionen Mücken und Eintagsfliegen, abends kommen die Fledermäuse heraus, um sie zu jagen. Dann gibt es in der Luft ein Gedränge wie in der Pariser Metro. Ein Wunder, dass die Fledermäuse nie zusammenstoßen.«

Sie öffnete eine Stahltür zu einem schmalen Gang, der in den Staudamm hineinführte. Sie tastete nach einem Schalter, Neonröhren flackerten auf und fluteten den Gang mit ihrem gnadenlos kalten Licht. »Kommen Sie, es ist nur eine kleine Inspektionsrunde.«

»Irgendwie bedrückend«, murmelte Fabienne, so leise, dass nur Blanc sie verstehen konnte.

Samia Zerfaoui schloss die Tür, und damit erlosch das Sonnenlicht. Die Luft war schwer, warm und roch leicht schimmelig. Auf dem rohen Beton an Decke, Wänden und Boden schimmerten keine Wasserflächen, doch als Blanc über die rissige Oberfläche strich, glaubte er, doch Feuchtigkeit auf den Fingerkuppen zu spüren. Ihm war, als lasteten Millionen Tonnen Beton auf seinen Schultern. Es war vollkommen still.

Die junge Ingenieurin schien keine klaustrophobischen Ängste zu verspüren. Sie ging mit sicherem Schritt voran und führte sie nach vielleicht zwanzig Metern in eine Kammer. Dort hing an einem Stahlseil ein großes Pendel, dessen Spitze dicht über einer Platte schwebte, auf die eine Art Lineal eingraviert war.

»Das ist gewissermaßen unser wichtigstes Instrument«, sagte Samia Zerfaoui und blickte sie etwas spöttisch an. »Das hätten Sie nicht gedacht, was? Schon die Baumeister der Antike haben Pendel benutzt, und im Prinzip gibt es heute noch nichts Besseres. An fünf Stellen im Innern des Staudamms hängen Pendel.« Sie deutete auf die Skalen der Platte. »Der Damm bewegt sich, jeden Tag, jede Stunde, mal wölbt er sich ein bisschen zum See hin, mal wird der Bogen ein wenig zusammengedrückt, mal hebt er sich, mal senkt er sich. Das sind immer nur ein paar Millimeter, und das ist vollkommen normal. Das Bauwerk reagiert auf seine Umwelt. Je mehr Wasser im Stausee ist, desto stärker wird der Bogen gestaucht, je heißer die Sonne brennt, desto stärker dehnt sich der Beton aus und hebt den Damm an. Die Pendelspitzen zeigen jede dieser Bewegungen präzise an.«

Blanc sah, dass die Spitze nicht auf die Markierung mit der »0« zeigte, sondern auf »0,1«. »Solange die Pendel nur ein paar Millimeter anzeigen, ist alles in Ordnung«, vermutete er. »Aber wenn ein Pendel ungewöhnlich ausschlägt …«

»… dann geben wir Alarm. Richtig. Das ist aber in achtzig Jahren noch nie vorgekommen.« Sie deutete auf den Boden. »2017 haben die Ingenieure des letzten Prüfteams festgestellt, dass Wasser aus dem See in den natürlichen Fels eingesickert ist. Das Wasser hat sich seinen Weg gewissermaßen unter dem Staudamm hindurch gesucht. Das hätte das Fundament geschwächt. Also wurde der Fels besser abgedichtet. Das hat eine ganz schöne Stange Geld gekostet, und die Manager der Société du Canal de Provence haben lange Gesichter gemacht. Dabei können sie sich eigentlich nicht beschweren, denn das war die einzige Vorsorgemaßnahme, die man hier während der letzten achtzig Jahre je treffen musste. Und das wird auch so bleiben.« Sie zog ein kleines Tablet aus der Tasche ihrer Outdoorjacke. »Ich gebe den Pendelwert ein, dann können wir wieder nach oben gehen.«

»Dafür sind Sie den langen Weg bis hierher runtergegangen?!«, wunderte sich Fabienne. »Kann man das nicht automatisieren? Wozu gibt es Kameras und Computer?«

Samia Zerfaoui lächelte. »Ich habe nichts gegen Kameras und Computer. Aber auf der Treppe habe ich mir die Staudammmauer angesehen, auf dem Gang konnte ich einen Blick ins Innere werfen. Es geht nichts über den Augenschein. Der Mensch ist immer noch das beste Kontrollinstrument. Wenn man häufiger hinuntersteigt, bekommt man ein Gespür für den Damm.«

»Wollte Monsieur Dallest deshalb vielleicht mit Hugues Vallauri sprechen?«, warf Blanc ein. »Noch ein menschliches Kontrollinstrument, gewissermaßen? Monsieur Vallauri hat diesen Staudamm ja damals mitgebaut, der hat sicher auch ein gutes Gefühl für dieses Bauwerk.«

Die Ingenieurin schüttelte den Kopf. »Ich weiß wirklich nicht, warum Roland mit ihm reden wollte, das ist jedenfalls kein übliches Verfahren bei einer Inspektion. Und was könnte uns Monsieur Vallauri denn schon sagen? Es ist schließlich Jahrzehnte her, dass er hier gearbeitet hat. Der Bauingenieur Joseph Rigaud hat den Staudamm entworfen, doch der ist schon lange tot. Die Arbeiter haben seinerzeit seine Pläne umgesetzt, aber, ohne respektlos klingen zu wollen, sie haben wohl kaum richtig verstanden, was sie da eigentlich machen. Ich vermute deshalb, dass Roland von Monsieur Vallauri vielmehr Anekdoten von früher erfahren wollte und vielleicht auf ein paar Fotos von den Bauarbeiten damals gehofft hat. So etwas würde sich in unserem Abschlussbericht gut machen, hat er gesagt. Roland hat ein Auge für solche Details. Hatte ein Auge für solche Details.«

»Werden Sie nun mit Vallauri sprechen?«, wollte Blanc wissen.

Sie schüttelte den Kopf. »Nein. Ich verfasse meinen Bericht lieber nüchtern. Das ist einer der wenigen Punkte, bei dem ich anderer Meinung bin als Roland. Wenn ich den Bericht pünktlich abliefere, im Kostenrahmen bleibe und dem Auftraggeber keine teuren Reparaturen anraten muss, dann ist der Kunde auch ohne alte Anekdoten und unscharfe Schwarz-Weiß-Fotos zufrieden.«

»Und wird Ihnen weitere Aufträge erteilen, auch ohne Monsieur Dallest?«, fragte Fabienne.

»Wenn ich diesen Job hier gut zu Ende bringe, ja.«

Als sie die Stahltür öffnete und er erleichtert wieder ins Freie trat, glaubte Blanc, dass nun der Zeitpunkt für eine etwas delikate Frage gekommen sei. »Madame, bitte antworten

Sie uns ehrlich: Waren Monsieur Dallest und Sie wirklich nur berufliche Partner?«

Fabienne hatte bereits gestern die Adresse von Samia Zerfaoui gecheckt, ihre wenigen Postings in sozialen Netzen, die Daten, die man über sie bei den Behörden hatte: Sie war allein in ihrer Wohnung in Lyon gemeldet, sie war weder verheiratet noch geschieden noch hatte sie Kinder, nichts im Netz deutete auf einen Lebensgefährten hin. Allerdings gab es drei sehr ähnliche, offenbar am selben Tag gemachte Bilder im Netz, die Roland Dallest und Samia Zerfaoui lachend Arm in Arm auf einer Fußgängerbrücke zeigten, die über eine Bahnlinie führte. Der Ingenieur hatte die rechte Hand erhoben und mit den Fingern das Victory-Zeichen geformt. Zwei Fotos hatte Samia Zerfaoui selbst gepostet, und Fabienne hatte ein drittes auf der Website der Stadtverwaltung gefunden. Die junge Ingenieurin hatte die Bilder auf einem Karrierenetzwerk hochgeladen, um damit den ersten erfolgreich erledigten Auftrag des gemeinsamen Büros zu feiern. Die Stadtverwaltung illustrierte mit dem Bild die Wiedereröffnung der Brücke »nach Inspektionsarbeiten«. Und doch ... Auf allen drei Fotos hätten Roland Dallest und Samia Zerfaoui auch als frisch verliebtes Paar durchgehen können.

Sie errötete. »Roland und ich haben uns sehr gut ergänzt, beruflich, meine ich. Aber weder er noch ich hatten je vor, unsere«, sie wählte ihre Worte sorgfältig, »unsere Bekanntschaft zu vertiefen. Wir hatten nie eine Affäre und hätten auch nie eine begonnen, wenn es das ist, was Sie andeuten wollen. Und, ehrlich gesagt, kann ich Ihnen gar nichts über Rolands Privatleben sagen. Ich weiß nicht, ob es eine Frau in seinem Leben gab oder«, sie errötete tatsächlich noch tiefer, »oder einen Mann.«

»Das ist ja nichts Schlimmes«, versicherte Fabienne trocken.

»Nun, Roland schien sich jedenfalls nicht viel aus Frauen zu machen. Da denkt man sich natürlich irgendwann, dass … Aber eigentlich weiß ich das auch nicht. Irgendwie schien sein Bruder der einzig wirklich wichtige Mensch in seinem Leben zu sein. Roland war ansonsten mit seinem Beruf verheiratet, das trifft es vielleicht am besten.«

»Haben Sie sich denn je mit Monsieur Dallest gestritten?«, fragte Blanc und dachte an Péchenards Aussage von der Auseinandersetzung auf dem Damm.

Samia Zerfaoui sah ihn zuerst überrascht an, dann ein wenig empört. »Nie! Warum auch? Wie gesagt: Privat hatten wir nichts miteinander zu tun, aber beruflich waren wir wirklich ein gutes Team. Ich glaube, in all den Monaten zusammen hatten wir nicht einmal *eine* harmlose Meinungsverschiedenheit über irgendein Detail. Und gar einen Streit? Also, Roland und ich sind beide wirklich nicht die Typen, die Streit suchen.«

Blanc und Fabienne wechselten einen raschen Blick. Zumindest Roland Dallest hatte sich, nur zwei Tage vor seinem Tod, heftig mit Franck Garro gestritten. Und in der Frage, ob man die Anekdoten und Fotos eines alten Bauarbeiters in den Bericht einfließen lassen sollte, waren die beiden Ingenieure auch nicht derselben Meinung gewesen.

Sie stiegen die dreihundert Stufen wieder hoch. Inzwischen brannte die Sonne beinahe im Zenit und ließ den Beton in einem Elfenbeinton leuchten. Zwischen dem Staudamm und den Felswänden stand die feuchte Luft, als wäre das ganze Tal ein Dampfbad. Trotzdem schritt Samia Zerfaoui zügig aus, nahm manchmal sogar zwei Stufen auf einmal. Gut in Form, dachte Blanc. Und wenn sie sich nun doch mit Roland Dallest gestritten hatte? Dallest war, glaubte man den Aussagen seines Bruders und seiner Schwägerin, ein Stubenhocker. Es war doch möglich, dass seine fast zwanzig Jahre jüngere

Büropartnerin kräftiger und schneller war als er – kräftig und schnell genug jedenfalls, um ihn mit einem Überraschungsangriff zu überwältigen. Allerdings fiel Blanc auf dem ganzen langen Weg nach oben kein Grund ein, warum sie das hätte tun sollen.

Versteinertes Gold

Da sie schon an der Sainte-Victoire waren, wollte Blanc Christian Dallest noch einmal einen Besuch abstatten. Über der kargen Fläche, auf der der Paläontologe grub, flirrte die Luft, ein Apriltag, der sich, zumindest mittags, schon wie Hochsommer anfühlte. Blanc trug nur noch T-Shirt und Jeans, seine Lederjacke hatte er längst über die Schulter gelegt. Dreihundert Stufen am Damm von Bimont, nun der Anstieg zum Fuß des Berges – heute Abend musste er nicht mehr durch den Wald joggen. Er entdeckte den Wissenschaftler neben dem zeltartigen Unterstand am Rand der Grabungsfläche, wie er mit dem jungen, bärtigen Mitarbeiter diskutierte, der beim letzten Mal Gips auf ein Fossil gestrichen hatte. Sonst war niemand zu sehen.

Blanc und seine Kollegen grüßten Dallest. Der Assistent zog sich diskret zurück. »Sie sind beinahe allein heute?«, bemerkte Blanc.

»Die anderen essen zu Mittag. Solange wir nicht alles geborgen haben, muss jemand Wache halten. Sonst kommt der nächste Wanderer vorbei und klaut sich ein Souvenir.«

»Dafür muss man diese alten Knochen erst einmal aus dem Stein klopfen«, schnaufte Marius. Er wischte sich mit einem nicht mehr ganz blütenweißen Taschentuch den Schweiß von der Stirn. Seine neue Freundin tat ihm gut, er hatte abgenommen und trank auch keinen Tropfen Wein mehr, aber bei seiner Kondition gab es noch Luft nach oben.

Christian Dallest rümpfte die Nase. »Dafür nimmt man einfach einen anderen Stein. Es liegen ja genug herum.«

Sieh mal einer an, dachte Blanc, für Dallest ist es ganz normal, sich einen Stein zu greifen und damit zuzuschlagen. Er zog das Plastikröhrchen mit dem Wattestab, das ihm Ben-Rouijal gegeben hatte, aus der Tasche. »Ich muss eine DNA-Speichelprobe von Ihnen nehmen, Professor«, erklärte er.

»Warum?«, fragte Dallest erstaunt.

»Routine«, erwiderte Marius. Wenn er log, wirkte er ganz besonders vertrauenerweckend.

»Wissen Sie, was Ihr Bruder unten am Staudamm gemacht hat?«, fragte Blanc, nachdem die Prozedur vorüber war. Er würde die Probe später den Kriminaltechnikern geben und das Ergebnis in wenigen Tagen kennen, vielleicht morgen schon.

Christian Dallest zuckte mit den Achseln. »Er hat die Stabilität untersucht, was immer das bedeuten mag.«

»Waren Sie denn nie bei ihm?«, wunderte sich Fabienne. »So weit ist es ja nicht, und Ihr Bruder hat doch noch nie zuvor in Ihrer Nähe gearbeitet, oder?«

»Arbeit ist das richtige Stichwort, Mademoiselle. Roland und ich sind wegen unserer Jobs hier. Da hat man keine Zeit für Höflichkeitsbesuche.«

Blanc dachte an die in Plastikfolien eingeschweißten Dokumente auf dem Nachttisch, die einzigen persönlichen Spuren in einer unpersönlichen Wohnung in Aix-en-Provence. Für Roland Dallest war der Zwillingsbruder ein Idol gewesen, doch umgekehrt galt das offenbar nicht. »Wussten Sie, dass Ihr Bruder kurz vor seinem Tod Franck Garro angezeigt hat?«

»Genau genommen hat ihn seine Partnerin angezeigt, Madame Zerfaoui«, ergänzte Fabienne.

»Aber Roland Dallest und Franck Garro haben sich heftig gestritten«, sagte Marius.

Der Paläontologe blickte einen nach dem anderen an, dann schüttelte er den Kopf. »Nein, Roland hat mir nichts davon gesagt. Ist das denn wichtig? Ich meine«, setzte er rasch hinzu, »selbst der Dalai Lama würde sich nach spätestens zwei Minuten mit Garro streiten. Aber warum sollte Garro sich ausgerechnet mit meinem Bruder angelegt haben?«

»Ihr Bruder hat sich mit *ihm* angelegt«, erwiderte Fabienne scharf.

Blanc bedachte sie mit einem warnenden Blick. »Wie es aussieht, hat Monsieur Garro einen seiner illegalen Wanderwege auf dem Hang unterhalb des Staudamms markiert. Ihr Bruder hat ihn zur Rede gestellt, weil es verboten ist, sich in diesem Tal aufzuhalten.«

Dallest zuckte schon wieder mit den Achseln. »Sehen Sie? Der Typ ist überall da, wo er nicht hingehört. Glauben Sie, dass er Roland umgebracht hat?«

Er sagte das erstaunlich gelassen, staunte Blanc, immerhin ging es um den Tod des eigenen Bruders. Kannte der Kerl denn nicht einmal Rachegefühle? »Den Glauben überlassen wir den Priestern«, erwiderte er, »wir sind bloß Gendarmen, wir glauben gar nichts. Wir wissen es nicht, aber wir verfolgen selbstverständlich alle Spuren. Und ein heftiger Streit kurz vor einem Mord …«

»… das sieht man ja auch in jedem Fernsehkrimi«, unterbrach ihn Dallest ziemlich rüde, schüttelte dann betont skeptisch den Kopf. »Roland hatte den Fangzahn eines Arcovenators in der Brust! Denken Sie doch mal nach!«

»Wenn Sie meinen, dass das hilft«, brummte Blanc. Er fühlte wie Fabienne: Bei diesem arroganten Professor zuckte es einem in den Fäusten. Er musste sich beherrschen. »Sie haben also einen Verdacht«, stellte er betont sachlich fest.

»Die einzigen Menschen, die sich mit Saurierfossilien auskennen, sind Paläontologen. Die einzigen, die überhaupt erkennen, was das ist. So viele Paläontologen sind vor drei Tagen aber nicht an der Sainte-Victoire herumgelaufen!«

»Sie waren einer davon«, erwiderte Blanc gelassen.

Dallest sah ihn eine Sekunde lang mit leerem Blick an, dann wedelte er verärgert mit der Hand, als hätte er soeben etwas unsagbar Dummes gehört. »Selbstverständlich. Und Marjorie. Und das Team. Aber wir waren alle hier, während Roland irgendwo dort unten ... *Eh bien.* Was ich sagen will, *mon Capitaine*: In fünfzig Kilometer Umkreis um meinen Bruder gab es nur noch einen weiteren Paläontologen, und Sie wissen auch verdammt gut, wen ich meine.«

»Sie beschuldigen tatsächlich Alphonse Péchenard des Mordes an Ihrem Bruder?«, vergewisserte sich Marius.

»Wer sonst sollte das getan haben?!«

»Und warum sollte Péchenard es getan haben?«, fragte Fabienne.

»Na, weil ... *mon Dieu*, muss ich Ihnen denn alles erklären?! Weil er Roland mit mir verwechselt hat, deshalb!« Dallest hatte die Rechte zur Faust geballt. »Roland hatte ein Leben, das ... nun, ich will nicht behaupten, dass es langweilig war. Aber er hat ein Leben geführt, in dem er immer auf dem zweiten Platz gelandet ist, wenn Sie verstehen, was ich meine. Anders als ich. Paläontologie ist ein Wettkampf. Alphonse war schon immer neidisch auf mich. Er hat nie Karriere gemacht, aber er ist felsenfest davon überzeugt, dass für jeden seiner Fehlschläge irgendjemand anderes verantwortlich ist, niemals er selbst. Dabei ist er so erbärmlich! Vor drei Tagen ist er hier aufgekreuzt, so stolz wie ein Erstklässler, der ein paar Buchstaben gekritzelt hat. Der ist den ganzen Weg von Velaux bis zu mir hochgefahren, um mir zu sagen, dass er neue Fossilien gefunden hat!«

»Spektakuläre Fossilien«, ergänzte Blanc ruhig.

»So, Sie haben also doch schon mit ihm geredet?« Dallest schüttelte ungläubig den Kopf. »Kämpfende Dinosaurier, so ein Unsinn. Wussten Sie, dass Alphonse vor drei Jahren behauptet hat, in Velaux einen Tyrannosaurus gefunden zu haben? Bislang sind fast alle T-Rex-Fossilien in Amerika entdeckt worden. Das erste Exemplar in Europa! Eine Sensation! Damals war Alphonse auch hier, ich müsse unbedingt sofort kommen. Und ich Idiot habe das selbstverständlich getan. Marjorie ist ebenfalls mitgefahren. Es war Hochsommer, es war heiß, wir hatten wichtige Termine im Nacken, trotzdem haben wir ihm den Gefallen unter Kollegen getan. Und was sehen wir, als wir endlich in Velaux sind? Den Unterkiefer eines Arcovenators! Ein guter Fund, keine Frage, aber nun wirklich keine Sensation. Wir haben dank Alphonse' Angeberei fast einen halben Tag verloren. Und dann war der Kerl auch noch wütend auf mich! Als wäre das meine Schuld, dass das ein Arcovenator und kein T-Rex war! Deshalb bin ich diesmal nicht mit Alphonse gegangen – und ich habe ihn auch sehr deutlich daran erinnert, wie es letztes Mal ausgegangen ist.«

»Sie haben sich gestritten? Wie im Fernsehkrimi?«, wollte Blanc wissen.

Dallest schnaubte. »Spotten Sie ruhig. Nein, wir haben uns nicht gestritten. Ich habe Alphonse, nun, sagen wir, ich habe ihm aufgezeigt, wo seine fachlichen Grenzen sind. Einem Typen wie ihm gefällt das nicht, er ist ziemlich wütend davongegangen. Wahrscheinlich ist er aber noch eine ganze Zeit lang in der Gegend geblieben. Ich habe die letzten drei Tage lange darüber nachgedacht, glauben Sie mir! Meiner Meinung nach war es so: Alphonse versteckt sich irgendwo zwischen dem Grabungsfeld und dem Parkplatz, weil er hofft, dass er mich dort alleine antreffen könnte. Er erträgt die Demütigung nicht, er will sich an mir rächen. Dann sieht er Roland mit meinem Hut und stürzt in blinder Wut los. Bevor Roland auch nur den Mund aufmachen und die Sache klären kann, rammt ihm dieser Wahnsinnige bereits den Zahn in die Brust.«

»Wenn das so ist, befinden Sie sich in Lebensgefahr«, warf Marius ein, »denn dann müsste Monsieur Péchenard ja noch immer auf Rache sinnen.«

»Deshalb bin ich nie alleine hier.« Dallest deutete mit einem Kopfnicken auf den bärtigen Assistenten. »Aber das müsste jetzt reichen, um Alphonse zu verhaften, nicht wahr?«

Blanc schüttelte den Kopf. »Theorien sind gut und schön. Aber es zählen am Ende nur die Fakten. Wie in der Wissenschaft«, setzte er mit einer gewissen Bosheit in der Stimme hinzu. »Es gibt keinen Beweis für diese Theorie, also werden wir Monsieur Péchenard auch nicht festnehmen.«

»Wenn man die Gendarmerie mal braucht, dann ist sie nicht da«, brummte Dallest unzufrieden und womöglich auch etwas nervös.

»Wir finden den Mörder Ihres Bruders«, versprach Blanc. Er wollte, das dies beruhigend klang – und zugleich ein ganz klein wenig bedrohlich. Denn er hatte nicht vergessen, was Dallest über den Saurierzahn und Paläontologen gesagt hatte … Péchenard war keineswegs der einzige Paläontologe weit und breit, und scheiß drauf, was der Herr Professor über sich, seine Frau und sein Team behauptet hatte.

»Professor Dallest?« Der Assistent winkte und deutete auf den Weg, der vom Ausgrabungsfeld den Hang Richtung Staudamm von Bimont hinunterführte. Ein Mann kam durch die Garrigue auf sie zu, ziemlich klein, erkannte Blanc beim Näherkommen, nicht einmal eins sechzig, man könnte ihn auf vierzig Jahre schätzen, vermutlich war er jedoch zwanzig Jahre älter, hielt sich aber in guter Form. Schlanker Körper, breite

Schultern, federnder Schritt, schwarze, offenbar geschickt gefärbte Haare, randlose Brille, Tommy-Hilfiger-Jackett, hellblaues Polohemd, dunkelblaue Hose, Segelschuhe. Ein Mann, der wirkte, als würde er gerade in Neuengland an Bord seiner Jacht gehen. Und vielleicht glaubte Blanc deshalb sofort, dass dieser Kerl unseriös war: Wer stolzierte in einem solchen Aufzug an der Sainte-Victoire herum? Außerdem telefonierte er im Gehen und gestikulierte dabei – einer von den Typen, die zu jeder Zeit und überall laut ins Handy sprechen, um zu zeigen, dass sie stets irgendwo anders etwas *noch* Wichtigeres zu erledigen haben.

Dallest atmete tief durch. Er wirkte nicht gerade glücklich. »Da kreuzt unser Fossilienhändler auf. Darf ich vorstellen?« fragte er, als der Neuankömmling bei ihm angekommen war. »Monsieur Martini, ein … Nun, wir kooperieren seit Jahren.«

»Wir sind Geschäftspartner.« Martini steckte das Mobiltelefon in seine Jacketttasche wie eine Waffe und lächelte; mit seinem Gebiss hätte er Werbung für Zahnpasta machen können. Er trug eine stählerne Rolex am linken Handgelenk und duftete nach irgendeinem teuren Herrenparfum.

Blanc nannte seinen Namen, die seiner Kollegen und schüttelte ihm die Hand. Ein Griff wie ein Schraubstock. »Was für ein Zufall, dass Sie hier heraufgekommen sind, Monsieur Martini. Wir wollten sowieso mit Ihnen sprechen.«

»Ah bon?« Charmantes Lächeln, doch der Blick eines Raubtieres. Blanc hatte das in seiner langen Karriere hin und wieder gesehen – es war die Reaktion der klügeren Kriminellen, die wussten, dass es nichts einbrachte, offen gegen die Flics zu kämpfen, die aber rechtzeitig spürten, wann es gefährlich wurde. Wird nicht leicht werden, von diesem Typen etwas zu erfahren, was er uns nicht sagen will, fürchtete Blanc.

»Und da kommen meine Studenten aus der Mittagspause«,

sagte Dallest und deutete auf eine Gruppe junger Frauen und Männer, die demselben Weg folgten, den Martini genommen hatte. »Ich werde dann selbst mal einen Happen essen.« Er schien plötzlich froh zu sein, sich davonmachen zu können.

Martini wirkte, als wollte er etwas zu ihm sagen, ließ es dann aber bleiben. »Ich stehe ganz zu Ihrer Verfügung, *mon Capitaine*«, meinte er stattdessen und ließ wieder sein wölfisches Lächeln sehen.

»Es dauert auch nicht lange«, erwiderte Blanc, und das klang genauso freundlich und verlogen wie Martinis Satz. Der Kerl sollte ruhig wissen, dass er dieses Spiel auch beherrschte. Er berichtete kurz vom Mord und ihren Ermittlungen, ohne allzu viele Einzelheiten zu verraten. »Wir befragen alle Menschen, die sich zur fraglichen Zeit im Umfeld des Tatorts aufgehalten haben«, schloss er.

»Es tut mir leid für Professor Dallest, ich werde ihm mein Beileid aussprechen. Ich habe seinen Bruder bloß einmal gesehen«, erwiderte Martini.

Blanc fragte sich, ob dieser eine kühle Satz eine Floskel war. Oder ob Martini damit andeutete, dass er sofort begriffen hatte, dass es den Flics bei dieser Befragung nicht um den toten Ingenieur ging, sondern um den lebenden Christian Dallest.

»Wann haben Sie Roland Dallest gesehen?«, wollte Blanc trotzdem zuerst wissen.

»Das muss ein paar Tage her sein, vielleicht eine Woche, ich erinnere mich nicht mehr genau. Ich habe auf dem Parkplatz neben dem Staudamm Professor Dallest und seine Frau im Gespräch mit ihm gesehen. Ich kenne Christian gut und weiß, dass er einen Zwillingsbruder hat. Allerdings hatte ich ihn noch nie zuvor gesehen. Ich habe Roland Dallest die Hand geschüttelt, ein paar Worte mit ihm gewechselt. Aber das war es dann auch schon.«

»Mit Professor Dallest haben Sie aber schon lange Kontakt?«, fragte Fabienne.

»Oh, ja, da war er noch ein kleiner Assistent an der Universität. Wir kennen uns sicher schon zwanzig Jahre.«

»Und in all den Jahren haben Sie seinen Zwillingsbruder nie getroffen?«, vergewisserte sich Blanc verwundert. »Bis er hier an der Sainte-Victoire auftaucht?«

»Tja, es hat Jahre gedauert, bis ich überhaupt zum ersten Mal gehört habe, dass Christian einen Zwillingsbruder hat. Hatte. Christian hat ihn mir gegenüber nie erwähnt. Die beiden standen sich offensichtlich nicht sehr nahe.«

Marius nickte. »Am Freitag waren Sie also auf seiner Grabung?« Bei ihm klang das so, als wollte er sich bloß eine eher belanglose Einzelheit bestätigen lassen.

Doch Martini täuschte er damit nicht. Der Fossilienhändler verzog das Gesicht zu einem spöttischen Lächeln. »Ich frage Sie nicht, warum Sie zum tragischen Tod von Roland Dallest ermitteln, aber sich dabei nach meinem Besuch bei Christian Dallest erkundigen.« Er seufzte theatralisch. »Ja, ich war da.«

»Sie wollten ihm Fossilien abkaufen«, sagte Blanc.

»Aber Professor Dallest wollte nicht«, ergänzte Fabienne.

»Noch nicht.« Martini hob nonchalant die Hände, eine Geste, als wollte er sagen: *Mal gewinnt man, mal verliert man, so ist das Leben.*

Blanc dachte an die durcheinandergewirbelten Fossilien, die ihnen Péchenard gezeigt hatte. »Wie machen Sie das eigentlich, wenn ein Deal zustande kommt? Übergeben Ihnen die Paläontologen einen Karton voller Knochen, und Sie bieten das dann Ihren Kunden an?«

Martini lachte. »Wer würde Geld für einen Karton voller Knochen ausgeben?« Er schüttelte den Kopf. »Die meisten Knochen werden nie zu einem Skelett zusammengesetzt, die verschwinden in den Magazinen der Museen und Universitäten. Und dort ruhen sie in Kartons oder Schubladen und werden genauso wenig beachtet, wie sie all die Millionen Jahre zuvor im Erdreich nicht beachtet wurden. Nur Skelette, die einigermaßen vollständig geborgen werden, sagen wir: zu mindestens der Hälfte aller Knochen, und die zu seltenen Arten gehören oder die besonders groß oder anderweitig spektakulär sind, werden zusammengesetzt. In Europa haben sich nur eine Handvoll Werkstätten auf diese Arbeit spezialisiert. Ich arbeite mit Spezialisten in Bayern und in Oberitalien zusammen, sie sind die besten ihres Fachs. Ihnen übergebe ich die Knochen, die mir die Paläontologen verkauft haben. Sie setzen die Teile zusammen wie ein großes, dreidimensionales Puzzle. Fehlende Knochen werden aus Kunststoff nachgeformt, die können Sie später kaum von echten unterscheiden. Man kann während der Rekonstruktion sogar die Posen bestimmen: Will man einen T-Rex, der sich zu voller Größe aufgerichtet hat? Oder will man ihn lieber gestreckt laufend sehen, wie er ein Beutetier verfolgt?«

»Wie lange dauert die Arbeit der Werkstatt?«, wollte Fabienne wissen.

»Zwei, drei Jahre, das kommt auf die Größe des Tieres an und auf die Zahl der erhaltenen Knochen.«

»Wer bezahlt das?«

»Ich«, erklärte Martini gelassen. »Ich bezahle die Wissenschaftler. Ich bezahle die Werkstätten. Ich bezahle Hotels oder Galerien, in denen ich das rekonstruierte Skelett ausstelle; manche Exemplare schicken wir auf Tourneen durch mehrere Städte, die Saurier sind wie Popstars. Schließlich organisiere ich die Versteigerung. Und erst wenn der Hammer gefallen ist, weiß ich, ob sich der ganze Aufwand für mich gelohnt hat.«

Blanc lächelte fein. »Lassen Sie mich raten: Es gibt nicht viele Fossilienhändler auf Ihrem Niveau.«

Martini nickte ernst. »Jeder Trottel kann eine versteinerte Meeresschnecke verhökern. Aber bei dem, was ich mache, riskiert man ziemlich viel Geld. Und man muss einen langen Atem haben. Vom Fund bis zur Versteigerung vergehen Jahre. Man muss seine Geschäfte lange im Voraus organisieren.«

»Indem man die Paläontologen besucht, noch bevor sie die Fossilien überhaupt aus dem Erdreich geborgen haben«, schloss Blanc.

»Damit sie nicht vergessen, wer die Kelle bezahlt, mit der sie im Boden herumkratzen.«

Fabienne musterte Martini aufmerksam. »Sie sind für ihre risikoreichen Geschäfte auf die wenigen Paläontologen angewiesen, die Fossilien finden. Und die Paläontologen wiederum sind auf Sie angewiesen, wenn sie zur Finanzierung ihrer Grabungen Knochen verkaufen wollen, denn es gibt kaum einen anderen Händler.«

»Die Biologen nennen so etwas ›Symbiose‹.«

»Gewinnen Sie denn auch diesmal, Monsieur Martini?« Blanc sah ihm direkt in die Augen. »Und gewinnt Professor Dallest?«

Der Fossilienhändler grinste. »Deshalb lasse ich mich hier ja so häufig blicken. Ich muss Christian bearbeiten. Das war schon immer so. Anfangs kann er sich einfach nicht von seinen Funden trennen. Glücklicherweise versteht Marjorie mehr vom Geschäft. Am Ende ist es stets sie, die ihren Mann dazu bringt, auf den Handel einzugehen. Christian weiß genau, was er an ihr hat. Und falls er es doch einmal vergisst, dann muss er nur nach Velaux gehen, um zu sehen, wie es ohne sie wäre.«

»Zu Péchenard?«, fragte Fabienne.

»Und seinen zwei Assistenten, die mit ihrem vorsintflutlichen Gerät im Boden kratzen. Péchenard hat die Kurve nicht gekriegt, obwohl ...«

»Obwohl was?«, drängte Fabienne, als er nicht weitersprechen wollte.

»*Eh bien,* Sie werden es ja eh früher oder später herausfinden, wenn Sie hier schon herumschnüffeln. Marjorie war früher nicht bloß Péchenards Assistentin.« Er zwinkerte und wirkte einen Moment lang viel vulgärer als der Mann von Welt, der er zu sein vorgab. »Wenn er sich mehr um sie gekümmert hätte, dann würde Péchenard heute an der Sainte-Victoire graben und im Fernsehen auftreten, dafür hätte Marjorie schon gesorgt. Christian hingegen hat nicht bloß früh erkannt, dass Marjorie im Gelände ein unbestechliches Auge hat und Fossilien entdeckt, an denen andere achtlos vorbeigelaufen wären. Sondern dass sie auch am Verhandlungstisch ein Ass ist. Sie weiß genau, welche Deals möglich sind und welche nicht. Christian hat sie bei einem Kongress getroffen und sofort ihre einzigartigen Qualitäten bemerkt. Deshalb hat er sie nicht bloß angestellt, sondern auch gleich geheiratet.«

»Man kann auch aus Liebe heiraten«, warf Blanc ein.

Martini lachte hart auf. »Da ist mehr Liebe im Spiel, als Sie denken, *mon Capitaine*! Christian liebt Ruhm und Fossilien über alles. Marjorie liebt Geld und Fossilien über alles. Zusammen sind sie ein unschlagbares Paar!«

»Ein unschlagbares Paar!«, rief Marius spöttisch, als sie wieder im Streifenwagen saßen. »Marjorie hat dem einen Knochensammler einen Korb gegeben und dem anderen Millionen eingebracht. Sie ist diejenige, die mit ihren Deals die Karriere ihres Mannes erst ermöglicht hat.«

»Mit Hilfe von Martinis Geld«, erinnerte ihn Blanc.

»Trotzdem: Eifersucht und Geld!« Marius schnippte mit den Fingern. »Die beiden stärksten Mordmotive überhaupt. Péchenards Bett ist kalt, und seine Kasse ist leer, weil ihm Dallest die Frau weggeschnappt hat. Da könnte auch ein Heiliger zum Saurierzahn greifen.«

»Heilige haben immer kalte Betten und leere Kassen«, warf Fabienne grinsend ein.

»Du weißt ganz genau, wie ich das meine. Denkt doch einmal nach! Wir haben nur Péchenards Wort, dass er zu Dallest ging, um ihm von seinem angeblich spektakulären Fund zu berichten. Doch was hat uns der Typ schon gezeigt? Einige durcheinandergeratene Knochen. Vielleicht ist es genau so, wie Dallest gesagt hat: keine Weltsensation, sondern einfach nur ein paar versteinerte Gebeine. Und Péchenard weiß das auch. Das war nur ein Vorwand für ihn, um die Lage auszukundschaften. Vielleicht wollte er bloß sehen, wo genau Christian Dallest sich herumtreibt, was er macht, wer bei ihm ist. Dann lauert er dem Rivalen auf, um sich endlich an ihm zu rächen – nur weiß er nicht, dass an jenem Tag ein zweiter Dallest durch die Garrigue läuft. Er sticht den falschen Mann ab.«

»Und nachdem Péchenard klar wird, dass er einen Unschuldigen getötet hat, kehrt er auf seine Grabung zurück und kratzt Knochen frei, so als wäre nichts gewesen?«, wandte Blanc skeptisch ein. »Da ist man doch schockiert und hat ein schlechtes Gewissen, weil man einen Unschuldigen ermordet hat. Oder man ist wütend oder fühlt sich vom Schicksal hereingelegt, was weiß ich. Vielleicht ist man sogar ängstlich: Péchenard müsste dann doch ahnen, dass Christian Dallest ihn verdächtigt – und dann müsste er sich seinerseits vor der Rache fürchten. Aber an so etwas scheint er gar nicht zu denken.«

»Diesen Martini sollten wir aber auch noch nicht von

unserer Liste der Verdächtigen streichen«, mahnte Fabienne. »Der Typ hat es uns eben selbst erklärt: Es geht in seinem Geschäft nicht bloß um große Gewinne, sondern auch um ein hohes Risiko. Martini streckt nicht nur beeindruckende Summen vor, der muss auch jahrelang Geduld haben. Was ist, wenn ein Professor wie Dallest, der auch noch ein Fernsehstar ist, in dieser Zeit irgendein Fossil lächerlich macht? So wie zum Beispiel Péchenards Fund? Martini könnte die Knochen, in die er ein Vermögen investiert hat, nicht mehr zur Versteigerung anbieten, wenn Dallest sie für unbedeutend erklärt. Also ist der Fossilienhändler auf Dallest nicht nur angewiesen, um Nachschub zu erhalten. Er ist auch darauf angewiesen, dass Dallest während der langen Vorbereitungsphase nicht seine Meinung zu irgendeinem Fund ändert und ihn plötzlich kritisiert. Martini ist also doppelt von Dallest abhängig – eine ziemlich miese Verhandlungsposition, wenn Dallest ihm plötzlich nichts mehr verkaufen will.«

»Womit wir wieder bei Marjorie Dallest sind, die solche Verkäufe doch immer irgendwie einfädelt«, brummte Marius.

»Eins ist sicher«, schloss Blanc, »diese verdammten Knochenjäger haben uns noch längst nicht alles erzählt.«

Ein alter Mann erinnert sich

Am nächsten Morgen fuhren sie nach Le Tholonet, einer Gemeinde unterhalb des Stausees von Bimont, wo sich schon Cézanne ein Atelier eingerichtet hatte. Fabienne hatte herausgefunden, dass Hugues Vallauri dort wohnte, doch der ehemalige Bauarbeiter hatte nicht einmal einen Festnetzanschluss. Sie hofften, ihn noch zu Hause anzutreffen – sonst stand ihnen womöglich eine mühselige Suche in der Wildnis unterhalb der Sainte-Victoire bevor.

Eigentlich war Le Tholonet keine richtige Stadt, sondern ein Barockschloss, das in seiner Nachbarschaft gnädig ein paar Bauernhäuser entlang zweier Straßen und etliche im Waldesgrün verborgene und nicht ganz so bäuerliche Landhäuser duldete. Blanc parkte vor dem Schloss, das längst nicht so aufgebläht war wie Versailles oder die anderen Paläste, die er rund um Paris gesehen hatte: ein Herrenhaus, die Fassade in einem warmen ocker-orangefarbenen Ton verputzt, die Farbe der Fensterläden changierte, je nach Lichteinfall, zwischen Türkis und Graublau. Hinter dem Gebäude wuchs eine graue Felswand bis weit über den Dachfirst empor wie eine archaische Mauer, die das hübsche Schloss von der Wildnis an der Sainte-Victoire trennte, deren Flanken über Le Tholonet aufragten. Vor dem Anwesen erstreckte sich ein Park, den ein Wald mächtiger alter Platanen beschattete. Die Stämme der Bäume glänzten silbern, die meisten wuchsen in der Form eines riesigen »Y« dem Himmel entgegen, einige erinnerten Blanc an strammstehende Soldaten, bei anderen hatte ein nachsichtiger Gärtner Zweige anarchisch in alle Richtungen austreiben lassen. Wind rauschte in den Blättern, nur selten ließen sie einen Sonnenstrahl durch, der im Tümpel vor dem Schloss reflektiert wurde. Es duftete nach frisch gemähtem Gras. Blanc dachte an die wenigen Platanen vor seiner Ölmühle und an die unfassbare Menge schwerer brauner Blätter, die sich im Herbst wie eine Decke auf sein ganzes Grundstück legte. Aus dem Platanendschungel von Le Tholonet mussten ab September Dutzende Tonnen Laub niedergehen. Er fragte sich, wer diesen Schlosspark wohl freiharken musste.

Société du Canal de Provence stand auf der Fassade eines Wirtschaftsgebäudes am Eingang zum Schlosspark – wo Schilder darauf hinwiesen, dass dies ein Privatgelände war, Besucher nicht erwünscht seien und, falls diese Warnungen noch nicht deutlich genug waren, einige betont indiskrete Überwachungskameras klarmachten, dass man hier sehr aufmerksam war. Ein elektrischer Renault Zoe mit dem Logo der Gesellschaft SCP rollte nahezu lautlos an ihnen vorbei auf das Parkgelände.

»*Eh bien,* mit Wasser kannst du Schotter machen«, kommentierte Marius. »Das ist doch mal eine nettere Firmenzentrale als ein verglastes Hochhaus.«

»Das ist die Gesellschaft, die sich um die Wasserversorgung kümmert? Und auch um den Staudamm von Bimont?«, vergewisserte sich Blanc.

»Die residieren schon seit Jahrzehnten hier.«

Sieh an, dachte Blanc und bewunderte Samia Zerfaoui noch etwas mehr. Ihr kleines Ingenieurbüro verhandelte mit Unternehmen, bei denen einen schon die Auffahrt zum Firmengebäude einschüchterte. Er blickte auf das perfekt restaurierte Schloss und fragte sich, um wie viel Geld es eigentlich bei diesem Untersuchungsauftrag ging. Zehntausende Euro? Hunderttausende? Wäre Roland Dallest ein reicher Mann geworden, wenn er diesen Job beendet hätte? Musste er vielleicht deshalb sterben? Zumindest würde das Honorar, das die SCP an das Ingenieurbüro zahlte, nun ganz allein an Samia Zerfaoui fallen.

Sie folgten einige Hundert Meter der einzigen Straße, die vom Schloss wegführte, bis sie hinter einem Restaurant anstieg. Fabienne hielt das iPhone in der Hand und führte sie mit der Navigationsapp zum zweiten Haus rechts, ein schönes, altes zweistöckiges Gebäude, das einst sicherlich im gleichen Ockerton geleuchtet hatte wie das Schloss, das aber ganz sicher nicht von der Société du Canal de Provence verwaltet wurde, denn der Putz war stumpf und an manchen Stellen sogar stockfleckig schwarz geworden. Im ungepflegten, kleinen Vorgarten stand eine Plastikbank. Die mürbe wirkenden Fensterläden waren in einem fahlen Blau gestrichen, über der Tür war ein schwarzes Kabel nachlässig an der Mauer befestigt worden, vielleicht für eine Lampe, vielleicht war es auch eine alte Telefonleitung, und womöglich war diese wenig vertrauenerweckende Installation der Grund dafür, warum Vallauri keinen Festnetzanschluss hatte. Blanc klopfte an die Haustür, denn eine Klingel gab es auch nicht.

Ihnen öffnete ein Mann, der auf eine seltsame Art zugleich sehr alt und noch ziemlich jung wirkte. Hugues Vallauri zählte deutlich über achtzig Jahre, seine dunkle Haut war von Altersflecken überzogen, in Stirn und Wangen hatten sich tiefe Falten gegraben, sein bürstenartig geschnittenes Haupthaar und sein Schnauzbart leuchteten schlohweiß. Andererseits war er noch immer ein fast eins achtzig großer, breitschultriger Mann, er hatte keine Brille, trug eine helle Leinenhose, ein gebügeltes blaues Hemd und lederne Halbschuhe, eine dezidiert nicht-rentnermäßige Kleidung.

Blanc stellte sich und seine Kollegen vor. Vallauri schüttelte ihnen die Hand. Seine Rechte war so groß, kräftig und von Hornhaut überzogen, dass Blanc unwillkürlich an die Klauen gepanzerter Riesenechsen denken musste. Diese Paläontologen befeuerten wirklich die Fantasie. »Wir kommen …«

»… wegen dieses Ingenieurs, den man erdolcht hat, bevor er mich sprechen konnte«, unterbrach ihn Vallauri. »Ich habe schon mit Ihnen gerechnet.« Seine Stimme war tief, aber etwas heiser, er sprach ziemlich laut, so als wäre er ein wenig taub.

»Sie sind gut informiert«, bemerkte Fabienne trocken.

Vallauri hob gleichmütig die mächtigen Schultern. »Das ist mein Job. Ich muss alles wissen, was da oben vor sich geht.«

»Wo ist ›da oben‹?«, mischte sich Marius ein.

Der Alte lachte. »›Da oben‹ ist für mich nicht der Himmel, das ist mal sicher. Ich war mein Leben lang Kommunist. Ich meine das Naturschutzgebiet zwischen meinem Haus und dem Gipfel. Direkt hinter Le Tholonet fängt Cézannes Landschaft an. Ich halte sie in Schuss.«

In Schuss …, dachte Blanc. War das eine dahergesagte Phrase oder ein freudscher Versprecher, ein unfreiwilliger Hinweis auf das Verbrechen? »Wer hat Ihnen vom toten Ingenieur erzählt?«

»Madame Dallest. Ich bin ihr am Tag nach dem Vorfall in der Garrigue über den Weg gelaufen.« Vallauri schnaufte und schüttelte den Kopf. »Diese Dame hat sich schon in der Gewalt, das muss man sagen! Wenn man meinen Schwager umgebracht hätte, also ich … Na, egal. Madame Dallest hat es mir jedenfalls im gleichen Tonfall erzählt, wie sie mir auch erzählen würde, wenn irgendwo ein Baum auf einen Wanderweg gestürzt wäre, verstehen Sie? Sie informiert mich, weil ich das wissen muss, aber man hat schon gemerkt, dass es sie nicht wirklich interessiert.«

Blanc wechselte einen vielsagenden Blick mit Marius und Fabienne. »Haben Sie etwas Zeit für uns, Monsieur Vallauri?«

»*Mais oui,* bitte entschuldigen Sie, was bin ich für ein schlechter Gastgeber, dass ich Sie einfach an der Tür stehen lasse!« Vallauri bedeutete ihnen mit einer Geste, ihm ins Innere des Hauses zu folgen. »Meine Frau hätte mich ausgeschimpft. Aber seit Mireille nicht mehr bei uns ist und die Kinder ausgezogen sind, ist es still im Haus geworden. Da vergisst man schon mal sein gutes Benehmen.«

Er führte sie in einen kleinen Salon, dessen Flügeltüren zu einem überraschend großen und gepflegten rückseitigen Garten hin offen standen. Schweres Vanillearoma lag in der Luft, vermutlich aus einem Duftspender oder vielleicht hatte Vallauri auch kurz zuvor mit einem Parfum herumgesprüht. Auf Tischen, der Kommode, den Brettern des Bücherregals, überall standen gerahmte Fotos, die lachende Kinder, Frauen, Männer zeigten. Gattin, Kinder, Freunde, vermutete Blanc, die Spuren eines langen Lebens.

»Die meisten habe ich selbst gemacht«, erklärte Vallauri stolz, der Blancs Blick gefolgt war. »Ich habe immer schon gerne fotografiert. Meine erste Kamera war eine Kodak Box, die mir ein amerikanischer Offizier geschenkt hat, als wir im Herbst vierundvierzig ganz in der Nähe einen Militärflugplatz gebaut haben.«

»1944? Da waren Sie doch noch ein Kind«, sagte Blanc verwundert.

»Damals wurde man früher erwachsen als heute. *Eh bien,* ich war ein Botenjunge für die Amerikaner und wahrscheinlich auch so eine Art Maskottchen der Kompanie. Jedenfalls durfte ich den Apparat behalten, als die GIs weiterzogen. Setzen Sie sich.« Er deutete auf eine Ledergarnitur, die sehr alt war und tatsächlich so bequem, wie sie aussah. »Kaffee?«

»Nein, danke«, sagte Blanc.

»Nein, danke«, sagte Fabienne.

»Sehr gerne«, sagte Marius.

Vallauri verschwand durch eine Tür. Kurz darauf hörten sie von nebenan das Zischen einer Espressomaschine.

»Musste das sein?«, flüsterte Fabienne. »Jetzt hat der Alte Zeit, sich auf die Befragung vorzubereiten, während er dir einen Kaffee macht.«

Marius lächelte zufrieden. »Vallauri war tiefenentspannt, als wir hier ankamen. Der hat es gar nicht nötig, sich irgendetwas auszudenken. Dafür macht das Koffein ein paar Gehirnzellen munter. Wenn es bei mir hilft, dann auch bei einem Mann über achtzig.«

»Monsieur Vallauri? Meine Kollegin und ich haben es uns überlegt: Wir nehmen auch Kaffee!«, rief Blanc.

»Dachte ich es mir doch«, kam die zufriedene Antwort. »Sie sehen aus wie Kaffeemenschen.« Ihr Gastgeber kam nach einigen Minuten mit einem kleinen Tablett aus Blech zurück, auf dem er vier Espressi balancierte, deren Duft den Salon wärmte.

»Monsieur Vallauri«, begann Blanc, nachdem ihr Gastgeber am Kaffee genippt hatte, »können Sie sich noch daran erinnern, um welche Uhrzeit Sie vor vier Tagen auf der Ausgrabung von Professor Dallest waren?«

Der Alte kratzte sich am Kopf. »Manchmal kann ich mich an Dinge, die vierzig Jahre zurückliegen, besser erinnern als an das, was vor vier Tagen passiert ist. Lassen Sie mich nachdenken.« Er blickte aus dem Fenster. Ein Rotkehlchen hüpfte durch den Garten. »Gegen zehn Uhr, vielleicht war es auch schon halb elf, glaube ich. Ich wollte jedenfalls dem Professor nur kurz ›Salut‹ sagen.«

»Es gab keinen besonderen Grund für Ihren Besuch?«

Vallauri schmunzelte. »Ich sehe mir immer wieder gerne alte Knochen und junge Studentinnen an. Das ist hübscher als umgekehrt.«

Fabienne verschluckte sich an ihrem Espresso und hustete. »Hatten Sie einen besonderen Knochen im Auge? Oder eine besondere Studentin?«

»Pardon, ich hätte Sie warnen sollen, mein Kaffee ist wirklich stark, Mademoiselle. Ich bin gerne da oben auf der Grabung, denn die jungen Leute dort sind so, *eh bien*, so ernsthaft und fröhlich zugleich. Ernsthaft bei der Arbeit, geradezu hingebungsvoll, doch dabei fröhlich, freundlich, heiter. Wenn man beinahe neun Jahrzehnte auf dem Buckel hat, dann ist jedes lächelnde Gesicht ein Verjüngungsmittel.«

»Ernsthafte und fröhliche junge Leute könnten Sie jeden Tag auf dem Cours Mirabeau in Aix-en-Provence sehen, dafür müssten Sie nicht den halben Weg zur Sainte-Victoire hochsteigen«, wandte Marius ein.

»Ich gehe gerne jeden Tag meine Runden durch das Naturschutzgebiet, das hält mich fit. Ich kenne Professor Dallest seit seiner ersten Grabung in der Region, das ist sicherlich schon fünfzehn, zwanzig Jahre her. Da war er noch nicht mal verheiratet.«

»Seine Frau Marjorie hilft ihm sehr bei seinen Grabungen«, sagte Blanc wie nebenbei.

Doch Vallauri reagierte nicht auf diese Bemerkung, sondern zuckte nur mit den Achseln. »Eigentlich interessieren mich lebende Tiere mehr als tote. Als ich noch auf dem Bau gearbeitet habe, da konnte ich ein Rotkehlchen nicht von einer Meise unterscheiden. Erst als Rentner habe ich die Natur für mich entdeckt. Deshalb habe ich mich als Freiwilliger bei FFRandonnée gemeldet.«

»FFRandonnée?«, fragte Fabienne.

»Der Fédération Française de la Randonnée Pédestre. Sie sind nicht im Wanderverein, Mademoiselle?«

»Nicht, wenn ich es vermeiden kann.«

Vallauri räusperte sich, blieb aber unerschütterlich heiter. »Na, jedenfalls kümmere ich mich seit fünfundzwanzig Jahren um die Wanderwege an der Sainte-Victoire. Professor Dallest hat eine Lizenz und damit das Recht, für seine Grabungen eine kleine Fläche freizuräumen. Das erste Mal hat mir das trotzdem nicht gefallen, als er Büsche und Blumen ausgerissen und das Erdreich mit der Schaufel abgetragen hat, bis der blanke Fels zutage trat. Aber dann hat er mir Fossilien gezeigt und, nun, ich muss zugeben, das ist schon sehr interessant. Ich habe mich früher selbst mal für Fossilien interessiert, ist lange her, ich war noch sehr jung, aber das waren Versteinerungen, die ich mehr oder weniger einfach so in der Landschaft gefunden habe. Der Professor aber legt das Gelände richtig frei, wie ein Goldgräber. Deshalb schaue ich gerne bei ihm vorbei, wenn mich eine Inspektionsrunde in die Nähe seiner Grabung führt. So wie vor vier Tagen.«

Marius stellte die kleine Espressotasse behutsam ab und seufzte behaglich. »Kannten Sie auch den Bruder von Professor Dallest?«

»Ich habe ihn leider nur einmal getroffen, die Ähnlichkeit ist wirklich verblüffend. Wissen Sie, ich habe als ganz junger Mann am Staudamm von Bimont mitgebaut. Das war harte Arbeit, im Sommer, es war heiß ...« Vallauri verlor sich etliche Sekunden lang in Erinnerungen, dann räusperte er sich. »Einen Moment lang habe ich mich ernsthaft gefragt, ob Professor Dallest auf ›meinem‹ Staudamm Dinosaurier sucht. Ich bin zu ihm hingegangen und habe ihn gefragt. Und da hat sein Bruder gelacht und mich über meinen Irrtum aufgeklärt. Er hat gesagt, dass ihn Leute dauernd nach Dinosauriern fragen, weil sein Zwillingsbruder ja hin und wieder im Fernsehen ist und ihn die Leute deshalb zu kennen glauben. Als Roland Dallest dann erfahren hat, dass ich am Staudamm gearbeitet habe, wurde er sehr freundlich und wollte von mir Einzelheiten vom Bau wissen und auch, ob ich Fotos von damals habe. Die habe ich tatsächlich, ich habe sie mit der Kodak gemacht, und da hat er gesagt, er wird deshalb noch einmal auf mich zukommen. Er war dabei, irgendeinen technischen Bericht über den Staudamm zu schreiben, und wollte dafür meine Fotos haben. Können Sie sich das vorstellen? Bilder, die ich als vierzehnjähriger Bengel gemacht habe, für das gelehrte Gutachten eines Ingenieurs! Ich war mächtig stolz. Na, daraus wird ja jetzt wohl nichts.«

»Wusste Roland Dallest, dass Sie schwer zu erreichen sind? Ohne Telefon und Handy?«, fragte Fabienne.

»Ja, das habe ich ihm gleich gesagt. Ich mag diese modernen Dinger nicht, auf die die Leute die ganze Zeit starren. Und da drüben steht zwar ein Telefon«, er deutete auf eine Kommode, auf der Blanc tatsächlich einen grauen Apparat mit Wählscheibe entdeckte, »aber das funktioniert schon lange nicht mehr. Ob Sie es glauben oder nicht: Das vermisse ich gar nicht. Himmlische Ruhe. Nun, jedenfalls habe ich Monsieur Dallest, dem Herrn Ingenieur, meine ich, wo war ich?, nun, jedenfalls habe ich Dallest gesagt, dass er mich abends in Le Tholonet besuchen kann, oder er kann mir einen Brief schreiben. Nur wenn es dringend ist, dann muss er mich halt in der Landschaft suchen.«

»Wussten Sie denn, dass Roland Dallest Sie vor vier Tagen in der Landschaft gesucht hat?«

Vallauri schüttelte den Kopf. »Nein. Ich habe, wie gesagt, kurz bei Professor Dallest vorbeigeschaut. Dann habe ich meine Runde durch die Garrigue fortgesetzt. Aber den Bruder habe ich an diesem Vormittag nicht gesehen.«

»Dann wissen Sie auch nicht, warum Roland Dallest Sie sprechen wollte?«, hakte Blanc nach. »Wenn er Sie am Fuß der Sainte-Victoire gesucht hat, dann muss das ja offenbar dringend gewesen sein. Sonst hätte er Sie ja einfach abends besuchen können.«

Vallauri kratzte sich am Kopf. »Also, ich kann mir beim besten Willen nicht erklären, warum Monsieur Dallest mich so dringend sprechen wollte. Meine Fotos sind mehr als siebzig Jahre alt. Da kommt es auf ein paar Stunden früher oder später nicht an, oder?«

»Können Sie uns die Fotos zeigen, die Roland Dallest interessiert haben?«, bat Blanc. »Ich besitze selbst eine alte Leica.«

Vallauri pfiff durch die Zähne. »Das ist etwas anderes als die Kodak!« Er stemmte sich aus dem Sessel hoch, zog die Schublade einer Kommode auf und holte ein dickes, in Leder gebundenes Fotoalbum heraus. »Sehen Sie sich das an!«

Blanc und seine beiden Kollegen rückten zusammen. Sie betrachteten kleinformatige, aber erstaunlich gut belichtete Schwarz-Weiß-Fotos von den Bauarbeiten. Blanc erkannte das Tal wieder, in das sie mit Samia Zerfaoui hinuntergestiegen waren, nur war der Damm da erst eine gezackte Linie aus Beton und Steinen, umhüllt von einem Gespinst aus Gerüsten. Jenseits des Bauwerks war das Wasser noch nicht aufgestaut, auf manchen Aufnahmen erkannte er einen kleinen Fluss, der sich als schwarze Linie durch den Talgrund schlängelte. Ein Wunder, dass so wenig Wasser einen solchen See speisen konnte.

»Der da bin ich!« Vallauris mächtiger, behaarter Zeigefinger deutete auf einen sehr jungen Mann, eigentlich noch einen Jungen, der Arm in Arm mit anderen Arbeitern auf einem Gerüst posierte. Viele Kollegen schienen Blanc auch nicht älter zu sein, *mon Dieu,* hatten Kinder diesen Staudamm gebaut? Die meisten Arbeiter trugen Helme, doch stellten sie blanke Oberkörper zur Schau.

»Das war im Sommer neunundvierzig«, erklärte Vallauri. »Die Bauarbeiten waren bis dahin gut vorangekommen, doch in diesem Juli und August mussten wir wie verrückt schuften. Es war über dreißig Grad heiß, der Mistral blies manchmal so stark, dass wir uns am Gerüst festbinden mussten, um nicht in die Tiefe geweht zu werden.« Er lachte, während er das sagte. »Wir standen unter Zeitdruck, die Genossen im Betonwerk hatten nämlich eine Weile gestreikt. Wir hatten im Frühjahr zu wenig Nachschub erhalten und lagen hinter dem Zeitplan zurück. Der alte Rigaud, der den Damm entworfen hatte, hat uns die Hölle heiß gemacht. Als ob es nicht schon heiß genug gewesen wäre! Na, jedenfalls haben wir deshalb mitten im Sommer Überstunden eingelegt, um den Rückstand aufzuholen. So war das damals. Heute ist es ja normal, dass ein öffentliches Bauwerk zehn Jahre später fertig wird als geplant und dafür zehnmal mehr kostet. Wir waren damals noch pünktlich!«

Blanc betrachtete die Fotos eines nach dem anderen und versuchte, sie mit den Augen von Roland Dallest zu sehen: gelungene Aufnahmen von Arbeitern, vom Tal, vom wachsenden Staudamm. Auf den ersten Seiten des Fotoalbums erkannte man noch kaum etwas, vielleicht die Fundamente, vermutete er. Auf den letzten Seiten war der Staudamm vollendet, makellos und klar, und die Arbeiter posierten stolz auf der Oberkante, manche winkten mit ihrem Helm, andere formten das »Victory«-Zeichen mit den Fingern. Auf den ersten Fotos war Vallauri in der Tat ein schlaksiger vierzehnjähriger Bengel, auf den letzten war er größer und breiter geworden, blickte ernster – Vallauri war auf dieser Baustelle erwachsen geworden. Mit manchen dieser Bilder hätte Roland Dallest wirklich seinen technischen Bericht schmücken können. Andererseits hatte Vallauri recht: Deswegen musste sich niemand in der Mittagszeit auf die Suche nach jemandem in die Natur begeben. Roland Dallest hätte sich diese Bilder bequem in diesem Salon ansehen können.

»Können Sie sich wirklich keinen anderen Grund vorstellen, warum Monsieur Dallest Sie sprechen wollte?«

Vallauri kratzte seinen Schopf und schüttelte dann den Kopf. »Nein. Wie gesagt: Ich habe Monsieur Dallest ein paar Geschichten über die Bauarbeiten erzählt und ihm gesagt, dass ich Bilder gemacht habe. Das hat ihn sehr interessiert. Aber ansonsten haben wir ja nie wieder miteinander gesprochen, er weiß gar nichts von mir, warum sonst also hätte er mich suchen sollen? Vielleicht brauchte er doch dringend ein Foto?«

Wozu sollte Dallest dringend ein altes Bild haben wollen?, dachte Blanc, nickte aber schweigend.

»Vielleicht wollte Monsieur Dallest mit Ihnen über Franck Garro reden?«, schlug Marius vor.

Vallauris Heiterkeit erlosch schlagartig. »Warum sollte Monsieur Dallest das tun?«

»Er hatte Ärger mit Garro.«

Der alte Mann seufzte. »Tatsächlich? Wer hat den nicht? Noch einen Kaffee?«

Diesmal lehnte sogar Marius ab.

»Bon«, fuhr Vallauri fort, »Garro und ich sind so etwas wie Wolf und Bär.«

»Zwei Raubtiere?«, fragte Fabienne.

»Die sich um dasselbe Revier streiten.« Vallauri musterte sie alle der Reihe nach. »Haben Sie Garro schon verhört?«

»Ein Mal«, erwiderte Blanc.

»Das reicht auch, nicht wahr?« Er grinste schief. »Der Typ ist wie Hämorrhoiden: genau da, wo er nicht sein soll. Können Sie ihm eigentlich nicht das Handwerk legen?«

»Wir konzentrieren uns auf die Mordermittlungen«, erklärte Fabienne. »Wir haben gehört, dass Sie Garros Wanderrouten sabotieren.«

»Das ist aber nicht nett, Mademoiselle!«, fuhr Vallauri auf. »Sabotage, das klingt ja, als würde ich etwas zerstören! Im Gegenteil. Ich mache die Natur wieder intakt. Es ist dieser Garro, der die Natur sabotiert!«

»Sie haben sich schon mit ihm gestritten?«

»Öfter, als ich zählen kann. Wir laufen uns da oben sicherlich einmal die Woche über den Weg.«

Blanc beugte sich interessiert vor. »Ist dieser Streit auch schon mal eskaliert? Kam es zu Tätlichkeiten?«

Vallauri schüttelte den Kopf. »Leider nein.«

»Leider?«

»Ich warte ja auf einen Vorwand, dem Kerl mal eine runterzuhauen. Aber immer, wenn der Streit zwischen uns so richtig hochkocht, macht Garro im letzten Moment einen Rückzieher. Er sagt, er prügelt sich nicht mit einem alten Mann. Das ist doch auch schon wieder eine Beleidigung, finden Sie nicht? Ich könnte ihm auch dafür eine blutige Nase verpassen.«

»Hat Garro sich denn jemals mit anderen Leuten geprügelt?«, wollte Marius wissen.

Vallauri schüttelte den Kopf. »Nicht, dass ich wüsste.«

»Der Typ ist vielleicht friedlicher, als es den Anschein hat«, kommentierte Fabienne mit einer gewissen Befriedigung in der Stimme.

Der alte Arbeiter hob seine Hände, als wollte er sich für irgendetwas entschuldigen. »Mademoiselle, wenn dieser Kerl alleine durch die Landschaft laufen würde, würde ich vielleicht nicht einmal etwas sagen. Garro kennt sich in der Garrigue schon aus, das merkt man. Das Problem ist seine Internetsache.«

»Das Blog?«

»Heißt das so? *Eh bien.* Das sorgt jedenfalls dafür, dass wirklich jedes Mal, wenn Garro durch die Gegend um den Sainte-Victoire geht, kurz danach ganze Horden von Städtern querfeldein laufen. Wie eine Herde dem Leithammel folgt, verstehen Sie? Garro ist gewissermaßen immer schon mit einer unsichtbaren Armee unterwegs. Jeder, der ihn kennt, weiß: Jetzt kommen bald die nächsten Kerle durchs Unterholz und die nächsten und die nächsten. Allein schon, dass man bei seinem Anblick bereits weiß, dass es in den nächsten Tagen wieder Ärger geben wird, macht einen ganz wütend.«

»Monsieur Dallest hat Garro offenbar vorgeworfen, dass er sich zu nahe am Staudamm im Tal aufgehalten hat«, erklärte Blanc.

»Das wundert mich nicht.«

»Vielleicht wollte Monsieur Dallest deshalb so dringend mit Ihnen reden?«, hakte Marius nach. »Weil ja auch Sie im Konflikt mit Garro waren?«

Vallauri blickte ihn skeptisch an. »Was hätte ich denn tun sollen? Ich bin ja kein Gendarm.«

»Auch Professor Dallest wirft Garro vor, dass er seine illegale Route quer durch seine Ausgrabung legen will.«

»Das wundert mich ebenfalls nicht.«

»Aber mehr können Sie nicht zu dem Streit der Zwillingsbrüder mit Garro sagen?«

Vallauri schüttelte bloß den Kopf.

Blanc nickte, gab seinen Kollegen einen Wink und erhob sich. »Vielen Dank, dass Sie sich Zeit genommen haben, Monsieur Vallauri.« Als sie schon vor dem Haus standen, drehte er sich noch einmal um, kurz bevor der alte Herr die Tür hinter ihnen schließen konnte. »Vor vier Tagen, nachdem Sie die Grabung von Professor Dallest verlassen hatten: Wo waren Sie danach?«

»Ich habe weiter meine Runde gedreht.«

»Sie waren in der Gegend zwischen dem Staudamm und der Sainte-Victoire?«

»Wie immer.«

»Haben Sie da noch irgendjemanden gesehen?«

»Nein, es war ein ganz gewöhnlicher Tag, bis ich abends wieder nach Hause gekommen bin.«

Der Anarcho-Trekker von Velaux

Blanc hatte keine Lust, über die Autobahn zu rasen. Er nahm für den Rückweg die Landstraßen. Sie fuhren eine Zeit lang über die Route Départementale 64, weil sie dem Arc folgte. Der Fluss war nur ein paar Meter breit und schimmerte braun, da sein klares Wasser so flach war, dass der schlammige Grund wie unter einem Brennglas in der Sonne lag. Über die Jahrmillionen hatte sich der Arc tief in die grauen Felsen gegraben, sein Tal war mancherorts so eng wie ein Canyon. Fichten und Pinien hatten den Stein aufgesprengt und deckten die Hügelkuppen unter einem grünen, kühlen Teppich zu. Womöglich lagen Fossilien, die Millionen wert waren, unter dem Asphalt der Landstraße oder den Baumwurzeln oder den Schienen der vernachlässigt wirkenden Bahnlinie, die sich parallel zur Route Départementale entlangzog. Es fiel Blanc schwer, sich vorzustellen, dass dieses schroffe, karge Tal einmal ein tropisch schwüler flacher Sumpf gewesen sein sollte.

Sie fuhren unter den Bögen des Aqueduc de Roquefavour hindurch, einer Wasserleitung, die aussah wie der berühmte römische Pont du Gard auf Stereoiden: Das Aquädukt war im neunzehnten Jahrhundert aus Steinen gemauert worden, die im Nachmittagslicht gelb schimmerten. Es stand wie ein gigantischer Zaun quer im Tal des Arc, fast vierhundert Meter lang und über achtzig Meter hoch, Bögen über Bögen bis in schwindelnde Höhe, und ganz oben führte ein Kanal Wasser aus den Alpen bis nach Marseille. Staudämme und Aquädukte, um den Durst der Provence zu stillen, fuhr es Blanc durch den Kopf, Monumente vergangener Jahrzehnte, Denkmäler wagemutiger Ingenieure. Auf eine seltsame Art kreuzten sich hier die Zeitalter, die Welt der Dinosaurier und die der Menschen, steinerne Knochen und steinerne Monumente, Christian und Roland Dallest.

»Franck Garro stört die beiden Welten«, meinte Blanc und beendete das nachdenkliche Schweigen, das sie während der Fahrt bislang bewahrt hatten.

»Ich habe keine Ahnung, was du uns damit sagen willst, aber mich stört Garro jedenfalls nicht«, kommentierte Fabienne.

Blanc versuchte sich zu erklären: die Welt der Dinosaurier, die Welt des Menschen, Fossilien und Wasser. »Garro ist der Störenfried in beiden Welten. Er bringt die Paläontologen gegen sich auf, weil er gewissermaßen ihre Grabungen bedroht.«

»Und vermutlich auch, weil er sich hin und wieder selbst ein paar Fossilien einsteckt«, ergänzte Marius.

Blanc nickte. »Und Garro bringt die Ingenieure gegen sich auf, weil sie irgendwie den Eindruck haben, er würde ihre Bauwerke bedrohen.«

»Ja«, stimmte ihm Marius zu. »Garro verkracht sich mit wirklich jedem.«

»Darf ich euch Poeten daran erinnern, dass auch Vallauri ein Wanderer zwischen der Welt der Fossilien und der Welt des Wassers ist?«, warf Fabienne spöttisch ein. »Der Alte ist der einzige Mensch, der mit Christian Dallest *und* seinem Bruder Kontakt hatte – richtigen Kontakt, meine ich: keinen Streit und schlechte Laune, sondern echte Gespräche. Vallauri hilft dem Paläontologen bei seinen Grabungen, und er hätte Roland Dallest bei seinem Bericht geholfen, wenn der Mann noch leben würde. Vallauri ist die Verbindung zwischen den Zwillingsbrüdern. Übrigens hat der Alte kein Alibi. Nach seiner eigenen Aussage ist er nach seinem Gespräch mit Christian Dallest die ganze Zeit über in der Landschaft unterwegs gewesen, aber kein Zeuge kann sagen, wo genau er sich herumgetrieben hat. Sicher ist nur: Vallauri muss zum Zeitpunkt, als Roland Dallest ermordet wurde, irgendwo in der Nähe gewesen sein.«

»Ebenso wie Franck Garro«, erwiderte Blanc.

»Und ebenso wie Christian und Marjorie Dallest. Und Samia Zerfaoui. Und dieser Fossilienhändler Martini. Und Péchenard, der Forscher mit dem Storch.«

Blanc lächelte und hob beschwichtigend die Hand. »*D'accord,* Fabienne, niemand von denen hat ein Alibi. Aber Vallauri hat noch nicht einmal ein Motiv. Der Mann war stolz darauf, dass Roland Dallest ihn gebeten hat, seine Fotos abdrucken zu dürfen. Jeder Hobbyfotograf träumt davon, dass seine Bilder veröffentlicht werden.«

Fabienne blickte ihn amüsiert an. »Du auch mit deinem alten Apparat?«

Blanc dachte nach und nickte dann ernsthaft. »Ja, ich glaube schon. Das ist die Eitelkeit des Amateurs, der wenigstens einmal in seinem Leben Profi sein möchte. Wenn ich in meiner Freizeit Möbel tischlern würde, dann wäre ich vermutlich auch stolz, wenn mir tatsächlich mal jemand eine Kommode abkaufen würde. Und als Fotograf träumst du davon, deine Bilder zu zeigen. Vielleicht hat Vallauri in seinem langen Leben nie zuvor ein solches Angebot erhalten. Er hätte also jeden Grund, Roland Dallest auf Händen zu tragen – und keinen, ihm einen versteinerten Riesenzahn in die Brust zu stoßen.«

»Es sei denn, Roland Dallest wollte an jenem Tag den Alten sprechen, um ihm mitzuteilen, dass er seine Fotos doch nicht in den Bericht aufnehmen wird. Immerhin schien seine Partnerin ja von Anfang an nicht gerade begeistert gewesen zu sein von dieser Idee. Da könnte Vallauri aus Enttäuschung zum Mörder geworden sein. Ein spontaner Wutanfall, Roland Dallest baumelt der Saurierzahn gewissermaßen zum Greifen nah am Hals, und erinnere dich an Vallauris eisenharte Hände …«

»Ein beinahe Neunzigjähriger wird nicht wegen ein paar alter Fotos zum Mörder«, erwiderte Blanc. Doch er musste im Geiste zugeben, dass es keinen Beweis gab, der Fabiennes Theorie widerlegte.

Er sah ein Hinweisschild am Straßenrand: Velaux. »Was haltet Ihr davon, wenn wir abbiegen und Garro noch einen spontanen Besuch abstatten?«, fragte er, wartete aber die Antwort seiner Kollegen gar nicht erst ab, sondern stieg auf die Bremse und nahm die Abzweigung nach Velaux.

Das Städtchen thronte auf einem Hügel und war so typisch für den Midi, dass es jede Postkarte aus der Provence hätte zieren können: alte Häuser in verwinkelten Gassen unter einer Burgruine, dazu eine mittelalterliche Kirche, ein Rathaus aus einer Epoche, als Frankreich noch gemütlich war, ein Platz unter Platanenschatten, und irgendwo plätscherte ein Brunnen. Die schmalen Fassaden waren in hellen Tönen oder ockerfarben verputzt, meist waren sie ein paar Handbreit über den gepflasterten Gassen dunkler als weiter oben. Entweder bleichte die Sonne die höher gelegenen Stellen aus oder der Boden war so feucht, dass Wasser ins Mauerwerk drang, obwohl Velaux auf einer felsigen Erhebung stand.

Sie fanden Garros Haus in der Nähe der Kirche. Eine perfekt gepflegte Citroën Acadiane parkte davor, ein Lieferwagen aus Großvaters Zeiten, den sich Studenten zu Campern ausgebaut hatten, als Blanc noch ein sehr junger Gendarm gewesen war. Er fragte sich, ob das Garros Wagen war. Die hölzernen Läden vor den Fenstern und der Eingangstür mussten erst vor Kurzem in einem leuchtenden Blau gestrichen worden sein. Auf den Türflügel hatte er ein rautenförmiges gelbes Warnschild angeschraubt, wie sie in der kanadischen Wildnis standen: *»Next 10 km«* und darunter ein Grizzlybär.

»Ich wette, das hat er sich aus Kanada mitgebracht«, sagte Fabienne und klang dabei etwas neidisch.

»Oder Garro hat auch schon mal Vallauris Spruch vom Bär und dem Wolf im selben Revier gehört, und das ist eine ironische Provokation«, erwiderte Blanc und deutete auf eine Stelle oberhalb der Tür. Dort hatte Garro einen Spruch in die Wand eingeritzt: *»Non au PLU«, Plan Local d'Urbanisme.* Es gab immer wieder Hausbesitzer, die etwas am Flächennutzungsplan ihrer Stadt auszusetzen hatten, aber wer würde sich deshalb gleich eine Protestparole in die Fassade kratzen?

»Ich wette zehn Euro, dass Garro sich auch mit sämtlichen Nachbarn zerstritten hat«, sagte Marius und blickte Fabienne herausfordernd an. Doch selbst sie ließ sich darauf nicht ein.

Da es keine Klingel gab, klopfte Blanc an die Tür.

Nach ein paar Augenblicken öffnete Garro ihnen. »Sie schon wieder! Haben Sie denn nichts zu tun?«

»Im Gegenteil. Deshalb sind wir hier«, erwiderte Blanc freundlich. »Dürfen wir eintreten?« Er wartete die Antwort gar nicht erst ab und drängte sich am jungen Mann vorbei.

Garro ließ auch Fabienne und Marius widerwillig hinein und führte sie alle in einen hellen Raum, der ihm vielleicht ebenso als Arbeits- wie als Wohnzimmer diente. Die Möbel waren aus Holz und sahen selbst gezimmert aus: ein Schreibtisch, drei Stühle, zwei Bänke, ein Regal voller Becher und Tassen aus dunklem Ton, die auch wirkten, als hätte er sie selbst getöpfert. Dunkelrot leuchtende, mit Wachs versiegelte Tonfliesen bedeckten den Boden, die Wände waren weiß verputzt, die Holzbalken, die die Decke trugen, waren gekalkt. Ein Raum wie aus dem Mittelalter – nur der große, aluminiumfarben glänzende Apple-Computer mitten auf dem Schreibtisch passte nicht dazu.

»Hier entsteht Ihr Blog?«, fragte Marius.

Garro nickte, und Blanc hätte schwören können, dass er stolz war, aber das nicht zeigen wollte. »Das ist meine Werkstatt«, erklärte er und deutete mit einer etwas zu nachlässigen Geste auf den teuren Rechner. »Der Computer ist mein Werkzeug, eigentlich nicht anders als eine Säge oder ein Hobel für einen Tischler.«

Ein Haus in Velaux, ein professioneller Computer, Blanc kannte Studenten, die mit weniger auskommen mussten. Er fragte sich, ob allein das Blog so viel Geld abwarf. »Haben Sie ein Stipendium?«

Garro starrte ihn verblüfft an. »Sehe ich aus wie jemand, der bei irgendeiner Organisation um eine mildtätige Gabe bettelt?«

»Stipendien muss man sich durch gute Leistungen verdienen.«

Ihr Gastgeber schnaubte. »Ich bleibe lieber unabhängig. Mein Blog ist mein Stipendium.« Er lachte, doch als er merkte, dass niemand mit ihm lachte, wurde er wieder ernst. »*D'accord,* ich habe geerbt. Ist doch keine Schande, oder? Meine Eltern haben ihr Leben lang hart gearbeitet. Es war ihr Haus.«

»Ihre Eltern sind schon lange tot?«, fragte Fabienne mitfühlend. Sie hatte ihren Vater erst im vergangenen Monat verloren.

»Ich war noch auf dem Lycée. Meine Eltern waren in den Alpen beim Bergsteigen. Maman und Papa hatten sich aneinandergeleint, sie sind deshalb gemeinsam abgestürzt. Es war eine Route, die man in jedem Bergführer findet. Sie galt als ›mittelschwer‹. Vielleicht mache ich deshalb meine eigenen Routen.« Er sah aus einem kleinen Fenster in einen Innenhof, der von einer großen Feige beschattet wurde. Das Sonnenlicht wurde von den fleischigen Blättern gefiltert, die Luft über den Steinplatten flimmerte grün, als wäre der Hof der Grund eines großen Aquariums.

Blanc räusperte sich. »Wegen Ihrer Routen möchten wir mit Ihnen sprechen. Sie haben vor vier Tagen mit Bauschaum eine neue Route markiert. Dürfen wir sie sehen?« Er deutete auf den Computer.

»Wollen Sie mein Blog verbieten?«

»Wir wollen eine Wanderroute sehen«, erklärte Marius geduldig. »Das können wir selbstverständlich auch auf dem eigenen Rechner tun, aber da wir nun schon mal hier sind ...«

»Na schön.« Garro setzte sich an den Schreibtisch und berührte die Maus. Der Monitor wurde hell. Blanc erkannte, dass Garro schon auf seinem Blog eingeloggt war, vielleicht hatten sie ihn bei der Arbeit unterbrochen. »Sehen Sie: Das ist die Route, die ich vor vier Tagen markiert habe.«

»Der Eintrag ist aber erst drei Tage alt«, meinte Fabienne.

Garro warf ihr einen misstrauischen Blick zu. »Ich brauche immer mindestens einen Tag, bis ich alles aufgeschrieben habe. Und dann muss ich Fotos hochladen und die Karte anfertigen.«

»Verstehe«, sagte Blanc, aber in einem Tonfall, der eigentlich signalisierte: Diese Erklärung hat mich nicht überzeugt.

Der junge Student brummte Unverständliches und fuhr mit dem Mauszeiger über die Karte. Sie konnten der Route virtuell folgen. Blanc, der die Gegend um die Sainte-Victoire nicht sehr gut kannte, konnte nicht beurteilen, ob sie schwierig oder einfach war und was überhaupt besser daran sein sollte, dieser Route zu folgen statt irgendeinem der offiziellen Wanderwege. Er sagte aber nichts, sondern betrachtete die Karte: Garros als orangefarbene Linie markierter Weg führte vom Parkplatz am Staudamm von Bimont vorbei in einem großen

Bogen durch die Hügel unterhalb des Berges. Dort, wo Dallests Ausgrabungsfläche lag, machte sie einen Knick – die Folge der Blockade durch die Paläontologen, vermutete er. Und von der Saurierfundstelle zurück zum Parkplatz führte sie exakt über die Stelle, an der Roland Dallest gefunden worden war.

»Um welche Uhrzeit waren Sie dort?«, fragte Blanc und deutete auf diesen Punkt.

Garro zuckte mit den Achseln. »Keine Ahnung. Das war, nachdem ich diesem verdammten Saurierforscher ausweichen musste. Die Route habe ich aber ziemlich schnell ausgelegt, ich musste nicht drei- oder viermal neu ansetzen wie sonst manchmal. Ich würde sagen, es muss irgendwann am späten Vormittag gewesen sein. Zum Mittagessen war ich auf jeden Fall wieder am Parkplatz.«

»Haben Sie dort jemanden gesehen?«, wollte Fabienne wissen.

Er schüttelte den Kopf. »Niemanden.«

Blanc lehnte sich zurück. Der Holzstuhl war erstaunlich bequem. Garro wollte am späten Vormittag dort vorbeigegangen sein und nichts gesehen haben. Samia Zerfaoui hatte zur frühen Mittagszeit ihren Kollegen tot im Gebüsch gefunden. Wie viel Zeit mochte dazwischenliegen? Ein paar Minuten? Eine halbe Stunde? Entweder hatte Garro soeben die Wahrheit gesagt. Dann musste er auf jeden Fall relativ kurz vor dem Mord am Tatort vorbeigekommen sein, hatte aber weder den Mörder noch sein Opfer gesehen. Das wiederum ließ einige Hypothesen zu: Roland Dallest und der Täter konnten sich nicht sehr lange unterhalten, womöglich gestritten haben, denn dann hätte Garro sie getroffen. Und der Unbekannte konnte an dieser Stelle auch nicht einen Hinterhalt vorbereitet und gewartet haben, denn dann wäre er Garro ebenfalls aufgefallen. Also mussten sich Dallest und sein Mörder an diesem Ort getroffen haben, und es war innerhalb kürzester Zeit zum tödlichen Anschlag gekommen.

Oder aber Garro hatte gelogen. Dann war er der Mann, der zur fraglichen Zeit am Tatort gewesen war.

»Sie haben auch eine Route durch das Tal unterhalb des Staudamms von Bimont markiert. Dürfen wir uns die ebenfalls ansehen?«, bat Marius.

»Klar.« Garro zögerte nicht eine Sekunde. Ein paar Klicks, dann war immer noch dieselbe Karte zu sehen, nun aber mit einer anderen, rot markierten Linie durch das Gelände. Tatsächlich führte ein Abschnitt die steile Talflanke hoch, genau dort, wo Samia Zerfaoui es ihnen gezeigt hatte.

Marius deutete darauf. »Deshalb haben Sie sich mit Roland Dallest gestritten.«

»Habe ich nicht«, erwiderte Garro, eher erstaunt als trotzig.

»Er hat Sie zur Rede gestellt, weil Sie Ihren Weg in einem Gelände markiert haben, das in der Sperrzone um den Staudamm liegt«, erklärte Marius geduldig.

Garro schüttelte den Kopf. »Da haben Sie wohl etwas missverstanden. Seine Kollegin wollte mich fertigmachen.«

»Madame Zerfaoui?«, vergewisserte sich Fabienne überrascht.

»Die Blondine. Keine Ahnung, wie sie heißt, sie war jedenfalls nicht in der Stimmung, mir ihre Telefonnummer zu geben. Die hat oben auf dem Staudamm auf mich gewartet. Die war so was von wütend auf mich, dagegen ist ja selbst der alte Hugues Vallauri ein lieber Märchenonkel.« Garro lächelte aber in der Erinnerung, offenbar hatte er den Streit durchaus genossen. »Eigentlich schade. Sie sah wirklich gut aus.«

»Sind Sie sicher?« Das war eine bescheuerte Frage, aber Blanc musste einfach noch mal nachhaken. »Sie kommen aus dem Tal, Madame Zerfaoui wartet auf dem Staudamm, es kommt zum Streit?«

»Genau so war es.«

»Warum war Madame Zerfaoui so wütend?«

»Vielleicht war ich nicht ihr Typ.« Garro lachte über seinen eigenen Scherz mit jener Selbstsicherheit charismatischer Männer, die denken, dass sie eigentlich der Typ jeder Frau auf Gottes Erdenrund sind. Dann nahm er sich zusammen. »Also, ehrlich gesagt, ich habe keine Ahnung. *D'accord,* ich markiere einen Weg, wo vorher keiner war. Aber deswegen muss man doch nicht gleich ausflippen! Ich bin dem bescheuerten Damm sicher nie näher als fünfzig Meter gekommen. Aber die Frau hat mich nicht einmal richtig zu Wort kommen lassen. Die hat mich gleich angebrüllt, dass das verboten ist, was ich getan habe, und dass sie mich anzeigen wird und solche Sachen. Die war eine Furie. Wenn ihr Kollege nicht dazwischengegangen wäre, hätte die mir noch die Augen ausgekratzt.« Er lachte aber schon wieder, so als wäre auch dieser Gedanke eigentlich absolut absurd.

Marius räusperte sich. »Nur, damit keine Missverständnisse aufkommen: Sie haben sich mit Madame Zerfaoui gestritten – und es war Roland Dallest, der sie getrennt hat?«

Garro schüttelte verwundert den Kopf. »Der sah genauso aus wie sein arroganter Bruder, der Professor. Er war aber ein ganz anderer Typ: ruhig, sachlich, eigentlich nett. Er hat die Blondine beruhigt und auch mit mir ganz vernünftig gesprochen. War ein seltsames Gefühl: Du hast diesen Kerl vor dir, der genauso aussieht wie der dämliche Saurierforscher, der genauso spricht, ich meine, der hat sogar dieselben Wörter benutzt, die der Professor benutzen würde, wenn Sie verstehen, was ich meine. Absolut identisch. Na ja, fast. Der Mann auf dem Staudamm hatte Hörgeräte, das habe ich gemerkt. Ich konnte mich eigentlich gut mit ihm unterhalten, doch solange seine Kollegin rumgeschrien hat, konnte er mich nicht richtig verstehen. Ich habe dann mehr oder weniger genau in sein Hörgerät hinterm Ohr gesprochen.« Garro nickte. »Na, jedenfalls war das alles ganz okay. Dann hat sich auch die Blondine beruhigt, und ich bin gegangen.«

»Madame Zerfaoui hat Sie später bei den Kollegen der Police Nationale in Aix angezeigt«, verkündete ihm Fabienne.

Er starrte sie mit großen Augen an. »Was Sie nicht sagen?! Die haben sich noch nicht bei mir gemeldet. Eigentlich hätte ich sie anzeigen können, wegen Beleidigung.«

»Sie hatten bei der letzten Befragung erklärt, dass Sie sich nicht um die Leute vom Staudamm kümmern«, meinte Blanc. »Dass Sie sie gar nicht kennen. Dass Sie nicht einmal wüssten, ob dort Menschen arbeiten.«

»*Eh bien,* ich hatte da den Streit schon wieder vergessen.«

»Einen Streit, der so heftig ist, dass er mit einer Anzeige endet?«

Garro machte eine wegwerfende Geste. »Das mit der Anzeige haben Sie gesagt, davon weiß ich nichts. Und Streit … *Mon Dieu,* ich streite mich ständig da oben an der Sainte-Victoire. Mit Hugues. Mit dem verrückten Professor. Mit dem Knochenhändler. Mit irgendwelchen Wanderern. Ich kann mir nicht alles merken. Lass Arschlöcher vor sich hin stinken und mach deine eigenen Sachen, das sage ich mir immer. Ich hatte bei dem ersten Verhör wirklich nicht mehr daran gedacht.«

Blanc glaubte ihm nicht, und er hatte seine Zweifel, ob er ihm die Geschichte einer furienhaften Samia Zerfaoui und eines streitschlichtenden Roland Dallest abkaufen sollte. Dann stutzte er und ihm fiel auf, was Garro gerade wie nebenbei gesagt hatte: *mit dem Knochenhändler.* »Sie kennen Monsieur Martini?«

»Der läuft da oben ja auch ständig herum und besucht seinen Kumpel Dallest und seine Frau mit dem Kampfanzug. Da bin ich ihm auch mal begegnet. Martini wollte mir doch glatt das Dinosaurierei abkaufen!« Garro schüttelte den Kopf. »Da gehst du durch die Büsche, triffst einen aufgetakelten Typen, den du nie zuvor gesehen hast, und das Erste, was er sagt, ist: ›Verkaufen Sie mir das Fossil.‹ Der hat mich nicht mal gefragt, das war eher so eine Art Befehl. Na, ich lasse mir aber nicht gerne Befehle erteilen.«

»Woher wusste Martini überhaupt, dass Sie ein Ei gefunden haben?«, fragte Blanc.

»Ich habe es in der Hand gehalten, weil ich es erst kurz zuvor entdeckt hatte. Jedenfalls habe ich Martini gesagt, was ich von Befehlen halte. Daraufhin hat er behauptet, dass ich ein Dinosaurierei gar nicht mitnehmen dürfte und er mich eigentlich anzeigen könnte. Sehen Sie, wie das ist? Irgendwie gerate ich dauernd in einen Streit. Danach habe ich mich erst einmal erkundigt, mit wem ich mich da oben beinahe geprügelt hätte. Das Ergebnis war ganz interessant. Hier.« Garro klickte sich durch sein Blog, bis er einen Eintrag gefunden hatte, der drei Wochen alt war. Blanc, Fabienne und Marius lasen.

Fabienne pfiff durch die Zähne. »Klingt wie das Kommunistische Manifest.« Sie meinte das nicht kritisch.

Es war eine Art Generalabrechnung mit Martini, die ziemlich unvermittelt zwischen Einträgen über Routen und allgemeinen Tipps für Wanderungen stand, die Garro sonst so postete. Inhaltlich fand Blanc den Text eigentlich ganz vernünftig, zudem erinnerte er ihn an das, was Péchenard bereits über Martini gesagt hatte: Dadurch, dass Fossilienhändler Skelette verkauften, verschwanden die schönsten Fundstücke aus der Öffentlichkeit. Außer einen oder zwei Privilegierten konnte niemand mehr den besterhaltenen Tyrannosaurus oder den mächtigsten Triceratops sehen, dabei gehörten solche Schätze in Museen, wo sie jedermann bewundern könnte, vor allem Kinder, denn um deren Erziehung zur Ehrfurcht vor der Natur ging es doch. Die Sprache allerdings war heftig. Garro schimpfte Martini einen *gewissenlosen Dealer, der immer schon gedealt hat, früher mit Drogen, jetzt mit Knochen, weil das lukrativer ist.*

»Hat Martini Sie angezeigt?«, fragte Marius. »Entweder wegen des Fossils, das Sie mitgenommen haben? Oder wegen Beleidigung?«

Garro lachte hart auf. »Ich habe mich gründlich über Martini erkundigt, bevor ich das geschrieben habe. Der Typ ist so ungefähr der Letzte, der freiwillig zu den Flics gehen würde!«

Interessant, dachte Blanc, das würde er nachher überprüfen. Doch erst einmal musste er wissen, wie die Geschichte zwischen Martini und Garro weiterging. »Hat er Sie denn danach persönlich zur Rede gestellt?«

»Ich bin ihm seitdem noch nicht wieder begegnet. Aber der Professor war wütend, dass ich Martini eins ausgewischt habe. Ist ja auch kein Wunder, Dallest ist ja an den Geschäften beteiligt, ich habe gewissermaßen seinen Dealer beleidigt. Das heißt, eigentlich …«

»Eigentlich was?«, ermunterte ihn Marius, als er nicht weitersprechen wollte.

»Eigentlich hat mich die Frau von Dallest deshalb blöd angemacht. Sie meinte, ich hätte keine Ahnung, wie Wissenschaft heute funktioniert. Ich habe ihr daraufhin klargemacht, dass sie diejenige ist, die keine Ahnung hat. Sie gehört zu den Forschern, die die Natur bei ihrer Arbeit plündern, so wie man das vor hundert Jahren gemacht hat, als man ein Tier getötet und ausgestopft hat, um es dann zu untersuchen, verstehen Sie? Wenn du heute forschst, dann hast du Respekt vor der Natur, du plünderst sie nicht länger aus. So habe ich das später auch in meinem Blog geschrieben.«

»War Madame Dallest da nicht beleidigt?«

Garro zuckte mit den Achseln. »Als wir uns gestritten haben, hatte ich das ja noch nicht gepostet. Und später … Na, sie und ich, wir führen nicht gerade intensive Gespräche. Ich habe keine Ahnung, was sie davon hält.«

»Madame Dallest war aber in diesem Streit, sagen wir: energischer als ihr Mann?«, vergewisserte sich Fabienne.

»Kann man so sagen. Der Professor ärgert sich vor allem über die Wanderer, die sein Ausgrabungsfeld sehen könnten. Aber es ist seine Frau, die die lukrativen Geschäfte mit Martini einfädelt. Sie wollte nicht, dass ich ihren netten kleinen Handel störe.«

Später saßen Blanc und Marius in ihrem Büro auf der Gendarmerie-Station in Gadet. Durch die Kronen der Platanen vor dem Gebäude tobten Meisen, zwitschernde graubraune Federbälle in einer Wolke grüner Blätter. Blanc mochte sie, hatte jedoch eigentlich noch nie besonders auf diese unbesiegbar fröhlichen Tiere geachtet. Inzwischen jedoch hatte er für seine Ermittlungen ein paar Texte über Dinosaurier gelesen und wusste, dass die Wissenschaftler Vögel gewissermaßen zu den Nachfahren der Dinosaurier erklärt hatten. Er beobachtete eine Meise, die von ihrem Ast aus wachsam in sein Zimmer blickte, dabei dachte er an den versteinerten Oberschenkelknochen, den er auf der Ausgrabungsstelle von Christian Dallest gesehen hatte: Titanosaurier – Meise, die Evolution war doch irre. Er fragte sich, ob die Paläontologen nicht vielleicht die ganze Welt für dumm verkauften und sich abends beim dritten Bier in kleiner Runde kaputtlachten über die Naivität staunender Laien wie ihn. Dann nahm er sich zusammen. Selbstverständlich waren das Wissenschaftler, und selbstverständlich sagten sie die Wahrheit. Obwohl diese ganz speziellen Wissenschaftler, die er im Kopf hatte, ganz sicher nicht immer die Wahrheit sagten ...

»Was hältst du von Vallauri?«, unterbrach Marius seine Gedankengänge.

Blanc zuckte die Achseln. »Er findet sich an der Sainte-Victoire mit geschlossenen Augen zurecht, er sammelt Fossilien, er kennt Christian und Roland Dallest, er ist kräftig, hat kein Alibi, kurz: Er wäre der ideale Mörder. Er weiß besser als jeder andere, wo man da oben einen Hinterhalt legen kann. Er weiß, dass ein Saurierzahn eine mörderische Waffe ist. Er hat die Muskeln, um damit zuzustoßen. Und er ist so alt, dass Roland Dallest sicher kein Misstrauen geschöpft hätte, wenn er sich ihm genähert hätte. Nur, *merde,* warum um alles in der Welt sollte Vallauri so etwas getan haben? Das ergibt überhaupt keinen Sinn.«

»Man kann auch nicht gerade behaupten, dass er nervös war, als wir bei ihm aufgekreuzt sind«, ergänzte Marius.

»Im Gegensatz zu Garro. Der war nervös, auch wenn er versucht hat, das zu verbergen.«

»Wenn drei Flics unangemeldet in deinen vier Wänden auftauchen, dann ist es normal, wenn du nervös wirst«, sagte Fabienne, die eingetreten war, ohne dass sie sie gehört hatten. »Vielleicht macht es Vallauri verdächtig, dass er gerade nicht nervös war. Vielleicht ist er so selbstsicher, weil er glaubt, dass wir ihm niemals auf die Spur kommen werden.«

»Wenn jemand unverdächtig ist, dann macht gerade das ihn verdächtig«, spottete Marius gutmütig. »Sag uns lieber, was du ausgegraben hast.«

Fabienne hatte sich eine Zeit lang vor ihren Rechner gesetzt, um zu recherchieren, ob an den wilden Anschuldigungen gegen Martini, die Garro erhoben hatte, irgendetwas dran war. »Wir haben Martini im System«, verkündete sie, klang dabei jedoch nicht übermäßig enthusiastisch. »Das ist aber eine ziemlich alte Geschichte. Ange-Toussaint Martini stammt aus einer Familie von Pieds-Noirs, die in den Sechzigerjahren aus Algerien zurückgekehrt sind. Ihr kennt das: Franzosen, die nach der Unabhängigkeit drüben in Algerien alles verloren hatten und hier bitterarm neu anfangen mussten. Sie kamen in einem der Quartiers Nord von Marseille unter, das waren kurz nach ihrer Fertigstellung begehrte Sozialwohnungen, nicht solche Vorhöllen wie heute. Martini verlässt die Schule schon nach dem Collège, wie es scheint, ohne Abschluss. Was er zuerst macht, weiß ich nicht – vielleicht hat er ja wirklich mit Drogen gedealt, wie Garro behauptet. In der Datenbank der Gendarmerie landet er erst in den Achtzigerjahren, weil er an der Côte d'Azur in großem Maßstab gefälschte Rolex-Uhren verkauft hat. Er bekam ein Jahr auf Bewährung. Interessant ist, dass man damals seine Wohnung durchsucht und die Fälschungen beschlagnahmt hat. Aber neben den Rolex-Blendern, einer Pistole und ein paar Tausend Francs in bar sind seinerzeit auch, ich zitiere den Bericht, ›einige Versteinerungen aufgefunden worden‹.«

Blanc nickte nachdenklich. »Martini hat uns gegenüber ausgesagt, dass jeder Trottel eine versteinerte Meeresschnecke verkaufen könnte.«

»Da spricht er vielleicht aus Erfahrung. Die Kollegen von damals haben sich nur für die Fälschungen interessiert. Mit den Fossilien haben sie letztlich nichts anfangen können, und vermutlich ist es ja nicht mal illegal, wenn ein paar Versteinerungen bei dir auf dem Regal liegen. Aber vielleicht verbergen sich da die Anfänge des heute unter Paläontologen weltberühmten Fossilienhändlers Ange-Toussaint Martini: Er hat als fliegender Händler seinen Kunden an der schicken Côte d'Azur möglicherweise auch Versteinerungen verkauft.«

»Und nach seiner Verurteilung hat er begriffen, dass ihm gefälschte neue Uhren mächtig Ärger einbringen, echte alte Knochen aber nicht«, vermutete Marius.

»So könnte es gewesen sein«, bestätigte Fabienne. »Jedenfalls ist er seither nie wieder straffällig geworden. Heute wohnt er in einer Villa in Six-Fours-les-Plages, schicke Hütte, soweit man das bei Google Street View erkennen kann. Die Kollegen vom Finanzamt hatten ihn nie wegen möglicher Steuervergehen auf dem Radarschirm, er scheint brav alle fälligen Abgaben zu zahlen. Ab und zu äußert sich mal ein Wissenschaftler oder Direktor eines Naturkundemuseums in der Presse kritisch über Martini, weil er Fossilienpreise in die Höhe treibt. Wenn du aber etwas tiefer recherchierst, dann erfährst du, dass ziemlich viele Museen in Europa und Amerika ihm trotzdem schon einmal Fossilien abgekauft haben. Er scheint wirklich gut im Geschäft zu sein.«

»Bon«, meinte Blanc, »jetzt wissen wir, dass Martini ein Mann ist, der sich von ziemlich tief unten nach ziemlich weit oben hochgekämpft hat. Die Kollegen haben damals auch eine Waffe sichergestellt. Also ist er vermutlich auch ein Kerl, der bereit wäre, Gewalt anzuwenden.«

»In seiner Jugend, vor mehr als dreißig Jahren«, gab Marius zu bedenken. »Es soll Menschen geben, die werden im Alter vernünftiger. Garro hat Martini übel beschimpft, aber nach seiner eigenen Aussage hat Martini in den vergangenen drei Wochen nicht einmal den Versuch unternommen, ihn dafür zur Rede zu stellen. Obwohl wir selbst gesehen haben, dass Martini durchaus den Weg durch die Garrigue bis zu Dallest auf sich nimmt. Er hätte also schon die Möglichkeit gehabt, es Garro heimzuzahlen.«

»Und was sollten Martinis womöglich nicht ganz saubere Anfänge als Fossilienhändler überhaupt mit Roland Dallests Ermordung zu tun haben?«, fragte Fabienne. »Und selbst wenn wir von einer Verwechslung der beiden Zwillinge ausgehen: Warum sollte ein Profi wie Martini Christian Dallest töten wollen? Weil der ihm ein Fossil nicht verkaufen will? Aber wenn Martini ihn daraufhin tötet, dann kommt er doch erst recht nicht an die alten Knochen! Wie ich das sehe, hat Martini überhaupt kein Motiv, weder für einen Anschlag auf Christian Dallest noch auf dessen Bruder Roland.«

»Womit wir wieder bei Garro wären«, sagte Blanc grinsend. »Der hatte mit beiden Brüdern Streit.«

»Oder eben nicht!«, rief Fabienne triumphierend. »Wenn seine Geschichte stimmt, dann hat uns Samia Zerfaoui angelogen: Sie hatte Streit mit ihm! Roland Dallest ging dazwischen, Garro ist ihm dafür sogar dankbar gewesen. Und Garro hat dabei bemerkt, dass der Ingenieur Hörgeräte trug. Also selbst wenn Garro einen tödlichen Hass auf Christian Dallest gehabt hätte, dann hätte er die Brüder gerade *nicht* verwechselt. Der Mörder muss Roland Dallest bis auf ein paar Zentimeter nahe gekommen sein, sonst hätte er ihm den Zahn nicht in die Brust stoßen können. Garro hätte auf diese Entfernung sicherlich die Hörgeräte bemerkt und spätestens dann gewusst, dass er nicht Christian Dallest vor sich hat. Also: Garro war es nicht!« Sie blickte Blanc und Marius zufrieden an.

»Es fällt mir schwer, das zuzugeben«, brummte Blanc, »aber langsam vermute ich, du hast recht.«

Zu Besuch bei kämpfenden Dinosauriern

Am nächsten Morgen ging Blanc vor Dienstantritt durch Gadet. Über den Himmel zogen Schleierwolken, doch die würde die Sonne bald weggebrannt haben. Sie leuchteten schon nicht mehr weiß, sondern waren beinahe durchsichtig. Ein neuer, viel zu früher Sommertag. Ich werde mich nicht beschweren, dachte er, der sich an Apriltage in Paris erinnerte, an denen ein eisiger Wind über die Boulevards gestrichen war, und an Kindheitstage im Norden, als die schweren Regenwolken direkt aus dem Meer aufstiegen, sich mühsam bis zum Land schleppten und dort ihre feuchte Last abluden, Stunde um Stunde, es war überhaupt nicht richtig hell geworden. Als er und sein Bruder Kinder waren ... Nicht dran denken.

Er schlängelte sich zwischen den Tischen und Stühlen hindurch, mit denen der Patron der Uni-Bar den Bürgersteig vollgestellt hatte. Früher war seine Bar das kleine Königreich der Rentner, Bauern, Jäger, Müßiggänger gewesen, die bereits zu früher Stunde an den Tischen saßen, *La Provence* lasen und dazu Kaffee tranken oder manchmal auch schon Stärkeres. Doch seit dem Ende der Corona-Ausgangssperren schien der Barbesuch für manche Leute erst recht ein lebenswichtiges Bedürfnis geworden zu sein oder vielleicht auch eine politische Manifestation, jedenfalls waren die Bistrotische in Gadet niemals mehr unbesetzt.

Blanc kaufte in der *Boulangerie* neben der Bar ofenheiße Croissants für sich und die Kollegen und auch schon zwei

Baguettes für den Abend mit Paulette, weil er nicht wusste, ob er in den nächsten Stunden dafür noch einmal Zeit finden würde. Paulette. Nachdem er die Bäckerei verlassen hatte, eilte er die wenigen Schritte bis zum einzigen Blumengeschäft des Ortes. Wann hatte er das letzte Mal einer Frau einen Strauß geschenkt? Musste Jahre her sein, und auch das war sicherlich einer der vielen Gründe dafür, warum er geschieden war. In dem schlauchartig engen Laden standen Blumen auf schmiedeeisernen Regalen, Töpfe auf dem Boden, selbst von der Decke hingen Blumenampeln so tief herunter, dass sich Blanc mit seinen über eins neunzig geduckt und wie durch einen Hindernisparcours hindurchkämpfen musste. Die Luft war schwer und süß, unmöglich für ihn, all die Düfte zu unterscheiden. Aber er wusste sowieso, was er kaufen wollte. Er trug einen Strauß roter Rosen bis zur jungen Blumenhändlerin am hinteren Ende des Ladens.

»Möchten Sie eine Karte dazu? Gibt es irgendeinen besonderen Anlass?«, fragte sie freundlich.

»Nein«, erwiderte Blanc, »die kaufe ich einfach so.«

Auf der Gendarmerie-Station trieb er einen Eimer auf, füllte ihn mit Wasser und stellte die Rosen hinein. Er atmete tief durch. So hatte sein Büro noch nie geduftet.

»Rosen für deine Liebste! Roger Blanc, ich fasse es kaum, du bist trotz deines fortgeschrittenen Alters noch lernfähig!«, rief Fabienne, nachdem sie eingetreten war.

»So ein Kompliment habe ich auch noch nicht gehört«, erwiderte er und grinste schief. »Ich habe dir auch etwas mitgebracht.« Er schob ihr die Tüte Croissants über den Tisch.

»Ich hoffe, diese milde Gabe ist auch für mich«, sagte Marius, der ihr gefolgt war.

Sie aßen schweigend ein paar Minuten lang das köstliche Gebäck, dann leckte sich Marius schmatzend die fettigen Fingerspitzen ab und verkündete: »Ich rufe Madame Zerfaoui an, *d'accord*? Bin gespannt, was sie zu Garros Version des Streits sagt.«

»Verrat ihr nichts am Telefon. Sag ihr nur, dass wir kommen, um sie zu befragen«, meinte Blanc. »Ich möchte ihre Reaktion sehen, wenn wir sie mit Garros Aussage konfrontieren.«

Marius telefonierte, zog dabei aber ziemlich schnell ein missmutiges Gesicht. Er legte die Hand auf den Hörer und flüsterte: »Samia Zerfaoui ist im Auto und auf dem Weg nach Lyon. Sie muss nach dem Tod ihres Geschäftspartners ein paar juristische Dinge erledigen. Sie kommt morgen zurück. Soll ich sie nicht doch schon am Telefon befragen?«

Blanc dachte kurz nach und schüttelte dann den Kopf. »Wir warten lieber einen Tag.«

Marius verabredete mit Samia Zerfaoui, sie am morgigen Nachmittag zu treffen, und legte auf.

»Und wie geht es nun weiter?«, fragte Fabienne.

»Wir statten Péchenard einen Besuch ab«, beschloss Blanc. »Ich bin gespannt, was er uns über Marjorie Dallest erzählen wird.«

Auf der kleinen Straße, die bei Velaux zur einsamen Feuerwache führte, fuhren sie gemächlich dahin und hatten schon beinahe die Stelle erreicht, an der sie letztes Mal geparkt hatten. Im Rückspiegel nahm Blanc plötzlich einen Reflex wahr: einen Sonnenstrahl, der sich eine Sekunde lang in einem Glas gespiegelt hatte. Dann rollte ein wuchtiger weißer BMW X5 aus dem Wald. Der Geländewagen nahm die Gegenrichtung und wurde im Rückspiegel rasch kleiner. Der neue Peugeot der Gendarmerie war so gut isoliert, dass man nur das dumpfe Grummeln des eigenen Diesels hörte, nicht aber den Motorenlärm des anderen Fahrzeugs. Marius und Fabienne hatten den BMW deshalb nicht einmal bemerkt. Gut möglich, dass es ein Zufall war, dass dieses Auto direkt hinter ihnen auf die Straße gefahren war. Möglich aber auch, dass der Anblick eines Streifenwagens den Fahrer verjagt hatte. Die Rückscheibe des BMWs war so dunkel getönt, dass Blanc niemandem im Innenraum erkennen konnte. Doch in der einen, ihm nur halb bewussten Sekunde, da er den Reflex im Rückspiegel gesehen hatte, glaubte er, dass er hinter dem Lichtblitz Martini am Steuer erkannt hatte. Er spielte einen Moment mit dem Gedanken, den Geländewagen zu verfolgen. Doch bis sie auf der engen Straße gewendet hätten, würde das andere Auto bereits im morgendlichen Berufsverkehr auf der Route Départementale 113 verschwunden sein.

»Kannst du herausfinden, welchen Wagen Martini fährt?«, fragte Blanc Fabienne.

Sie sah ihn erstaunt an, zuckte dann aber mit den Achseln. Sie hatte sich inzwischen daran gewöhnt, dass Blanc manchmal aus heiterem Himmel irgendwelche Dinge wissen wollte. »Wenn auf seinen Namen ein Auto zugelassen ist, dann ja.« Sie fischte ihr kleines Tablet aus einer Jackentasche und konzentrierte sich auf das Display, während Blanc den Streifenwagen ausrollen ließ und den Motor abstellte.

Fabienne pfiff spöttisch durch die Zähne. »Kleiner Mann, großes Auto. Die Kerle können einfach nicht anders. Martini fährt einen BMW, einen …«

»… X5, Wagenfarbe weiß«, vollendete Blanc.

Sie sah ihn mit großen Augen an. »Den Trick musst du mir gelegentlich mal verraten.«

»Männer spüren Autos im Urin, das ist genetisch«, kommentierte Marius, der sich nicht besonders erfolgreich bemühte, seine eigene Überraschung zu verbergen.

»Ihr dürft mich Sherlock nennen«, erwiderte Blanc nur grinsend und stieg aus.

Sie gingen durch den Wald an der alten Kapelle und am Brunnenhaus vorbei. Auf eine der Mauern des Brunnenhauses hatte seit ihrem letzten Besuch jemand mit roter Sprühfarbe, aber offensichtlich ziemlich unsicherer Hand mehrere deformierte Kreise gemalt, die er mit Zahlen versehen hatte. Es war eine improvisierte Schießscheibe. Allerdings wiesen die Steine keine Einschussspuren von Pistolen- oder Gewehrkugeln auf. Blanc fragte sich, wer darauf gezielt haben mochte und mit welcher Waffe. Waren das bloß ein paar übermütige Kinder, die mit Dosen oder Wasserbomben geworfen hatten? Oder traf sich hier eine Gruppe zum heimlichen Waffentraining? Übte hier jemand allein Schießen, und wer könnte das sein und wozu?

»Hat einer unserer Leute eine Waffenbesitzkarte?«, fragte Blanc. »Christian Dallest oder seine Frau? Martini? Vallauri? Garro? Samia Zerfaoui?«

»Wenn du die Antwort darauf auch schon kennst, dann hole ich mein Tablet nicht heraus«, drohte Fabienne.

»Ich bin so ahnungslos wie du«, gestand Blanc und erklärte ihr und Marius, dass er den weißen BMW im Rückspiegel gesehen hatte.

»Ich hätte meine Ducati nehmen sollen«, erwiderte sie. »Damit hätte ich die Angeberkarre locker eingeholt.«

Und sie hätte sich womöglich mit dem schweren Geländewagen mitten im Berufsverkehr eine wilde Verfolgungsjagd geliefert, und vielleicht war sie schon schwanger und ... Blanc verzichtete auf eine Antwort.

Während sie den Hügel weiter hinaufstiegen, studierte Fabienne das Tablet. Sie hatte so viel Routine darin, im Gehen auf ein Display zu schauen, dass sie wie magisch jedem Zweig und jeder Baumwurzel auswich. Als sie auf der Hügelkuppe angekommen waren, von der aus sich die Weinstöcke bis zu den blau schimmernden Alpilles und zum Fuß der Sainte-Victoire erstreckten, steckte sie das Gerät wieder in die Jackentasche. Sie blickte Blanc und Marius an und meinte nachdenklich: »Wir sollten in Zukunft vielleicht vorsichtiger sein.«

»Ah bon?«, machte Marius.

»Vallauri hat einen Jagdschein und ein Gewehr. Nicht ganz außergewöhnlich, gefühlt hat ja ungefähr jeder Rentner in der Provence einen *permis de chasser*. Im Gegensatz zu jüngeren Frauen. Insofern ist es schon etwas ungewöhnlich, dass auch Marjorie Dallest einen Jagdschein und eine Waffe besitzt, ein Schrotgewehr.«

Marius grinste. »Die Emanzipation macht vor nichts Halt. Warum sollen nur alte weiße Männer unschuldige Hasen abknallen dürfen?«

Fabienne, die Jäger aus Prinzip hasste, verzichtete auf eine Antwort. »Péchenard ist in seiner Heimatstadt Carcassonne in einem Sportschützenverein: Er besitzt zwei Sportpistolen und ist immerhin so gut, dass er es bis in die Lokalpresse geschafft hat. Wenn du ihn googelst, dann findest du ein paar Fotos von ihm mit irgendwelchen Pokalen, die er sich bei Wettkämpfen geschossen hat. Bei den anderen sind keine Waffen registriert.«

»Bei Martini wurde allerdings vor etlichen Jahren eine Pistole sichergestellt, die nicht angemeldet war«, erinnerte Blanc sie. Er dachte an den Geländewagen, der aus dem Wald gefahren war, und an die improvisierte Zielscheibe.

»Es wird noch interessanter.« Fabienne zögerte kurz. »Ich habe auch den Toten gecheckt«, erklärte sie schließlich. »Überraschung: Roland Dallest hatte eine Waffenbesitzkarte. Wie es scheint, ist er schon zweimal überfallen worden. Das war noch in der Zeit, bevor er sich mit Samia Zerfaoui selbstständig gemacht hat. Er war damals Angestellter in einem großen Ingenieurbüro und hat bereits da Bauwerke untersucht – zum Beispiel Bahnhofshallen oder Unterführungen, also durchaus Plätze, an denen du Typen triffst, die es nicht immer gut mit dir meinen. Da lief dann so ein verpeilter Ingenieur herum und hatte einen Computer dabei, eine Digitalkamera, ein Handy, Messinstrumente. Nachdem ihm zum zweiten Mal die teure Ausrüstung gestohlen worden war, hat er bei der Police Nationale in Lyon beantragt, eine Pistole bei sich führen zu dürfen. Die Kollegen haben es ihm tatsächlich erlaubt.«

»Samia Zerfaoui hat ausgesagt, dass Roland Dallest immer eine schwarze Umhängetasche trug, mit allen möglichen Dingen darin«, meinte Blanc, »die …«

»… leider verschwunden ist«, vollendete Fabienne und blickte grimmig drein. »Roland Dallest hat sich eine Waffe gekauft, die er bequem bei sich tragen konnte: Eine Kel-Tec PF-9, eine moderne amerikanische Pistole, die extra so konstruiert wurde, dass sie möglichst klein und leicht ist. Kaliber 9 Millimeter Luger und dabei kaum schwerer als dreihundert Gramm. Ich wette, er hat sie immer in dieser verdammten Umhängetasche mitgenommen. Jedenfalls hat kein Kriminaltechniker sie in seiner Hosen- oder Jackentasche oder in seinem Auto entdeckt. Und in seiner Wohnung in Aix haben wir sie auch nicht gefunden. Gut möglich also, dass der Kerl, der ihn umgebracht und ihm danach die Umhängetasche gestohlen hat, jetzt mit einer modernen Knarre herumläuft, die so kompakt ist, dass man nicht mal sieht, dass er bewaffnet ist.«

»Putain«, fluchte Marius. »Bis jetzt habe ich gedacht, solange keiner von den Typen ein Fossil in die Hand nimmt, muss

ich mich nicht besonders in Acht nehmen. Aber wenn ich mir vorstelle, dass zum Beispiel so ein Choleriker wie Garro mit einem Schießeisen durchs Unterholz schleicht …«

Blanc sagte nichts und dachte wieder über Fabienne nach. So zäh wie ein Raubsaurier. Er hätte sie jetzt trotzdem lieber auf die Gendarmerie-Station zurückgeschickt, aber wenn er so etwas auch nur angedeutet hätte, hätte sie ihm die Augen ausgekratzt. Er seufzte. »Es hilft nichts: Wir müssen auf alles gefasst sein.«

»Ich passe schon auf euch beide auf«, versicherte Fabienne und bedachte Blanc mit ihrem Ich-weiß-genau-was-du-denkst-Blick.

Sie gingen am Rand der Weinstöcke entlang auf das Hochplateau zu, auf dem Péchenard grub. Zwischen den Reben und dem Wald wurde eine Ruine von Feigen und Brombeeren überwuchert. Das musste einst ein ziemlich großes Haus in traumhafter Lage gewesen sein, mit freiem Blick über einen Ozean aus Weinstöcken bis zur Montagne Sainte-Victoire. Das Gebäude konnte noch gar nicht so alt sein, Sechziger- oder Siebzigerjahre, schätzte Blanc, man sah moderne Ziegel im zersplitterten Mauerwerk. An vielen Stellen war der ockerfarbene Wandputz sogar noch unbeschädigt und sauber. Dach und Zwischendecken waren allerdings fort, als wäre hier einst ein Meteor eingeschlagen. Im Innern lagen ein alter Stuhl und andere Möbelreste im Schutt. Blanc fragte sich, welche Katastrophe dieses Haus wohl ereilt hatte und ob sie die Bewohner genauso unvorbereitet getroffen hatte wie einst die Dinosaurier. Sie schienen zumindest auch ausgestorben zu sein, denn welcher Besitzer würde mitten in der Provence ein so großes Haus in solcher Lage verfallen lassen? Vor dem Haus standen die Weinstöcke wie Tausende dürre Rekruten auf dem Paradeplatz. Die Pflanzen waren nicht einmal hüfthoch und trugen auf ihren Stämmchen dünne hellgrüne Blätterhüte, die in der Sonne leuchteten, als wären sie mit Klarlack bestrichen. Der umgepflügte Boden zwischen den Reihen war braunrot und schwer.

Plötzlich wehten die ersten Riffs von *Sweet Home Alabama* über die Weinstöcke. Blanc fischte sein Handy aus der Tasche, Fabienne rollte mit den Augen. »Weißt du eigentlich, dass das ein rassistischer Südstaatensong ist?«, zischte sie.

Er schüttelte bloß den Kopf und lauschte.

Ben-Rouijal war am Apparat.

»Das Resultat vom DNA-Test liegt bereits vor, *mon Capitaine.*«

»Alors?«

»Das wird wohl leider niemandem weiterhelfen: Roland und Christian Dallest haben eine absolut identische DNA.«

»Also können wir niemals anhand einer Genspur feststellen, ob zum Beispiel ein Gegenstand von Roland Dallest in die Hand genommen wurde oder von seinem Bruder.«

»Oder von beiden. Alles ist möglich.«

»Merci beaucoup.« Blanc beendete die Verbindung und informierte seine Kollegen.

Marius zuckte bloß mit den Achseln. »Dann kommen wir halt auf dieser Piste nicht weiter.« Er betrachtete immer noch die Ruine. »Das wäre was für die Rente«, brummte er. »Soumia und ich würden den alten Kasten mit unseren eigenen Händen renovieren. Da hätten auch Soumias Kinder Platz und sogar meine, wenn sie denn je wieder mit mir sprechen.«

Fabienne gab ihm einen freundschaftlichen Stoß. »Du bist noch viel zu jung, um von der Rente zu träumen. Und wenn du mal alt genug bist, dann gibt es sowieso keine Rente mehr, zumindest für Leute wie uns. Sei froh, dass du schon ein Häuschen in Saint César hast. Roxane und ich wohnen in einer hässlichen Mietwohnung, aber wenn wir was kaufen wollten, dann müssten wir erst einmal im Lotto gewinnen.«

»Du spielst Lotto?«

»Nein, und damit fangen meine Probleme schon an.« Sie lachte. »Vielleicht sollte ich auf eBay alte Saurierknochen versteigern?«

»Lass das bloß nicht Péchenard hören«, meinte Blanc und deutete auf eine Gestalt auf dem Hochplateau.

»Wer ist denn der Typ bei ihm?«, fragte Fabienne und beschirmte mit der Hand ihre Augen gegen die Sonne. »Das ist doch nicht einer seiner Assistenten?« Sie blinzelte. »Sieht eher wie eine Frau aus.«

»Eine Frau mit einem leuchtend weißen Seidenschal: Marjorie Dallest.« Blanc schüttelte verwundert den Kopf. »Ich frage mich, was die hier zu suchen hat.«

Es war sowohl Péchenard als auch Marjorie Dallest sichtlich unangenehm, dass die Gendarmen sie gemeinsam auf der Grabung antrafen. Péchenards Assistenten waren nirgendwo zu sehen.

»Ich war einfach neugierig«, erklärte Marjorie Dallest ungefragt, nachdem sie Blanc und seine Kollegen begrüßt hatte. »Ich wollte mir Alphonse' Fund ansehen, aber mein Mann ist so ein Dickkopf.«

»Professor Dallest weiß nicht einmal, dass Sie hier sind?«, fragte Blanc.

»Marjorie hat bestätigt, dass es sich um kämpfende Dinosaurier handelt«, fuhr Péchenard dazwischen.

»Zumindest ist das eine plausible Theorie«, gab sie zu. »Ich habe so etwas in meiner ganzen Laufbahn jedenfalls noch nie gesehen. Das ist absolut außergewöhnlich.«

»Doktor Péchenard, dürften wir Sie kurz alleine sprechen?«, bat Blanc.

»Ich gehe dann mal«, sagte Marjorie Dallest und wollte sich umdrehen.

»Bleiben Sie doch bitte noch ein Weilchen, Madame. Wir möchten uns danach auch gerne mit Ihnen noch unterhalten«, erklärte Blanc überaus freundlich, aber er täuschte damit niemanden: Das klang durchaus wie eine Drohung.

»Selbstverständlich«, murmelte sie unglücklich.

Sie nahmen den Paläontologen ein paar Schritte zur Seite, bis sie in den Schatten der größten der drei Pinien auf dem Plateau traten. Die majestätische Krone wirkte beinahe stromlinienförmig: Auf ihrer Nordseite, der Himmelsrichtung, aus der der Mistral an hundert Tagen im Jahr wehte, waren die Äste kurz und beugten sich dicht zum Boden hinab, als duckten sie sich gegen die ewigen eisigen Böen. Gen Süden hingegen wuchs die Pinie hoch und ausladend wie ein Schirm. Ein Harztropfen glänzte golden auf der rissigen Rinde, die Luft duftete würzig.

»War Monsieur Martini vorhin bei Ihnen?«, wollte Fabienne wissen, sobald sie glaubte, dass sie außer Hörweite von Marjorie Dallest waren.

Péchenard blickte sie mit einem schwer zu deutenden Gesichtsausdruck an. Erstaunt, vermutete Blanc, empört, vielleicht ein kleines bisschen ängstlich auch. »Nein! Der Kerl hat hier nichts verloren. Wie kommen Sie denn darauf?«

»Wir dachten, wir hätten Monsieur Martini vorhin auf der Straße gesehen. Das war wahrscheinlich ein Irrtum«, erklärte Marius. »Wissen Sie, welchen Wagentyp er fährt?«

»So etwas interessiert mich nun wirklich nicht.«

»Da wir gerade über Autos sprechen: Wo parkt eigentlich Ihr Wagen?«, wollte Blanc wissen. »Wir mussten mitten auf der Straße anhalten, damit wir zu Ihnen hinaufgehen konnten. Aber wir haben weit und breit kein zweites Auto gesehen.«

Péchenard wirkte eher genervt als nervös und deutete mit einer vagen Geste vom Hochplateau aus hinunter. »Die *Mairie* von Velaux hat mir und meinen Mitarbeitern eine Sondererlaubnis erteilt, damit wir bei der Feuerwache parken dürfen. Wir arbeiten oft bis zur Abenddämmerung. Da wäre es viel zu gefährlich, wenn unsere Fahrzeuge auf der Straße stehen würden. Was soll das? Wollen Sie mir einen Strafzettel wegen Falschparkens ausstellen?« Er lachte über diesen Scherz, beherrschte sich dann aber sofort wieder, als er merkte, dass er der Einzige war, der so tat, als wäre das lustig.

Marius nickte immerhin verständnisvoll. »Kein Parkplatz weit und breit, kein ausgeschilderter Wanderweg durch den Wald – Sie werden hier oben wahrscheinlich selten gestört.«

Péchenard nickte. »Nachmittags rennt manchmal ein Jogger vorbei, immer derselbe Mann, was weiß ich, wo der herkommt, der muss sicherlich schon kilometerweit gelaufen sein, bevor er bei uns ist. Na, jedenfalls ist das unser einziger Besucher.«

»Bis heute.« Blanc deutete mit einem Kopfnicken Richtung Wissenschaftlerin. »Marjorie Dallest und Sie waren einmal ein Paar.«

Péchenard sackte tatsächlich für einen Moment der Kiefer nach unten. Er starrte Blanc mit offenem Mund und leerem Blick an, dann hatte er sich wieder in der Gewalt. »Was hat denn das mit Ihren Ermittlungen zu tun?!«

»Beantworten Sie einfach meine Frage.«

»Das ist eine alte … Affäre«, vollendete der Paläontologe und räusperte sich. »Das war noch eine andere Zeit, auch wenn das eigentlich noch gar nicht so viele Jahre her ist. Damals dachte man sich noch nichts dabei, wenn ein Dozent mit seiner Studentin ein Verhältnis einging. Marjorie Follarca war in meinem Einführungskurs für Erstsemester. Die Familie stammte aus Spanien, der Vater oder der Großvater war vor Franco geflohen, ich erinnere mich nicht mehr genau. Jedenfalls haben sie in La Ciotat auf den Werften gearbeitet, bevor die schließen mussten. Einfache, hart arbeitende Leute. Dass aus so einer Familie eine Tochter Paläontologin werden wollte, das allein grenzte schon an ein Wunder. Und dann war sie auch noch so herausragend gut! Wir waren sehr glücklich miteinander. Zumindest eine Zeit lang.«

»War Christian Dallest der Grund für das Ende Ihrer Beziehung? Hat Marjorie Sie verlassen, um mit ihm zusammenzuleben?«, fragte Marius.

»Das ... das ist aber eine sehr persönliche Frage.«

»Das gehört zu unserem Job, Doktor.«

»Nun, ich, ich meine, wir ...« Péchenard hielt inne und musterte die drei Gendarmen. Endlich ging ihm ein Licht auf. »Sie glauben, dass *ich* den unglücklichen Ingenieur getötet habe?! Weil ich ihn mit Christian verwechselt habe? Ist es das? Sie glauben, dass ich aus Eifersucht zum Mörder werde? Und das ich mich dabei auch noch so dumm anstelle und den falschen Zwillingsbruder töte?«

Blanc vermutete, dass der Gedanke, dass man ihn für einen Dummkopf halten könnte, Péchenard noch mehr empörte als der Verdacht, er könnte ein Mörder sein.

»Sie müssen zugeben, dass diese Überlegung nicht ganz von der Hand zu weisen ist«, erklärte er freundlich. »Sie opfern Jahre Ihres Lebens für Ausgrabungen, doch Professor Dallest macht das Resultat Ihrer Bemühungen lächerlich. Und das im Beisein seiner Frau, die einmal Ihre Geliebte war. So etwas kann einen Mann rasend machen.«

»Wenn ich ein zur Raserei neigender Mann wäre, dann

würde ich nicht, wie Sie es sagen, Jahre meines Lebens opfern, um geduldig mit Spachtel und Pinsel Fossilien aus dem Boden zu holen!«, rief Péchenard erregt. »Ich habe mich sehr gut unter Kontrolle!«

»Dann müssen Sie ja nicht so schreien«, erwiderte Marius gelassen.

Péchenard holte tief Luft, nahm sich dann aber tatsächlich zusammen. »Also gut«, gab er zu. »Sie haben Marjorie ja selbst erlebt. Sie sieht nicht gerade aus wie ein Filmstar, und sie hat einen, *eh bien,* manchmal schwierigen Charakter. Aber gerade das hat mich immer an ihr fasziniert. Sie ist brillant. Sie ist, nun ja, besessen. Sie will um jeden Preis spektakuläre Fossilien finden! Manchmal habe ich gedacht«, plötzlich verwandelte er sich in einen nostalgisch lächelnden Mann, »dass Marjorie Fossilien geradezu anzieht. Durch schiere Willenskraft schafft sie es, dass die alten Knochen immer genau dort in der Erde liegen, wo sie die Grabung ansetzt.«

»Ist sie aufbrausend?«, fragte Blanc.

»*Mais oui!* Einmal ist sie persönlich zur Präfektur gerannt, weil man ihr für ein bestimmtes Terrain keine Grabungslizenz geben wollte. Und ein anderes Mal hat sie einen Studenten, der einen Knochen …« Péchenard hielt inne und schluckte. »Marjorie verabscheut aber Gewalt!«, setzte er rasch hinzu.

»Niemand hat behauptet, dass Madame Dallest Gewalt liebt«, versicherte Blanc, etwas zu treuherzig.

»Marjorie hat vierundzwanzig Stunden am Tag Fossilien im Kopf. Wenn sie arbeitet, dann ist sie glücklich. Stellt sich ihr jemand in den Weg, dann wird sie wütend. Sie schreit herum, sie kann Tobsuchtsanfälle bekommen wie ein kleines Kind. Aber ich habe nie gesehen, dass sie die Hand gegen jemanden erhebt.«

»Nicht einmal eine Ohrfeige? Kein Rempler?«, hakte Fabienne nach.

»Nein, im Gegenteil. Wenn sie einen erfolgreichen Tag hinter sich hatte, dann war sie die sanfteste Frau der Welt.«

»Es muss ein schwerer Schlag gewesen sein, als Marjorie Sie verließ«, meinte Marius mitfühlend.

Péchenard ließ sich mit der Antwort Zeit. »Ich bin darüber hinweggekommen«, versicherte er schließlich mit einer Grimasse, die vielleicht ein Lächeln darstellen sollte, ihm aber nicht sehr überzeugend gelang.

»Auch ein schwerer Schlag in professioneller Hinsicht«, ergänzte Fabienne. »Madame Dallest scheint die Finanzierung der Grabungen zu organisieren.«

»Das ist Marjories einzige Schwäche, was soll ich tun?«, seufzte Péchenard. Er blickte sie plötzlich traurig an, als erwartete er ausgerechnet von ihnen irgendeine Antwort. »Ihr geht es um das Entdecken, nicht um das Bewahren. Sie interessiert sich für Fossilien nur so lange, wie sie im Boden versteckt sind. Hat sie die Knochen erst einmal geborgen, klassifiziert und präpariert, dann will sie die nächsten suchen. Was mit denen geschieht, die sie bereits gefunden hat, interessiert sie einfach nicht. Deshalb fällt es ihr so leicht, Objekte an diesen zwielichtigen Händler zu verkaufen. Selbst Christian, der ein ruhmsüchtiger, egozentrischer Aufschneider ist, tut sich schwer damit, seine Funde herzugeben. Gäbe es genügend staatliche Mittel, damit Marjorie und ihr Mann einen Dinosaurier nach dem anderen ausgraben könnten, dann würde er nicht einen einzigen Knochen verkaufen. Aber da es diese Gelder eben nicht gibt, hat sie keine Hemmungen, sich die notwendigen Euros anderweitig zu besorgen. Marjorie, so munkelt man, ist Martinis beste Nachschubquelle. Kein Paläontologe auf der ganzen Welt liefert ihm mehr als sie.«

»Aber jetzt ist sie hier bei Ihnen«, stellte Fabienne nüchtern fest.

Péchenards Wangen röteten sich. »Ich sagte Ihnen ja: Mein neuer Fund ist einmalig. Und Marjorie ist viel zu neugierig, um sich so etwas entgehen zu lassen. Sie musste einfach herkommen, um sich das anzusehen. Sie ist übrigens ganz meiner Meinung«, erklärte er sichtlich stolz. »Es sind zweifellos kämpfende Dinosaurier.«

»Das wird ihrem Mann nicht gefallen«, meinte Blanc trocken.

Péchenard lächelte auf einmal triumphierend. »Marjorie gibt sich immer so streng und zurückhaltend, Sie haben ja gerade ihren Kommentar zu meinem Fund gehört. Aber ich kenne sie besser als jeder andere. In Wahrheit möchte Marjorie Christian die kalte Schulter zeigen, sich einen Spachtel greifen und nichts anderes mehr tun, als die kämpfenden Dinosaurier freizulegen.«

Sie traten aus dem Pinienschatten und gingen zu Marjorie Dallest zurück. Die junge Wissenschaftlerin kniete neben den Fossilien der kämpfenden Dinosaurier. »Man sollte sie so schnell wie möglich aus dem Gestein lösen«, sagte sie zu Péchenard, »damit sie nicht erodieren oder von irgendwelchen zufällig vorbeikommenden Leuten beschädigt werden.« Sie sprach zu ihrem ehemaligen Geliebten so, als wären die drei Gendarmen gar nicht da.

Péchenard räusperte sich verlegen. »Übermorgen kommt ein Team aus meinem Museum. Dann haben wir genügend Mitarbeiter, um die Knochen in einem großen Steinblock herauszuschlagen. Danach können wir die Fossilien in aller Ruhe im Labor freilegen.«

»Ein bisschen Geld würde diese Arbeiten garantiert beschleunigen«, bemerkte Blanc.

Marjorie Dallest erhob sich. »Wissen Sie, warum die Dinosaurier Millionen von Jahren die Erde beherrscht haben?«

»Weil sie so groß waren?«, riet Blanc.

»Weil sie perfekt an ihre Umwelt angepasst waren. Unsere heutige Umwelt ist der Kapitalismus. Geld bestimmt alles. Also überlebt man nur, wenn man sich an diese Umweltbedingung anpasst.«

»Damit es einem nicht so ergeht wie letztlich den Dinosauriern?«

»Spotten Sie ruhig, *mon Capitaine*. Am Ende der Kreidezeit änderten sich die Umweltbedingungen radikal. Die Dinosaurier konnten sich nicht anpassen. Sie, die Äonen überdauert hatten, verschwanden einfach so.« Sie schnippte mit den Fingern. »Das habe ich schon in meinem ersten Semester begriffen: Wer sich anpasst, ist erfolgreich. Wer sich nicht anpasst, ist sofort verloren. Die Natur gibt einem keine Bedenkzeit. Und keine zweite Chance.«

Fabienne musterte sie kritisch. »Und Ihre Anpassungsstrategie lautet deshalb: Verkaufe so viele Saurierknochen wie möglich?«

»Ich bin in meiner Umwelt erfolgreich.« Marjorie Dallest deutete auf die Fossilien zu ihren Füßen. »So einen Fund können nicht einfach zwei Leute mit der Spitzhacke an einem Nachmittag aus dem Felsboden holen. Sie brauchen ein ganzes Team. Sie müssen einen dieselbetriebenen Stromgenerator auf dieses Hochplateau schaffen, der Schlagbohrer mit Energie versorgt. Mit denen zertrümmert man in einem Kreis um die Knochen herum das Gestein, bis man einen großen Block herausgelöst hat, in dem alle Knochen eingeschlossen sind. Danach muss man den Brocken bruchsicher einpacken und mit einem Kran auf einen Lastwagen heben, der ihn ins Labor fährt. Sehen Sie hier irgendwo einen Kran? Eine Straße? Einen

Lastwagen? Eben. Nur um diesen einen Fund zu bergen, muss man schon ein Vermögen ausgeben.«

»Haben Sie dieses Vermögen, Doktor?«, fragte Marius Péchenard.

»Ich kümmere mich darum«, versicherte der Paläontologe mit säuerlicher Miene.

»Ich muss jetzt wirklich gehen«, sagte Marjorie Dallest.

»Wir sind hier auch fertig. *Au revoir,* Doktor Péchenard.« Blanc blickte die Wissenschaftlerin an. »Wir begleiten Sie hinunter bis zur Straße.« Kein freundliches Angebot, sondern ein Befehl.

Sie gingen schweigend bis zum verfallenen Haus. Marjorie Dallest, die das letzte Mal, als er sie an der Sainte-Victoire gesehen hatte, in sehr guter körperlicher Form gewesen war, schwitzte, obwohl es bergab ging und die Sonne zwar stark, aber noch längst nicht gnadenlos brannte. Sie wischte sich mit ihrem Seidenschal über das Gesicht, doch nach ein paar Augenblicken perlten neue Tropfen auf ihrer Stirn. Sie ist nervös, dachte Blanc. Erst als sie hinter der Ruine in den Wald abbogen, richtete er wieder das Wort an sie.

»Péchenard hat also recht: Sein Fund ist spektakulär?«

Sie nickte. »Wenn Alphonse nicht so stur wäre, hätte er sich längst Unterstützung von Kollegen aus anderen europäischen Instituten geholt. Die Presse wäre hier gewesen, es gäbe mehr als genug freiwillige Helfer und so viel Material, wie man braucht. Die Fossilien hätten längst geborgen sein können. Es ist eine Schande, dass sie immer noch da oben im Felsen stecken.«

»Werden Sie Péchenard helfen?«, wollte Marius wissen.

»Wenn er sich helfen lässt: ja.«

»Sie werden ihn sicherlich überzeugen. Immerhin standen Sie und er sich einmal sehr nah.«

Sie bedachte Marius mit einem giftigen Blick. »Das geht Sie gar nichts an! Wer hat Ihnen das denn verraten? Alphonse? Oder Christian?«

»Ihr Mann weiß also über Ihre frühere Affäre Bescheid«, hakte Fabienne nach.

Marjorie Dallest schnaubte bloß wütend.

»Würde Ihr Mann es Ihnen denn erlauben, für Péchenard zu arbeiten?«, fragte Blanc. »Immerhin sind die beiden Rivalen.«

»Christian kann mir gar nichts verbieten. Wenn er mich nicht hätte, dann könnte er doch ...«

»...einpacken?«, soufflierte Marius, als sie nicht weitersprechen wollte.

»Ich kümmere mich um die Fossilien. Und ich kümmere mich um das Geld!«, rief Marjorie Dallest hochmütig. »Ohne mich gibt es keine erfolgreiche Grabung. Sie sehen ja, wie es auf einer Grabung ohne mich aussieht.« Sie deutete durch den Wald ungefähr in Richtung des Hochplateaus.

Blanc beschloss, das Thema zu wechseln. Er wollte die Wissenschaftlerin nicht so weit in die Enge treiben, dass sie ihnen aus Trotz schließlich gar nichts mehr erzählte. Er brauchte auch noch andere Informationen von ihr. »Madame«, sagte er in einem versöhnlichen Ton, »eigentlich wollen wir Sie einmal alleine sprechen, um über Ihren Gatten zu reden. Ganz vertraulich, selbstverständlich.«

»Wenn Sie glauben, dass unsere Ehe in der Krise ist, dann täuschen Sie sich aber!«, antwortete sie giftig.

Blanc und Fabienne wechselten einen erstaunten Blick. Wenn sie vorher nicht geglaubt hätten, dass die Ehe in einer Krise war – nun glaubten sie es.

»Das war überhaupt nicht das, was ich von Ihnen wissen wollte«, versicherte Blanc nicht hundertprozentig wahrheitsgemäß. »Es ging mir mehr um Ihre Einschätzung zum Verhältnis der beiden Brüder. Standen Christian und Roland sich nahe? Sie waren immerhin Zwillinge.«

Die Wissenschaftlerin entspannte sich sichtlich. Die Beziehung zwischen Mann und Schwager war offenbar etwas, das sie nicht nervös machte. »Christian hat mit mir – und, was das angeht, wohl auch mit jedem anderen – nur selten über seinen Bruder gesprochen und wenn, dann waren das vor allem Belanglosigkeiten. Jemand aus unserem Bekanntenkreis hatte sich ein neues Auto gekauft, und Christian kommentierte das mit: ›So einen hat Roland auch mal gefahren.‹ Solche Dinge, verstehen Sie? Aber eigentlich weiß ich so gut wie nichts über Roland. Christian hat nie erzählt, welche Spiele er und sein Bruder als Jungen gespielt haben oder welche Streiche sie auf dem Kerbholz hatten, was sie am liebsten gegessen, welche Musik sie gehört haben, nichts. Es gibt Mitarbeiter im Institut, die schon seit Jahren für Christian arbeiten, aber erst bei dieser Grabung von seinem Zwillingsbruder erfahren haben, weil Roland hin und wieder vom Staudamm zu uns hochgekommen ist. Sie haben Roland angeglotzt wie einen Geist.«

»Ist Christian denn auch manchmal zum Staudamm gegangen?«, fragte Fabienne.

Marjorie Dallest schüttelte den Kopf. »Nie.« Sie hob die Hände und ließ sie wieder fallen. »Man kann seinen Mann ja schlecht zwingen, sich um den eigenen Bruder zu kümmern, oder? *Mon Dieu,* seit ich Christian kenne, hat er immer zu Weihnachten und zum Geburtstag Karten von Roland bekommen, und wahrscheinlich ging das auch schon so, bevor ich ihn kannte. Aber Christian hat nie geantwortet. Weihnachten vergisst man doch nicht! Und den Geburtstag seines Bruders konnte Christian auch nicht vergessen, es war ja auch sein eigener. Aber er hat einfach nie eine Karte geschrieben. Mir war das so peinlich, dass ich vor drei, vier Jahren angefangen habe, in unser beider Namen Karten zu schreiben, obwohl ich Roland ja kaum kannte.«

Blanc dachte daran, dass die einzigen persönlichen Gegenstände, die Roland Dallest in die möblierte Wohnung in Aix-en-Provence mitgenommen hatte, ein Foto seines Bruders und ein Artikel über ihn waren. »Wissen Sie, ob es irgendeinen Grund dafür gab, dass Ihr Mann seinen Bruder derart ignorierte?«

Sie zuckte mit den Achseln. »Christian hat mir einmal gesagt, es waren die fünf Minuten. Fünf Minuten, in denen er frei und für sich war. Dann kam Roland und er hatte für immer einen jüngeren Bruder. Das ärgert ihn bis heute, er fühlt sich irgendwie um seine Freiheit betrogen. Bei Christian weiß ich aber auch nach acht Jahren Ehe nicht, ob solche Sätze ernst gemeint sind oder ob es sich um einen Scherz handelt. Er macht manchmal ziemlich miese Witze.«

Sie erreichten die verfallene Kapelle und das Brunnenhäuschen. Blanc deutete auf das Graffito und sagte möglichst beiläufig, so als hätte er das gerade erst entdeckt: »Das sieht wie eine Zielscheibe aus.«

Die Wissenschaftlerin betrachtete kurz die Schmiererei. »Vandalen gibt es überall. Deshalb sollte Alphonse sich ja auch besser beeilen, damit die nicht zu ihm kommen.«

Blanc fragte sich, ob das nun eine völlig harmlose Bemerkung war – oder eine versteckte Drohung. »Wussten Sie, dass Monsieur Martini hier gewesen ist?«

Marjorie Dallest blieb abrupt stehen und starrte ihn mit beinahe derselben Mischung im Blick an wie vorhin Péchenard: Ärger, Überraschung, ein wenig Angst sogar. »Nein. Haben Sie ihn gefragt, was er hier wollte?«

»Wir kamen nicht einmal in Rufweite. Monsieur Martini hatte es ziemlich eilig.«

Die Wissenschaftlerin ging wieder weiter. Blanc hätte schwören können, dass sie erleichtert war.

Marius musterte sie nachdenklich, dann eilte er ihr hinterher, bis er zu ihr aufgeschlossen hatte. »Würde Martini die kämpfenden Dinosaurier versteigern?«

»Oh, ganz sicher!« Sie lachte kurz und hart auf. »Er würde daraus die spektakulärste Auktion aller Zeiten machen.«

»Péchenard ist aber strikt dagegen.«

»Alphonse ist eben eigensinnig«, antwortete sie daraufhin nur und beschleunigte ihre Schritte, sodass sie nur noch ihren Rücken sahen.

Erst am Streifenwagen holten sie Marjorie Dallest wieder ein. »Sie fahren nicht zufällig Richtung Aix? Oder gar bis zur Sainte-Victoire?«

»Wir nehmen Sie selbstverständlich gerne mit.« Dann stutzte Blanc. »Wie sind Sie denn überhaupt hierhergekommen, Madame?«

Jetzt musste sie sich doch wieder den Schweiß mit ihrem Seidenschal abtupfen. »Ich habe den Bus von Aix nach Velaux genommen«, murmelte sie und blickte ihm nicht in die Augen.

Blanc war sich ziemlich sicher, dass die nächste Bushaltestelle ein, zwei Kilometer entfernt sein musste, mindestens. Er war sich ziemlich sicher, dass Marjorie Dallest nicht den Bus genommen hatte. Und er war sich ebenso sicher, wie sie stattdessen zu dieser einsamen Stelle bei Velaux gekommen war: gemeinsam mit Martini, der im Wald in seinem Auto gewartet hatte, während sie oben mit Péchenard redete. Und der sich überstürzt davongemacht hatte, als er den Streifenwagen kommen sah.

Diesen Abend verbrachte Blanc nicht in seiner Ölmühle, sondern bei Paulette, die schräg gegenüber wohnte. Ihre Beziehung war noch so neu (und sie hatten beide ausreichend schlechte Erfahrungen hinter sich), dass sie noch nicht daran dachten, zusammenzuziehen. Und wo auch? Sollte er sein Gemäuer aufgeben, das er gerade erst restauriert hatte? Sie den alten Hof, den sie sich eisern erspart hatte, weil sie ihr bescheidenes Gehalt als Krankenschwester durch jahrelange Wochenend- und Nachtdienste aufgebessert hatte? Zwei erwachsene Menschen, zwei große Häuser, eine gute Beziehung – sie hatten beide das Gefühl, dass dies das Rezept für eine schöne Zukunft werden könnte.

Blancs riesiger Hund Jacques war auf die Weide zu ihren Camargue-Pferden getrottet, die ihn trotz seines wolfsähnlichen Äußeren gleichmütig tolerierten. Paulette hatte eine Tartiflette in den Ofen geschoben: Kartoffeln und Speck, Zwiebeln und Pfeffer, Crème fraîche und Reblochon in der Auflaufform, ein Duft, der Blancs Sinne benebelte, ein Duft nach einer anständigen Mahlzeit, ein Duft nach Alpen, Wärme nach einem kalten Tag, ein Winteressen, sicher das letzte, das sie in diesem Frühjahr kochten.

Blanc öffnete einen kalten Weißwein von Bernard und schenkte Paulette und sich ein. Danach machte er Salat an, während die Tartiflette sich im Ofen langsam mit einer goldenen Kruste überzog. Paulette sang leise *Heart of Gold* von Neil Young, während sie den Tisch deckte, in dessen Mitte die Rosen leuchteten. Seit so vielen Jahren, wie Blanc keinen Strauß mehr gekauft hatte, hatte sie selbst keinen mehr bekommen. Manchmal, in seinen düstersten Stunden, wollte Blanc nicht an ein Leben nach dem Tod glauben. Denn er dachte, dass das ewige Leben unweigerlich langweilig werden müsste, dass also am Ende auf jeden von uns die Hölle wartete. Doch dann gab es Momente wie diesen mit Paulette, in denen er wieder Hoffnung fasste: Eine Ewigkeit so wie dieser Augenblick, das war das Paradies.

Vielleicht sprachen sie deshalb beim Essen lange über Liebe und Leidenschaft und wann man glücklich miteinander werden konnte und wann nicht. Sie redeten dabei nie über sich, zumindest nicht direkt, sie erzählten einander stattdessen Geschichten von Freunden, Kollegen, Nachbarn, beschrieben berühmte Paare aus Romanen und Filmen. Paulette wusste aus dem Krankenhaus von Salon-de-Provence von Beziehungen, die unter der Last schrecklicher Krankheiten erblühten, und von solchen, die nach einer Diagnose zerbrachen. Und Blanc erwähnte selbstverständlich irgendwann die Menschen, deren Gefühle er gerade zu verstehen suchte. Erwähnte Roland Dallest, der seinem Bruder seit Jahren Glückwünsche schickte, aber von ihm niemals eine Karte zurückbekam. Der mit einer jungen Frau ein Büro aufbaute, aber mit niemandem je eine Familie. Erwähnte Christian und Marjorie Dallest, deren größte gemeinsame Leidenschaft uralte Knochen waren, aber was sonst noch? Erwähnte Alphonse Péchenard, der Marjorie nicht allein als Schatzjägerin geliebt hatte, sondern wirklich als Frau, und der jetzt einen Schatz gefunden hatte, der eben diese Frau nach vielen Jahren wieder zu ihm lockte.

Später nahm ihn Paulette bei der Hand und führte ihn hoch ins Schlafzimmer, wo sie ihn leidenschaftlich küsste. Als sie dann schließlich nebeneinanderlagen, liebessatt und außer Atem, warf der Mond von draußen einen silbernen Schimmer auf ihre Haut. Das Fenster stand offen, die Luft duftete nach Wald und Blüten, und sie hörten das Murmeln der Touloubre, die hinter der Weide floss. Paulette schmiegte sich an ihn und schlief ein. Das Paradies, dachte Blanc, das ist das Paradies.

Und doch konnte er keinen Schlaf finden.

Irgendwann, eine Stunde später, zwei Stunden? Das Mondlicht war jedenfalls verglommen, als er sich vorsichtig aus ihrer Umarmung löste, aufstand, und nach seiner Jeans tastete, die er in seiner Begierde vorhin auf den Boden geschleudert hatte. In einer Tasche fühlte er ein kleines, metallenes Objekt, nur ein wenig größer als sein Daumen. Er holte es heraus, im Zwielicht war kaum etwas zu erkennen. Das war aber auch nicht nötig, er wusste ja ganz genau, was er in der Hand hielt: ein vierzig Jahre altes Matchboxauto. Ein weißer Lastwagen, die Ladefläche war zerkratzt, der Lack dort größtenteils verschwunden, eine der beiden Hinterachsen war verbogen, sodass die Räder seltsam schräg zur Fahrtrichtung standen, an der vorderen Stoßstange klebte noch ein längst zu Stein getrockneter Rest grünen Knetgummis. Ein fast zu Tode geliebtes Spielzeug.

Das Lieblingsauto seines Zwillingsbruders.

Am toten Punkt

Mittags aß Blanc mit seinen beiden Kollegen im Le Soleil. Die Kellnerin hatte Tische nicht bloß vor das Restaurant, sondern bis weit auf den Marktplatz von Gadet gestellt. Das war streng genommen nicht legal, aber drei hungrige Flics waren nicht die Leute, die alles streng nahmen. Die Touloubre floss am Platz vorbei; würde Blanc sich hier in ein Kayak setzen, könnte er drei Kilometer weiter bei seiner Ölmühle wieder aussteigen – falls er nicht unterwegs irgendwo aufliefe, denn der Bach war selten mehr als einen halben Meter tief. Die Strömung trieb lange braune Wasserpflanzen zu breiten Fächern auseinander, silbrige Wellen umspülten glatt geschliffene Steine mitten in der Touloubre. Das Dorfentenpaar paddelte so langsam und hochmütig dahin, als gehörte ihm der ganze Ort. Zahllose Katzen schlichen durch die Gassen von Gadet und auch ein paar streunende Hunde, doch kein Vierbeiner schien je auf den Gedanken gekommen zu sein, diese beiden Vögel zu jagen. Die Platanenkronen legten zum Glück ein Schattenmuster über die Tische, denn mittags wurde es schon reichlich warm.

Fabienne und Blanc hatten sich Thunfischsalat bestellt, Marius zog *Steak frites* vor, »blutig«, wie er die Kellnerin gebeten hatte.

»Das ist Rindersushi!«, rief Fabienne entsetzt, als ihm die Portion aufgetragen wurde.

»Ich habe es halt gerne frisch«, erwiderte Marius und rieb sich behaglich den Bauch.

»Beim nächsten Mal treibt die Kellnerin eine Kuh vorbei und du beißt einfach in die Rippen«, schlug Blanc vor.

Sie redeten wenig beim Essen. Blanc hing seinen Gedanken nach: Paulette und das Paradies, aber vor jedem Paradies stand eine Pforte, an der die bedrohliche Welt rüttelte. Er dachte an Avelines Bemerkung und fragte sich nicht länger, *ob* er Paulette schützen musste – sondern *wie*. Dann erinnerte er sich wieder an den kleinen weißen Lastwagen, den er morgens in seiner Hosentasche aus dem Haus getragen hatte, seine Geliebte wusste nicht, dass er das alte Miniaturauto seit ein paar Tagen bei sich trug. Nun ruhte das verschrammte Spielzeug in einer Schreibtischschublade im Büro, aber da würde er es auch nicht ewig verstecken können. Mit einer Geste, die eine Spur zu heftig war, schob er den leeren Salatteller zurück.

»Lasst uns über den Fall sprechen«, sagte er.

»Ich bestelle uns Espresso«, erbot sich Fabienne. Sie drehte sich nach der Kellnerin um, hob die Hand und streckte drei Finger aus.

»Roland Dallest untersucht einen Staudamm, der seit fast achtzig Jahren in der Landschaft herumsteht. Dafür bringt dich garantiert keiner um. Er ist zum ersten Mal in der Provence, er kennt hier praktisch niemanden. Warum also musste er sterben? Nicht wegen seines Jobs. Nicht wegen alter Feindschaften.« Marius nuschelte, während er diese Überlegungen vortrug, weil er gleichzeitig mit einem Zahnstocher Fleischfasern zwischen den Zähnen herauspickte.

»Mon Dieu!«, sagte Fabienne und verdrehte die Augen. »Du könntest bei *Am Anfang war das Feuer* mitspielen! Du bist doch endlich kein Junggeselle mehr. Deine Freundin würde ausflippen, wenn sie dich sehen könnte!«

»Deshalb kann ich das ja nur noch mit euch machen«, gab

Marius grinsend zurück und legte den Zahnstocher auf den Teller.

»Wir müssen einen Mord aufklären«, erinnerte Blanc die beiden leicht ungehalten.

»Roland Dallest mag zwar keine alten Feinde in der Provence gehabt haben, aber er hatte einen neuen Bekannten: Hugues Vallauri«, sagte Fabienne. »Roland Dallest wollte ihn am Tag, an dem er starb, sehen. Doch weder Samia Zerfaoui noch der Betreffende selbst können oder wollen uns sagen, warum er ihn überhaupt sprechen wollte. Und warum das offenbar so dringend war, dass er den Weg raus in die Natur auf sich nahm, um den Alten zu finden, statt ihn abends einfach in seinem Haus zu besuchen. Schon komisch, oder?« Da ihre Kollegen nicht widersprachen, fuhr sie fort. »Weiterhin wissen wir von Christian und Marjorie Dallest, dass Roland Dallest Vallauri auf dem Grabungsfeld verpasst hat. Aber wir haben keinen weiteren Zeugen, außer Vallauri selbst, der bestätigen könnte, dass sich der Ingenieur und der Rentner nicht danach irgendwo über den Weg gelaufen sind. Dabei könnte es sehr wohl zum tödlichen Streit gekommen sein.«

»Nur«, Marius machte eine Kunstpause, »warum sollte ein Rentner einen Mann töten, den er kaum kennt?«

Blanc nickte. »Vallauri hat gehofft, dass seine alten Fotos in Dallests Bericht abgedruckt werden. Für uns mag sich das wie eine Nebensächlichkeit anhören, und für Samia Zerfaoui ist es das ja offenbar auch, sie nimmt das nicht weiter ernst. Aber für einen ehemaligen Arbeiter ist das vielleicht eine Form von Anerkennung, die er nie zuvor erfahren hat und vielleicht niemals wieder bekommen wird. Also hatte Vallauri das Gegenteil von einem Mordmotiv: Er hat Roland Dallest sicherlich ein langes, erfolgreiches Leben gewünscht, zumindest so lange, bis der seine alten Bilder abgedruckt hat.«

»*D'accord*«, gab Fabienne zu, »ich sehe es ja eigentlich auch so. Vallauri hätte die beste Gelegenheit, aber am wenigsten von allen ein Motiv. Wir sollten ihn nur nicht vom Radarschirm verlieren, bloß, weil er alt ist. Wer steht stattdessen ganz oben auf unserer Liste der Verdächtigen?«

»Dein Freund Garro«, sagte Marius grinsend.

»Garro ist nicht mein Freund!«

Blanc hob beschwichtigend die Hände. »Aber er hat tatsächlich einen ganzen Sack voller Mordmotive. Er hat sich heftig mit Roland Dallest gestritten und …«

»Was Garro bestreitet«, fiel ihm Fabienne ins Wort. »Er beschuldigt die Ingenieurin.«

»Das werden wir noch mit Madame Zerfaoui klären«, versprach Blanc. »Gehen wir zunächst mal davon aus, dass Garro und Roland Dallest einen schweren Konflikt ausgetragen haben, warum auch immer. Nach einem Konflikt gibt es immer Motive für ein Verbrechen: Hass, Demütigung, Rache. Wir wissen doch alle, dass manchmal Auseinandersetzungen über harmlose Dinge tödlich eskalieren, eine Beule im Kotflügel, ein über den Gartenzaun wachsender Ast, was weiß ich. Bei Garro kommt noch ein ziemlich handfester Streit mit Christian Dallest hinzu. Das heißt, dass er bei *beiden* Zwillingsbrüdern ein Motiv gehabt hätte zuzuschlagen, ob er sie nun verwechselt hat oder nicht.«

»Trotzdem dürfen wir eine Verwechslung nicht ausschließen«, beharrte Fabienne. »Hätte eigentlich Christian Dallest das Anschlagziel sein sollen, dann haben wir schon noch ein paar Leute mehr mit einem guten Motiv.« Sie hob den ersten Finger. »Alphonse Péchenard, der beruflich von Christian Dallest abgehängt wird und an den er auch noch seine Geliebte verloren hat.« Sie hob den zweiten Finger. »Marjorie Dallest, die sich für nichts in der Welt mehr interessiert als für alte

Knochen. Und die plötzlich erkennen muss, dass ausgerechnet ihr Ex über die tollsten alten Knochen gestolpert ist, die man je aus der Erde gebuddelt hat. Sie will unbedingt bei diesem Abenteuer mitmachen – aber wie? Christian Dallest würde ausflippen. Trennung, Scheidung, das kann dauern. Und selbst wenn sie ihm sofort den Laufpass gibt, du kommst aus einer Ehe leichter heraus als aus diesem Job. Marjorie Dallest arbeitet auf der Grabung an der Sainte-Victoire. Da gibt es sicher eine Klausel in ihrem Vertrag mit Kündigungsfristen, schließlich ist das der öffentliche Dienst. Du kannst nicht einfach deinen Spachtel auf die Erde werfen und fünf Minuten später bei der Konkurrenz anfangen, wenn es dein Chef nicht erlaubt. Und wenn dieser Chef dein Gatte ist, dem du gerade einen Tritt in den Hintern verpasst hast, dann wird er es dir nicht erlauben.« Fabienne umfasste mit der linken Hand die beiden erhobenen Finger und blickte ihre Kollegen triumphierend an. »Was ist, wenn sie sich zusammengetan haben? Péchenard *und* Marjorie Dallest? Péchenard hat ein großes Interesse, dass sie zu ihm zurückkehrt. Sie könnte viel besser als er die reichlich teure Bergung der kostbaren Fossilien organisieren. Und in seinem Bett ist auch noch ein Platz frei. Marjorie Dallest hat aus besagten Gründen ebenfalls ein großes Interesse an einer Rückkehr, ob sie dabei auch an das Bett denkt oder nicht, ist letztlich egal, schon die Funde sind für sie Anlass genug. Beiden steht aber der Herr Professor im Weg: Christian Dallest, der Rivale, der Péchenard mehr als einmal gedemütigt hat. Christian Dallest, der Ehemann und Chef, der Marjorie an eine andere Grabung fesselt. *Voilà!* Beide schmieden ein Komplott, um das Hindernis ihrer gemeinsamen strahlenden Zukunft zu beseitigen! Dumm nur, dass dann einer der beiden dem falschen Mann einen Saurierzahn in die Brust stößt.«

»Gute Theorie, aber …«, murmelte Blanc.

»Aber was?«, fragte Fabienne spitz.

»Aber Péchenard ist an dem Morgen von Roland Dallests Ermordung zur Sainte-Victoire hochgestiegen, um Christian und Marjorie Dallest zum ersten Mal von seinem spektakulären Fund zu erzählen. Péchenard und Marjorie Dallest hatten also gar keine Zeit, ein Mordkomplott zu schmieden, sie hatten ja noch nicht einmal genug Zeit, um sich die Fossilien gemeinsam anzusehen. Wir haben Marjorie erst Tage später bei einem offenbar heimlichen Besuch auf Péchenards Grabung überrascht. Und vermutlich ist sie da zusammen mit dem Händler Martini hingefahren. Das sieht doch so aus, als würden die beiden vielleicht mit Martini jetzt erst ein Komplott schmieden, *nach* der Ermordung von Roland Dallest! Und das bedeutet: Als beide Brüder noch lebten und ein Täter sie noch hätte verwechseln können, da haben Péchenard, Martini und Marjorie Dallest noch gar nicht gegen Christian Dallest Intrigen gesponnen.«

»*Putain*«, fluchte Marius, »wer bleibt uns dann noch? Die blondierte Ingenieurin? Warum hätte Samia Zerfaoui ihren Geschäftspartner ermorden sollen? Mal abgesehen von einem möglichen emotionalen Schock: Sie würde doch durch einen Anschlag ihre eigene berufliche Existenz riskieren, die sie sich gerade erst aufgebaut hat.«

»Christian Dallest bleibt uns noch«, erwiderte Blanc trocken.

Fabienne sah ihn verblüfft an. »Aber warum? Ich habe die Vermögensverhältnisse des Toten gecheckt. Christian Dallest ist zwar der nächste Verwandte des Ermordeten, aber es gibt nicht sehr viel zu erben. Keine Immobilie, kein gut gefülltes Bankkonto, keine Lebensversicherung, nichts. Wie es aussieht, hat Roland Dallest das, was er über etliche Berufsjahre verdient hat, in sein Büro gesteckt. Doch welches Interesse hätte ein Professor für Paläontologie in Aix-en-Provence an einem Ingenieurbüro in Lyon – das er sich zudem mit einer Partnerin hätte teilen müssen?«

»Vielleicht geht es nicht um ein Erbe.« Blanc sprach von den nie beantworteten Postkarten, erinnerte sie an die beiden Devotionalien in der möblierten Wohnung von Roland Dallest – und an das vollkommene Desinteresse von Christian Dallest. »Vielleicht bemüht sich der fünf Minuten jüngere Bruder sein ganzes Leben um die Anerkennung des verehrten Älteren, doch der lässt ihn am ausgestreckten Arm verhungern?«

»D'accord«, meinte Fabienne skeptisch, »aber müsste dann nicht Christian Dallest das Opfer sein? Roland, der ständig zurückgewiesene Bruder, hätte doch eher ein Motiv, es dem gefühlskalten Älteren irgendwann heimzuzahlen, nicht wahr? Warum sollte Christian zur Waffe greifen? Um einen Bruder zu beseitigen, um den er sich noch nie im Leben gekümmert hat? Das ergibt doch keinen Sinn.«

»Außerdem hat niemand Christian Dallest zur Tatzeit von der Grabung fortgehen sehen«, ergänzte Marius.

»Weil wir noch gar keinen Zeugen danach gefragt haben«, erwiderte Blanc. »Mein Fehler, ich hätte daran denken sollen. Für mich war Christian Dallest ein mögliches Opfer, nie ein möglicher Täter. Deshalb haben wir sein Alibi gar nicht überprüft. Wir sind einfach davon ausgegangen, dass er die ganze Zeit an der Sainte-Victoire geblieben ist, aber einen Beweis dafür haben wir nicht.«

Blanc rieb sich über die Stirn und nickte der Kellnerin dankbar zu, weil sie endlich auf einem Tablett die Espressotassen balancierte. Allein der Duft blies sein Gehirn frei, und das hatte er auch sehr nötig.

Zurück auf der Station telefonierte Marius mit Maurice Frutoso, dem bärtigen Assistenten von Christian Dallest, dessen Nummer er hatte, seit er ihn zum ersten Mal als Zeugen befragt hatte. Das Gespräch dauerte nicht lange, doch Marius zeigte Blanc und Fabienne, die neben ihm saßen, zwischendurch den nach oben gereckten Daumen. Als er auflegte, grinste er zufrieden.

»Sowohl Christian Dallest als auch seine Frau haben sich am Tattag während der späten Vormittagsstunden oder um die Mittagszeit herum jeweils für eine gewisse Zeit von der Ausgrabung entfernt«, verkündete er. »Frutoso erinnert sich nicht mehr an die genaue Uhrzeit, aber es war, ich zitiere, ›auf jeden Fall nach der morgendlichen Kaffeepause‹.«

»Die beiden sind gemeinsam weggegangen?«, vergewisserte sich Blanc.

Marius schüttelte den Kopf. »Nein. Christian Dallest ist irgendwann aufgebrochen und hat Frutoso gesagt, dass er sich ein Sandwich aus dem Auto unten auf dem Parkplatz neben dem Staudamm holen wollte, weil er keine Zeit habe, um in Aix im Restaurant zu essen. Niemand hat sich darüber gewundert. Offenbar haben die Dallests eine Kühlbox in ihrem Wagen, die sie angeschlossen lassen. In der nehmen sie sich häufig einen Imbiss mit. Als der Professor jedenfalls an diesem Tag hinuntergegangen ist, hat sich keiner seiner Mitarbeiter etwas dabei gedacht. Und tatsächlich war er später wieder da, Frutoso hat, als ich ihn ein bisschen gedrängt habe, geschätzt, dass eine Stunde vergangen sein könnte. Er sagt weiterhin aus, dass Marjorie Dallest beim Aufbruch ihres Gatten die Hände noch voller Gips hatte, weil sie ein Fossil präparierte. Sie hat ihm hinterhergerufen, dass sie gleich nachkommen würde. Auch das scheint nicht ungewöhnlich gewesen zu sein. Jedenfalls hat sich auch niemand gewundert, als Marjorie Dallest erst ein paar Minuten nach ihrem Mann verschwand. Frutoso hätte das alles vielleicht komplett vergessen, so trivial ist ihm das erschienen, wenn er nicht zufällig bemerkt hätte, dass Marjorie auch erst einige Zeit nach Christian Dallest wieder zur Grabung zurückgekehrt ist. Sie ist ihrem Mann hinterhergelaufen, weil sie sich verspätet hatte. Aber wenn sie dann gemeinsam irgendwo essen, dann können sie doch auch gemeinsam zurückkehren. Da hat sich Frutoso einen Moment lang gefragt, was die Frau seines Chefs noch irgendwo da draußen getan haben könnte. Andererseits hat es ihn auch nicht wirklich misstrauisch gemacht. Erst, als ich ihn gerade ausdrücklich auf diesen Tag angesprochen habe, ist es ihm wieder eingefallen.«

Fabienne hatte einen Bleistift in der Hand und tippte damit nun ungeduldig auf die Schreibtischplatte. »Das ist doch schon mal was! Wir wissen zwar weder, wann genau Roland Dallest ermordet wurde, noch wissen wir, wann genau Christian und Marjorie Dallest die Grabung verlassen haben – aber es ist doch immerhin möglich, dass die beiden kein Alibi haben. Sie haben vielleicht gemeinsam im Auto gegessen, aber den langen Hinweg von der Grabungsstelle bis zum Parkplatz sind sie jeweils alleine gegangen. Und da sie auch nicht gemeinsam zurückgekehrt sind, haben sie möglicherweise auch den Weg hoch zur Ausgrabungsstelle getrennt zurückgelegt. Wie lange braucht man für diese Route? Zwanzig Minuten? Also waren sowohl Christian als auch Marjorie Dallest jeweils bis zu vierzig Minuten unbeobachtet in der Garrigue – Zeit genug, um jemanden zu töten.«

»Christian Dallest ist der Bruder des Mordopfers«, erinnerte Blanc sie, »Marjorie die Schwägerin. Wir können solche Theorien unter uns diskutieren. Aber wenn ich der Untersuchungsrichterin sage, dass wir gegen die Familie des Opfers ermitteln wollen, dann muss ich ihr schon etwas mehr präsentieren als einen kurzen Spaziergang durch die Garrigue und ein schnelles Mittagessen auf einem Parkplatz.«

»Selbst Madame Vialaron-Allègre wird erkennen, dass die beiden kein Alibi haben«, erklärte Fabienne.

»Garro, Vallauri, Martini und sogar Samia Zerfaoui haben ebenfalls kein Alibi. Niemand hat eines, jeder könnte es getan haben, aber keiner hat ein richtig zwingendes Motiv. Irgendwie drehen wir uns im Kreis.«

»Was willst du jetzt tun?«, fragte Marius.

»Ich gehe zum Commandant und erkläre ihm die Lage. Und danach telefoniere ich mit der Untersuchungsrichterin. Ich muss beiden schonend beibringen, dass wir unsere Ermittlungen noch einmal ganz von vorne beginnen. Wir haben irgendetwas Entscheidendes übersehen.«

Commandant Nicolas Nkoulou war ein ehrgeiziger und ein penibler Mann, der lose Enden in Ermittlungen genauso hasste wie unaufgeräumte Schreibtische – was in diesem Fall, fand Blanc, eine sehr angenehme Eigenschaft war.

»Nehmen Sie sich die Zeit, die Sie brauchen, um diesen Fall ordentlich zu Ende zu bringen, *mon Capitaine*«, erwiderte er bloß, als er die Erklärungen vernommen hatte. »Es besteht keine Gefahr, dass einer der Verdächtigen untertauchen könnte. *La Provence* war der Mord – oder sagen wir besser: war die ungewöhnliche Tatwaffe – eine große Geschichte wert, aber inzwischen berichten die Journalisten schon nicht mehr darüber. Roland Dallest war nicht von hier, Ingenieure sind nicht gerade sexy, niemand kümmert sich mehr um das Verbrechen. Da Madame Zerfaoui weiterarbeitet, wird auch das Gutachten zum Staudamm pünktlich fertig sein, und das wiederum ist das Einzige, was die Politiker interessiert, schließlich bezahlen sie das Gutachten ja mit Steuergeldern. Sie dürfen also ausnahmsweise einmal ganz ohne Druck ermitteln.«

»Danke, *mon Commandant.*« Blanc erhob sich erleichtert.

»*Mon Capitaine?*«

»Ja?« Blancs Hand lag bereits auf der Türklinke.

»Ist es schön da oben? Ich meine: an der Sainte-Victoire?«

»Wunderschön. Sie waren noch nie auf dem Berg?«

Nkoulou nahm seine goldgefasste Brille ab, griff nach einem weißen Taschentuch und putzte mit energischen Bewegungen einen Fleck fort, den nur er gesehen hatte. »Das hole ich bestimmt nach. Vielleicht werden wir dort schon nächstes Wochenende wandern.«

Wir?, dachte Blanc. *Mon Dieu.*

Nkoulou erriet, was ihm durch den Kopf ging. Er setzte die Brille wieder auf und blinzelte. »Unsere gemeinsame Bekannte hat früher gerne gemalt, auch wenn sie sich über die Kunstsammlung ihres eigenen Vaters lustig gemacht hat. Sie ist wirklich talentiert, wussten Sie das? *Eh bien,* vielleicht wird die Landschaft von Cézanne sie auf ... andere Gedanken bringen.«

Andere Gedanken als Drogen, ergänzte Blanc im Geiste und bemühte sich, keine Regung erkennen zu lassen. Sein Chef kümmerte sich heimlich, manchmal sogar illegal und väterlich – und manchmal nicht nur väterlich, wie Blanc vermutete –, um Dorothée Féraud, eine junge Süchtige und Gelegenheitsprostituierte. Er versuchte sich seinen überkorrekten Chef und dieses wilde Mädchen auf der Sainte-Victoire vorzustellen; Dorothée würde es vermutlich nicht mal bis zum Gipfel hoch schaffen, sie war, anders als Nkoulou, nicht gerade in herausragender körperlicher Verfassung. Er fand den Gedanken absurd, dass Dorothée auch nur fünf Minuten die Finger von verbotenen Substanzen lassen würde, wenn sie den

Berg erblickte, den Cézanne verewigt hatte. Und doch musste er widerwillig den verzweifelten Mut und die niemals erlahmende Fantasie seines Chefs bewundern, der immer wieder neue Wege ersann, um die junge Frau aus ihrer ganz persönlichen Hölle zu erretten.

»Die Wanderwege sind gut markiert. Man kann sich gar nicht verlaufen«, erwiderte Blanc. Denn was sollte er außer so einer Banalität sonst schon darauf antworten?

Anschließend sprach er von seinem Büro aus mit Aveline. Marius ging währenddessen »mal einen Kaffee holen«. Er fürchtete die Untersuchungsrichterin so sehr, dass er nicht mal als stummer Zeuge eines Telefonats im selben Raum bleiben wollte.

»*Allô?*« Man hörte das Schnippen eines Feuerzeugs, Aveline inhalierte tief.

»*Madame le Juge,* ich möchte Sie über den Fortschritt der Ermittlungen unterrichten«, begann Blanc förmlich, dann jedoch zögerte er. Was soll's? Aveline war viel zu klug, als dass er ihr etwas vormachen konnte. »Wobei ›Fortschritt‹ vielleicht nicht ganz der passende Begriff ist«, setzte er hinzu.

»Wo liegt das Problem?«

»Wir haben mehr Verdächtige ohne Alibi, als wir brauchen. Aber uns fehlt das Mordmotiv.«

»Das klingt schon beinahe wie ein Haiku, *mon Capitaine.* Irgendwann werden Ihre Berichte noch den Rang literarischer Kunstwerke erreichen.«

»Immerhin das.« Blanc seufzte und erklärte ihr so knapp und unliterarisch wie möglich die Lage.

Aveline lauschte schweigend. Manchmal hörte er, wie sie Zigarettenqualm aus dem Mund blies. Sie mochte vielleicht wütend auf Blanc sein oder eifersüchtig auf Paulette, doch sie war ein Profi: Sie würde seine Ermittlungen niemals sabotieren.

»Es ist richtig, dass Sie mich informieren«, erwiderte sie gelassen, nachdem er geendet hatte. »Es kommt in der Öffentlichkeit nie gut an, wenn wir die trauernden Angehörigen eines Mordopfers ins Visier nehmen.«

»Christian Dallest ist nicht gerade das Sinnbild brüderlicher Trauer.«

»Das wissen Sie und ich und höchstens noch seine Frau. Professor Dallest ist nicht bloß ein angesehener Bürger, er ist semi-prominent. Ein Mann aus dem Fernsehen, zudem ein Gelehrter und, aber das nur nebenbei, ein guter Bekannter der Bürgermeisterin von Aix-en-Provence. Dallest ist bestens vernetzt.«

»Dallest benennt Fossilien nach Autobahngesellschaften.«

»Genau das meinte ich. Auf so eine Idee muss man erst einmal kommen.« Aveline räusperte sich, es klang wie ein halb unterdrücktes Husten.

»Geht es Ihnen gut, *Madame le Juge*?«

»Lenken Sie nicht ab, *mon Capitaine*. Der Professor hat Freunde, Kollegen, Förderer, kurz: Menschen, die es gewohnt sind, zum Telefonhörer zu greifen, wenn irgendetwas sie stört. Ich möchte vermeiden, dass diese Menschen bei mir anrufen.«

»Darauf könnte ich auch gut verzichten«, gab Blanc zu. Er versuchte, aus Avelines Stimme herauszuhören, ob sie erkältet war, doch sie klang wie immer.

»Deshalb dürfen besagte Menschen gar nicht erst erfahren, dass der allseits beliebte Professor Christian Dallest nebst seiner Gattin von uns als Mordverdächtiger geführt wird. Zumindest darf man es noch nicht jetzt erfahren.«

»Solange wir nicht mehr vorzuweisen haben als ein fehlendes Alibi.«

»Genau. Rollen Sie die Ermittlungen von mir aus gerne neu auf, befragen Sie alle Beteiligten ein zweites, drittes, viertes

Mal, gehen Sie allen Spuren doppelt nach, Sie entscheiden, was sie tun wollen – sofern Sie diskret bleiben. Christian Dallest und seine Frau sind Zeugen, und sie müssen sich auch weiterhin wie Zeugen fühlen, nicht wie Verdächtige. Solange der Professor sich nicht bei einflussreichen Freunden beschwert, haben Sie freie Hand.«

Blanc schwieg einen Moment lang, er hatte den Umkehrschluss kapiert: Sobald sich der Professor beschwerte, würde er nicht mehr freie Hand haben. »Wir lassen bei niemandem die Alarmglocken schrillen«, versprach er schließlich.

»Es ist doch immer wieder ein Vergnügen, mit Ihnen zu plaudern, *mon Capitaine*. Wir sollten uns gelegentlich mal wieder zum Essen treffen.«

Blanc starrte den Hörer an, aus dem nur noch das Freizeichen klang. Endlich merkte er, was er tat, und legte übertrieben behutsam auf. *Wir sollten uns gelegentlich mal wieder zum Essen treffen.* War das bloß eine Floskel gewesen? Oder ironischer Spott? Eine Provokation? Eine Einladung? Oder … *merde,* bei Aveline klang selbst so ein Satz wie eine versteckte Drohung.

Er zuckte zusammen, als das Telefon klingelte. Einen Moment lang hoffte und fürchtete er zugleich, noch einmal Avelines Stimme zu hören, doch es war ein unbekannter Mann, dem Klang nach ziemlich jung.

»Brigadier Durand hier, *mon Capitaine*. Sie sollten sofort zur Prieuré an der Sainte-Victoire kommen. Das ist die kleine Kirche direkt unterhalb des Gipfels.«

»Gab es ein Verbrechen?«

»Einen Mord. Sie kennen das Opfer.«

Blut an einem geweihten Ort

Blanc war traurig über ein so junges Leben, das so gewaltsam endete. Doch er war nicht wirklich überrascht, dass ein Mann, der sich so viele Feinde gemacht hatte wie Franck Garro, eines gewaltsamen Todes gestorben war. Es wirkte wie ein Hohn des Schicksals, dass dieser notorische Rebell ausgerechnet in einer Kirche sein Leben ausgehaucht hatte, zusammengesunken auf einer Bank, als würde er inbrünstig beten. Sein Schädel lag mit dem Gesicht auf der Lehne der vor ihm stehenden Sitzreihe, Blanc sah nur den Hinterkopf, und der war feucht und rot von Blut. Vielleicht hatte ihm jemand einen fürchterlichen Schlag versetzt. Oder dort war eine Kugel ausgetreten, die ihm sein Mörder in die Stirn geschossen hatte, die man aber nicht sah, weil sie auf der Lehne ruhte. Fontaine Thezan würde sich darum kümmern. Die Gerichtsmedizinerin drückte in diesem Augenblick das Portal der Kapelle auf und nickte ihm zu.

»Er gehört Ihnen, Doktor«, sagte er, zog sich zurück und blickte sich um.

Es war Nachmittag, fünfzehn, sechzehn Uhr vielleicht, er holte sein Handy nicht hervor, um nachzusehen, jedenfalls hatte er mehr als eine Stunde gebraucht, um von Gadet aus bis hierher zu fahren und die letzten, anstrengenden Höhenmeter hinaufzuklettern.

Auf den Gipfel der Sainte-Victoire.

Genauer gesagt: ein paar Meter unterhalb des Gipfelkreuzes. Notre-Dame-de-Victoire war ein mauerumschlossenes Priorat, das Mönche und fromme Gläubige im 17. Jahrhundert dort erbaut hatten, wo man in der Provence dem Himmel so nah sein konnte wie kaum irgendwo sonst. Fabienne hatte es auf dem iPad nachgelesen, während sie sich auf die lange Fahrt von Gadet zur Sainte-Victoire gemacht hatten. Die Männer hatten damals mit Maultieren Tausende grob zurechtgehauene Steine in die Einöde geschleppt. Man sah die Steine im Innern des Gotteshauses noch, denn der Putz war nur dünn aufgetragen worden. Das Gewölbe spannte sich im Halbrund über ihre Köpfe; ohne die sechs kleinen Fenster, durch deren farbige Scheiben gelb und blau leuchtende Lichtschleier hereinwehten, hätte Blanc sich gefühlt wie in einem alten Keller. Das Gotteshaus wirkte so archaisch, als stammte es aus dem finstersten Mittelalter und nicht aus einer Epoche, in der man bereits das Schloss von Versailles geschaffen hatte. Die Kirche war winzig, im Glockengestell auf dem Dach war das Datum »1661« eingraviert, doch die Glocke fehlte. Sie traten hinaus. Das Priorat war auf einer Art natürlichem Balkon erbaut worden, einer Stufe in der ansonsten steil ansteigenden Bergflanke. Büsche hatten sich ringsum in den felsigen Boden gekrallt, die Luft schmeckte nach Ginster. Hohe Zedern beschatteten den Hof neben der Kirche und eine gemauerte Zisterne, aus der man noch immer mit der Hand Wasser hochpumpen konnte. Neben der Kirche erhob sich das niedrige Klostergebäude, kaum größer als eine Baracke, in das sich heute Wanderer zurückziehen konnten, die auf dem Gipfel der Sainte-Victoire von einem Unwetter überrascht wurden. In seine Mauern waren zahlreiche Namen und Daten eingeritzt worden. Blanc entdeckte zweimal »H. YVAN« und dazu einmal »1875«, einmal »1890«. Ein Mönch, der fünfzehn Jahre in der Einöde ausgehalten hatte? Ein Pilger, der es zweimal bis hier hinauf geschafft hatte? Oder einfach bloß ein Tourist vergangener Epochen, ein Vorfahre jener Barbaren, die heute mit Sprühflaschen oder Filzschreibern Monumente beschmierten, um ihre Anwesenheit zu dokumentieren?

Notre-Dame-de-Victoire war lange verfallen gewesen, bis Freiwillige in den letzten Jahrzehnten das Gotteshaus wieder aufgebaut hatten. Heute suchten manchmal Pilger den Ort auf, die meiste Zeit jedoch stand das Gotteshaus leer. Wer bis zum Gipfel der Sainte-Victoire hochstieg, der wollte ganz hinauf bis zum Kreuz, nur ein paar Meter weiter. Normalerweise interessierte sich deshalb niemand für diese Kapelle.

Drei Kriminaltechniker in weißen Schutzanzügen drängten hinein. Blanc und seine beiden Kollegen warteten geduldig auf dem winzigen, grob gepflasterten Platz, über ihnen wachte eine mild lächelnde Madonna in einer Nische oberhalb des Eingangs. Cézannes Landschaft lag vor ihnen, nur war gewissermaßen die Perspektive vertauscht: Der Künstler hatte einst von unten hinaufgesehen, nun blickten sie hinunter. Sie verließen den Vorplatz der Kirche, auf dem zwei mit Maschinenpistolen bewaffnete Gendarmen wachten. Zwei, drei Wanderer kamen den Weg hoch, starrten die Uniformierten neugierig an und gingen dann rasch weiter. Die nördliche Bergflanke fiel unter Blancs Füßen mehrere Hundert Meter steil ab, nur der schmale, in Serpentinen angelegte Wanderweg, den sie mühsam hochgeklettert waren, führte als Zickzacklinie durch das dunkelgrüne Gesträuch, das den Felsen überwucherte. Erst am Fuß der Sainte-Victoire wurde die Landschaft sanft, hügelig, dicht bewaldet, ein Ozean aus Pinienwipfeln, der den Berg umspülte. Manche Hügelkuppen waren zu karg für Bäume, dort schimmerte der steinige Boden hellgrau in der Nachmittagssonne. In der Ferne leuchtete der

Stausee von Bimont wie ein Smaragd zwischen den Anhöhen, zum Horizont hin verschwamm das Panorama in dunstigem Blau, ein Fabelland aus Dörfern, Feldern, den Bergrücken der Alpilles.

Er hörte ein Rauschen über sich, als wäre plötzlich ein Wald über seinem Kopf gewachsen, in dessen Wipfel der Wind fuhr. Erstaunt blickte er nach oben. Ein Gleitschirmflieger zog auf der Suche nach Aufwinden Kreise durch den makellosen Himmel. Er flog so dicht über dem Gipfel, dass man den Wind hörte, wie er durch die Leinen und den dünnen Stoff blies. Der Gleitschirm war weiß; als sich der Pilot in eine Kurve legte und den Schirm dabei beinahe senkrecht kippte, las Blanc eine Aufschrift: »*Peace*«. Frieden, dachte er ein wenig neidisch, du hast diese wahnsinnige Landschaft unter dir, musst dich wie ein kleiner Gott fühlen, aber du ahnst nicht einmal, dass nur ein paar Meter unter dir ein Toter mit blutigem Schädel liegt.

Blanc versuchte, die Ausgrabungsstätte von Christian Dallest zwischen Hügeln und Wipfeln zu entdecken, konnte sie aber nur grob lokalisieren. Man sah keine Einzelheiten. Die Stelle, an der man Roland Dallest gefunden hatte, war von hier oben aus überhaupt nicht auszumachen. Und vom Stausee sah er zwar einen Großteil der Wasserfläche, nicht jedoch den Damm, der hinter einem Hügel verborgen war. Er hob den Blick Richtung Horizont. Velaux, wo Péchenard arbeitete, musste irgendwo im Dunst liegen, doch konnte er unmöglich sagen, wo genau. Er fluchte innerlich. Alles war irgendwie nah, er spürte es eher, als dass er es wusste, jedenfalls kam ihm diese Landschaft wie ein Gebiet vor, das schon seit Urzeiten eins war, gleichgültig, dass manche Teile in diesem vom großen Künstler geschaffenen Werk Millionen Jahre alt waren, wie der Berg, den er mühsam erklommen hatte, andere Hunderte Jahre, wie die Bäume, und manche erst wenige Jahrzehnte, wie der Stausee – alles war auf eine schwer zu beschreibende Art zu einer Einheit verschmolzen. Doch zugleich blieb diese Landschaft unzugänglich, verwirrend, geheimnisvoll. *Mon Dieu,* da gab es diesen riesigen Staudamm, aber wenn man ausgerechnet auf den höchsten Berg weit und breit stieg, dann sah man ihn nicht mehr, als wäre er einfach verschwunden. Er fing an zu verstehen, was einen Mann wie Franck Garro gereizt hatte, immer und immer wieder neue Wege durch diese Welt zu finden.

Er kehrte wieder ins Hier und Jetzt zurück und musterte Fabienne verstohlen.

Sie hatte die ganze Zeit kein Wort gesagt, sie war blass und blickte ebenfalls in Richtung Stausee, doch er bezweifelte, dass sie das Gewässer wirklich sah. »Geht es dir gut?«, fragte er.

»Das hatte Garro nicht verdient«, murmelte sie.

»Niemand hat so etwas verdient«, erwiderte er behutsam.

»Verzeihung. Du weißt, wie ich es meine.«

Er nahm sie kurz in den Arm. »Wir finden denjenigen, der das getan hat«, versprach er.

Marius, der zu den modernen Toiletten auf der Rückseite der Kapelle gegangen war, trat wieder zu ihnen und räusperte sich. »Das ist ganz sicher kein Zufall. Zuerst Roland Dallest. Jetzt Franck Garro.«

Blanc hob warnend die Hand. »Garro hat sich mit Roland Dallest gestritten. Oder vielleicht eher mit Samia Zerfaoui. Aber bislang ist das die einzige Verbindung zwischen den beiden Männern. Eine ziemlich schwache Verbindung, wenn man bedenkt, dass Garro sich mit so ziemlich jedem Menschen gestritten hat, dem er begegnet ist. Noch ist es viel zu früh, um zu sagen, ob die beiden Morde zusammenhängen.«

Die Tür zum Priorat ging auf. Fontaine Thezan trat heraus. Blanc und seine Kollegen gingen über den Vorhof auf sie zu.

Sie trug noch blaue Gummihandschuhe, hielt aber eine Mentholzigarette zwischen den Fingern. »Nach dieser Zigarette zeige ich Ihnen die Leiche, *d'accord*?« Sie wartete ihre Antwort gar nicht erst ab, sondern schnippte ihr Feuerzeug auf, entzündete die Zigarette und inhalierte tief. »Die Kriminaltechnik wird da drinnen noch eine Weile beschäftigt sein.«

»Es gibt viele Spuren?«, wollte Blanc wissen.

»Im Gegenteil, deshalb müssen Sie ja so intensiv suchen. Aber eine Spur haben sie schon gefunden.«

»Welche?«

»Das ist nicht mein Bereich. Sie werden es gleich von den Kollegen der Spurensicherung erfahren, *mon Capitaine.*« Sie nahm einen tiefen Zug.

Blanc beherrschte sich. Fontaine Thezan hatte manchmal eine Art, ihn in den Wahnsinn zu treiben. »Was gehört denn zu Ihrem Bereich, Doktor? Dürfen wir da schon etwas mehr wissen?«

Sie sah ihn nachdenklich an. »Der Mann ist erschossen worden«, verkündete sie schließlich. »Eine Kugel genau in die Stirn, die am Hinterkopf wieder ausgetreten ist. Das ist übrigens eine der Spuren, nach denen die Kriminaltechniker noch suchen. Das Geschoss müsste irgendwo in der Kapelle liegen, oder vielleicht hatte es sogar noch so viel Wucht, dass es in eine Wand eingedrungen ist. Jedenfalls war der Schuss nicht aufgesetzt, das heißt, die Mündung der Waffe hat nicht die Stirn berührt. Anhand der Wund- und Schmauchspuren schätze ich jedoch, dass die Distanz andererseits auch nicht allzu groß gewesen sein kann. Das Opfer wurde vermutlich aus etwa ein bis zwei Meter Entfernung erschossen.«

»Keine Überraschung«, brummte Marius. »Die Kapelle ist winzig. Täter und Opfer müssen sich auf jeden Fall nahe gekommen sein.«

Ein abgelegener Ort, dachte Blanc. Eine Kapelle, die normalerweise von kaum einer Seele je besucht wird. Doch diesmal müssen gleich zwei Menschen dort gewesen sein. Kein Zufall, sagte er sich, Marius hat recht. Zumindest wäre es extrem unwahrscheinlich, dass Garro in der Kapelle rein zufällig eine andere Person angetroffen hat, irgendwie mit demjenigen in Streit geraten ist und daraufhin getötet wurde. Viel wahrscheinlicher war, dass entweder der Mörder Garro bis zu Notre-Dame-de-Victoire gefolgt war, um ihn dort, ohne Zeugen, umzubringen. Oder Garro und sein Mörder hatten sich sogar dort verabredet – dann konnte das eine tödliche Falle gewesen sein.

»Ist Garro sitzend erschossen worden und so, wie wir ihn gefunden haben, auf der Bank zusammengesunken?«, fragte Blanc. »Oder hat ihn sein Mörder erst nach der Tat in die jetzige Position gebracht?«

»Eher Letzteres, vermute ich«, erwiderte die Gerichtsmedizinerin. »Ich habe fächerförmig ausgehende Blutspritzer auf Bänken und auf dem Boden gefunden. Meiner Meinung nach befand sich Garro zum Zeitpunkt des Anschlags zwar an der Stelle, an der wir ihn gefunden haben, doch als die Kugel ihn traf, hat er gestanden, und deshalb wurde sein Blut in einem weiten Halbkreis um seinen Hinterkopf herum verspritzt.«

Blanc hörte, wie Fabienne einmal tief durchatmete. »Garro hat auf der Bank gesessen und auf jemanden gewartet«, vermutete er. »Der Mörder trat ein, Garro erhob sich, doch er wurde praktisch sofort niedergeschossen – er hatte nicht einmal Zeit, bis auf den Mittelgang zu treten. Er kollabierte. Der Mörder arrangierte den Körper so, wie wir ihn vorgefunden haben, damit ein flüchtiger Besucher den Toten für einen Betenden hielt und womöglich gar keinen Alarm gab.«

»So könnte es gewesen sein, *mon Capitaine*. Aber Sie erwarten sicherlich nicht, dass man diesen hypothetischen Hergang präzise in der Obduktion nachweisen kann.«

»Gibt es noch etwas, was Ihnen bei der ersten Beschau aufgefallen ist, Doktor?«, fragte er.

Fontaine Thezan schüttelte den Kopf und drückte nach einigen weiteren tiefen Zügen die Zigarettenkippe mit der Stiefelspitze auf dem Steinboden aus. »Das Opfer weist keine weitere äußere Verletzung auf, die man auf Anhieb erkennen könnte, und darüber hinaus auch keine weitere Auffälligkeit. Seine Hand- und Fußgelenke zum Beispiel zeigen keine Spur davon, dass er gefesselt worden sein könnte. Die Lippen sind sehr empfindlich. Bei Opfern, denen mit einem Tape der Mund zugeklebt worden ist, sieht man selbst mit dem bloßen Auge kleine Verletzungen, wenn dieses Tape später wieder abgerissen wird. Fehlanzeige. Er war nicht geknebelt. In der einen Sekunde war Franck Garro ein gesunder junger Mann. Und in der nächsten Sekunde war er tot.«

»Garro hat das nicht erwartet«, vermutete Blanc. »Er hat sich nicht gewehrt. Und er hat nicht einmal versucht zu fliehen. Denn wenn er sich zur Flucht gewandt hätte, dann hätte der Täter ihn nicht mehr genau in die Stirn treffen können.« Er erinnerte sich, dass die Pistole, die vermutlich in der verschwundenen Umhängetasche von Roland Dallest versteckt gewesen war, ein besonders kleines Modell war – eine Waffe, die man unauffällig bei sich tragen konnte.

»Können wir Selbstmord ausschließen?«, fragte Fabienne mit zitternder Stimme.

Fontaine Thezan nickte. »Die Kriminaltechniker haben keine Waffe gefunden.«

Als wäre das ein Stichwort, kam einer der in weiße Schutzanzüge gekleideten Spezialisten heraus und winkte ihnen zu.

»Wir sind noch nicht ganz fertig, aber wollen Sie sich das schon mal ansehen, *mon Capitaine*?«

Blanc und seine beiden Kollegen verabschiedeten sich von Fontaine Thezan und folgten dem Kriminaltechniker ins Innere. Inzwischen brach sich das tief stehende Nachmittagslicht in den Fensterscheiben zu goldenen Schleiern. Feiner Staub schwebte in der Luft. Es roch nach Mörtel, ganz schwach nach einem alten Putzmittel – und nach Eisen. Garro hatte viel Blut verloren, ein großer roter Fleck hatte sich auf der Bank und auf dem Boden ausgebreitet. Und bei genauem Hinsehen sah Blanc auch die Spritzer, ein Fächer aus feinen roten Tropfen, von denen manche einige Meter hinter der Leiche auf den Boden oder die Bänke getroffen waren.

Der Spezialist deutete mit seiner behandschuhten Rechten auf die große Lache. »Das Blut stammt vermutlich alles vom Opfer. Aber genau werden wir das selbstverständlich erst wissen, wenn wir die Spuren im Labor analysiert haben.«

»Haben Sie auch DNA-Spuren?«, wollte Marius wissen.

Der Mann zuckte mit den Achseln. »Das kann ich auch noch nicht sagen. Wir versuchen, auf dem Körper und rund um den Toten Spuren zu isolieren, Haare, Hautschuppen, was weiß ich. Aber das wird noch etwas länger dauern als gewöhnlich, wegen der Feiertage.«

»Feiertage?«, fragte Blanc erstaunt.

»Ostern, Roger«, erklärte Fabienne. »Hase, Eier, du weißt, was ich meine? Morgen ist Karfreitag.«

Der Kriminaltechniker räusperte sich. »*Eh bien*, ich wollte Ihnen vor allem so schnell wie möglich die persönlichen Besitztümer des Opfers zeigen. Vielleicht hilft Ihnen das bei den Ermittlungen weiter.« Er reichte ihnen nacheinander mehrere durchsichtige, verschlossene Plastikbeutel. »Ein Bund mit Wohnungs- und Autoschlüsseln. Ein Opinel-Taschenmesser.

Ein Handy. Eine Brieftasche mit Kreditkarte, Führerschein, Karte der Krankenkasse, *Carte d'identité,* Universitätsausweis und etwa zwanzig Euro Bargeld.«

»Es war wohl kein Raubmord«, brummte Marius.

»Zumindest hat sich der Mörder nicht für die Sachen seines Opfers interessiert. Er wollte Garro töten, das war alles«, sagte Fabienne bitter.

Blanc strich sich über die Haare. »Haben Sie eine Sprühflasche Bauschaum gefunden?«

Der Kriminaltechniker starrte ihn aus runden Augen an. »Nein, *mon Capitaine.*«

»Warum sollte der Täter ausgerechnet die gestohlen haben?«, fragte Marius.

»Hat er vielleicht gar nicht«, erwiderte Blanc. »Vielleicht ist Garro ohne sie bis zur Kapelle gegangen. Was bedeutet, dass er keine neue Route gelegt hat, sondern aus anderen Gründen hier war.«

»Es sei denn, Garro hat sich an das gehalten, was er uns versprochen hat«, erinnerte ihn Fabienne, »dass er zukünftig nicht mehr mit Bauschaum durch die Landschaft laufen würde. Dann könnte es sehr wohl bedeuten, dass er hier war, um eine neue illegale Wanderstrecke auszuprobieren.«

»Da ist noch etwas«, sagte der Kriminaltechniker und hielt ihnen zwei weitere Beutel entgegen. In einem steckte eine deformierte, mit Blut- und Haarresten verschmierte Kugel. In der anderen eine Patronenhülse. »Die Kugel haben wir gerade erst aus der Kirchenwand geholt. Dort ist sie vermutlich stecken geblieben, nachdem sie den Kopf des Opfers durchschlagen hatte. Die Hülse lag etwa zwei Meter vor dem Körper des Toten auf dem Fußboden. Sie war unter eine Bank gerollt, wir haben sie erst entdeckt, als wir das Gestühl angehoben haben.«

»Was für ein Kaliber?«, fragte Blanc.

»Neun Millimeter Luger«, erwiderte der Spezialist.

»Dasselbe Kaliber wie die verschwundene Pistole von Roland Dallest«, murmelte Fabienne.

Ein himmlischer Zeuge

Ein uniformierter Beamter führte sie die wenigen Meter bis zum Gipfel hoch. Blanc las sein Namensschild: Durand.

»Sie haben uns vorhin angerufen, Brigadier?«

»Ja, *mon Capitaine.*«

»Haben Sie auch den Toten gefunden?«

»Nein, ein Tourist hat uns alarmiert. Wir haben den Zeugen zum Gipfel geführt. Da oben steht er der Spurensicherung nicht im Weg.« Der Gipfel der Sainte-Victoire war, anders als Blanc das vermutet hätte, als er den Berg noch von unten betrachtet hatte, gar keine an eine Pyramide erinnernde Spitze, sondern ein beinahe waagerechter Felsgrat, eine riesige steinerne Klinge, die den Himmel zerschnitt. Hier und dort wuchsen niedrige dunkelgrüne Büsche, Gräser und Flechten auf dem kargen Boden, ansonsten war er nackt und schroff. Die Felsklinge endete vielleicht dreißig, vierzig Meter rechts von Blanc im Nichts: eine Klippe, die zu allen Seiten ins bläuliche Licht abfiel. Irgendwo dort unten musste Aix-en-Provence sein, weit mehr als Hunderttausend Einwohner, aber man sah nicht einmal den Uhrturm am Rathaus oder die steinerne Nadel der Kathedrale in der von der Hitze diesigen Luft. In der Ferne glänzte silbern das Mittelmeer. Und am östlichen Horizont schimmerten die Schneekuppen der Dreitausender.

»Die Alpengipfel sind mehr als einhundertfünfzig Kilometer entfernt«, erklärte Durand, der Blancs Blick gefolgt war. »Aber man könnte denken, sie sind zum Greifen nahe.«

»Sie kennen sich auf der Sainte-Victoire aus, Brigadier?«

»Ich bin fast jedes freie Wochenende hier oben.«

»Gab es auf dem Gipfel jemals ein vergleichbares Verbrechen?«

»Noch nie, *mon Capitaine.*«

Mitten auf dem Felsgrat stand das Gipfelkreuz, obwohl selbst Blanc sofort erkennen konnte, dass es keineswegs der höchste Punkt war – vermutlich aber der stabilste, denn es war eine wuchtige Konstruktion, die, so ungeschützt, wie sie da stand, Mistralböen von weit mehr als hundert Stundenkilometern ebenso standhalten sollte wie Blitzeinschlägen oder den leichten Erdbeben, welche die Provence gelegentlich heimsuchten. Der viereckige Sockel war aus gelben Steinen gemauert und so hoch wie ein kleiner Burgturm. Darauf ragte ein vom Rost gerötetes schmiedeeisernes Kreuz auf. In der tief stehenden Sonne warf das Kreuz einen langen Schatten auf die Felsflanke. Leichter Wind schien von allen Seiten zugleich um den Sockel zu streichen. Der Gleitschirmpilot segelte in einem Kreis um den Gipfel, manchmal kam er ihm so nah, dass Blanc seine Gesichtszüge erkannte. Das Rauschen des Windes im leichten Gleitschirmstoff war das einzige Geräusch. Ansonsten war es vollkommen still, kein Vogelzwitschern, kein Laub, in das der Wind blasen könnte, niemand, der laut in ein Handy sprach. Nur zwei Personen waren hier: eine junge Gendarmin saß auf der steinernen Bank, die um den Sockel herumlief, und hielt ihr Gesicht mit geschlossenen Augen in die Sonne. Sie musste nicht auf den Mann an ihrer Seite aufpassen, denn der las entspannt in einem Buch. Erstaunlich entspannt, fand Blanc, für jemanden, der vor Kurzem einen Toten mit zerschossenem Hinterkopf in einer Kapelle gefunden hatte.

Seine Kollegen und er traten auf den Mann zu. Die Gendarmin wurde rot, sprang auf und nahm Haltung an. »Brigadier Christine Bui-Trong, *mon Capitaine.*«

Blanc winkte gelassen ab. »Besten Dank, Brigadier. Sie müssen hier nicht strammstehen wie das Gipfelkreuz.« Er stellte Marius, Fabienne und sich selbst dem Zeugen vor.

»Ich bin Ueli Sutter«, erwiderte der Mann, während er seinen Roman in einem leichten Rucksack verstaute. Er sprach Französisch mit deutschem Akzent, Mitte sechzig, schätzte Blanc, kaum eins siebzig groß, hager, aber muskulös, der Typ Mann, der stundenlang mit federnden Schritten durch die Berge wandern konnte. Sutter hatte kurz geschorene, dichte graue Haare und auffallend hellgraue Augen, die Blanc hinter Brillengläsern freundlich und aufmerksam musterten. Er trug die Trekkingkleidung des erfahrenen Touristen und war, wie sie nach ein paar Fragen erfuhren, nicht bloß ein großer Fan der Provence im Allgemeinen und von Paul Cézanne im Besonderen, sondern auch schon häufiger auf die Sainte-Victoire gestiegen als sie alle zusammen, mit Ausnahme von Brigadier Durand. Sutter war ein Rechtsanwalt aus Basel, der sich vor einiger Zeit zur Ruhe gesetzt hatte.

Blanc ließ sich beschreiben, wie Sutter in die Kapelle getreten war. »Haben Sie das Opfer berührt?«

»Gott bewahre, nein! Ich wollte mich bloß in der alten Kapelle umsehen. Bei meinem letzten Besuch wurde sie noch renoviert, alles war eingezäunt, ich durfte nicht hinein. Ich war kaum eingetreten, da bemerkte ich auch schon diesen Mann. Ich habe zuerst gedacht, er würde beten. Aber es hat so seltsam gerochen, ich bin näher gekommen und habe die Wunde gesehen und … nun, ich vertrage den Anblick von Blut einfach nicht, verstehen Sie? Ich wäre beinahe ohnmächtig geworden. Ich bin hinausgerannt und habe den Notruf gewählt. Zum Glück hat man hier Handyempfang.«

Blanc nickte. Die Beamten hatten registriert, dass der Notruf um kurz nach vierzehn Uhr eingegangen war. »Seit wann waren Sie hier oben?«

Sutter dachte nach. »Ich bin, wie meistens, morgens losgegangen. Ich habe heute mal die nördliche Route genommen.« Er deutete Richtung Priorat. »Ich habe den Wagen in Vauvenargues stehen lassen. Der dort beginnende Wanderweg ist steil, aber auf den ersten paar Hundert Metern breit wie eine Autobahn. Erst ein Stück unterhalb der Kapelle wird er enger. Es ist nicht die schönste Strecke, aber man kommt ziemlich schnell auf den Gipfel. Ich glaube, dass ich so gegen zwölf Uhr oben war, ich habe aber nicht auf die Uhr geschaut.«

»Das heißt, dass Sie zwei Stunden lang auf dem Gipfel waren?«, vergewisserte sich Fabienne. »Und beim Abstieg haben Sie die Kapelle besucht und das Opfer gefunden?«

»Das wird wohl hinkommen. Ich hatte mir ein Picknick mitgebracht. Außerdem habe ich Fotos gemacht, bevor es zu heiß wurde.« Er machte eine umfassende Geste. »Sie sehen ja, wie dunstig es jetzt wird. Das steigt aus den Stauseen hoch. Zuerst verschleiern sich die Täler, dann können Sie auch das Meer und die Alpen nicht mehr sehen. Der Vormittag ist mir als Hobbyknipser lieber.«

»Und dann sind Sie denselben Weg wieder hinuntergegangen?«, fragte Marius.

»Das wollte ich, ja. Ich bin aber nicht weit gekommen.« Sutter schüttelte in der Erinnerung den Kopf. »Auf den anderen drei Seiten gibt es mehrere Wanderwege auf und rund um die Sainte-Victoire. Doch über die Nordflanke führt nur diese eine Route von Vauvenargues hoch. Noch ein Grund mehr, warum man dort weniger Wanderer trifft als auf den anderen Strecken: Es ist kein Rundweg möglich, man muss dieselbe Strecke zweimal machen.«

Blanc nickte nachdenklich. Ein anstrengender, aber schneller Weg zum Gipfel hinauf. Ein einsamer Weg. Ideal, um relativ rasch auf die Sainte-Victoire zu gelangen, ohne von aller Welt bemerkt zu werden. »Haben Sie auf dieser Route andere Menschen getroffen?«

Wieder dachte Sutter gründlich nach, bevor er antwortete. Blanc fasste mehr und mehr Vertrauen zu ihm: ein guter Zeuge, jemand, der sich konzentrieren konnte, der überlegte, was er sagte, und nicht einfach drauflos plapperte. »Ich habe beim Aufstieg eine Familie überholt«, berichtete er schließlich. »Frau, Mann, zwei kleine Kinder, vielleicht drei und fünf Jahre alt. Ich habe sie ziemlich weit unten passiert, da wurde der Weg gerade erst steil. Sie sind niemals bis zum Gipfel gestiegen, vermutlich sind sie lange vorher umgekehrt. Das ist ja auch kein Weg für kleine Kinder.«

Blanc, dem der Aufstieg noch in den Knochen steckte, nickte mitfühlend. »Sonst haben sie niemanden gesehen?«, vergewisserte er sich.

Sutter schüttelte den Kopf. »Niemanden.«

»Wir haben also keine Zeugen«, fluchte Marius.

Blanc blickte über die Felsklippe bis in die blaue Unendlichkeit. Der westliche Horizont wurde von einer gezackten Linie markiert. Die Gipfel der Alpilles? Ein Schatten huschte über das Gipfelkreuz. Er sah auf. Der Gleitschirmflieger. Plötzlich sprang Blanc in die Luft und winkte. »He!«, schrie er.

»Was ist mit dir los?!«, fragte Fabienne beunruhigt.

Blanc ignorierte sie. »He!«, wiederholte er laut und ruderte mit den Armen. Der Gleitschirmpilot hatte ihn nun bemerkt und hob eine Hand mit nach oben gerecktem Daumen.

»Gendarmerie!«, rief Blanc.

Der Mann am Schirm sah ihn wohl, hörte ihn jedoch nicht, wahrscheinlich klang ihm nur das Rauschen des Flugwindes in den Ohren. Er winkte noch einmal und zog weiter seine Kreise. Eine Böe trug ihn plötzlich vom Gipfel fort, bald flog er neben der Bergflanke Pirouetten und sank dabei langsam tiefer.

Fabienne starrte abwechselnd Blanc und den Gleitschirm an, dann schüttelte sie skeptisch den Kopf. »Du glaubst, dass der Gleitschirmflieger ein Zeuge ist?«

»Ich würde ihn zumindest gerne befragen. Wer weiß, wie lange er da schon herumsegelt. Nahe am Gipfel wachsen kaum Bäume – wenn jemand alles im Blick hatte, dann er.«

Marius nickte der Gendarmin zu. »Sie sind in Le Tholonet stationiert, Brigadier Bui-Trọng?«

»Ja, *mon Lieutenant.*«

»Rufen Sie Ihre Kollegen an. Die Gleitschirmflieger landen eigentlich immer an der Südseite der Sainte-Victoire. Dort führt nur eine Straße entlang. Sie sollen die auf der Route Départementale zwischen Le Tholonet und Saint-Antonin-sur-Bayon patrouillieren und vor allem den großen Parkplatz von Le Bouquet am Waldrand im Auge behalten. Wenn der Pilot landet, sollen sie ihn nicht weggehen lassen, bis wir da sind.«

»Das kann Stunden dauern«, meinte Fabienne. »Wir müssen runter zum Staudamm, den Wagen holen, um den ganzen Berg herumfahren und …«

»Wir gehen die Sainte-Victoire an der Südseite runter«, unterbrach sie Blanc. »Kollegen können uns später im Streifenwagen bis zum Parkplatz von Bimont zurückfahren.«

»Das ist keine einfache Route«, sagte die Gendarmin schüchtern und warf Marius einen besorgten Blick zu.

»Machen Sie sich keine Sorgen«, beruhigte der sie. »Es geht ja abwärts, und die Schwerkraft ist mein Freund.«

Brigadier Durand täuschte nicht sehr überzeugend einen Hustenanfall vor.

Ein paar Minuten später wusste Blanc, was Christine Bui-Trong gemeint hatte, und Marius sagte nichts mehr, sondern schnaufte vernehmlich. Die Südseite der Sainte-Victoire war wie eine gigantische graue Wand, schroff und steil, Blanc fragte sich leicht beunruhigt, wie sie hier jemals ohne Seile und Karabinerhaken hinunterkommen wollten. Die einzige Route war ein Pfad zwischen zähen Wacholderbüschen und Felsbrocken, so steil, dass sie oft nicht mehr aufrecht gehen konnten, sondern sich mit den Händen irgendwo festkrallen mussten, um zu klettern. An manchen Stellen waren einzelne Steine auf dem Boden von zahllosen Trekkingsohlen schon so glatt geschliffen worden wie die Stufen in einem mittelalterlichen Kathedralenturm. Rote Punkte markierten alle paar Meter die Route. *Mon Dieu,* hatte Vallauri diese Farbkleckse gemalt? Der Alte musste unglaublich gut in Form sein. Sie erreichten nach einer schmerzhaften halben Stunde ein halb verwittertes Warnschild: »L'Escalette«. Dahinter begann eine sicherlich hundert, zweihundert Meter lange steile Flanke, die aus nichts als glattem Fels bestand, eine baum- und schattenlose, tückisch rutschige natürliche Rampe am Rande eines Abgrunds. Ein wenig vertrauenerweckender, an vielen Stellen schon niedergerissener Holzzaun aus dünnen Pfosten markierte die Bruchkante zur Tiefe.

»Putain«, sagte Marius schwer atmend und ließ sich auf sein Hinterteil fallen. Offenbar wollte er diese Passage auf dem Hosenboden bezwingen.

Blanc dachte an seine Jeans, die noch so neu war, dass er sich an den unverschämt hohen Preis erinnern konnte. Er beschloss, die wenigen Risse und handbreiten Vorsprünge, die man erst im Näherkommen im Felsen erkannte, zu nutzen, um vorsichtig hinunterzusteigen. Er setzte die Spitze der Sohlen in Spalten, krallte sich mit den Händen an winzige Vorsprünge und kletterte hinab. Er und Fabienne kamen mit dieser Technik tatsächlich ganz gut voran – mussten dann aber lange auf ihren Kollegen warten, der, halb rutschend, halb im Entengang, wie ein herumtollendes Kind mit hochrotem Kopf aussah und ungefähr doppelt so lange brauchte wie sie.

Blanc sah sich währenddessen um. Er wünschte, sie hätten eine Flasche Wasser mitgenommen. In der Flanke der Sainte-Victoire hatten Regen und Frost über die Äonen kleinere und größere Steinplatten abgesprengt. Darunter leuchtete es rot, als würde der Berg aus Wunden bluten. Auch der Sand unterhalb von L'Escalette hatte die Farbe von Ocker. Einige Hundert Meter zu ihrer Linken wuchs ein Hügelrücken aus dem Tal bis vielleicht auf ein Drittel der Höhe der Sainte-Victoire. Zwei Reihen grauer, steil aufgerichteter, schmaler Felsplatten säumten den Grat. Wahrscheinlich hatten irgendwelche gewaltigen tektonischen Kräfte die Felsen ausgerechnet in dieser Form aus dem gewölbten Boden gedrückt. Blanc kam es vor, als starrte er auf den riesigen, von Panzerplatten geschützten Rücken eines Dinosauriers. Er versuchte, sich an seine Kindheit zu erinnern und an die Namen der Urzeitechsen, die ihn als kleinen Jungen fasziniert hatten. Ein Stegosaurier.

Als Marius endlich erschöpft und mit nun löchrigem Hosenboden bei ihnen war, ging es schneller bergab. Der Weg war weniger halsbrecherisch, und schließlich führte er sie in einen Wald: Pinien, Eichen, Fichten, es duftete nach frischen Nadeln und feuchtem Erdboden. Zuletzt wanderten sie sogar durch einen gepflegten Olivenhain.

»Na also«, keuchte Marius, »so mag ich die Provence!«

Der Parkplatz von Le Bouquet war eine unebene Sandfläche unter Bäumen neben der Route Départementale 17, auf der zwei Streifenwagen und ein alter VW-Bus standen. Vier Uniformierte unterhielten sich mit einem jungen Mann, während der die letzten Handgriffe tat, um den bereits wieder zusammengefalteten Gleitschirm in einen riesigen Rucksack zu stopfen.

Blanc schüttelte dem Mann die Hand und stellte sich und seine Kollegen vor. »Es tut mir leid, dass ich Sie auf so ungewöhnliche Weise aufgehalten habe.«

»Haben Sie mich geblitzt? Bin ich zu schnell geflogen?« Er lachte. »Sie waren das, der da oben gewinkt hat, nicht wahr? Ich dachte, Sie feuern mich bloß an. Andauernd winken mir Gipfelstürmer zu. Sie haben mich übrigens nicht aufgehalten, Sie sehen es ja: Ich muss meinen Schirm packen und bin gerade erst damit fertig geworden. Pierre Duhamel.« Der Pilot hatte einen kräftigen Händedruck, er war ein schlaksiger Mann, sehr groß, sehr dünn. Seine Haare waren kurz und hatten eine undefinierbare Farbe irgendwo zwischen braun und blond, er blickte sie aus grünen Augen lebhaft an, neben die Augen hatten sich trotz seiner jungen Jahre schon Fältchen ins Gesicht gegraben. Vielleicht musste er als Pilot zu oft in der Sonne blinzeln, sagte sich Blanc, vielleicht war Duhamel aber auch einfach nur ein unbesiegbarer Optimist, der oft lächelte.

»Wir blitzen keine Gleitschirmflieger, Monsieur Duhamel«, beruhigte ihn Blanc. Dann erklärte er ihr Anliegen: ein Toter im Priorat Notre-Dame-la-Victoire und ein Pilot, der vielleicht etwas gesehen haben könnte.

Duhamel blickte sie aus großen Augen an. »In der alten Kapelle? Ein richtiger Mord?«

»Ein sehr richtiger Mord«, versicherte Marius. Er keuchte nicht länger, und sein Gesicht hatte auch wieder eine normale Farbe angenommen.

»Haben Sie jemanden gesehen, der um die Mittagszeit zur Kirche gegangen ist? Oder aus ihr herauskam?«, wollte Fabienne wissen.

Duhamel strich sich nachdenklich über den Kopf. »*Alors*, zuerst einmal achte ich immer auf meinen Gleitschirm und die Thermik. Ich suche warme Aufwinde, verstehen Sie? Und dann genieße ich natürlich das Panorama unter mir, klar. Wer beobachtet da schon einzelne Wanderer irgendwo auf dem Berg?«

Fabienne beschrieb ihm Garros Äußeres.

Duhamel zog die Mundwinkel nach unten. »Ich glaube nicht, dass ich den Mann gesehen habe. Aber …«, er zögerte, »na ja, ich habe ein Mal einen Mann gesehen, der auf dem Weg zum Priorat oder zum Gipfel war. Man muss ja an der Kapelle vorbei, wenn man zum Gipfel will. Also, ich meine, ich weiß nicht, ob dieser Mann in der Kirche verschwunden ist, ich habe ihn etwas unterhalb von ihr gesehen. Er ist mir aufgefallen, weil er einen Strohhut trug. ›Wie Cézanne‹, habe ich mir gedacht. Wer trägt denn heute noch einen Strohhut? Die meisten Trekker haben Sonnenhüte oder Kappen auf.«

»Können Sie den Mann beschreiben?« Fabienne hatte ihr iPhone aus der Tasche geholt und hielt es ihm als Aufnahmegerät hin.

Duhamel räusperte sich. »Eigentlich habe ich nur den Strohhut gesehen. Die Krempe hat das ganze Gesicht verdeckt. Und der Körper? Keine Ahnung, er war recht kräftig, auf jeden Fall ist er den Berg in einem guten Tempo hochgestiegen. Er sah normal aus, normal für einen Trekker, meine ich: irgendwelche Outdoorsachen halt, nichts Neonfarbenes. Manche Leute steigen ja jetzt in Klamotten auf den Berg, die du noch auf einen Kilometer leuchten siehst. Und …« Er zögerte.

»Und was, Monsieur Duhamel?«, ermunterte ihn Blanc.

»Jetzt, wo ich sage ›leuchten‹, fällt es mir wieder ein. Ich habe auch noch eine Frau gesehen. Nicht zusammen mit dem Mann, sie war tiefer unten auf der Route, aber sie ging auch nach oben. Sie hatte einen Trekkinghut mit breiter Krempe auf, deshalb kann ich Ihnen nicht sagen, wie sie aussah. Aber sie trug einen Schal, und der hat weiß geleuchtet, richtig gestrahlt. Das ist mir aufgefallen, denn eigentlich brauchst du bei dieser Hitze doch gar keinen Schal mehr.«

Nachdem sie sich bei Duhamel bedankt hatten, ließen sich Blanc und seine Kollegen im Streifenwagen zum Staudamm von Bimont fahren. Zum Glück hatten die Beamten aus Le Tholonet Wasserflaschen dabei, die sie ihnen großzügig anboten. Die Route Départementale war zunächst sehr eng und schlängelte sich durch den Wald. Kurz darauf wurde die Landschaft freier und lieblicher. Sie passierten Villen hinter schmiedeeisernen Toren – nur ein paar Kilometer östlich von Aix-en-Provence mit freiem Blick auf die Sainte-Victoire, jedes Anwesen musste Millionen wert sein.

»Péchenard trägt einen Strohhut«, sagte Fabienne und riss Blanc damit aus seinen Gedanken.

»Wir werden das überprüfen«, erwiderte er, »aber ich bin nicht sehr optimistisch. Er gräbt mehr als dreißig Kilometer von der Sainte-Victoire entfernt. Warum sollte er bis zum Berggipfel oder zur Kapelle hochgehen? Da gibt es weder Dinosaurier zu finden noch Rivalen, vor denen er angeben könnte. Und erst recht sehe ich keinen Grund, warum Péchenard Garro eine Kugel in den Kopf schießen sollte. Die beiden kennen sich doch gar nicht.«

»Das kann irgendein Wanderer mit einem Strohhut gewesen sein«, pflichtete ihm Marius bei. »Das hat gar nichts zu sagen.«

»Und die Frau?« Fabienne spielte ihnen die Aufnahme auf ihrem iPhone vor. Sie hörten Duhamels Stimme: *»Aber sie trug einen Schal, und der hat weiß geleuchtet, richtig gestrahlt.«*

»Das ist etwas ganz anderes«, gab Blanc zu. »Ich musste sofort an Marjorie Dallest denken.«

»Ich auch«, sagte Fabienne. »Ich habe mir eine Trekking-App auf das Handy geladen und die Sache gecheckt. Vom Ausgrabungsfeld von Professor Dallest bist du in wenigen Minuten auf dem Sentier Imoucha. So heißt die Route, die von der Westseite auf die Sainte-Victoire führt. Sie ist ziemlich lang, aber weniger steil als die anderen Aufstiege und offenbar der einfachste Weg, um nach oben zu kommen. Kurz unter dem Gipfel trifft der Sentier Imoucha auf Notre-Dame-de-Victoire.«

»Vielleicht hat sie Garro gesehen und ihn beschattet«, spekulierte Marius. »Da oben sind keine Bäume, du kannst jemanden auf Dutzende Meter hinweg sehen, sie muss ihm gar nicht nahe gekommen sein. Erst als Garro, warum auch immer, in der Kapelle verschwindet, schließt sie zu ihm auf, folgt ihm hinein und päng!«

»Ich habe diese Frau von Anfang an nicht gemocht«, warf Fabienne ein.

»Das macht sie noch lange nicht zu einem Killer, der seinem Opfer eine Kugel in die Stirn schießt«, mahnte Blanc.

»Wer sonst läuft mit einem leuchtend weißen Seidenschal in der Natur herum?«, erwiderte Fabienne.

Blanc rieb sich den Hals. Die Sonne war auf dem Gipfel so stark gewesen, dass er sich den Nacken verbrannt hatte. Christian Dallest hatte recht gehabt: Eine Baseballcap war hier nicht genug – und vielleicht war es auch gar keine so abwegige Idee, seinen Hals mit einem Seidenschal zu schützen. Kein Spleen von Marjorie Dallest, sondern einfach ein Indiz dafür, dass sie sich hier oben besser auskannte als die meisten anderen. Er nickte zustimmend. »Wir werden sie fragen, wie sie diesen Tag verbracht hat.«

Auf dem Parkplatz am Staudamm bedankten sie sich bei den Kollegen für die Fahrgelegenheit und das Wasser. Marius ließ sich von Blanc den Autoschlüssel geben. »Wenn ihr nichts dagegen habt, ruhe ich mich im Streifenwagen aus.«

»Es ist doch nur eine Viertelstunde bis zur Ausgrabungsstelle«, erwiderte Fabienne.

»Das erledigen wir auch gut zu zweit«, meinte Blanc. Er freute sich, dass Marius überhaupt schon wieder in der Lage gewesen war, innerhalb von ein paar Stunden eine Tour auf den Gipfel des Sainte-Victoire und wieder zurück durchzuhalten. Es hatte Zeiten gegeben, da hätten sie ihn nicht mitnehmen können, war noch gar nicht so lange her.

Die Nachmittagssonne stand inzwischen so tief, dass die Nadelkronen der Fichten weich wie Federn wirkten und nicht nur grün, sondern irgendwie aus sich selbst heraus auch orangefarben leuchteten, so als hätte jemand versteckt zwischen den Zweigen ein Feuer entzündet. Ein Schwarm Spatzen und mehrere Eichhörnchen flitzten durch das Geäst, bei Sonnenuntergang war Ladenschluss, und sie hatten noch tausend Besorgungen zu erledigen. Blanc versuchte sich einen Nachmittag vor siebzig Millionen Jahren vorzustellen. Dasselbe milde Licht hätte sich dort im stillen Wasser der Sümpfe gespiegelt, darüber hätten sich gigantische Bäume mit fleischigen Blättern gewölbt, unterarmlange Libellen wären durch die Luft geschwebt, und irgendwo wäre mit langsamen Schritten, die den Erdboden erzittern ließen, ein Titanosaurus fressend durch die Wildnis ... Es war absurd. Genauso absurd wie der Gedanke, dass der Berg, den sie an diesem Tag so mühselig erklommen hatten, damals noch als Felsen tief im Erdboden gesteckt hatte oder wo auch immer ein Berg herkommen mochte, der in den letzten Jahrmillionen wie aus dem Nichts gewachsen war. Blanc war Gendarm, er war es gewohnt, sich die Vergangenheit vorzustellen. Bei jedem Fall wollte er Licht in die Vorgeschichte von Verbrecher und Opfer bringen, manchmal musste er dafür nur die paar Stunden vor der Tat aufklären, manchmal musste er Jahre zurückliegende Rätsel lösen. Aber Jahrmillionen? Das waren Dimensionen, die ihm verschlossen blieben.

Sein altes Nokia klingelte. Es war Sylvain. Blanc schaltete den Lautsprecher ein.

»*Mon Capitaine,* wir waren im Haus von Garro in Velaux. Die Tür war abgeschlossen, innen war es zwar nicht gerade perfekt aufgeräumt, es sah aber auch nicht so aus, als hätte jemand seine Sachen durchsucht oder etwas gestohlen.«

»Haben Sie Briefe oder ein Tagebuch gefunden, Maréchal? Oder Fotos?«

Der junge Beamte räusperte sich. »Ich glaube, Garro gehört zur digitalen Generation. Außer auf der Toilette ist sein Haus praktisch papierfrei.«

»Stellen Sie seinen Computer sicher«, mischte sich Fabienne ein. »Garro hatte ein Handy bei sich. Aber vielleicht finden Sie ja weitere Apparate, die will ich dann auch sehen. Und jeden USB-Stick oder jede SD-Karte, die Sie finden können. Schaffen Sie bitte alles in mein Büro.«

»Wird gemacht, *ma Sous-Lieutenant.* Der Mann hatte auch eine Digitalkamera und eine externe Festplatte.«

»Genug Spielzeug für dich«, kommentierte Blanc, nachdem sie das Gespräch beendet hatten.

»Es ist manchmal so einfach, mich glücklich zu machen.«

Sie erreichten kurz darauf das Grabungsfeld. Trotz der fortgeschrittenen Stunde wirkte es nicht so, als wollten die Forscher bald mit ihrer Arbeit aufhören. Die meisten Paläontologen knieten oder lagen noch auf dem Erdboden und kratzten Fossilien frei. Christian und Marjorie Dallest kamen auf sie zu.

»Gibt es Neuigkeiten zu meinem Bruder?«, fragte der Professor und wischte sich dabei mehr schlecht als recht die von rötlichem Staub bedeckten Hände an einem nicht mehr wirklich sauberen Tuch ab. Seine Frau trat an seine Seite. Sie trug einen weißen Seidenschal.

»Franck Garro ist heute ermordet worden«, sagte Blanc. Hin und wieder erschien es ihm ratsam, ein Gespräch wie einen Boxkampf zu eröffnen.

Doch falls das für Christian Dallest oder seine Gattin ein Schlag gewesen war, so steckten sie ihn ziemlich gut weg.

»Ah, bon?«, sagte der Professor. »Das tut mir selbstverständlich leid«, fuhr er in einem Ton fort, der klarmachte, dass ihm die Sache eigentlich völlig gleichgültig war. »Aber ehrlich gesagt, das wundert einen nicht, oder? Der Mann war ein Provokateur.«

»Was ist denn passiert?«, fragte Marjorie Dallest, doch sie klang auch nicht sehr viel interessierter.

»Garro wurde heute Mittag erschossen. Oben in dem Priorat am Gipfel.«

Das war dann allerdings etwas, was Boxer einen »Wirkungstreffer« nannten. Marjorie Dallest wurde blass, und Blanc hätte schwören mögen, dass sie sich nur mühsam auf den Beinen hielt. Aber er hätte ebenfalls schwören mögen, dass es sein zweiter Satz war, der sie beinahe in die Knie gehen ließ: Dass Garro erschossen wurde, schien ihr nichts auszumachen. Doch sobald er das Priorat genannt hatte, hatte sie zu schwanken angefangen.

Ihr Mann schien das nicht zu bemerken. »Und warum sind Sie dann hier?«, fragte er ungerührt. »Was haben wir damit zu tun?«

»Wo waren Sie heute Mittag, Herr Professor?«, fragte Fabienne.

Er starrte sie an, zum ersten Mal fassungslos. »Was wollen Sie denn damit andeuten?«, stammelte er.

»Beantworten Sie einfach meine Frage.«

»Einfach, *eh*?! Das ist doch ... Was soll das sein? Wollen Sie mein Alibi überprüfen?«

»Genau.«

»Das ist eine Unverschämtheit! Ich werde mich beschweren und ...«

»Sie haben uns nicht gesagt, dass Sie am Tag der Ermordung Ihres Bruders eine Zeit lang abwesend waren«, unterbrach ihn Blanc ungerührt. »Sie waren nicht den ganzen Vormittag auf der Grabung, sondern sind für mindestens eine Stunde verschwunden.«

»Also das ist doch jetzt wohl unerhört! Mein Bruder ist getötet worden und Sie machen ...«

»... den Job, für den wir bezahlt werden. Also, Professor: Wo waren Sie heute Mittag?«

»Auf der Grabung, wo sonst?! Fragen Sie meine Assistenten.«

»Und an dem Tag, an dem man Ihren Bruder ermordet hat?«

»Da war ich ...«, Dallest holte tief Luft. »Also schön. Ich bin zum Parkplatz hinuntergegangen, um mir aus dem Auto einen Imbiss zu holen. Das habe ich vergessen zu erwähnen. Das ist doch lächerlich.«

»Und Sie, Madame?« Blanc wandte sich Marjorie Dallest zu.

»Ich habe meinen Mann begleitet.« Sie atmete immer noch schwer.

»Das haben Sie nicht«, stellte Fabienne betont sachlich fest. »Sie sind nach ihm gegangen.«

»Mon Dieu!«, rief Dallest. »Marjorie ist halt ein paar Minuten später nachgekommen, na und? Wir haben dann

gemeinsam an einem der Tische neben dem Parkplatz gegessen.«

»Gibt es dafür Zeugen?«, wollte Blanc wissen. »Einen Ihrer Mitarbeiter, der auch Pause gemacht hat, beispielsweise? Oder Wanderer? Oder ...«

»Wer achtet denn auf Leute, die auf einem Parkplatz sitzen?!« Marjorie Dallest hob theatralisch die Hände. Sie schien langsam wieder die Gewalt über sich zu gewinnen.

»Aber Sie sind auch erst nach Ihrem Mann wieder auf dem Grabungsfeld erschienen«, sagte Fabienne.

Marjorie Dallest errötete leicht. »Ich habe mich in die Büsche geschlagen, um, na, das können Sie sich doch denken. Wir sind halt in der Natur.«

»Und heute?«, wollte Blanc wissen. »Wo waren Sie heute Mittag?«

»Ich war seit dem Morgen an der Universität im Labor der Paläontologischen Sammlung und habe die letzten Funde präpariert.«

»Sie waren nicht hier?«

»Ich bin erst vor etwa einer Stunde angekommen.«

Blanc und Fabienne wechselten einen raschen Blick. »Wer kann bezeugen, dass Sie heute den längsten Teil des Tages im Labor waren?«, fragte Fabienne.

»Jetzt ist es aber genug!«, fuhr der Professor dazwischen. »Sie tun ja so, als hätte meine Frau etwas damit zu tun!«

»Wir fragen bloß nach einem Zeugen im Labor«, erwiderte Fabienne. Sie klang jetzt gefährlich ruhig. »Gibt es Zeugen, Madame?«

Marjorie Dallest schüttelte den Kopf. »Ich war allein. Die Kollegen haben alle hier bei meinem Mann gearbeitet.«

Blanc dachte nach. Marjorie Dallest hatte kein Alibi – aber es gab auch kaum etwas, das gegen ihre Geschichte sprach.

Höchstens die Aussage eines Gleitschirmpiloten, der eine Frau mit einem weißen Schal gesehen haben wollte. Er spürte, dass Marjorie Dallest sie anlog oder dass sie ihnen zumindest etwas verschwieg. Er hätte sie jetzt gerne auf die Gendarmerie-Station mitgenommen und stundenlang verhört, sie vielleicht sogar festgenommen. Aber das hätte ihm Aveline niemals erlaubt. Dafür musste er schon mehr vorweisen als die vage Aussage eines Mannes, der über der Sainte-Victoire Kreise flog. Außerdem hatte der Tod von Garro sie seltsamerweise nicht erschüttert. Es war der Ort des Verbrechens, der sie schockiert hatte, nicht das Verbrechen selbst. Sie verheimlichte etwas, aber das hatte möglicherweise nichts mit Garro zu tun.

»*Merci beaucoup.* Falls Ihnen noch etwas einfällt, dann melden Sie sich bitte bei uns.« Blanc sagte das so, als würde er beide ansprechen. Dabei war allen klar, dass dies eigentlich vor allem eine Aufforderung an Marjorie Dallest war, sich ihnen zu offenbaren.

»Wir haben Ihnen schon alles gesagt«, erwiderte der Professor eisig.

»Warum hast du sie so schnell davonkommen lassen?«, fragte Fabienne, nachdem sie sich wieder auf den Rückweg gemacht hatten.

Blanc erläuterte ihr seine Überlegungen. »Wir haben nicht genug gegen sie in der Hand. Noch nicht«, setzte er energisch hinzu. »Marjorie Dallest ist längst nicht davongekommen.«

»Wenn sie nichts mit Garros Tod zu tun hat – warum sollte sie die Erwähnung des Priorats sonst in Unruhe versetzt haben?«

»Ich habe keine Ahnung. Wir sollten zur Sicherheit Péchenard fragen«, erwiderte Blanc. »Möglicherweise verbergen sich da oben am Gipfel ja Fossilien, auch wenn davon noch nie jemand etwas gehört hat und uns der Herr Professor und seine Frau auch nichts dazu gesagt haben.«

»Und wenn Péchenard doch der Mann mit dem Strohhut war?« Fabienne rieb sich nachdenklich mit dem Zeigefinger über die Lippen. »Der Typ ist ein Kauz, aber ein Ass in seinem Fach. Mal angenommen, er hat auch da oben ein paar einmalige Knochen entdeckt, so etwas wie die kämpfenden Dinosaurier oder ein Riesenvieh oder einen Drachen oder was auch immer. Dummerweise hat Péchenard jedoch keine Grabungslizenz für den Gipfel, sondern nur für Velaux, dreißig Kilometer weit entfernt. Der Gipfel der Sainte-Victoire ist aber so ziemlich der markanteste Ort der ganzen Provence. Würde dort ein eher unbekannter Forscher aus einer anderen Region herumwühlen dürfen? Niemals! Falls da oben wirklich Fossilien herumliegen, würden die Politiker die Grabungslizenz selbstverständlich an den berühmten und bestens vernetzten Gelehrten aus dem eigenen Département geben. *Alors:* Ausgerechnet Dallest würde auf der Sainte-Victoire arbeiten dürfen. Ein Dino auf dem Berg von Cézanne! Damit kommt er wieder ins Fernsehen. Péchenard erträgt es aber nicht, seinem Rivalen den Ruhm gewissermaßen frei Haus zu liefern. Also gräbt er alleine und heimlich auf dem Gipfel. Doch dabei wird er von Garro gestört – und Péchenard schießt, um sein Geheimnis zu bewahren.«

Blanc dachte nach. »Gute Theorie«, gab er zu. »Aber warum sollte Péchenard Garro ausgerechnet in der Kapelle erschießen? Da hat er doch garantiert nicht gegraben. Und warum – möglicherweise – mit der Waffe von Roland Dallest?«

»Péchenard hat die Waffe, weil er eigentlich seinen Rivalen Christian Dallest töten wollte, sich aber geirrt hat. Und jetzt tötet er Garro, um nicht mit seiner Grabung aufzufliegen.«

»Warum sollte Péchenard nach ich weiß nicht wie vielen Jahren als friedlicher Gelehrter plötzlich zum Killer werden, der jeden Mann, der ihm im Weg steht, eiskalt beseitigt? Das kann ich nicht glauben, und auch kein Richter wird das glauben. Uns fehlen einfach immer noch ein paar entscheidende Puzzleteile.«

»Uns fehlen ein paar entscheidende Knochen, um unser Fossil zusammenzusetzen«, korrigierte ihn Fabienne grinsend. Sie waren inzwischen beinahe wieder unten angekommen. »Aber die werden wir noch ans Tageslicht fördern. Ich spüre es: Wir sind ganz dicht dran.«

»Ich spüre das nicht.«

»Du bist ja auch ein Mann.«

Der Staudamm leuchtete im Abendlicht, als würde er von innen erhitzt werden. Der Lac de Bimont schimmerte tiefblau, beinahe schwarz, der Duft nach Süßwasser lag wie eine schwere Wolke darüber, die Oberfläche war glasglatt. Zur Dämmerung war der Wind eingeschlafen. Blanc hörte auch kein Vogelzwitschern mehr aus dem Wald.

Auf dem Parkplatz trafen sie Marius im angeregten Gespräch mit Samia Zerfaoui. Sie trug diesmal Blazer, Bluse, dunkle Hose, elegante Schuhe und sah aus wie die erfahrene Geschäftsfrau, die sie sicherlich auch war.

»Madame Zerfaoui ist vor einer halben Stunde aus Lyon zurückgekehrt«, erklärte Marius.

Blanc schüttelte ihr die Hand. »Sie haben dort die Formalitäten erledigt?«

»Ja. Selbst im Tod vergisst uns die Bürokratie nicht.«

»Lieutenant Tonon hat Sie informiert, was heute vorgefallen ist?«

Die Ingenieurin war blass, sie wirkte erschöpft. Sie nickte. »Schrecklich«, murmelte sie.

»Wussten Sie, dass Roland Dallest eine Waffe besaß?«, fragte Blanc.

Samia Zerfaoui sah ihn verwirrt an. »Er hat es mal erwähnt, ja. Es gab früher irgendwelchen Ärger, da hat er sich eine angeschafft. Ich glaube, es ist eine Schreckschusspistole.«

»Wie kommen Sie darauf?«

»Eh bien.« Ihre Verwirrung steigerte sich. »Was soll es denn sonst sein? Roland war nun wirklich nicht der Typ, der mit einer scharfen Waffe durch die Gegend läuft. Er hat mir allerdings die Pistole niemals gezeigt. Warum fragen Sie mich das überhaupt?«

»Weil er *doch* mit einer scharfen Pistole durch die Gegend gelaufen ist«, erklärte Fabienne. »Einer scharfen Pistole, die wir nirgendwo gefunden haben.« Sie erklärte ihr so schonend wie möglich, dass es zumindest ein Indiz dafür gab, dass Garro mit der Waffe von Roland Dallest getötet worden sein könnte.

»Das ist«, die Ingenieurin rang nach Worten, »schwer zu glauben«, vollendete sie schließlich.

»Wir möchten gerne noch einmal auf den Konflikt zurückkommen, den Franck Garro mit Ihnen beiden hatte«, meinte Fabienne behutsam. »Er hatte sich mit Ihnen gestritten, Madame?«

»Nein«, widersprach Samia Zerfaoui entschieden. »Wie ich schon gesagt habe: Dieser Herr hatte einen lebhaften Wortwechsel mit Roland.«

»Ein ›lebhafter Wortwechsel‹ ist nicht unbedingt ein Streit«, warf Blanc ein.

Sie seufzte. »Man soll über Tote nicht schlecht reden.«

»Man soll die Wahrheit sagen, Madame.«

»Also schön: Roland und Garro haben sich heftig gestritten. Ich bin ja erst später dazugekommen, deshalb weiß ich gar nicht genau, wie sich das aufgeschaukelt hat. Ich hatte jedenfalls den Eindruck, dass es um mehr ging als darum, dass Garro dem Staudamm etwas zu nahe gekommen war. Und dass beide maßlos aufgeregt waren. Aber was es sein könnte, das Roland und Garro so wütend gemacht hat, kann ich Ihnen leider nicht sagen.«

»Und Sie sind dazwischengegangen und haben diesen Streit beendet?«, vergewisserte sich Fabienne.

»Gerade noch rechtzeitig, sonst wäre das sicher handgreiflich geworden.«

»Hatte Monsieur Dallest seine Waffe gezogen?«, fragte Blanc.

»Aber nein!« Samia Zerfaoui schüttelte energisch den Kopf. »In dem Moment habe ich nicht einmal an die Waffe gedacht. Wie gesagt: Roland und eine Pistole, das wirkt völlig unglaubwürdig.«

Blanc dachte nach. Die beiden Streitenden waren nun tot, sie hatten nur noch Samia Zerfaouis Aussage. Vielleicht log die Ingenieurin sie darüber an, wer sich mit wem in die Haare gekriegt hatte – aber warum sollte sie das tun? Vielleicht also hatte eher Garro gelogen. Aber da stellte sich die gleiche Frage nach dem Motiv. Er deutete auf ihre Schuhe mit halbhohen Absätzen. »Wollten Sie damit in den Staudamm hinuntersteigen?«

Sie errötete. »Nein, nein. Ich habe mich nicht umgezogen, sondern bin direkt von der Autobahn bis zum Lac de Bimont gefahren. Ich musste den Damm einfach sehen, mehr nicht, er macht mich stolz. Sie dürfen mich ruhig für naiv oder gar abergläubisch halten, aber dieser Staudamm bedeutet mir wirklich viel, jetzt sogar noch mehr als zuvor. Ich hatte in Lyon ein paar Stunden Zeit und habe am Gutachten gearbeitet. Bis auf ein paar Kleinigkeiten ist es fertig, eigentlich muss ich bloß noch den Text überarbeiten, Tippfehler korrigieren, solche

Sachen. Ich werde das Gutachten pünktlich nächste Woche abgeben. Und gerade war ich noch in Aix, um … nun, ich habe zwei Vertreter des CFBR getroffen und …«

»Des was?«, unterbrach sie Blanc.

»Des Comité Français des Barrages et Réservoirs. Das ist eine Art Dachorganisation aller französischen Staudammbetreiber. Wir haben über weitere Inspektionsaufträge verhandelt.«

»Ihre Arbeit am Staudamm von Bimont ist nicht unbemerkt geblieben«, kommentierte Fabienne.

»Das ist der Erfolg, den sich Roland und ich erhofft hatten und …« Sie seufzte und schwieg. »Das Leben geht eben weiter«, erklärte sie schließlich mit leiser Stimme. »Ich kann doch nicht alles aufgeben. Wenn ich hier fertig bin, kann ich gleich mit dem nächsten Auftrag weitermachen. Mir hat dieser Staudamm das größte Unglück und das größte Glück zugleich gebracht.«

Ein Mann ohne Alibi

Die Station der Feuerwehr bei Velaux war nicht bloß eine besonders große Wache, sondern, wie Blanc nun am Hinweisschild neben dem Tor zur Hauptzufahrt las, eine Schule, in der angehende Feuerwehrleute aus dem ganzen Département ausgebildet wurden. Er sah sich um: Der Komplex bestand aus einer Ansammlung schmuckloser weißer Flachdachbauten, vor denen ein Dutzend Feuerwehrwagen parkte. Dahinter erhob sich ein turmartiges braunrotes Gebäude, dessen Fenster und Türen von schwarzen Rauchspuren gezeichnet waren. Blanc kannte solche Phantomhäuser aus seiner eigenen Ausbildungszeit. Die Spezialeinheiten der Gendarmerie übten an ihnen, Gebäude zu stürmen und Geiseln zu befreien. In diesem Turm konnten die Ausbilder vermutlich nach Bedarf einzelne Räume, ganze Etagen oder sogar alles zugleich in Rauch und Flammen aufgehen lassen, um Lösch- und Bergungsarbeiten zu trainieren.

Inzwischen war die Sonne hinter dem Horizont verschwunden, der Himmel leuchtete violett, aber es war eindeutig zu dunkel, um in der Natur noch irgendetwas auszugraben. Deshalb hatte er den Streifenwagen gar nicht erst am Straßenrand abgestellt und sich auf den Weg zum Hochplateau gemacht – einen Weg, der sie, nach den Strapazen an der Sainte-Victoire, sicherlich an den Rand ihrer Kräfte gebracht hätte. Er war stattdessen direkt bis zur Feuerwache gefahren. Sie trafen zwei *Pompiers*, die vor einem der Gebäude standen und rauchten.

Als Blanc sie nach den Paläontologen fragte, deuteten sie auf einen Parkplatz: Péchenard und seine beiden Assistenten standen neben einem roten Clio und einem uralten weißen Peugeot 205, einer der beiden Mitarbeiter rauchte ebenfalls.

»Sie schon wieder«, sagte Péchenard.

So werde ich gerne begrüßt, dachte Blanc, du mich auch. »Wir müssen ein paar Dinge klären, Doktor«, erwiderte er kühl.

»Muss das ausgerechnet jetzt auf diesem Parkplatz sein? Haben Sie denn kein Zuhause?«

»Je schneller Sie unsere Fragen beantworten, desto eher geht es in den wohlverdienten Feierabend«, erklärte Marius freundlich, doch er täuschte Blanc damit nicht: Sein Freund ärgerte sich mindestens ebenso sehr über diesen Kerl wie er selbst. Und Fabienne neigte sich zu Blanc und flüsterte: »Der Typ ist einen Kopf größer als ich. Aber wenn er so weitermacht, dann beseitige ich diesen Unterschied.«

Blanc seufzte und deutete auf eine Parkbank, die auf einer kleinen Grünfläche in der Nähe stand. »Wenn Sie uns bitte folgen wollen. Das ist vertraulich.«

Péchenard starrte ihn einen Moment lang wütend an, dann besann er sich und ging mit ihnen – außer Hörweite der beiden Assistenten.

»Franck Garro ist tot«, begann Fabienne.

Der Wissenschaftler zuckte mit den Achseln. »Wer ist das? Warum sagen Sie mir das?«

Blanc erklärte ihm in wenigen Worten, was vorgefallen war.

Péchenard zuckte schon wieder mit den Achseln, eine Geste, die Blanc als zunehmend provozierend empfand.

»Sie werden den Täter schon finden, das ist ja Ihre Arbeit, oder?« Péchenard tat so, als müsste er ein Gähnen unterdrücken, aber er war als Schauspieler nicht gut genug, um damit irgendjemanden zu täuschen. »Warum sind Sie wirklich hier?«

»Kann man auf dem Gipfel der Sainte-Victoire Fossilien finden?«, wollte Fabienne wissen.

»Unsinn! Da oben laufen täglich Dutzende Menschen herum. Wenn es dort jemals irgendetwas Interessantes zu entdecken gegeben hätte, dann, so glauben Sie mir, hätte man es längst entdeckt.«

Blanc musterte ihn aufmerksam. »Waren Sie heute gegen Mittag auf dem Gipfel?«

Péchenard wurde auf einmal blass. »Das ist ja wohl ... Wie kommen Sie überhaupt dazu, mich so etwas zu fragen?«

»Ich wiederhole mich nur ungern: Je schneller Sie unsere Fragen beantworten, desto eher geht es in den Feierabend.« Marius' Laune hatte sich jedoch verbessert, nachdem er bemerkt hatte, dass der Wissenschaftler nervös wurde.

»Selbstverständlich war ich *nicht* auf dem Gipfel! Warum sollte ich dort hinaufsteigen? Wollen Sie etwa andeuten, dass ich diesem Garro etwas angetan habe? Das ist doch absurd! Ich kenne ihn noch nicht mal. Warum stellen Sie bloß solche, ich muss schon sagen: solche beleidigenden Fragen?«

»Ein Zeuge hat ausgesagt, Sie gegen Mittag nahe am Gipfel gesehen zu haben«, erwiderte Blanc nicht hundertprozentig wahrheitsgemäß.

»Das ist eine glatte Lüge!« Péchenard atmete schwer, vermied es aber, Blanc in die Augen zu sehen. »Ich war den ganzen Tag auf der Grabung«, murmelte er.

»Wie bitte?« Blanc hatte es schon verstanden, doch er wollte den Wissenschaftler zwingen, den Satz zu wiederholen. Das war eine verdammte Unwahrheit, vermutete er, und Péchenard sollte spüren, wie unangenehm es sich anfühlte zu lügen.

»Ich war auf der Grabung«, wiederholte der Paläontologe

so langsam und deutlich, als müsste er das einem Debilen erklären. »War das alles? Kann ich jetzt gehen?«

»Ich wünsche Ihnen einen schönen Feierabend, Doktor Péchenard«, erwiderte Blanc.

Der Wissenschaftler drehte sich grußlos um und stapfte davon. Er wechselte kaum ein Wort mit seinen beiden Assistenten, die ihm erstaunt nachblickten, als er in den Clio stieg und mit aufjaulendem Motor davonbrauste. Das Ganze wirkte wie eine Flucht.

»Und warum lässt du ihn so einfach vom Haken?«, fragte Fabienne.

Blanc deutete mit einem Kopfnicken auf die beiden Assistenten. »Ich habe Péchenard verjagt, um mich ungestört mit seinen Mitarbeitern unterhalten zu können.«

»Ich übernehme das«, erklärte sie bestimmt.

»Du?«

»Es sind junge Männer.«

»Du stehst auf Frauen.«

»Das wissen die beiden aber nicht.« Fabienne ging auf die Assistenten zu und lächelte. Sie sah hinreißend aus. »Hätten Sie noch fünf Minuten Zeit, um mir ein oder zwei Fragen zu beantworten?«

Der eine der beiden blickte eher verdrießlich drein. Der Raucher jedoch schnippte seine Zigarette fort und richtete sich auf. Er war groß, seine blonden Haare waren so kurz geschoren, dass die Kopfhaut hindurchschimmerte, sein Oberkörper war imposant, und Blanc dachte sofort an viele Stunden im Fitnessstudio. Marius und er waren Fabienne gefolgt, respektierten jedoch ihren Wunsch und hielten sich zurück. Sie bedachten die beiden Wissenschaftler bloß mit einem Nicken. Der muskulöse Assistent hatte denn auch kaum Augen für sie, sah aber so aus, als hätte er nichts dagegen, deutlich mehr als fünf Minuten mit Fabienne zu verbringen. »Ich bin Mario Capella.« Er schüttelte ihr die Hand länger als nötig.

Fabienne fragte nach Fossilien, nach den kämpfenden Dinosauriern, nach einem urzeitlichen Drachen, der aussah wie ein Storch. Capella ahnte nicht, wie viel sie schon wusste. Er sprach ausführlich über die Funde, wobei sich das bei ihm so anhörte, als hätte er persönlich jeden einzelnen dieser Knochen entdeckt. Allerdings bewunderte Blanc im Stillen auch seine Art zu reden; Capella war wirklich begeistert von dem, was er tat. Das war auch Fabiennes Absicht: Je länger sie sich unterhielten, desto entspannter wurde er – und desto unaufmerksamer.

»War Doktor Péchenard eigentlich heute den ganzen Tag auf der Grabung?«, fragte sie irgendwann, als wäre das gar nicht so wichtig.

»Nein«, erwiderte Capella denn auch, ohne nachzudenken, »ausnahmsweise nicht. Der Alte ist sonst immer als Erster da und der Letzte, der geht. Der macht auf der Grabung das Licht aus, verstehen Sie?« Er lachte ziemlich laut über diesen Scherz, Fabienne gelang ein wirklich überzeugendes Grinsen, als fände sie das ebenfalls witzig. »Aber heute musste Doktor Péchenard fort. Er wollte irgendwas in der paläontologischen Sammlung der Universität Aix-Marseille überprüfen.«

»Was wollte er überprüfen?«

Capella lächelte. »Keine Ahnung. Der Patron ist ein ziemlicher Eigenbrötler. Der macht, was er will, und uns Assistenten sagt er nur das Nötigste. Es kann nicht so wichtig gewesen sein, er hat uns jedenfalls nichts erzählt, als er zurückkam.«

»Hat er sich dort vielleicht mit Marjorie Dallest getroffen?«

Capella machte große Augen. »Warum sollte sich der Patron mit der Zauberin getroffen haben?«

»Der Zauberin?«

»Das ist der Spitzname von Madame Dallest in der Szene. Weil sie alles, was sie anfasst, zu Gold macht. Beziehungsweise zu Fossilien.« Der junge Mann lachte verlegen.

Doch Blanc blieb ernst und dachte nur: Marjorie Dallest macht alles zu Gold.

»Oh«, erwiderte Fabienne leichthin, »ich habe nur gehört, dass Madame Dallest heute in der paläontologischen Sammlung zu tun hat. Und da die beiden sich von früher kennen …«

»So? Dann wissen Sie mehr als ich.« Capella zuckte mit den Achseln. »Wie gesagt: Keine Ahnung, was Doktor Péchenard in Marseille gemacht hat.«

»War er denn lange fort?«

»Er ist schon vormittags gefahren und erst vor zwei Stunden wiedergekommen.« Der junge Wissenschaftler räusperte sich. »Aber die Sammlung ist schon interessant«, erklärte er, plötzlich etwas verlegen. »Die Fossilien werden mitten in Marseille aufbewahrt, an der Place Victor Hugo, aber außer ein paar Paläontologen darf die niemand sehen. Normalerweise, meine ich.« Er räusperte sich wieder. »Ich könnte Sie aber mal herumführen, wenn Sie Interesse haben.«

Fabienne lächelte, und diesmal war es echt. »Gerne.«

Capella tastete hastig die Taschen seiner Jacke ab, förderte einen ziemlich zerfledderten Notizblock und einen angekauten Bleistift zutage, notierte rasch ein paar Zahlen, riss das Blatt heraus und reichte es ihr. »Meine Handynummer«, erklärte er. »So können wir was ausmachen.«

»Vielen Dank.« Fabienne faltete den Zettel zusammen und steckte ihn in ihre Hosentasche. Sie verabschiedete sich mit einem Nicken vom missgelaunten Assistenten und per Handschlag von Capella. Blanc und Marius nickten höflich und folgten ihr, stumm wie zwei Schatten – zumindest, bis sie außer Hörweite waren.

»Armer Junge«, kommentierte Marius, als sie im Streifenwagen saßen. »Den hast du wirklich in die Irre geführt.«

»Habe ich nicht. Wenn dieser Fall vorbei ist, werde ich mich wirklich bei Capella melden und mir die Fossilien zeigen lassen – zusammen mit Roxane. Dinosaurier mitten in Marseille, ist das nicht irre?! Hinterher laden wir ihn auf einen Wein ein, um ihm über die Enttäuschung hinwegzuhelfen. Wer weiß, vielleicht ist das der Beginn einer wunderbaren Freundschaft?«, erklärte sie grinsend.

»Zumindest ist das der Beginn einer wunderbaren Spur«, sagte Blanc. »Péchenard hat gelogen. Er war nicht den ganzen Tag auf der Grabung. Und dass er in Marseille war, hat er nur seinen Assistenten weisgemacht.«

»Das haben wir schnell geklärt. Paläontologische Sammlung, Marseille, Place Victor Hugo ... *voilà*!« Fabienne tippte auf ihr iPhone. »Hier ist die Nummer.« Sie rief an. Das Gespräch dauerte nur ein paar Minuten, dann blickte sie ihre beiden Kollegen triumphierend an. »Doktor Péchenard ist an der Universität durchaus bekannt«, verkündete sie. »Aber niemand hat ihn dort in den letzten Wochen gesehen. Und die Sammlung war heute wegen Renovierungsarbeiten kurzfristig geschlossen. Die hätte er unmöglich besuchen können. Und Marjorie Dallest hat sich dort heute auch nicht blicken lassen.«

Auf der Gendarmerie-Station verabschiedete sich Blanc von Marius und Fabienne, die nach Hause fuhren. Er sagte, dass er »noch ein bisschen Papierkram« erledigen wolle. Tatsächlich musste er Aveline anrufen und wollte lieber niemanden dabeihaben, der zuhörte. Er zog die Schreibtischschublade auf und holte den kleinen Spielzeuglastwagen heraus. Er stellte ihn auf die Tischplatte, irgendwie beruhigte sein Anblick ihn, während er zum Hörer griff. Er erreichte sie auf dem Handy.

»Allô, Madame le Juge?«

»Welche Neuigkeiten gibt es, *mon Capitaine*?« Aveline hatte noch nie etwas von Floskeln gehalten, aber so kühl hatte sie selten mit ihm gesprochen.

Blanc hatte das Gefühl, ohne die Gründe dafür benennen zu können, dass sie nicht allein war. Morgen war Karfreitag, fiel ihm dann wieder ein, vielleicht war ihr Mann bereits für die Ostertage aus Paris zurückgekehrt. Er schob das alte Matchboxauto mit dem rechten Zeigefinger hin und her und berichtete ihr betont nüchtern von Garros Ermordung sowie ihren bisherigen Ermittlungen.

»Weder Marjorie Dallest noch Alphonse Péchenard haben ein Alibi«, schloss er.

»Warum sollten sie auch eines brauchen?« Aveline schien die Hand auf ihr Handy zu halten und jemandem im Raum etwas zuzuflüstern. Dann fuhr sie fort: »Sie können die beiden nicht verdächtigen, nur weil ein Fallschirmspringer einen Strohhut und einen weißen Schal gesehen hat.«

»Péchenard hat sowohl uns als auch seine Mitarbeiter angelogen. Er war nicht da, wo er vorgab, gewesen zu sein. Und Madame Dallest ebenfalls nicht.«

»Vielleicht hatte er ein heimliches Rendezvous mit seiner Geliebten?« Aveline sagte dies erstaunlich gelassen angesichts ihrer gemeinsamen Vergangenheit. »Sie haben kein überzeugendes Indiz dafür, dass Péchenard oder Madame Dallest in der Nähe des Gipfels, geschweige denn dafür, dass sie im Priorat waren. Sie haben kein Indiz, dass sich Péchenard und Garro je zuvor getroffen haben. Sie haben kein Indiz, dass Péchenard auch nur im Entferntesten ein Motiv für diesen Mord gehabt haben könnte. Und Marjorie Dallest? Wenn man jedem Menschen, den man nicht mag, eine Kugel in den Kopf schießen würde, dann würden nicht acht Milliarden Menschen auf der Erde leben.«

»Ich muss weiter gegen beide ermitteln«, beharrte Blanc.

»Tun Sie, was Sie nicht lassen können, aber tun Sie es diskret. Keine Vorladung und erst recht keine Festnahme. Hören Sie sich bei den beiden um, von mir aus auch in ihrem Umfeld. Aber passen Sie auf, dass Sie sich nicht auf einen Irrweg begeben, *mon Capitaine*. Jemand ganz anderes könnte der Mörder sein.«

»Ich werde mich nicht auf einen Irrweg begeben«, versprach Blanc und legte auf. Aveline war klug, selbstverständlich hatte sie diese Anspielung verstanden. Er gab dem kleinen Lastwagen einen Stups, der etwas zu heftig ausfiel. Er kippte vom Schreibtisch und stürzte auf den Linoleumboden. Blanc hob ihn auf und besah sich den Schaden: wieder eine Beule mehr.

Viel später wurde Blanc von einer sanften Hand geweckt. Er lag neben Paulette in seinem Bett. Sie schüttelte ihn an der Schulter. Im Mondlicht erkannte er ihr besorgtes Gesicht.

»Was ist los?«, murmelte er.

»Du hattest einen Albtraum«, erklärte sie. »Alles in Ordnung?«

»Ja«, versicherte er und küsste sie. »Ich habe nur von dem Toten und dem verdammten Fall geträumt.«

Aber das war gelogen.

Er hatte von seinem Zwillingsbruder geträumt. Seine Kinder wussten nichts von ihm, seine Ex-Frau wusste nichts, niemand wusste von seinem Bruder. Nur in Blancs Träumen gab es ihn noch. Früher, das war schon mehr Jahre her, als Blanc nachrechnen wollte, da hatte der Bruder ihn fast jede Nacht heimgesucht, dann kam er immer seltener. Aber dieser verdammte Fall hatte ihn dem Vergessen entrissen. Blanc wünschte sich, dass nicht er an jenem fatalen Tag zur Sainte-Victoire gerufen worden wäre, doch das war selbstverständlich eine Illusion. Die Erinnerung war wieder da. Und sie würde bleiben.

Alte Geschichten

Am nächsten Morgen traf sich Blanc mit Marius und Fabienne auf der Gendarmerie-Station. Karfreitag – Blanc wusste, dass es Länder gab, in denen das ein Feiertag war. Er war ganz froh, dass dies in Frankreich anders gehalten wurde, so war es leichter, die Menschen zu verhören, die sie verhören wollten. Denn er hatte nach seinem Albtraum den Rest der Nacht wach gelegen. Um nicht an seinen Zwillingsbruder zu denken, hatte er sich im Geiste mit Avelines Worten befasst. *Jemand ganz anderes könnte der Mörder sein.* Als das erste graue Licht durch das Fenster gesickert war und Paulettes Wecker geläutet hatte, weil sie heute Frühdienst im Krankenhaus hatte, stand sein Entschluss fest. Sie würden sich noch einmal die anderen Männer vornehmen, die etwas mit diesem Fall zu tun haben könnten. Nur zur Sicherheit und nur, damit er Aveline gegenüber sagen konnte, sie hätten wirklich jede Piste verfolgt.

»Ich kümmere mich um Garros Computer und seine Kamera«, verkündete Fabienne. »Mails, Kalendereinträge, Suchanfragen im Internet, Fotos, was weiß ich – vielleicht finde ich ja eine Spur, die auf einen der Verdächtigen weist.«

»Dann nehme ich mir Vallauri vor«, meinte Marius. »Mal sehen, ob nicht doch in irgendwelchen Datenbanken der Gendarmerie ein Eintrag über den Alten zu finden ist. Oder ob Freunde und Nachbarn etwas zu sagen haben.«

Blanc nickte. »Bleibt also Martini für mich übrig.«

Es passte zu einem Mann, der mit uralten Gebeinen handelte, dass er auch in einem uralten Hotel eine Suite reserviert hatte, fand Blanc. Martini hatte sich ein Zimmer in der Abbaye de Sainte Croix genommen, einer Abtei aus dem zwölften Jahrhundert, die zu einem Luxushotel umgebaut worden war. Das Anwesen lag versteckt in einem Pinienwald auf einer Anhöhe über Salon-de-Provence: niedrige, aus grob zurechtgehauenen gelben Sandsteinen gemauerte, schmucklose Gebäude, die im Mittelalter sicherlich noch unzugänglicher als heute gewesen waren. Die Stille des zwölften Jahrhunderts war geblieben, doch wo einst Mönche Askese gesucht hatten, fanden Touristen im einundzwanzigsten Jahrhundert diskreten Luxus. Die Zellen der frommen Einsiedler hatten sich in Suiten verwandelt, und das Refektorium war zu einem Restaurant geworden, dessen verglaste Rückseite einen kilometerweiten freien Blick über die Ebene von Salon gewährte. Die Dame an der Rezeption hatte Blanc in dieses Restaurant gewiesen, wo Martini sein Frühstück einnahm. Er fand den Händler am besten Platz vor den Fenstern, er hatte einen Berg Bacon and Eggs auf dem Teller vor sich aufgetürmt und würdigte das Panorama draußen keines Blickes, sondern starrte auf sein Handy, das er in der Linken hielt, während er mit der Gabel in der Rechten den Essensberg abtrug. Er aß mit der Gier eines Mannes, der seit drei Tagen keine Nahrung mehr zu sich genommen hatte, und zugleich mit der Gleichgültigkeit von jemandem, der so oft Köstlichkeiten vertilgte, dass er sie gar nicht mehr richtig schmeckte.

»Darf ich mich zu Ihnen setzen?«, fragte Blanc und wartete eine Antwort gar nicht erst ab, sondern nahm auf dem einzigen anderen Stuhl am Tischchen Platz.

Martini blickte von seinem Handy auf, einen Moment lang verrieten seine Züge Verwirrung und, ja, auch Angst, dann hatte er sich wieder unter Kontrolle. Er hob die Hand und bestellte bei der Kellnerin, seinerseits, ohne ihn zu fragen, eine zweite Tasse. »Trinken Sie einen Kaffee mit mir, *mon Capitaine.*«

Blanc schätzte es, wenn jemand trotz allem Haltung bewahrte. Er nickte und beschloss, gleich zur Sache zu kommen. »Wir haben Ihren Namen durch den Computer gejagt, Monsieur Martini. Sie sind bei der Gendarmerie nicht ganz unbekannt.«

Der Händler atmete tief durch und zwang sich dann zu einem Lächeln. »Flics sind wie Zigaretten: Du hast in deiner Jugend Spaß, und zwanzig Jahre später präsentiert man dir die Rechnung.«

»Ich bin kein Lungenkrebs«, versicherte Blanc. Die hübsche Kellnerin, die ihm in diesem Moment die Kaffeetasse brachte, riss die Augen auf. Er räusperte sich. »Wir führen ein Fachgespräch, Mademoiselle.«

»Eine Art Konsultation«, ergänzte Martini.

»Rauchen ist im Restaurant nicht gestattet, aber ich könnte Ihnen einen Aschenbecher auf einen der Tische draußen auf der Terrasse stellen.«

»Wir bleiben lieber beim Kaffee, danke«, erwiderte Blanc.

»Dann wünsche ich Ihnen noch einen schönen Aufenthalt in der Abbaye de Sainte Croix, Messieurs«, sagte sie, wollte sich schon umdrehen, zögerte dann aber doch. »Was sind Sie denn für Ärzte?«

»Orthopäden«, erklärte Martini mit unbewegter Miene. »Wir sind Spezialisten für Knochen.«

»Von sehr alten Patienten«, fügte Blanc hinzu.

»Dann habe ich ja noch ein paar Jahre Zeit, bis ich bei Ihnen in der Praxis anklopfen muss«, antwortete sie leichthin und war fort.

»Ein paar Millionen Jahre Zeit«, meinte Martini leise.

Blanc sah sein Gegenüber an. Wer hätte das gedacht: Der Kerl wurde ihm mit jeder Sekunde sympathischer. Er berichtete ihm von Garros Ermordung. Die Tat hatte es bis ins Internet und auf die Titelseite von *La Provence* geschafft, überall war der volle Name des Opfers zu lesen, doch Martini hatte bis zu diesem Augenblick trotzdem nichts davon mitbekommen. Er sah Blanc nun weder erschüttert noch beunruhigt an, allerdings aufmerksam.

»Garro hat Sie vor Kurzem noch in seinem Blog heftig angegriffen«, schloss er.

»*Mon Capitaine,* und deshalb bemühen Sie sich bis zu mir ins Hotel hoch? Um mir das zu sagen? Oder wollen Sie mich nach meinem Alibi fragen?«

»Haben Sie eines?«

»Nein.«

Blanc trank seinen Kaffee, der weit besser war als das Zeug, das aus dem Automaten der Gendarmerie-Station floss, und einen Duft verströmte, der ihn mit jedem Atemzug mehr in einen kleinen Rausch versetzte. Der Fossilienhändler hatte das sehr gelassen zugegeben. Und warum auch nicht? Es gab Millionen Menschen, die für die Zeit von Garros Ermordung keine Zeugen hätten beibringen können.

»Ich habe das Blog gelesen«, fuhr Martini fort, »Marjorie hat mich darauf hingewiesen. Sie und ihr Mann hassen Garro und lesen gerade deshalb jede Zeile, die er veröffentlicht. Studiere deinen Feind. Vielleicht kann man online nur dann ein Star werden, wenn man gehasst wird. *Eh bien.* Aber auf solche Angriffe wie die von Garro reagiere ich gar nicht mehr. Dass ich angeblich die Natur plündere oder die hehren Ziele der reinen Wissenschaft verrate, höre ich seit zwanzig Jahren, und das nicht nur im Internet. Die heftigsten Vorwürfe kommen nicht von Typen wie diesem Garro, sondern von Paläontologen und Kuratoren, die an anderen Tagen dann aber wieder mehr als glücklich sind, mit mir ins Geschäft zu kommen. Wegen solcher Vorwürfe mache ich mir garantiert nicht die Mühe, bis auf den Gipfel der Sainte-Victoire zu klettern, und erst recht schieße ich deshalb niemandem eine Kugel in den Kopf.«

»Sie sind nicht rachsüchtig?«

»Rache schmälert den Umsatz.«

»Wo waren Sie gestern zwischen acht und vierzehn Uhr?«

»In Aix, auf dem Cours Mirabeau. In irgendeinem Café, ich habe vergessen, wie es heißt.«

»Sie waren allein?«

»Ich war da, um nicht lange allein zu bleiben.« Martini bedachte ihn mit einem abschätzenden Blick und schien sich dann zu einem Entschluss durchzuringen. »Manchmal braucht der Mensch ein wenig Spaß, verstehen Sie? Ich habe mir einen Studenten gesucht, mit dem ich den Tag verbringen konnte.«

»Einen Studenten?«

»Wer sonst verbringt einen Donnerstagvormittag im Café? Ich habe einen jungen Mann kennengelernt, wir waren nachher in den Sextius-Thermen, dann in einem Hotel. Abends haben wir noch gegessen. Es war ein schöner Tag.«

»Wie heißt dieser Mann?« Blanc hatte seinen Notizblock auf den Tisch gelegt.

Martini zuckte mit den Achseln. »Ich kenne bloß seinen Vornamen: Amir. Und vielleicht ist selbst der falsch.«

»In welchem Hotel sind Sie für die paar Stunden abgestiegen?«

»Keine Ahnung. Amir kannte sich aus, er hat mich hingeführt.«

Blanc unterdrückte einen Seufzer. Kein guter Zeuge, kein

gutes Alibi. Sie konnten alle einschlägigen Hotels in Aix abklappern, vielleicht würde sich ein Rezeptionist an Martini und seinen Begleiter erinnern – vielleicht aber auch nicht. Das waren Häuser, in denen man sich gern diskret gab. Andererseits: Wenn Martini lügen wollte, dann würde er ihm doch nicht ausgerechnet eine solche Geschichte auftischen. Er hätte einfach sagen können, dass er einen langen Spaziergang gemacht hätte, denn wer hätte das schon widerlegen können? Blanc beschloss, das Thema zu wechseln. »Wie steht es mit Ihren Geschäften? Sind Sie sich mit Professor Dallest inzwischen einig geworden? Oder vielleicht gar mit Doktor Péchenard?«

»Das ist der eigentliche Grund, warum Sie hier sind, nicht wahr?« Martini hob die Hände in einer Geste, von der Blanc vermutete, dass sie vielleicht *Ich habe nichts zu verbergen* bedeuten mochte. Oder aber: *Ich verrate dir sowieso nichts.* Der Händler nahm einen Schluck aus seiner Tasse und schob danach den leeren Teller von sich. Erst dann bequemte er sich zu einer Antwort. »Wer hat Ihnen verraten, dass ich auch mit Péchenard verhandle? Der alte Kauz selbst? Oder Marjorie? Na, ist ja auch gleichgültig. Noch ist nichts unterschriftsreif. Eigentlich habe ich noch nicht einmal mit Péchenard gesprochen. Ich warte ab, bis Marjorie ihn weichgeklopft hat. Aber für mich ist die Situation, sagen wir: recht ungewohnt. Normalerweise ist es doch so: Es gibt eine Grabung, einen Paläontologen, und mit dem muss ich irgendwie handelseinig werden. Diesmal sind es zwei Paläontologen, zwei Grabungen, zur gleichen Zeit und beinahe in der Nachbarschaft. Das stärkt meine Verhandlungsposition, verstehen Sie? Wenn der eine nicht will, dann gehe ich halt zum anderen. Dallest und Péchenard mögen mich beide nicht, aber beide mögen mein Geld. Dallest hat das schon lange begriffen. Péchenard beginnt erst jetzt zu kapieren, dass er mit ein paar Millionen Euro und der

Publicity einer spektakulären Versteigerung das Geld zusammenbekommt, das er für die Bergung seiner kämpfenden Dinosaurier braucht. Er hat nämlich noch andere Fossilien gefunden.«

»Urzeitliche Störche?«

Martini zuckte mit den Achseln. »Diese Geschichte hat er Ihnen auch schon erzählt? Man kann Flugsaurier besser verkaufen – bildlich gesprochen, aber auch ganz wörtlich.«

»Hat Marjorie Dallest ihm Nachhilfe im Verkaufen gegeben?«, warf Blanc ein.

»Darin vielleicht auch, ja.« Martini lachte kurz auf. »Na, jedenfalls verhandle ich zurzeit mit beiden Forschern. Wenn es sehr gut läuft, dann stehen am Ende sogar zwei Deals.«

»Und wenn es nicht so gut läuft? Wenn Ihr Geld nur für den Ankauf eines Skeletts reicht? Bei wem würden Sie zuschlagen?«

»Sie verraten meine Strategie nicht?« Martini zwinkerte verschwörerisch. »Ich würde mich mit Péchenard einigen. Der Mann hat mehr Potenzial.«

»Sie glauben, dass er mehr finden wird als Dallest?«

Martini tippte auf den Tisch, als lägen alte Knochen unter der Tischdecke. »Er *hat* bereits mehr gefunden als Dallest!«

»Péchenard wird die kämpfenden Dinosaurier niemals zur Versteigerung hergeben.«

»Glauben Sie? Ich bin mir nicht mehr so sicher. Marjorie übrigens auch nicht. So ein Fund ist noch nie versteigert worden. Kein Mensch kann sagen, wie hoch da die Gebote gehen würden. Der Himmel ist die Grenze.«

»Der Himmel, ja«, murmelte Blanc und fragte sich, ob deswegen zwei Menschen getötet worden waren. Aber warum Roland Dallest? Warum Franck Garro?

Martini musterte ihn, und Blanc hatte den Eindruck, er

habe seine Gedanken gelesen. »Sie sollten die armen Forscher in Ruhe lassen, *mon Capitaine*. Dallest und Péchenard sind vielleicht nicht immer unkompliziert, aber wer den ganzen Tag auf dem Boden liegt, um Knochen aus dem Stein zu klopfen, der trainiert nicht gerade seine Fähigkeit zum Small Talk. Doch man ist ja nicht gleich kriminell, nur weil man unhöflich ist.«

»Und wen sollte ich Ihrer Meinung nach *nicht* in Ruhe lassen, Monsieur Martini?«

»Vallauri.«

Blanc lehnte sich überrascht zurück. »Das müssen Sie mir erklären.«

»Vallauri hat auch mal Fossilien verkauft, und im Gegensatz zu meinen Aktivitäten waren seine illegal. Das war lange vor meiner Zeit, aber die Szene ist klein und hat ein Elefantengedächtnis. Die Bauarbeiter haben damals Tag für Tag gesprengt, die haben ganze Felsen abgetragen für den Damm von Bimont – nur ein paar Hundert Meter Luftlinie von der heutigen Ausgrabungsstelle entfernt. Kein Wunder, dass sie damals Fossilien freigelegt haben – zumindest die Fossilien, die sie nicht in die Luft gejagt haben. In den Vierzigerjahren war aber nie ein Paläontologe dabei.« Martini schüttelte in der Erinnerung den Kopf. »Als ich ins Geschäft eingestiegen bin, da haben mir Museumsleute und Sammler von den Vierzigern erzählt. Jedermann ist damals zur Sainte-Victoire gefahren und hat für ein paar Francs von den Bauarbeitern Fossilien gekauft. Das waren goldene Zeiten! Und Vallauri, der heute den großen Naturschützer gibt, hatte schon damals ein gutes Auge für Versteinerungen, ein besseres als seine Kollegen vom Bau jedenfalls. Niemand hat mehr verkauft als er, er war für ein paar Jahre so etwas wie eine Legende in der Szene.«

Blanc machte sich eifrig Notizen. »Verkauft Vallauri heute noch Fossilien?«

Martini winkte ab. »*Mais non!* Schon als ich damit anfing, war er nicht mehr dabei. Ich glaube, er hat wirklich nur in den späten Vierziger- und Fünfzigerjahren verkauft, so lange, wie die Bauarbeiten am Staudamm angedauert haben, und noch ein bisschen danach. Irgendwann ist gewissermaßen seine Quelle versiegt. Außerdem gibt es Gerüchte, dass Vallauri doch einmal erwischt worden ist, angeblich hat er sogar vor Gericht gestanden. Aber Genaueres weiß ich nicht.«

Blanc fiel ein, was Garro über den Alten gesagt hatte: *Der hat Zehntausende Tonnen Beton in die Provence gekippt und kritisiert mich heute für ein paar Flocken Bauschaum!* Hugues Vallauri hatte mit Christian und Roland Dallest sowie mit Franck Garro zu tun, und er hatte vielleicht doch mehr zu verbergen, als es den Anschein hatte.

»Monsieur Martini«, sagte er und erhob sich. »Vielen Dank für Ihre Auskünfte. Und für den Kaffee.«

»War das die Reihenfolge der Wichtigkeit? Zuerst die Auskünfte, dann der Kaffee?«

Blanc lächelte. »Ich bin Flic. Ich brauche beides.«

Er hatte gerade die Tür seines alten Renault Espace geöffnet, als das Handy klingelte. Fontaine Thezan war am Apparat. »*Mon Capitaine,* wollen Sie sich Garro ansehen?«

»Ich bin in zehn Minuten bei Ihnen.«

Er nahm die Route du Val de Cuech, eine enge, kurvenreiche Straße durch dunklen Wald, als hätte man sie aus den Alpen in die Provence versetzt. Durch das offene Seitenfenster wehte Luft herein, die nach Kiefern, frischem Laub und taufeuchten Wiesen duftete. Vögel sangen. Ab und zu sah er links oder rechts ein Haus, gut verborgen unter Kiefern- und Pinienwipfeln. Flüchtig fragte er sich, ob in irgendeinem dieser Anwesen wohl Fossilien in Vitrinen ausgestellt waren. Wer mochten die Leute sein, die alte Saurierknochen sammelten und dafür Vermögen hinblätterten? Menschen, die in Salon oder Aix-en-Provence oder sogar in Caillouteaux wohnten und Blancs Nachbarn sein konnten? Oder ausschließlich jene Milliardäre aus Amerika, Russland und China, die er nur aus den Medien kannte und denen man sowieso jede Verrücktheit zutraute? Es war noch ziemlich früh am Tag, doch die Zeit, in der die Bürger ins Büro fuhren oder ihre Kinder zur Schule brachten, war bereits verstrichen, sodass ihm auf der ganzen Strecke bis in die Stadt nicht ein Auto entgegenkam.

In Salon fand er überraschenderweise eine freie Haltebucht direkt vor dem Krankenhaus. Er legte das amtliche Schild mit dem Aufdruck »*Gendarmerie*« gut sichtbar auf das Armaturenbrett, um sich die Parkgebühren zu sparen. Manchmal funktionierte das auch, doch weitaus häufiger bekam er trotzdem ein Strafmandat, weil die Politessen einfach nicht glauben wollten, dass ein uralter verbeulter Minivan, der zudem noch immer das Pariser Nummernschild mit der »75« trug, einem Beamten im Einsatz gehörte. Im Morgenlicht wirkte das verglaste Foyer des Hospitals hell und freundlich. Blanc blinzelte ein letztes Mal in die Sonne, atmete dann tief durch und begab sich in die engen, kühlen, nur von Neonröhren erhellten Gänge, die zur Rechtsmedizin führten.

Der nackte Körper von Franck Garro lag auf einem stählernen Tisch. Fontaine Thezan hatte ihre Arbeit beendet und die großen, ein »Y« formenden Schnitte, mit denen sie seinen Leib geöffnet hatte, um die Organe zu entnehmen, bereits wieder vernäht. Blut und was sonst noch aus seinem Leib geflossen sein mochte, war fortgespült worden. Die Haut der Leiche war gelblich-blass, und irgendwie schienen auch schon seine Tätowierungen verwaschen zu sein, so als wollten sie noch vor ihm verschwinden.

Die Ärztin nahm einen tiefen Zug aus ihrer Mentholzigarette und betrachtete den Toten. Wie eine Mutter ihren Sohn, fuhr es Blanc durch den Kopf, irgendwie stolz und traurig zugleich. Wieder einmal versuchte er vergebens zu erraten, was Fontaine Thezan wohl für ihre sehr speziellen Patienten empfand. »Haben Sie eine Überraschung für mich, Doktor?«

»Wohl eher eine Bestätigung. Ich maile Ihnen nachher den vollständigen Bericht, aber das Wichtigste kann ich Ihnen vorab sagen: Es war die Kugel und sonst nichts.« Sie deutete auf das Loch in Garros Stirn, dessen blutige Ränder sie gereinigt haben musste.

»Das Opfer hatte keine weiteren Verletzungen?«

»Keine Abwehrverletzungen an den Händen, keine Hämatome am Leib, keine Würgemale am Hals, nichts.« Sie wies auf die jeweiligen Körperstellen. »Der Mann ist durch einen Kopfschuss getötet worden, ohne dass ihm vorher Gewalt angetan worden wäre. Ansonsten gibt es so gut wie keine Auffälligkeiten.«

Blanc wurde aufmerksam. »So gut wie keine sind nicht keine.«

»Er hatte eine geringe Menge Cannabis im Blut.«

»Garro war high?«

»Er hatte die typischen Werte von jemandem, der regelmäßig Cannabis raucht.«

»Wir haben weder bei ihm noch in seiner Wohnung Stoff gefunden. Die Kollegen von der Drogenfahndung kennen ihn auch nicht.«

»Sieht so aus, als wäre er ein ganz normaler Konsument gewesen, kein Dealer.«

Blanc hatte eine Idee. »Doktor Thezan, könnte Garro deshalb langsamer reagiert haben? Er war träge, weil er einen Joint durchgezogen hatte?«

Sie zögerte und dachte nach. »So eindeutig würde ich das nicht formulieren, doch, ja, Cannabis könnte unter Umständen seine Reaktionsfähigkeit beeinträchtigt haben.«

»*Merci beaucoup.*« Blanc verabschiedete sich von der Medizinerin und war froh, dass er wieder durch die Gänge Licht und Luft entgegeneilen durfte. Er dachte über den Befund nach. Bislang war er sicher gewesen, dass Garro den Täter gut gekannt und deshalb nicht versucht hatte zu flüchten. Doch nun durfte er die Möglichkeit nicht mehr ausschließen, dass er einfach bloß zu bekifft gewesen war, um rechtzeitig zu reagieren. Er fluchte leise: Unter diesen Bedingungen könnte so ziemlich jeder der Mörder gewesen sein.

Im Foyer stoppte Blanc, als wäre er gegen eine Glaswand gelaufen. Aveline. Sie hatte ihn nicht gesehen, denn sie saß mit den Rücken zu ihm am Empfang und reichte dem jungen Mann, der dort Dienst tat, ein Papier über den Tisch. Auf jemanden, der sie nicht kannte, wirkte sie sicherlich gelassen und souverän. Doch, verdammt, Blanc kannte Aveline nur zu gut. Er bemerkte sofort, dass sie erschöpft war. Er sah die kleine Sporttasche, die sie neben sich auf den Boden gestellt hatte, und begriff: Sie hatte eine oder vielleicht gar mehrere Nächte im Krankenhaus verbracht und präsentierte gerade am Empfang den obligatorischen, vom Stationsarzt unterschriebenen Entlassungsschein. Ob sie schon im Krankenhaus gelegen hatte, als er gestern mit ihr telefoniert hatte?

Endlose Sekunden lang blieb Blanc einfach stehen, zu verwirrt, um irgendetwas zu tun. Hatte sich Aveline verletzt? Hatte sie einen Unfall gehabt? Als sie sich vom Stuhl erhob, waren ihre Bewegungen geschmeidig wie immer, wenn auch vielleicht etwas langsamer als sonst. Schwer zu sagen, ob sie Schmerzen hatte. Nirgends entdeckte er einen Verband oder ein Pflaster. Er warf einen raschen Blick durchs Foyer, dann durch die Glasscheiben nach draußen auf die Straße. Ihr Mann war nicht da, überhaupt schien niemand sie abholen zu wollen. Er setzte sich in Bewegung, spürte seinen Körper wieder, er rannte sogar.

»Aveline!« Dann nahm er sich zusammen, als sie herumfuhr und ihn kritisch musterte. *»Madame le Juge«,* korrigierte er sich und senkte die Stimme. »Welche Überraschung, Sie hier zu sehen.«

»Die Überraschung ist ganz meinerseits, *mon Capitaine.*«

»Ich komme gerade aus der Rechtsmedizin.«

Sie sagte ihm nicht, aus welcher Abteilung sie sich gerade abgemeldet hatte. Sie nickte bloß und strebte wieder dem Ausgang zu.

Er folgte ihr und fühlte sich wie ein Idiot, weil er nicht wusste, was er tun konnte. »Soll ich Sie nach Hause fahren, *Madame le Juge*?«

Aveline stand nun auf dem Bürgersteig und hatte seinen Espace entdeckt. Plötzlich umspielte ein feines, etwas wehmütiges Lächeln ihre Lippen. »Sehr freundlich von Ihnen, *mon Capitaine.* Aber wir wollen Ihrem alten Wagen lieber nicht zu viel zumuten. Ich habe mir bereits ein Taxi bestellt.« Sie deutete auf ein wartendes Auto. »Ich werde nicht nach Hause fahren, sondern nach Aix zum Gericht.«

»Fühlen Sie sich gut?«

Sie zündete sich eine Gauloises an. Ihre Hand zitterte leicht. »Mir geht es ausgezeichnet.«

Er wusste, dass Aveline log, und sie wusste, dass er es wusste. Aber was gab es da noch zu sagen?

Auf Cézannes Spuren

Blanc war so verwirrt, dass es ihm guttun würde, zwei, drei Stunden allein zu sein. Es war sinnlos, die ganze Zeit über Aveline nachzudenken. Es war aber auch sinnlos, sich zu zwingen, nicht an sie zu denken, denn dann würde er natürlich genau das tun. Es gab nur eine Möglichkeit: an etwas anderes zu denken. Also die Ermittlungen weiter vorantreiben. Also beweg dich, ermahnte er sich, steh nicht länger vor dem Krankenhaus herum wie ein vergessener Patient! Er hatte mehr Zutrauen zu seinem alten Minivan als Aveline und glaubte, dass er ihn bis zur Sainte-Victoire bringen würde. Ihm kam plötzlich eine Idee: Er wollte die letzten Routen nachgehen, die Franck Garro markiert hatte. Vielleicht würde ihn der Tote selbst irgendwie zu seinem Mörder führen. Er bog unterwegs in Sainte-Françoise-la-Vallée ab, ließ Jacques einsteigen und nahm auch seine Leicaflex mit. Er hatte nur Schwarz-Weiß-Filme für den antiquierten Fotoapparat und würde deshalb die Farben der Landschaft niemals einfangen können, aber er war ja auch nicht Cézanne. Doch die Kamera würde ihm womöglich helfen, ein besseres Gespür für die Natur zu bekommen. Wann immer er durch den kleinen Sucher blickte und sich auf das Wesentliche konzentrierte, bemerkte er Details, die ihm sonst entgangen wären.

Der riesige Hund, der ihm vor einiger Zeit zugelaufen war, war nicht angeleint und ging so gelassen neben ihm her wie ein Schwergewichtsboxer, der weiß, dass sich sowieso niemand mit ihm anlegen würde. Die Kaninchen stoben davon, die Vögel verstummten, selbst die wenigen Wanderer, die sie schon von Weitem sahen, suchten sich eilig Umwege, wenn sie Jacques' ansichtig wurden. Blanc und sein Hund durchquerten einen Wald, der stets dort sehr still war, wo sie sich gerade aufhielten. Blanc hielt sein Handy in der Linken und studierte Garros letzte Route. Als er vom offiziellen Wanderweg an der Stelle abbog, an der der Blogger es vorgeschlagen hatte, entdeckte er eine Art Schneise, die quer durch einen Brombeerstrauch führte. Am Stamm einer Fichte daneben klebte noch ein Rest von grünem Bauschaum. Die Dornenranken verhakten sich in seiner Jeans, er fluchte leise, doch nach ein paar Schritten ging es leichter weiter. Der Wanderweg war schon nicht mehr zu sehen. Blanc kam sich auf einmal vor wie der einzige Mensch auf Erden. Plötzlich war er ganz froh, dass er Jacques mitgenommen hatte.

Nach ein paar Minuten öffnete sich der Wald wie ein Vorhang. Er trat an den Rand eines schmalen, tief eingeschnittenen Tals. Ein flacher Felsen lag direkt an der Bruchkante wie ein archaischer Opferaltar. Aus der steilen Flanke wuchs eine einzelne Fichte, deren Krone den Stein beschattete. Im Hintergrund stach die Spitze der Sainte-Victoire in den Himmel. Blanc hob die Leica und nahm sich Zeit, das Bild zu komponieren: das Tal, der Stein, der Baum, der Berg. Er drückte auf den Auslöser, das leise Klicken war das einzige Geräusch. Er spulte den Film weiter und änderte die Blende. Der Belichtungsmesser des alten Fotoapparats funktionierte längst nicht mehr, da er von einer kleinen Batterie gespeist wurde, deren Typ schon seit Jahrzehnten nicht mehr produziert wurde. Also stellte er die Werte von Zeit und Blende nach Gefühl ein und nahm zur Sicherheit noch einige Varianten auf, um am Ende wenigstens ein gut belichtetes Foto zu haben.

Blanc ging weiter. Seine Augen lernten, mit Garros Blick zu sehen. Er bemerkte nun die Wildwechsel oder die schmalen Felsgrate, die wie steinige Wege einige Hundert Meter durch das Gesträuch führten. Er lichtete den zersplitterten Stamm einer toten Fichte ab, deren Rinde längst von Wind, Sonne und Insekten weggeschält worden war. Das Holz schimmerte grausilbern, ein Astloch wirkte wie ein Zyklopenauge, als hätte ein moderner Bildhauer eine Skulptur zwischen Wacholder und Ginster gestellt. Nur noch selten studierte Blanc Garros Blogeinträge. Doch er stellte überrascht fest, dass der junge Mann mit seinem Handy manchmal genau dieselben Motive abgelichtet hatte wie er mit seiner Leica. Er entdeckte im Blog diesen toten Baum, nur aus einer etwas anderen Perspektive und in Farbe selbstverständlich, darunter Garros Zeile: »Mein einäugiger Freund.«

Ein Schauder lief durch seinen Körper. Ihm war, als würde der Tote mitten in der Natur zu ihm sprechen, und das viel freundlicher, heiterer, gelassener, als Blanc ihn zu Lebzeiten gekannt hatte. Fabienne hatte diese Seite von Garros Wesen sofort gespürt, für Blanc kam die Erkenntnis zu spät. Zu spät …

Unwillkürlich musste er an seinen Zwillingsbruder und das Krankenhaus denken, in das man ihn gebracht hatte. Und an die Beerdigung auf dem Friedhof nur ein paar Tage später. Und an die Stille seiner Eltern, die nie wieder darüber hatten reden wollen. Zu spät. Er dachte an Aveline, die das Krankenhaus mit einer kleinen Tasche verlassen hatte und die von niemandem abgeholt worden war.

Er wischte das Blog vom Display und wählte Avelines Handynummer, aber erreichte bloß die Mailbox. Auch unter der Nummer im Gerichtsgebäude hob niemand ab, und zu Hause kam er ebenfalls nicht durch. Er probierte es noch einmal auf dem Handy und hinterließ eine Nachricht: »*Madame le*

Juge, rufen Sie mich doch bitte zurück.« Sehr förmlich, sehr banal, aber *merde*, auch wenn er Paulette liebte, er konnte Aveline doch nicht einfach ihrem Schicksal überlassen, wie auch immer dieses Schicksal aussah.

Plötzlich fand sich Blanc am Rande des Staudamms von Bimont wieder – genau oberhalb jenes Pfades, der wie eine Art Zackenlinie die Talflanke hinabführte. Er stieg ihn vorsichtig hinunter, Steinchen lösten sich unter seinen Sohlen und kullerten in die Tiefe. Selbst Jacques ging nur noch langsam, beinahe misstrauisch weiter und setzte behutsam Pfote um Pfote. Der Damm war wie eine Wand, die den Himmel zerschnitt. Der Beton hatte sich schon mit Sonnenlicht vollgesogen und schickte Hitzewellen ins Tal. Je tiefer Blanc und sein Hund hinunterstiegen, desto schwüler wurde die Luft. Das war, ja doch, bedrückend. Aber niemals kamen sie dabei dem Bauwerk wirklich nahe. Blanc fand nichts auf diesem steilen Weg, das Roland Dallest – oder Samia Zerfaoui – so wütend hätte machen können, dass sie Garro dafür heftig zur Rede stellen mussten. Der Staudamm war sogar schön, ganz besonders, wenn er ihn in Schwarz-Weiß fotografierte. Ein riesiges graues Band, doch das Grau war niemals gleich. Es gab eine gezackte Linie in der glatten Fläche, links davon war der Damm dunkler als rechts davon. Blanc entdeckte im Sucher senkrechte Linien in regelmäßigen Abständen, die von der Kante bis zum Talgrund führten, und er erkannte, dass der Damm wohl einst aus etwa einem Dutzend großer Segmente zusammengesetzt worden war, deren Fugen noch immer durch das Material schimmerten. Die Stahltreppe warf ein Schattenmuster auf den Beton, als wäre es ein Szenenbild für einen expressionistischen Film. Vier Wanderer gingen langsam über den Damm, Insekten, die über eine Betonklinge krabbelten, es war alles so malerisch und, *merde,* es war unglaublich harmlos.

Blanc besah sich wieder das Blog. Auch Garro hatte den Staudamm fotografiert, in Farbe wirkte er realistischer, aber irgendwie auch weniger monumental. Unter das Bild hatte er eine Zeile gesetzt: »Mal ein anderer Blick auf den alten Damm.« Auch das war so etwas von banal, dass Blanc sich fragte, warum Roland Dallest – denn er glaubte mehr und mehr, dass sich Dallest mit Garro gestritten hatte – so zornig geworden war. Nichts, weder der Weg selbst noch Garros Blogeintrag dazu, rechtfertigte diesen Gefühlsausbruch. Es musste etwas anderes gewesen sein – aber was? Blanc hatte das beunruhigende Gefühl, dass in diesem stillen Tal womöglich die Ursache verborgen war, warum Dallest und Garro getötet worden waren. Er erreichte den Talgrund und sah eine Reihe jener kreisrunden Löcher, die einst für Dynamitstangen in den Felsen gebohrt worden waren. Fledermäuse, Todesboten. Mach dich nicht lächerlich, ermahnte er sich. Es war nicht einmal sicher, ob Dallest und Garro demselben Mörder zum Opfer gefallen waren. Und wer auch immer das getan hatte: Wenn sich das Motiv tatsächlich in dieser Schlucht hinter dem Staudamm verbarg, dann war es noch besser versteckt als die Fledermäuse.

Garros Route führte ihn an der gegenüberliegenden Seite wieder nach oben. »Kleine sportliche Einlage«, hatte der Blogger ironisch geschrieben. Tatsächlich mussten Blanc und sein Hund ganz schön klettern, bis sie wieder eine einigermaßen ebene Stelle erreicht hatten, wo sie sich im Schatten einer Pinie ausruhten. Jacques hechelte und bedachte ihn mit einem leidenden Hundeblick. Blanc strich ihm über den mächtigen Schädel. »Ich zeige dir ein paar von deinen Vorfahren, die noch viel größer waren als du«, sagte Blanc. »Und dann geht es nach Hause.«

Er führte Jacques bis zum Ufer des Stausees, von dem aus

der Hund sich in das türkisfarben schimmernde Wasser warf und es gierig schlürfte, während er herumpaddelte. Nachdem er wieder an Land getrottet war und sich geschüttelt hatte, war er bereit für die nächsten Kilometer. Schließlich brauchten sie aber doch noch fast eine Stunde, bis sie das Ausgrabungsfeld erreichten. Der Weg des Bloggers führte direkt auf die Fläche zu, bog aber im letzten Moment nach links ab. Blanc ignorierte das und ging zu den Paläontologen.

»*Mon Dieu,* ich habe Sie von Weitem für einen der Idioten gehalten, die Garro folgen!«, rief Marjorie Dallest, die sich erhoben hatte und Blanc musterte. Dann weiteten sich ihre Augen. »Was ist denn das?!« Sie deutete auf den Hund.

»Das ist Jacques. Der tut nichts.«

»Das sagen sie alle.« Marjorie Dallest schien fossilierte Tiere deutlich lieber zu haben als lebende. Sie fürchtete sich vor dem Hund.

»Bleib hier«, sagte er zu Jacques. Gehorsam und, wie es schien, sogar erleichtert über die Pause legte sich der Hund unter einen Ginsterbusch und schloss die Augen. Blanc ging auf die Wissenschaftlerin zu und blickte sich um. Die Assistenten arbeiteten auf dem Boden oder am Tisch neben dem Zelt, aber der Professor war nirgendwo zu sehen. »Ist Ihr Mann nicht hier?«

»Christian hat heute an der Universität zu tun. Irgendeine Kommission. Er hasst solche Termine, aber man kann nicht alles absagen. Ich glaube nicht, dass er es heute noch bis hierher schafft. Soll ich ihm etwas ausrichten? Was führt ausgerechnet einen Gendarmen auf Garros illegalem Weg zu uns?«

»Ich verfolge Spuren«, erklärte Blanc sibyllinisch. »Es macht nichts, dass Ihr Mann nicht da ist. Ich wollte mich sowieso mit Ihnen unterhalten.« Er setzte ein betont falsches Lächeln auf.

Marjorie Dallest starrte ihn an, warf dann einen raschen

Blick auf den schlafenden Hund, schließlich starrte sie auf einen Punkt an der Flanke der Sainte-Victoire, irgendwo dicht über Blancs Schulter. Feine Schweißperlen glitzerten plötzlich auf ihrer Stirn, sie trocknete sie mit ihrem Seidenschal. »Ich habe nicht viel Zeit«, sagte sie unsicher.

»Warum haben Sie mir nicht gesagt, dass Sie gestern Mittag auf dem Gipfel der Sainte-Victoire waren, Madame Dallest?« Ein Bluff, und ein ziemlich hinterhältiger obendrein. Blanc spürte sehr wohl, dass sich die Angst dieser Frau verdoppelt hatte – sie hatte Angst vor ihm und mindestens ebenso sehr vor seinem Hund. Eine unverhoffte Chance, fand er, und schließlich ging es um die Aufklärung zweier Morde, da durfte er nicht allzu feinfühlig sein. Wie zufällig ging er einen Schritt zurück, näher zu Jacques hin. »Sie waren gestern nicht in der paläontologischen Abteilung, wir haben das überprüft. Sie waren da oben.« Er deutete mit einem Kopfnicken zum Gipfel hin. »Ein Zeuge hat Sie gesehen.«

Marjorie Dallest war ihm nicht in Richtung Jacques gefolgt. Sie sah sich hektisch um. Vielleicht nach einem Mitarbeiter, der sie vor dem Hund schützen sollte, vielleicht nach einem Baum, auf dem sie sich in Sicherheit bringen könnte. Doch da war nichts als diese steinige, staubige Fläche mit den alten Saurierknochen. »Also schön«, gab sie keuchend zu, »ich war oben. Aber sagen Sie es nicht meinem Mann.«

Blanc sah sie verblüfft an. Dass Garro in der Kapelle ermordet worden war, schien sie weniger zu beunruhigen als die Tatsache, dass Professor Dallest von ihrem Aufstieg zum Gipfel erfahren könnte. »Weil Sie sich im Priorat mit Péchenard getroffen haben?«

»Alphonse wollte ursprünglich zur Grabung kommen, er hatte mich auf dem Handy angerufen. Aber hier oder auch unten am Parkplatz neben dem Staudamm hätte man uns doch gesehen. Und in Aix in einem Café weiß man nie, ob sich da nicht Studenten herumtreiben. Aber auf dem Gipfel gibt es keine Fossilien. Da würden weder Christian noch die Assistenten je hochklettern. Wir hatten uns im Refuge verabredet, der Berghütte neben der Kirche. Das Wetter war gut, kein Wanderer wäre dort hineingegangen. Wir waren ganz ungestört.«

»Ungestört …« Blanc wählte seine Worte sorgfältig. Während er nachdachte, ging er einen weiteren Schritt auf seinen Hund zu. Diesmal fasste er Marjorie Dallest am Ellenbogen und zog die Widerstrebende mit. »Wollten Sie Ihr altes Verhältnis erneuern?«

Die Paläontologin blickte auf Jacques, der sich noch immer nicht rührte. Sie atmete tief durch. »Sie sind also im Bilde über Alphonse und mich?« Als Blanc nicht antwortete, fuhr sie unvermittelt fort: »Interessieren Sie sich für Archäologie?«

»Nicht sehr.«

Sie ignorierte den Einwurf. »Ich bin wie eine Archäologin, die irgendwo im Tal der Könige ein altes Grab untersucht. Interessant, aber auch nichts Besonderes. Doch da entdeckt neben mir Howard Carter das Grab des Tutanchamun … Ich meine – was würden Sie tun?«

»Diese Frage habe ich mir noch nie gestellt.«

Marjorie Dallest ignorierte auch diese Antwort. »Sie würden alles tun, um dabei mitzumachen. Das ist der Fund des Jahrhunderts! Genauso ist es mit den Dinosauriern, die Alphonse gefunden hat. Das mag für einen Laien nicht so spektakulär aussehen wie die Goldmaske des Tutanchamun. Aber für einen Paläontologen sind die kämpfenden Dinosaurier mindestens genauso aufregend wie ein ungeöffnetes Pharaonengrab. So eine Entdeckung macht man nur einmal im Leben. Ich *muss* einfach dabei sein!«

»Und deshalb haben Sie sich mit Péchenard an einem diskreten Ort zum Rendezvous verabredet?«

»Ich würde alles tun, um …« Marjorie Dallest hatte das gerufen, sah sich dann nach den Assistenten um, senkte wieder die Stimme. »Warum nicht auch ein Rendezvous?«, flüsterte sie trotzig. »Alphonse und ich waren nicht unglücklich in unserer gemeinsamen Zeit. Und meine Ehe mit Christian ist sowieso am Ende.« Es klang nicht so, als würde sie das sehr bedauern.

Blanc betrachtete diese Frau nachdenklich. Sie hatte den Mann gewechselt, von Péchenard zu Dallest, weil Letzterer ihr bessere Möglichkeiten bot. Nun, da auf einmal Péchenard die spektakulärere Grabung leitete, würde sie einfach zurückwechseln. Und sie bereitete diesen Wechsel strategisch vor: Traf sich heimlich mit Péchenard. Nahm heimlich Martini mit nach Velaux, um auch gleich die Finanzierung der Arbeiten zu organisieren. Er fragte sich, ob sie kalt und zynisch bis auf die Knochen war, doch eigentlich glaubte er das nicht, im Gegenteil: Marjorie Dallest war leidenschaftlich besessen. So leidenschaftlich, dass sie selbst ihre Ehe den Fossilien unterordnete. Ihm wurde klar, dass Marjorie Dallest alles tun würde, um ihr großes Ziel zu erreichen. Und dass Christian Dallest dabei war, alles zu verlieren: die Frau, die Assistentin, das Geld, den Ruhm. Beide waren auf ihre Art gefährlich. Sie würde über Leichen gehen, um alles zu gewinnen. Er würde über Leichen gehen, um nicht alles zu verlieren.

»Was genau ist da oben vorgefallen?«, fragte Blanc schließlich in nüchternem Tonfall.

Marjorie Dallest nahm sich zusammen, brachte sogar ein schwaches, vielleicht gar nostalgisches Lächeln zustande. »Alphonse und ich haben uns wie geplant in der Refuge getroffen. Wir waren allein. Ein altes Gemäuer, ein Tisch, eine riesige Holzplatte, auf der im Notfall ein Dutzend Leute ihre Schlafsäcke ausrollen können. Es war durchaus, *eh bien*, romantisch.«

»Haben Sie denn Garro gar nicht bemerkt?«

Sie schüttelte entschieden den Kopf. »Auf dem Weg hoch habe ich niemanden gesehen. Und im Kloster auch nicht. Aber ich war ja auch nicht in der Kirche. Na, jedenfalls waren Alphonse und ich bereits, nun, das ist schwer zu schätzen, aber vielleicht doch schon eine halbe Stunde im Refuge, als wir plötzlich einen Knall hörten.«

»Aus der Kirche?«

»Wahrscheinlich. Zumindest war er ziemlich nah. Aber auch irgendwie dumpf. So als ob er hinter dicken Mauern abgefeuert worden wäre.«

»Sie waren also sofort sicher, dass dieser Knall ein Schuss war?«

»Ich nicht, aber Alphonse. ›Das war eine Pistole!‹, hat er gerufen.«

Blanc nickte. Péchenard, der Sportschütze, würde einen Schuss erkennen. »Was ist dann geschehen?«

»Wir sind aus dem Refuge auf den Kirchplatz gerannt. Wir standen neben der Zisterne und haben uns in Panik umgesehen. Einen Augenblick habe ich gefürchtet, dass …« Marjorie Dallest zögerte kurz. »Nun, dass Christian uns irgendwie auf die Schliche gekommen war und geschossen hatte. Absurd, nicht wahr? Wir haben aber niemanden bemerkt. Trotzdem waren wir so beunruhigt, dass wir hinuntergestiegen sind. Alphonse hat sich zu seinem Wagen aufgemacht, ich bin zur Grabung zurückgegangen. Wir hatten uns für ein anderes Mal verabredet.«

»Sie waren also die ganze Zeit über nicht ein Mal in der Kirche?«

»Nein, wirklich nicht.«

»Sie haben niemanden gesehen? Auch nicht auf dem Rückweg am Berghang?«

»Ich sagte Ihnen doch: Alphonse und ich haben dieses Kloster ausgewählt, weil da nie jemand ist. Wir waren allein.«

»Offenbar nicht, Madame«, meinte Blanc. »Wussten Sie, dass Garro Sie in seinem Blog persönlich angegriffen hat? Er hat ungefähr geschrieben, dass ihre Forschung so ist wie vor hundert Jahren, als Wissenschaftler Tiere töteten und ausstopften.«

»So?« Sie schien davon nicht besonders schockiert zu sein. »Ich lese sein Blog nicht. Garros Standpunkt ist lächerlich. War lächerlich«, korrigierte sie sich rasch.

»Liest Ihr Mann das Blog?«

»Ja. Obwohl ich ihm schon tausend Mal gesagt habe, dass er sich nicht unnötig aufregen soll. Aber Christian meint, dass er Garros Wanderrouten kennen muss, bevor seine Follower durch die Garrigue rennen und unsere Grabungen stören.«

»Ich muss Sie bitten, mir nach Gadet zu folgen«, erklärte Blanc. »Ihre Aussage in diesem Mordfall ist wichtig. Wir müssen sie auf der Gendarmerie-Station offiziell protokollieren.«

Ihre Augen flackerten. »Muss ich ... muss ich mit diesem Hund in Ihren Wagen steigen?«

Jacques hatte sich gemächlich erhoben, als hätte er verstanden, dass es nun endlich nach Hause gehen würde. Blanc dachte nach. Würde Marjorie Dallest fliehen, untertauchen, irgendeine Dummheit begehen? Er beschloss, ihr wenigstens so weit zu trauen. »Sagen Sie Ihren Mitarbeitern, dass Sie einen dringenden Termin haben, und nehmen Sie Ihren eigenen Wagen.« Er gab ihr die Adresse der Gendarmerie-Station. »Wir treffen uns in zwei Stunden dort.«

Sie nickte. »Ich habe kein eigenes Auto, aber ich leihe mir

eines von den Assistenten aus.« Als sie den Zettel nahm, auf den er die Adresse gekritzelt hatte, zitterte ihre Hand leicht. »Eigentlich bin ich sogar erleichtert, dass ich aussagen muss. Ich mag keine Lügen.«

Blanc fragte sich, ob das nicht auch gelogen war.

Auf dem Rückweg ließ er Jacques vor der alten Ölmühle aussteigen. Der Hund legte sich quer vor den Eingang und wirkte so massiv wie die archaischen Eichenbohlen der Tür. Er würde dort ruhen, bis entweder Blanc oder Paulette heute Abend kamen, und selbst dann würde er sich möglicherweise nicht rühren, und sie müssten über ihn hinwegsteigen, um hineinzugelangen. Blanc gehörte jedenfalls nicht zur ständig zunehmenden Zahl provenzalischer Hauseigentümer, die über die Anschaffung einer Alarmanlage nachdachten. Er fuhr dann bis Gadet – wo Marjorie Dallest tatsächlich ebenfalls bald eintraf, sogar einige Minuten vor der verabredeten Zeit.

Zuerst nahm er eine DNA-Speichelprobe der Paläontologin und schickte sie runter zu Ben-Rouijal. Er gab ihm auch den Film aus der Leica mit, denn der Kriminaltechniker liebte es, in seiner Freizeit Filme zu entwickeln und davon Schwarz-Weiß-Abzüge zu machen. Gemeinsam mit Marius nahm er anschließend Marjorie Dallests Aussage auf. Obwohl sie noch einmal alle Einzelheiten mit ihr durchgingen, konnte die Wissenschaftlerin keine weiteren Details beisteuern: ihr Rendezvous mit Péchenard im Refuge, ein Schuss, vermutlich aus der Kapelle, sie hatte niemanden gesehen.

»Glaubst du ihr?«, fragte Marius, nachdem sie Marjorie Dallest entlassen hatten.

Er hob die Achseln. »Ich weiß nicht. Einerseits hat sie uns, ich will nicht sagen: schon einige Male frech ins Gesicht gelogen, aber doch ziemlich regelmäßig ein paar nicht unwichtige Einzelheiten verschwiegen. Andererseits hat sie ja soeben das für sie durchaus peinliche Rendezvous zugegeben. Was könnte sie uns da noch verheimlichen?«

Marius dachte nach. »Vielleicht hat sie Garro doch gesehen, während sie selbst zum Gipfel hinaufgestiegen ist? Oder sogar seinen Mörder, später, nach der Tat?«

Blanc beobachtete die Spatzen, die in den Platanenwipfeln vor der *Mairie* auf der gegenüberliegenden Straßenseite herumtobten. Er musste wieder an Dinosaurier denken und kam sich einen Moment lang so vor, als würde er die Zusammenhänge der Welt nicht mehr verstehen. Er nahm sich zusammen. »Marjorie Dallest wusste vielleicht wirklich nicht, dass Garro nur ein paar Meter neben ihr erschossen worden ist. Aber den Schuss hat sie gehört, sie ist erschrocken aus dem Priorat geeilt. Wenn sie jemanden in der Nähe des Gipfels gesehen hätte, dann hätte sie ihn doch unweigerlich mit dem Schuss in Verbindung gebracht. So etwas vergisst man nicht, das hätte sie uns gesagt. Und falls nicht: Warum sollte sie jemanden decken wollen, von dem sie jetzt weiß, dass er ein Mörder ist?«

»Aus Dankbarkeit. Weil sie weiß, dass der Unbekannte Garros Mörder ist und es ihr ganz recht ist, dass Garro aus dem Weg geräumt wurde. Weil Garro sie in seinem Blog beleidigt hat. Und vielleicht waren es die beiden doch: Péchenard, der Garro gar nicht kennt, bringt ihn um, um seiner Geliebten einen Gefallen zu tun. Vielleicht haben die beiden da oben gar nicht gevögelt, sondern haben Garro aufgelauert.«

»Aber wie konnten sie wissen, dass Garro ausgerechnet an diesem Tag ausgerechnet in diese Kapelle gehen würde?« Blanc schüttelte den Kopf. »Wir sollten uns nicht auf Garros Mörder konzentrieren, sondern auf Garro selbst. Ich glaube, ich habe ihn unterschätzt. Erst, wenn wir Garro besser kennen, können wir auch denjenigen finden, der sein Leben auslöschen wollte.« Blanc berichtete von der Tour, die er an diesem Vormittag unternommen hatte. »Auf diesen illegalen Wegen bist du vollkommen allein. Ich wette«, schloss er, »dass Garro an seinem letzten Tag auf einer seiner eigenen Routen bis zum Priorat gelangt ist – also querfeldein und so, dass man ihn von den offiziellen Wanderwegen aus, denen Marjorie Dallest und Péchenard vermutlich gefolgt sind, gar nicht sieht. Und auch der Mörder könnte Garro entweder mit ein paar Metern Abstand gefolgt sein. Oder er hat sogar einen größeren Sicherheitsabstand eingehalten und sich einfach an Garros Blog orientiert.«

»*Putain*«, Marius strich sich über die Haare, »dann hätte Garro seinen Mörder selbst bis zu diesem Ort geführt!«

»Vermutlich über die Nordseite«, ergänzte Blanc, »wo es nur eine einzige offizielle Route gibt. Da hätte er viel Platz, um abseits des Weges voranzukommen. Und der Gleitschirmpilot hat seine Kreise hauptsächlich über der Südflanke der Sainte-Victoire gedreht. Er hat selbst Marjorie Dallest und Péchenard erst relativ dicht unterhalb des Gipfels gesehen, Garro und den Mörder könnte er leicht verpasst haben.«

»Glaubst du denn, dass Garro wusste, dass die beiden Wissenschaftler sich da oben heimlich treffen wollten? Und dass er deshalb dort hinaufgegangen ist? Er überrascht das Liebespaar, vielleicht, weil er Marjorie Dallest wieder beschimpfen will. Oder er will sie mit der Affäre erpressen, damit sie mit der Grabung aufhört. Oder er will an ihr Geld, weil sein Blog doch nicht genug abwirft, was weiß ich. Jedenfalls erwischt er die beiden in einer peinlichen Situation – nur weiß er zu seinem Unglück nicht, dass Péchenard ein Sportschütze ist. Wie auch? Er hat den Kerl ja nie zuvor gesehen. Péchenard jedenfalls zieht eine Waffe und schießt Garro eine Kugel in die Stirn.«

»Allerdings ist Garro in der Kapelle getötet worden, nicht im Refuge«, erinnerte ihn Blanc. »Bald haben wir die DNA von Marjorie Dallest. Und die von Péchenard holen wir uns auch noch. Haben wir die Daten, dann wissen wir mehr.« Blanc griff zum Hörer. »Sylvain? Fahren Sie nach Velaux und nehmen Sie eine Speichelprobe von Doktor Péchenard. Anschließend bringen Sie das Plastikröhrchen und den zugehörigen Mann zur Station!«

»*Mon Capitain,* was mache ich, wenn Doktor Péchenard sich weigert?« Sylvain klang verwirrt. »Soll ich ihn etwa verhaften? Sollte das nicht besser ein, nun ja, ranghöherer Kollege machen?«

»Sylvain, Sie sind jetzt Maréchal. Zu irgendetwas muss Ihre Beförderung doch gut sein.« Blanc legt auf und blickte Marius an. »Finden wir ihre DNA-Spuren in der Kapelle, dann haben Marjorie Dallest und Péchenard ein Problem.«

Marius holte für sich und Blanc Kaffee. »Während du in der Natur wandern warst, habe ich richtig gearbeitet«, erklärte er danach. »Hugues Vallauri ist tatsächlich einmal Kunde der Gendarmerie gewesen. Das ist allerdings schon so viele Jahre her, dass die Akten dazu nie digitalisiert worden sind. Ich habe mir im Archiv bald eine Staublunge geholt.«

»Hoffentlich war es das Risiko wert.«

»Spotte ruhig.« Marius trank den Kaffee in einem Zug aus, drückte den Pappbecher zusammen und warf ihn Richtung Mülleimer, den er wie immer verfehlte. Er seufzte und klaubte ihn vom Boden, um ihn wegzuwerfen. »Wollen wir essen, bevor Péchenard hier ist?«

Blanc hätte die Brühe nicht in einem Zug leeren können. »Gute Idee«, sagte er und kippte den restlichen Kaffee in den Topf eines Gummibaums, der auf dem Flur stand.

»Du wirst die arme Pflanze noch töten.«

»Das ist die einzige Pflanze auf der ganzen Station, die wächst und gedeiht. Der kann nichts und niemand was anhaben.«

Die Tür zu Fabiennes Büro war verschlossen, an der Klinke klebte ein Post-it: »Bitte NICHT stören!« Sie schlenderten deshalb nur zu zweit zum Le Soleil und setzten sich an einen Tisch. »Wühlt sich Fabienne immer noch durch Garros Computer?«, fragte Blanc.

Marius nickte. »Seit ein paar Stunden schon. Keine Ahnung, ob sie wirklich nur für den Fall relevante Spuren verfolgt oder ob sie sich einfach alles ansieht, was dieser Kerl digital hinterlassen hat, weil sie ihn mochte. Fabienne wird sich schon bei uns melden, wenn sie fertig ist. Mach dir keine Sorgen.«

»Mache ich auch nicht«, log Blanc. »Was ist also mit der Ursache für deine Staublunge?«, fragte er, um das Thema zu wechseln.

»Vallauri ist vom Gericht in Aix-en-Provence in den frühen Sechzigerjahren zu einer Geldstrafe verurteilt worden – weil er Fossilien von der Sainte-Victoire mitgenommen hat«, verkündete Marius triumphierend.

Blanc war nicht sonderlich beeindruckt. »Wenn man Martini glauben kann, dann haben das alle Bauarbeiter gemacht.«

»Ja, solange sie am Staudamm zu tun hatten. Aber Vallauri hat scheinbar auch Jahre danach noch mit Fossilien gehandelt. Jedenfalls wurde er zu einigen Hundert Francs Geldstrafe verdonnert. Das, so scheint es, war ihm eine Lehre. Seitdem ist er jedenfalls nie wieder straffällig geworden.«

»Eine ziemlich magere Erkenntnis für eine Staublunge.«

»Nicht ganz.« Marius grinste. »Rate mal, wer seinerzeit in dem Prozess als Zeuge ausgesagt hat: Monsieur Martini, Fossiliengroßhändler in spe!«

Blanc lehnte sich in seinem Stuhl zurück. »Schon in den frühen Sechzigerjahren?«

»Genau, er war praktisch noch ein Kind. Das war lange vor seiner Rolex-Geschichte. *Eh bien,* wenn du die Akten vom Prozess und vor allem von der Befragung durch die Gendarmen zuvor genau liest, dann wird dir ziemlich schnell klar, dass wohl auch der kleine Martini den einen oder anderen versteinerten Knochen aufgelesen und anschließend verhökert hat. Aber er war noch ein Junge, niemand hat ihn angeklagt – sie haben ihn allerdings als Belastungszeugen gegen Vallauri aufgerufen. Martini hat vor Gericht bestätigt, dass der Bauarbeiter auf dem Markt in Aix-en-Provence illegal Fossilien verkauft hat. Ohne Martinis Aussage wäre Vallauri womöglich nie verurteilt worden.«

»Die beiden Männer sind alte Bekannte, aber ...«

»... keine alten Freunde, genau.«

Blanc dachte an Martinis Worte, als er ihn morgens im Hotel befragt hatte: *Außerdem gibt es Gerüchte, dass Vallauri doch einmal erwischt worden ist, angeblich hat er sogar vor Gericht gestanden. Aber Genaueres weiß ich nicht.* Tatsächlich wusste der Fossilienhändler sehr wohl Genaueres. Warum hatte Martini das verschwiegen? Weil er nicht enthüllen wollte, welche Rolle er in dem Prozess gespielt hatte? »Allerdings ist weder Vallauri noch Martini bislang ein Haar gekrümmt worden. Was hat ihre alte Geschichte mit den beiden Morden zu tun?«, gab Blanc zu bedenken.

Marius rieb sich behaglich die Hände. »Da kommen die Spaghetti mit Lachs. Vielleicht hilft das beim Nachdenken.«

Es half nicht.

Als Blanc und Marius eine Dreiviertelstunde später die wenigen Schritte vom Restaurant zur Gendarmerie-Station zurückgingen, waren sie zwar satt, aber so klug wie zuvor. Die Luft war mild, in den Häusern waren die Fenster geöffnet, in den

Gassen duftete es nach Essen. Am Flaggenmast des alten Rathauses von Gadet flatterte die Trikolore so träge, dass man nur hin und wieder die Stoffbahn leise klatschen hörte. Einige Dutzend Meter hinter der *Mairie* war vor einigen Jahren eine kleine Sporthalle errichtet worden. Eine Gruppe kichernder Mädchen in blauen Trikots kam heraus und stellte sich für ein Mannschaftsfoto vor einem Fotografen in Positur, die beiden größten Teenager hielten Basketbälle in Händen, das kleinste Mädchen präsentierte stolz einen silbern glänzenden Pokal. Ein altes Cabrio rollte die Straße entlang, ein weißer Peugeot 504, der eine Wolke Benzingestank hinter sich ließ, ein Geruch, der heutzutage beinahe verschwunden war. Diese Welt, dachte Blanc, war so weit weg von Mord und Gewalt, aber auch so weit weg von Fossilien und Dinosauriern und fanatisch ehrgeizigen Paläontologen, dass er sich vorkam, als wäre er in einer Blase eingeschlossen. Als er mit den Ermittlungen begonnen hatte, war er in ein Paralleluniversum eingetreten, in dem Gesetze galten, die den Rest der Menschheit nicht interessierten. Würde er dem Cabriofahrer oder den Basketballspielerinnen oder der Kellnerin im Le Soleil sagen, dass man für alte Saurierknochen zum Mörder werden konnte, sie würden das so wenig verstehen, dass sie ihn vermutlich nicht einmal auslachen würden.

Sie entdeckten Péchenard auf einem Stuhl im Flur der Gendarmerie-Station. Er sprang auf, sobald er sie erblickte. »*Mon Capitaine,* das ist ein Skandal! Ihr Beamter führt mich ab wie einen Verbrecher und …«

»Maréchal Sylvain hat Sie freundlicherweise nach Gadet gefahren, damit wir Ihre Aussage aufnehmen können, Doktor Péchenard«, unterbrach ihn Blanc gelassen. »Und Sie können sich doch sicher denken, um welche Aussage es geht. Folgen Sie uns bitte ins Büro?«

Péchenard war blass geworden und schwieg. Im Büro ließ er sich schwer auf den Besucherstuhl fallen. Marius besorgte Kaffee, während sich Blanc um das Aufnahmegerät kümmerte.

»Doktor Péchenard, warum haben Sie uns verschwiegen, dass Sie gestern im Priorat auf der Sainte-Victoire waren?«, begann Blanc, nachdem alles bereit war.

»Weil Sie das nichts angeht.«

»Ein Mord geht mich etwas an.« Blanc musterte den Wissenschaftler. Péchenard war wütend und auch verlegen, aber er schien ihm nicht besonders ängstlich oder gar schuldbewusst zu sein. »Was Sie im alten Kloster mit Madame Dallest gemacht haben, geht mich nichts an. Aber was Sie gesehen oder gehört haben, *das* geht mich etwas an. Schließlich wurde nur ein paar Meter neben Ihnen ein Mann erschossen.«

»Das waren vielleicht nur ein paar Meter, aber es war ein anderes Gebäude. Wir waren im Refuge. Der Schuss kam aus der Kapelle.«

»Das haben Sie so genau lokalisieren können? Sofort?«

Péchenard wurde rot. »Nein«, gab er zögernd zu. »Ich hatte nur gehört, dass ein Schuss in der Nähe abgefeuert worden war. Marjorie hat mich vorhin angerufen und von Ihrem Verhör erzählt. Jetzt weiß ich, dass der Schuss aus der Kirche kam.«

Blanc schüttelte unzufrieden den Kopf, weil er das erwartet hatte. Wenn sie hätten verhindern wollen, dass Marjorie Dallest Péchenard warnte, dann hätten sie die Wissenschaftlerin für einige Stunden festsetzen müssen. Doch eine Festnahme war genau der Skandal, den Aveline auf jeden Fall vermeiden wollte. Also hatten sie nun einen Mann vor sich, der genug Zeit gehabt hatte, seine Aussage mit seiner ehemaligen oder jetzt wieder aktuellen Geliebten abzusprechen. Die nächste halbe Stunde befragten Marius und er Péchenard und erhielten denn auch eine Bestätigung der Aussage, die sie schon kannten: Es war Marjorie Dallest, die Péchenard angerufen und ein Treffen im Priorat vorgeschlagen hatte. Sie waren auf getrennten Wegen zum Gipfel hochgegangen. Nein, auch Péchenard hatte niemanden gesehen. Sie waren seit etwa einer halben Stunde im Refuge, als ein Schuss sie aufschreckte. Sie eilten aus dem Kloster und trennten sich vor der Außenmauer der Anlage. Und nein, sonst hatten sie nichts gesehen und gehört.

»Keinen Hilferuf? Keinen Schrei? Keinen Streit?«, hakte Marius nach.

Péchenard schüttelte den Kopf. »Das war ein sehr stiller Ort. Dann fiel ein Schuss. Dann war wieder alles still.«

»Sie sind Sportschütze«, stellte Blanc fest.

Der Paläontologe blickte ihn einen Moment lang verwirrt an, dann atmete er tief durch. »Nur weil ich mit einer Präzisionswaffe eine Zehn schieße, laufe ich ja nicht gleich wie ein Cowboy durch die Gegend und bringe einen Mann um, den ich nicht einmal kenne.«

»Das hat auch niemand behauptet«, erwiderte Blanc. »Aber Sie sind gewissermaßen ein Experte. Ein Laie hört bei einem Schuss bloß einen Knall. Aber Sie? Was haben Sie gehört?«

Péchenard dachte nach, bevor er antwortete: »Ich wusste sofort, dass es eine Pistole war. Auf gar keinen Fall ein Gewehr. Ein eher kleines Kaliber.«

Blanc nickte. »Und als Sportschütze wissen Sie auch, dass eine Pistole eine Reichweite von zehn, höchstens zwanzig Metern hat. Wäre es ein Gewehrknall gewesen, hätte der Schütze Dutzende, wenn nicht Hunderte Meter entfernt sein können, irgendwo in der Natur an der Sainte-Victoire. Doch ein Pistolenschuss … Sie mussten doch wissen, dass der Schütze ganz in Ihrer Nähe war!«

Der Wissenschaftler räusperte sich. »Der Schuss war laut, aber nicht so laut, wenn Sie verstehen, was ich meine. Mir war sofort klar, dass da niemand auf uns angelegt hatte. Der Schütze konnte nicht im Refuge sein. Marjorie und ich waren also nicht bedroht. Andererseits … Nun, wir waren geschockt. Und wir wollten auf keinen Fall entdeckt werden. Das war unsere größte Sorge. Marjorie, *eh bien,* sie ist Christians Frau und seine Assistentin. Unser Treffen war gewissermaßen ein doppelter Betrug. Das durfte niemand wissen. Also haben wir gemacht, dass wir davonkamen. Ich hatte nicht einmal Angst, dass jemand doch noch auf uns schießen könnte, ich hatte bloß Angst, dass wir ertappt werden würden. Also sind wir davongelaufen, ohne uns groß umzusehen.«

»War Ihnen denn nicht klar, dass der Schuss in der Kapelle abgefeuert worden sein musste? Wollten Sie denn gar nicht nachsehen? Nicht einmal durch eines der Fenster nach drinnen blicken?«, fragte Marius.

Péchenard schüttelte den Kopf. »So genau habe ich das nicht einordnen können. Der Schuss war aus der Nähe gekommen, aber woher genau? Das war mir keinesfalls klar.«

»Sie eilen aus dem Refuge, sehen draußen aber niemanden. Dann müssen Sie doch gewusst haben, dass der Schuss nur in der Kapelle abgefeuert worden sein konnte. Andere Gebäude gibt es doch da oben gar nicht.«

»Hinter der Kapelle gibt es noch die Toilettenräume«, erinnerte ihn Péchenard.

»Haben Sie denn nichts gesagt?«, fragte Blanc. »Haben Sie denn nicht gerufen: ›Wer ist da?‹ oder etwas Ähnliches?«

»Im Gegenteil, wir haben uns bemüht, so wenig Lärm wie möglich zu machen«, erklärte der Paläontologe. Dann zögerte er. »*Eh bien,* Marjorie hat vor Schreck geschrien, als der Schuss fiel. Und ich habe in der ersten Verwirrung vielleicht auch irgendetwas gerufen, ich erinnere mich nicht mehr. Dann«, er räusperte sich, »nun, wir haben uns angekleidet und sind davongerannt. Wir haben dabei nur noch geflüstert.«

Blanc dachte nach. Angenommen, Péchenard und Marjorie Dallest erzählten die Wahrheit. Dann hatte der Mörder Garro erschossen und möglicherweise direkt danach den Schrei aus dem Nebengebäude gehört. Er hätte dann gewusst, dass er im Kloster doch nicht so allein war, wie er gedacht hatte. Vielleicht war er ebenfalls in Panik geraten und aus der Kapelle gestürzt. Sein Glück war, dass Marjorie Dallest und Péchenard sich erst anziehen mussten. Bis sie aus dem Refuge getreten waren, hatte sich der Mörder bereits unentdeckt davonmachen können. Vielleicht hatte der Mörder aber auch einen kühlen Kopf bewahrt und in der Kapelle ausgeharrt ... Möglicherweise hatte er durch ein Fenster gesehen oder das Portal einen Spalt weit geöffnet, um die Umgebung zu observieren. In diesem Fall hätte er die beiden aus dem Refuge kommen und den Berghang hinabrennen sehen.

Was bedeutete: Der Mörder wusste, dass es möglicherweise Zeugen gab, und er wusste auch, wer sie waren.

Später saßen Blanc und Marius im Büro und diskutierten die Ergebnisse. Sie hatten Péchenard entlassen – nachdem sie ihm zuvor die Gefahr klargemacht hatten, in der er möglicherweise schwebte. Sie hatten auch Marjorie Dallest auf dem Handy angerufen. Doch beide hatten jede Form von Personenschutz energisch abgelehnt.

»Ihre Leute stören mich doch nur auf der Grabung!«, hatte Péchenard trotzig behauptet.

»Wie soll ich das denn meinem Mann erklären?«, hatte die Wissenschaftlerin gerufen.

»Seltsam, dass sie sich keine Sorgen machen«, sagte Marius, nachdem der Paläontologe den Raum verlassen hatte.

»Wissenschaftler haben seltsame Prioritäten«, erwiderte Blanc, »und die eigene Sicherheit gehört offenbar nicht dazu. Oder aber die beiden wissen, dass sie sich keine Sorgen machen müssen, weil die Version, die sie uns erzählt haben, falsch ist. Sie werden von keinem Mörder bedroht, denn sie haben die Tat selbst begangen. Fragt sich nur: Warum?«

»Mal angenommen, die beiden haben die Wahrheit erzählt: Dann war der Mörder zwar brutal oder verzweifelt genug, um Garro eine Kugel in die Stirn zu schießen, aber er ist nicht vollkommen skrupellos«, meinte Marius. »Ein Profi hätte, nachdem er den Schrei von Madame Dallest gehört hatte, auch die zwei zufälligen Zeugen beseitigt.«

»Der Unbekannte wollte Garro töten und sonst niemanden«, ergänzte Blanc. »Er …«

Da wurde die Tür aufgerissen und Fabienne stürmte herein.

»Seht euch das an!«, rief sie und schwenkte ihr iPad.

»Wenn du das so schwenkst, werde ich beim Ansehen seekrank«, brummte Marius.

Sie lachte, setzte sich und legte das Tablet auf den Tisch. »Ich habe mir alle Daten von Garros Handy runtergeladen. War gar nicht so einfach, an die Daten zu kommen, Garro war ein bisschen paranoid. Ich habe Stunden gebraucht, um seinen Code zu knacken. Aber das hat sich gelohnt. Das hier ist eine SMS, die er am 14. April um 9.38 Uhr bekommen hat, am Morgen seines Todestages.« Sie las sie vor, ihre Stimme zitterte leicht vor Aufregung: *»Lieber Franck, Sie werden es vielleicht nicht glauben, doch ich bin auf Ihrer Seite. Man sollte die Natur respektieren, auch in der Forschung. Ich habe bestimmte Informationen über Dallest. Wenn Sie die veröffentlichen, wird Dallest die Grabung an der Sainte-Victoire für* *immer aufgeben müssen. Wenn Sie wollen, treffen wir uns heute um zwölf Uhr in der Kapelle des Priorats am Gipfel. Ich bringe Dokumente mit. Marjorie Dallest.«*

Marius pfiff durch die Zähne. »Und was hat Garro geantwortet?«

»*D'accord*. Mehr nicht. Es war die letzte SMS in seinem Leben.«

Blanc betrachtete das iPad skeptisch. »Woher hat Marjorie Dallest Garros Handynummer? Sie war nicht gerade seine beste Freundin.«

»Muss sie auch nicht sein. Garro hat seine Nummer im Impressum seines Blogs angegeben. Jeder, der ein bisschen sucht, kann sie finden.«

»Marjorie Dallest will ihren lästig gewordenen Gatten loswerden, indem sie ihn bei Garro anschwärzt«, vermutete Marius. »So hat sie freie Bahn mit Péchenard.«

»Ganz so einfach ist es nicht«, erwiderte Fabienne und deutete auf die Nummer, von der aus die SMS abgeschickt worden war. »Garro kannte Marjorie Dallest gut genug, um sie in seinem Blog zu beschimpfen, aber nicht *so* gut, zumindest findest du ihre Daten nicht in seinen Kontakten, und er hat ihr nie zuvor eine SMS oder eine Mail geschrieben. Und im Gegensatz zu ihm hat sie ihre Nummer auch nicht im Netz veröffentlicht. Ich habe alles gecheckt. Als die SMS bei ihm ankam, hat Garro sicherlich geglaubt, dass sie von Marjorie Dallest stammt: eine Handynummer, die er nicht kannte, unter dem Text stand ihr Name, *voilà*. Das ist aber nicht die Nummer von Marjorie Dallest.« Fabienne machte eine Kunstpause und blickte sie an. »Das ist die Nummer von Roland Dallest!«

»*Putain!*«, fluchte Marius.

»Das Handy, das in der verschwundenen Tasche war«, murmelte Blanc, »zusammen mit der Pistole ...«

»… deren Kugel vielleicht Garro getötet hat, ja.« Fabienne nickte grimmig. »Das Handy von Dallest wurde am Samstag, den 9. April, in der Mittagszeit ausgeschaltet, vermutlich kurz nach dem Mord an ihm. Es wird erst wieder am 14. April um 9.37 Uhr eingeschaltet. Eine Minute später geht die SMS an Garro heraus. Garro antwortet sechs Minuten später. Unmittelbar nach Eingang der Antwort wird der Apparat wieder ausgeschaltet.«

»Konntest du das Handy lokalisieren?«, fragte Blanc.

»Es war mit dem Funkmast verbunden, der die ganze südliche Region der Sainte-Victoire abdeckt.«

»Der Mörder hat bereits in der Umgebung auf Garro gewartet.«

»Der Doppelmörder«, sagte Fabienne bestimmt. »Nur Dallests Mörder kann ihm das Handy abgenommen haben. Den Apparat benutzt er dann, um Garro eine SMS zu schicken, die ihn in einen tödlichen Hinterhalt lockt. Es war eine Falle. Der Mörder hat in der Kapelle auf ihn gewartet und ihn erschossen – und dafür hat er sich ebenfalls der Besitztümer von Dallest bedient, nämlich seiner Pistole. Irgendwie symbolisch, nicht wahr?«

»Nicht so schnell«, bat Blanc und strich sich nachdenklich über den Kopf. »Wenn der Mörder Garro mit einer vorgeblich von Marjorie Dallest verfassten Nachricht in die Falle locken wollte – warum benutzt er dafür nicht irgendein Prepaid-Handy? Das wäre doch sicherer, als ausgerechnet das Telefon zu nehmen, das einem Mordopfer gehört. Jeder, der schon einmal einen Krimi gelesen hat, weiß doch, dass wir nach dem Mord an Garro diese SMS früher oder später entdecken und die entsprechenden Schlussfolgerungen ziehen würden.«

»Das stimmt«, pflichtete ihm Marius bei. »Das riecht nach Improvisation. Der Mörder hat kurzfristig beschlossen, Garro zu beseitigen, vermutlich stand er unter ziemlichem Druck. Dafür benutzt er, was er gerade hat: das Handy und die Waffe seines ersten Opfers. Er denkt sich irgendeine verrückte SMS aus, und scheiß drauf, dass die Flics sie später leicht als Fälschung entlarven werden. Wichtig war ihm nur, dass Garro darauf hereinfällt.«

»Wer könnte das Handy von Roland Dallest überhaupt wieder aktiviert haben?«, warf Blanc in die Runde. »Ein Ingenieur wie er hatte es doch vermutlich gesichert, also musste man es entsperren.«

»Auch das habe ich schon überprüft«, erklärte Fabienne. »Dallest hatte ein älteres Modell ohne Gesichtserkennung oder Fingerabdrucksensor. Wenn er den Apparat gesperrt hat, dann mit einem Muster oder einer Geheimzahl. Die allersimpelsten Kombinationen wie *0000* oder *1234* hätte er wohl kaum verwendet, einen Hochzeitstag oder Geburtstag des Kindes gab es für Dallest nicht. Vielleicht hat er seinen eigenen Geburtstag genommen? Den findest du zwar nirgendwo im Netz – wohl aber den seines viel bekannteren Bruders! Christian Dallest hat seinen Geburtstag auf der Website der Universität genannt.«

»Vielleicht musste der Mörder gar nicht raten, um an den Code zu kommen, vielleicht wusste er ihn schon«, meinte Blanc. »Der Absender der SMS ist angeblich Marjorie Dallest, der Inhalt spielt auf den Konflikt ihres Mannes mit Garro an. Wer kennt die Frau, wer weiß von dem Streit?« Er zählte an den Fingern ab. »Erstens selbstverständlich Christian Dallest. Er mag sich ja nicht sonderlich um Roland gekümmert haben, aber als sein Zwillingsbruder kennt er vielleicht trotzdem dessen PIN oder das Entsperrungsmuster. Zweitens Samia Zerfaoui. Gut möglich, dass auch sie weiß, wie man das Handy ihres Kollegen entsperrt. Und sie hat zumindest in den Wochen, seitdem sie am Staudamm arbeiten, Bruder und Schwägerin von Roland Dallest kennengelernt. Und wer Garro ist, das weiß sie sowieso. Drittens Marjorie Dallest selbst. Über ihren Mann und dessen Konflikt mit Garro ist sie nur zu gut informiert. Und sie hat selbst gesagt, dass sie sich hin und wieder um Roland Dallest bemüht, ihm Karten schreibt, solche Sachen, zumindest kümmert sie sich also mehr um ihn als sein eigener Bruder. Wäre doch möglich, dass auch sie an den Code gekommen ist.«

Marius verzog skeptisch den Mund. »Aber würde sie dann ausgerechnet eine SMS unter ihrem eigenen Namen schreiben?«

»Das ist doch genial!«, rief Fabienne. »Diese SMS vom Handy eines Toten – wir haben alle sofort gedacht, dass es eine Fälschung ist, oder nicht? Gerade *weil* ihr Name in der Nachricht steht, glauben wir, dass sie es *nicht* sein kann. Aber in Wahrheit legt Marjorie Dallest damit nicht nur Garro herein, sondern auch uns.«

»Wir sollten das Haus des netten Ehepaares Dallest durchsuchen«, schlug Marius vor. »Vielleicht finden wir das Handy und die Pistole und all die anderen Sachen, die Roland Dallest in seiner Tasche hatte.«

»Wir haben viel zu wenig, um bei Madame Vialaron-Allègre eine Hausdurchsuchung zu beantragen«, sagte Blanc und schüttelte den Kopf. »Was wollen wir der Untersuchungsrichterin sagen? Wir glauben, dass diese SMS von Marjorie Dallest abgeschickt wurde, weil wir alle zuerst geglaubt haben, dass sie sie *nicht* abgeschickt hat? Deshalb kannst du nicht beim Herrn Professor und seiner Frau das Haus auf den Kopf stellen. Außerdem …«

»Außerdem was?«, fragte Fabienne, als er nicht weitersprechen wollte.

»Außerdem sagt mir mein Bauchgefühl, dass sie es garantiert nicht im Haus versteckt hätte.«

»Seit wann haben Männer ein Bauchgefühl?«

Blanc ließ sich nicht irritieren. »Marjorie Dallest ist dabei, ihren Mann privat und beruflich zu verlassen. Sie trifft sich heimlich mit einem Liebhaber, sie fädelt heimlich Deals ein. Sie löst sich von ihrem Gatten. Wenn sie wirklich etwas mit den Verbrechen zu tun hat, dann würde sie doch nicht ausgerechnet Mordwaffen in dem Haus des Mannes verstecken, den sie verlassen will. Erinnert ihr euch daran, dass sie behauptet hat, sich am Tag der Ermordung Roland Dallests nach dem Essen noch allein in die Büsche geschlagen zu haben? Und sie könnte auch sonst jederzeit für ein paar Minuten oder auch länger in der Natur unterwegs sein. Sie kennt hier jeden Stein, und das kann man wörtlich nehmen. An ihrer Stelle würde ich Pistole und Handy irgendwo an der Sainte-Victoire in der Landschaft verbergen und nur dann hervorholen, wenn ich sie brauche. Eine Hausdurchsuchung würde also sehr wahrscheinlich gar nichts bringen.«

»Außer Ärger für uns«, ergänzte Fabienne resigniert.

»Da ist noch etwas«, meinte Blanc. »Garro hat die Vorwürfe gegen Marjorie Dallest in seinem Blog veröffentlicht. Im Impressum desselben Blogs findest Du seine Handynummer. Absolut jeder seiner mehr als einhunderttausend Leser hätte also diese SMS schreiben können.«

Das Werk von Zolas Vater

Samstag vor Ostern. Paläontologen machten offenbar keine Ferien. Auf der Grabung an der Sainte-Victoire waren sie alle da – alle, bis auf Marjorie Dallest.

»Meine Frau hat eine Auszeit genommen«, erfuhr Blanc von Christian Dallest. »Vielleicht ...«

»Vielleicht was, Professor?«, drängte ihn Blanc, als er nicht fortfahren wollte.

Christian Dallest errötete tatsächlich, eine Regung der Verlegenheit, die überhaupt nicht zu ihm passte und ihm paradoxerweise doch sehr gut stand. Eine Sekunde lang sah er wieder wie ein Student aus. »Nun, nach acht Jahren Ehe ...«, druckste er herum. »*Eh bien,* vielleicht ist Marjorie ja schwanger. Endlich. Ich habe sie noch nicht gefragt«, versicherte er rasch, »ich will sie auf keinen Fall bedrängen. Aber sie wollte sich heute ausruhen und, nun ja, da denkt man sich seinen Teil, nicht wahr?«

Blanc starrte den Mann an und wusste einen Moment nicht, was er erwidern sollte. Dallest hoffte auf ein Kind, während seine Frau ... Ihm stand ein schwieriges Gespräch bevor. »Würde eine Schwangerschaft Ihre Arbeit beeinflussen?«

»Wie meinen Sie das?«

»Ihre Gattin ist zugleich Ihre wichtigste Mitarbeiterin. Ich kann mir schwer vorstellen, dass eine schwangere Frau auf dem Boden herumkriecht und Knochen aus dem Felsen kratzt.«

Der Wissenschaftler wedelte mit der Hand, als wäre diese Überlegung wie eine lästige Fliege. »Marjorie kriegt das schon hin. Nichts würde sie von der Arbeit abhalten, nicht einmal ein Baby.«

»Und sie würde auch weiterhin mit Monsieur Martini verhandeln?«

Dallest zögerte einen winzigen Moment, als hätte er daran noch gar nicht gedacht. »Selbstverständlich.« Er grinste plötzlich. »Vielleicht lässt sich dieser Halsabschneider sogar vom Anblick eines Kindes erweichen und er bietet uns endlich einmal mehr Geld. Der Kerl macht schließlich Millionen mit unseren Funden.«

»Wussten Sie, dass Martini auch mit Péchenard verhandelt?«

Dallest wurde blass, dann schüttelte er den Kopf. »Unmöglich! Alphonse hat noch nie ein einziges Fossil herausgerückt. Der wüsste nicht mal, wie man so etwas verkauft.«

»Sie kennen Doktor Péchenard gut?«

»Wir sind Kollegen, da sieht man sich hin und wieder auf Grabungen, Kongressen, solche Sachen. Aber Sie haben sicher bemerkt, dass wir nicht gerade die besten Freunde sind.«

Blanc blickte den Paläontologen forschend an. »Hat das auch damit zu tun, dass Ihre Gattin Péchenard früher nahestand?«

Dallest schluckte. »Wer hat Ihnen das verraten? Was hat das überhaupt mit Ihren Ermittlungen zu tun?« Eine Ader an seiner Schläfe schwoll an, Dallest richtete sich sehr gerade auf. »*Mon Capitaine,* mein Bruder wurde ermordet – und Sie haben nichts Besseres zu tun, als in meinem Privatleben herumzuschnüffeln und in dem meiner Frau? Und das in ihrem Zustand!«

»So ist das bedauerlicherweise mit Ermittlungen – falls es denn überhaupt ein Zustand ist«, erklärte Blanc nüchtern.

»Wir durchleuchten die Familienverhältnisse des Opfers, um dem Täter auf die Spur zu kommen. Sie sind der einzige Angehörige, der Roland Dallest noch geblieben war – also durchleuchten wir Sie.«

»Ich glaube, ich habe Sie verstanden.« Christian Dallest wirkte auf einmal nicht mehr empört oder eifersüchtig, sondern auf eine seltsame Art zufrieden. »Sie meinen, weil Péchenard nie darüber hinweggekommen ist, dass sich Marjorie für mich entschieden hat, könnte er einen Anschlag auf mich geplant haben? Und dabei hat er Roland mit mir verwechselt? Ist es das, was Sie glauben?«

»Wir schließen nichts aus.«

»Es könnte tatsächlich sein, dass Sie auf der richtigen Spur sind, *mon Capitaine.*« Blanc hatte den Eindruck, der Professor würde ihm am liebsten anerkennend auf die Schulter klopfen, wenn er diese Geste nicht zu deplatziert fände. »Marjorie ist unvergleichlich. Sie ist eine Frau, für die ein Mann zum Mörder werden könnte. Zumindest ein Paläontologe.«

»Gut möglich«, murmelte Blanc. Er fragte sich, welcher Paläontologe darüber zum Mörder geworden sein könnte. Und er fragte sich, ob Christian Dallest tatsächlich nicht einmal ahnte, dass seine Ehe kurz vor der Scheidung stand. Das musste man doch merken. Andererseits: Blanc selbst hatte das Ende seiner eigenen Ehe erst erkannt, als Geneviève eines Tages zu ihrem Liebhaber gezogen war, von dessen Existenz er bis dahin ebenfalls nichts geahnt hatte. Er beschloss, das Thema zu wechseln. »Kennen Sie den PIN-Code für das Handy Ihres Bruders?«

Der Wissenschaftler blickte einen Moment lang verwirrt drein. »Hat das etwas mit seiner Ermordung zu tun? Warum untersuchen Sie sein Handy erst jetzt?«

Blanc hatte Dallest nie erzählt, dass das Mobiltelefon des Opfers verschwunden war. Er hielt es auch für besser, dieses Detail zumindest vorerst weiterhin zu verschweigen. »Wir analysieren immer noch die Daten des Handys«, erklärte er deshalb vage.

Christian Dallest zuckte mit den Achseln. »Dann kann ich Ihnen auch nicht helfen. Ich kenne den Code nicht.«

»Erinnern Sie sich denn an andere Zahlenkombinationen, die Ihr Bruder früher verwendet hat? Für sein Fahrradschloss etwa? Oder gibt es irgendein Datum, das ihm viel bedeutet hat?«

Der Professor bemühte sich nicht einmal, so zu tun, als würde er darüber lange nachdenken. »Nein, bedaure. Roland war der Zahlenmensch, nicht ich. Wenn der mit dem Rechnen anfing, fing ich mit dem Gähnen an.«

»Es geht doch gar nicht ums Rechnen, Professor. Kennen Sie denn wenigstens seine Lieblingszahl? Jeder Mensch hat doch seine persönliche Glückszahl.«

Dallest schüttelte bloß den Kopf. »Meine Glückszahl ist die Acht. Marjorie und ich haben am 8. August geheiratet. Aber Roland? Ich kann mich nicht erinnern, dass er jemals abergläubisch gewesen wäre. Der hatte keine Glückszahl.« Dann hob er entschuldigend die Hände. »Ich bin überrascht, dass sein Handy überhaupt mit einem Code entsperrt werden muss. Roland war immer so vertrauensselig, der hat als Kind die Haustür nie abgeschlossen, der hat sein Fahrrad nicht vor der Schule angekettet, *mon Dieu*, was hat unser Vater geschimpft, wenn ihm mal wieder ein Drahtesel gestohlen worden war! Später, wenn er Marjorie und mich in Aix besuchte, hat er mitten in der Stadt geparkt und dabei den Wagen offen gelassen. Marjorie hat sich irgendwann angewöhnt, ihm die Autoschlüssel abzunehmen und den Wagen zu verschließen. *Alors,* ich glaube deshalb nicht, dass Roland sein Handy geschützt hat. Sind Sie denn da ganz sicher?«

»Nein, ich bin nicht sicher«, gab Blanc zu. Ein Handy ohne PIN-Code, dachte er dabei, *merde, merde, merde,* das konnte einfach jeder nutzen. Er atmete tief durch. »Professor, waren Sie gestern auf dem Gipfel der Sainte-Victoire?«

Dallest sah ihn erstaunt an. »Warum sollte ich dort hinaufsteigen?«

»Kennen Sie das Priorat Notre-Dame-de-Victoire unterhalb des Gipfels?«

Er zuckte mit den Achseln. »Es muss Jahre her sein, dass ich das letzte Mal auf dem Gipfel war. Beim Aufstieg sieht man das Priorat. Aber mich haben die Gebäude nie interessiert. Das ist nicht meine Epoche.« Er lachte kurz auf, wurde dann wieder ernst. »Verhaften Sie Péchenard, *mon Capitaine.* Dann klärt sich alles auf. Man sitzt doch in solchen schrecklichen, fensterlosen Verhörzellen, nicht wahr? Das würde Alphonse nicht lange durchhalten, er ist nicht gerade nervenstark. Er würde gestehen, und Ihr Fall wäre erledigt. Und ich wüsste, wer Roland getötet hat, das erleichtert die Trauer.« Christian Dallest setzte das hinzu, als wäre ihm dieser Gedanke gerade erst gekommen.

»Ich verspreche Ihnen, dass wir den Mörder finden«, erwiderte Blanc nur.

Blanc ließ den Professor mit seinen Fossilien und seinen Erinnerungen zurück und ging langsam Richtung Lac de Bimont, wo sein Wagen parkte. Die Bäume dufteten nach Harz und warfen Schattenmuster über den Weg. Ein braunrot gefärbter Schmetterling flatterte dicht über einem Ginsterstrauch, er war so groß wie eine Kinderhand. Blanc wunderte sich flüchtig, ob diese unscheinbaren Wesen wohl schon zur Zeit der Dinosaurier hier gelebt hatten und ob sie die Epoche der Menschen genauso überstehen würden wie die der Riesenechsen. Die Riffs von *Sweet Home Alabama* rissen ihn aus seinen Gedanken. Ben Rouijal war am Apparat. Für den Kriminaltechniker schien es weder Feiertage noch Wochenenden zu geben. Blanc fragte sich, ob dieser Mann Familie hatte. Er würde darauf kein Geld wetten.

»Es gibt DNA-Spuren aus dem Refuge des Priorats, *mon Capitaine*«, verkündete Ben-Rouijal. »Wir haben Haare auf der großen hölzernen Liegefläche gefunden. Einige stammen eindeutig von Madame Dallest, andere von Doktor Péchenard. Die beiden Personen haben sich dort zweifellos aufgehalten.«

»Und wie sieht es in der Kapelle aus?«

»Schwierig.« Der Kriminaltechniker räusperte sich. Er klang immer so, als wären seine Stimmbänder beinahe durchgescheuert. »Alle Blutspuren dort lassen sich eindeutig Franck Garro zuordnen, aber das ist ja keine Überraschung. Darüber hinaus haben wir mehr Spuren gefunden, als wir analysieren können.«

»Ich dachte, da geht nie jemand hin.«

»Ab und zu sind doch mal Besucher in der Kapelle. Außerdem gibt es mehr als ein Dutzend Freiwillige, die das alte Priorat in Ordnung halten und zum Beispiel die Kapelle morgens auf- und abends wieder abschließen. Zwölf Freiwillige und, sagen wir, bloß drei Besucher täglich, das macht in der Woche schon mehr als dreißig Personen. Da kommt über die Monate einiges zusammen, *mon Capitaine*. Wir haben Hunderte Haare und sogar Zigarettenkippen und alte Kaugummis in der Kirche eingesammelt, manche Leute haben einfach keinen Respekt mehr. Na, jedenfalls haben wir irgendwann aufgegeben. Wir haben gar nicht die Kapazitäten, alle Funde zu analysieren. Wir haben uns auf Stichproben beschränkt.«

»Gab es irgendeinen Treffer?«

»Nein. Auf der Patronenhülse zum Beispiel haftet gar keine Spur an. Und keine DNA, die wir anderswo isolieren konnten, brachte irgendeinen Treffer in unserer Datenbank.«

»Merci beaucoup.«

»Da ist noch etwas.«

»Ja?« Für einen Augenblick durchzuckte Blanc die Hoffnung auf einen spektakulären Durchbruch.

»Ich habe Ihre Fotos entwickelt, *mon Capitaine*. Ich habe Ihnen die Abzüge auf den Schreibtisch gelegt. Sie haben ein gewisses Talent.«

»Immerhin das«, erwiderte Blanc ernüchtert. »Ich werde Sie zu meiner ersten Vernissage einladen.«

Ben-Rouijal lachte, das war für ihn ein guter Scherz.

Blanc seufzte, beendete die Verbindung und dachte nach. Sie hatten bislang DNA-Proben von Christian Dallest und seiner Frau sowie von Alphonse Péchenard genommen. Wenn Ben-Rouijal keine Spur von ihnen in der Kapelle gefunden hatte, dann mochte das bedeuten, dass sie tatsächlich niemals dort gewesen waren. Oder dass ihre DNA zufällig zur Masse der nicht untersuchten Proben gehörte. Oder dass der Täter seinen Hinterhalt so sorgfältig geplant hatte, dass er mit Handschuhen und vielleicht sogar einer Kopfbedeckung in das Gotteshaus gegangen war, sodass er überhaupt keine Genspur hinterlassen hatte. Das Ehepaar Dallest und Péchenard kannten sich als Naturwissenschaftler mit Genetik aus, wollten Paläontologen nicht sogar die DNA von Dinosauriern rekonstruieren? Mit der Suche nach DNA-Spuren kamen sie jedenfalls nicht weiter.

Er ging im Geist noch einmal das Gespräch mit Christian Dallest durch, versuchte, sich an jedes Wort, an jede Geste zu erinnern. Er war sich ziemlich sicher, dass ihm der Professor nichts vorgemacht hatte: Er hielt seine Ehe für so intakt, dass er auf Kinder hoffte. Wenn er weder misstrauisch noch eifersüchtig war, warum hätte er dann seiner Frau heimlich auf den Gipfel folgen sollen? Blanc glaubte, dass Christian Dallest tatsächlich niemals oben im Priorat gewesen war. Und dass Marjorie Dallest und Alphonse Péchenard sich tatsächlich im Refuge gesehen und keinen anderen Bereich des Priorats betreten hatten. Wen also konnte Garro dann in der Kapelle getroffen haben?

Er ging über den Staudamm von Bimont bis zum Parkplatz, doch noch bevor er den Espace erreicht hatte, hielt er inne. Paulette hatte bis zum Abend Dienst im Krankenhaus. Marius und Fabienne hatten sich wenigstens einen Tag freigenommen. Weder in der alten Ölmühle noch auf der Gendarmerie-Station wartete jemand auf ihn. Er konnte ebenso gut noch ein paar Stunden hierbleiben. Er schlenderte weiter am Rand des Tals entlang. Es war sehr ruhig, dicht bewaldet, kühl im Schatten der Bäume. Zwischen den Ästen schimmerte bald ein weiterer See vom Talgrund hoch, viel kleiner als der Lac de Bimont, sein Wasser leuchtete in einem schweren, satten Grün, als wäre es vom Grund bis zur stillen Oberfläche mit zahllosen Algen gefüllt. Im Näherkommen erkannte er jedoch, dass es bloß wieder irgendeine optische Illusion war, eine Spiegelung der Sonne, ein Reflex, was auch immer: Der See war klar, aber an den meisten Stellen kaum einen Meter tief. Die grauen Felsen am Grund wurden dicht von Pflanzen überwuchert, die leuchteten, als wäre eine Almwiese untergegangen. Weil das Gewässer nur den Boden des engen, gewundenen Tals bedeckte, erinnerte es Blanc an einen Fluss, der zu erschöpft war, um zu fließen. Da sich so tief zwischen den Felsen kein Windhauch regte, lag er da wie Glas. Ein bogenförmiger, aus grauen, eckigen Steinen gemauerter Damm hatte das Rinnsal, das aus dem Lac de Bimont das Tal hinunterfloss, zu diesem bescheidenen See aufgestaut. Der Damm sah aus wie eine Festungsmauer, viel weniger imposant als die Betonkonstruktion weiter oben, ein Monument, das in dieser Landschaft stand, als hätte man es längst vergessen. Doch Blanc brauchte nicht lange, um zu erkennen, dass dies keineswegs so war. Eine Schautafel für Wanderer stand vor dem Damm: »*Le Barrage Zola*«. Er las, dass François Zola den Staudamm ab 1847 errichtet hatte. Nach der großen Choleraepidemie des 19. Jahrhunderts wollten die Stadtväter von Aix-en-Provence ihre Gemeinde endlich mit frischem Wasser versorgen und stauten den Bach in den Bergen auf. Diese Aufgabe vertrauten sie einem Ingenieur an, dem Vater des Schriftstellers Émile Zola. Cézanne, Zola, *mon Dieu,* dachte Blanc, die Menschen hinterließen in dieser Landschaft auf ganz andere Art ihre Spuren als die Dinosaurier, aber es war nicht weniger beeindruckend – und ein ganz klein wenig frustrierend, denn ihm schoss der Gedanke durch den Kopf, dass er selbst niemals solche Spuren hinterlassen würde. Dann las er noch, dass François Zola selbst die Vollendung seines Werkes nicht mehr erlebt hatte. Er war wenige Monate nach Beginn der Arbeiten an einer Krankheit gestorben, die er sich auf der Baustelle zugezogen hatte. Zola, Dallest, vielleicht forderten diese riesigen Bauten das Opfer derjenigen, die sie schufen – ein Opfer, um die Götter zu besänftigen, ein Opfer, damit diese Dämme nie brachen. Ob Dallests Ermordung doch mit seiner Arbeit zu tun hatte?

Er ging über den Damm. Vom Scheitelpunkt aus veränderte der See seine Farbe, schimmerte in allen Variationen von Grün und sogar blauviolett dort, wo das steile rechte Ufer Schatten warf. Jenseits des Sees zerteilte die Sainte-Victoire den Himmel wie eine stille Wächterin. Aus den Augenwinkeln nahm Blanc plötzlich eine Bewegung auf der anderen Seite des alten Staudamms wahr. Ein Mann ging durch das Unterholz.

Hugues Vallauri.

Der Alte winkte ihn zu sich. »Was machen Sie hier, *mon Capitaine*? Ermitteln Sie oder genießen Sie bloß die Landschaft?«

Blanc fragte sich, ob Vallauri das ganz ohne Hintergedanken wissen wollte. »Beides«, antwortete er vorsichtig. »Und was machen Sie hier?« Er deutete auf einen kleinen schwarzen Plastikmüllsack, den Vallauri trug.

»Ich folge einer von Garros Routen und kratze Bauschaum von Bäumen und Steinen. Den Müll kann ich ja nicht liegen lassen.«

»Garro ist tot.«

»Davon habe ich gehört.«

»Das spricht sich offenbar rasch herum.«

»Pierre hat es mir erzählt.«

»Pierre?«

Vallauri lachte. »Der Mann, den Sie befragt haben, *mon Capitaine*! Pierre Duhamel, der Gleitschirmpilot. Er wohnt in Le Tholonet und ist ein Freund meines Enkels. Der Ort ist so klein, da läuft man sich dauernd über den Weg. Und Pierre hat diese verrückte Geschichte jedem erzählt, der ihm begegnet ist. Das passiert einem ja auch nicht jeden Tag.«

Blanc nickte nachdenklich. »Haben Sie vorgestern zufällig jemanden in der Nähe des Gipfels gesehen?«

Vallauri musterte ihn wachsam. »Fragen Sie mich das, weil ich hier täglich unterwegs bin? Oder weil Sie mich verdächtigen?«

»Das eine schließt das andere ja nicht aus«, erwiderte Blanc höflich.

»Das ist mir in meinen fast neun Jahrzehnten noch nicht passiert, dass man mich für einen Mörder hält.«

»Monsieur Vallauri, ich will bloß …«

»Schon gut«, unterbrach ihn der Alte und kratzte sich am Kopf. »Ich war gestern draußen unterwegs, aber nur hier am Lac Zola, und das auch erst am Nachmittag. Vormittags gab es eine Gemeinderatssitzung, und die hat sich in die Länge gezogen. Die Sitzungen in Le Tholonet dauern länger als die Vollversammlung der Vereinten Nationen. Mein Haus steht direkt neben der *Mairie*. Da kann ich wenigstens während der Sitzung mal nach Hause gehen, um mir einen Espresso aufzubrühen. Sonst hält man so etwas einfach nicht durch. Politik!« Er lachte erneut.

»Sie gehören dem Gemeinderat an?«

»Seit vierundzwanzig Jahren.«

»D'accord.« Blanc würde das leicht überprüfen können, und Vallauri wusste das auch. Also hatte er vermutlich die Wahrheit gesagt – was bedeutete, dass Vallauri zur fraglichen Zeit nicht einmal in der Nähe des Priorats gewesen war. »Haben Sie irgendeine Idee, wer Garro eine Kugel in den Kopf geschossen haben könnte?«

»Ich müsste lange nachdenken, bis mir jemand einfällt, der Garro *nicht* eine Kugel in den Kopf schießen mochte.« Vallauri schüttelte den Kopf. »Halten Sie mich bitte nicht für zynisch, aber dieser Mann war wirklich wie ein Stein im Schuh. Franck hat sich einfach mit jedem streiten müssen. Das war gewissermaßen seine Natur. Ich habe immer gedacht: Junge, früher oder später wird dich mal jemand richtig vermöbeln. Aber so etwas … *Eh bien,* ich vermute, diesmal hat er es mit seinen Provokationen übertrieben. Er muss jemanden so sehr gereizt haben, dass der rotgesehen hat.«

»Das war möglicherweise keine Affekttat. Wir haben gewisse Indizien, dass der Mord kaltherzig geplant worden ist«, erklärte Blanc. »Hatte Garro irgendeinen speziellen Feind? Jemanden, mit dem er sich über das offenbar für ihn normale Maß hinaus gestritten hat?«

Vallauri schüttelte den Kopf.

»Wussten Sie, dass Garro Cannabis geraucht hat?«

»*Mon Dieu,* wir haben früher Gitanes gepafft wie Fabrikschlote, heute rauchen die Jungen halt anderes Zeug. Klar, jeder wusste das, der Franck ein wenig kannte. Aber das war harmlos. Er war kein Dealer, wenn es das ist, was Sie andeuten wollten. Und auch kein Dieb oder Schläger, Franck war auch nie betrunken. Der provozierte einfach gerne, das war alles. Wir haben alle unsere kleinen Laster.«

»Illegaler Fossilienhandel ist auch ein kleines Laster.«

»So, das haben Sie also auch schon herausgefunden?«, brummte Vallauri, plötzlich war er missmutig. »Wenn man euch Flics einmal am Hals hat ...«

»Sie haben Fossilien verkauft, die Sie bei den Arbeiten am Staudamm gefunden haben.«

»Die wären sonst im Wasser des Sees untergegangen. Ich habe sie gewissermaßen gerettet.«

»Sie haben auch noch Jahre nach Vollendung der Arbeiten damit gehandelt.«

»Das stammte aber alles noch aus der Zeit der Bauarbeiten. Ich hatte mir einen ordentlichen Vorrat angelegt. Ich bin bei der vorletzten Versteinerung, die ich verkaufen wollte, erwischt worden. Das war mir eine Lehre. Seither mache ich so etwas nicht mehr.«

»Monsieur Martini hat damals im Prozess als Zeuge ausgesagt.«

Vallauri zuckte mit den Achseln. »Es gab noch andere Zeugen.«

»Hegen Sie einen Groll gegen Monsieur Martini?«

»Ach was. Das ist so lange her, und ich bin damals ja bloß zu einer Geldstrafe verurteilt worden. Ich mag den Kerl nicht besonders, der ist mir zu … zu schick, wenn Sie verstehen, was ich meine. Tritt auf wie ein feiner Herr, aber eigentlich ist er das nicht. Und er verdient ganz legal Millionen mit einem Handel, für den Arbeiter wie ich verurteilt worden sind, und das für viel geringere Summen. Sagen Sie mir nicht, dass es so etwas wie Klassenjustiz nicht mehr gibt! Aber Martini kreuzt hier nur selten auf, eigentlich nur dann, wenn er mal wieder vom Professor und seiner Frau ein paar Knochen haben will. Martini geht dabei stets auf den offiziellen Wanderrouten, er wirft keinen Dreck in die Natur, er zündet sich keine Kippe an, *eh bien,* da werde ich auch nicht die alten Geschichten aufwärmen. Wir gehen uns aus dem Weg, wenn wir können. Und wenn wir es nicht können, dann sagen wir ›*Salut*‹. So ist das zwischen uns. Kommen Sie mit? Die Strecke des verrückten Garro führt am anderen Ufer weiter.«

Blanc folgte dem Alten wieder zurück über den Staudamm, er wollte sich sowieso langsam auf den Heimweg machen. Vallauri blieb einmal stehen und beugte sich über das Eisengeländer, das die Dammkante sicherte. Er deutete auf die bogenförmige Mauer. Die Steine waren dunkelbraun geworden durch die ewige Feuchtigkeit über dem See, doch die Fugen dazwischen leuchteten seltsamerweise noch immer in einem hellen Ockerton.

»Makellos«, sagte Vallauri und klang dabei so stolz, als hätte er auch an diesem Werk persönlich mitgebaut. »Kein Stein ist herausgebrochen, keine Fuge ausgekratzt. Im Mittelalter haben die Baumeister Burgtürme so errichtet, und die stehen auch nach achthundert Jahren noch. Genauso wird es mit diesem Damm sein. Émile Zola, den werden die Leute irgendwann vergessen, vielleicht schon bald. Wer liest denn heute noch Bücher? Aber über den Damm seines Vaters werden noch unsere Ururenkel spazieren.«

»Es muss ein gutes Gefühl sein, an einem Bau mitzuarbeiten, der die meisten Kunstwerke überdauern wird«, antwortete Blanc, durchaus mit einem Anflug von Neid. Seine Ermittlungen hatten eine Halbwertszeit bis zum Prozess. War das Urteil erst einmal gesprochen, wurde die Akte geschlossen, und die zahllosen Stunden an Wissen und Energie, die er und seine Kollegen in die Aufklärung gesteckt hatten, würden für immer im Dämmer verschwinden, zuerst in einem staubigen Archiv und schließlich in einem Aktenschredder.

Vallauri nickte. »Ich war damals vierzehn und ein dummer Junge, aber irgendwie habe ich schon gespürt, dass ich niemals wieder so etwas errichten werde wie den Staudamm von Bimont. Wir haben nicht mehr wie die Alten Stein um Stein gemauert, selbstverständlich nicht. Der Barrage Zola ist nicht einmal halb so hoch wie der Damm von Bimont, in solchen gewaltigen Dimensionen kann man nicht mehr mit Stein und Mörtel arbeiten. Aber wir haben Schweiß und Herzblut in den Beton gegossen, das dürfen Sie mir glauben, *mon Capitaine*! Im Sommer neunundvierzig hat der Mistral getobt, und trotzdem war es heiß wie in der Sahara, aber wir haben wie die Verrückten Segment um Segment gesetzt, damit wir wie versprochen fertig werden! Wir waren ganz bestimmt nicht schlechter als die Arbeiter, die das Werk des alten Zola gemauert haben.«

Sie hatten das Ende des Staudamms erreicht, als Vallauri ein Handy aus einer Tasche seiner Outdoorweste zog. »Ich rufe meinen Enkel an, dass ich nachher zum Kaffee bei ihm bin.«

Blanc blickte ihn erstaunt an. »Ich dachte, Sie haben kein Telefon?! Weder Handy noch Festnetz?«

Vallauri grinste. »Das war auch bis gestern noch so. Aber mein Enkel hat mir sein altes Handy mehr oder weniger aufgezwungen. Er meinte, dass das sicherer ist.«

»Sicherer?«

»Na, weil ich doch ständig an der Sainte-Victoire unterwegs bin. Und so lange hier Leute sterben, sollte ich besser ein Handy dabeihaben, meinte er. *Eh bien,* selber schuld. Jetzt rufe ich ihn an und lade mich bei ihm zum Kaffee ein. Das ist mein erster Anruf auf diesem neumodischen Ding, mal sehen, ob ich das hinkriege.«

»Dann will ich Sie dabei nicht stören.« Blanc schüttelte ihm zum Abschied die Hand und ging langsam zwischen Ginsterbüschen über den Weg, der ihn zum Parkplatz am Rand des Lac de Bimont zurückführte. Unterwegs holte er selbst sein Handy hervor und rief in der *Mairie* von Le Tholonet an. Nach ein paar Minuten hatte er eine Sekretärin am Apparat, die ihm bestätigte, dass zur fraglichen Zeit tatsächlich der Gemeinderat lange getagt hatte und, ja, Monsieur Vallauri war die ganze Zeit im Sitzungssaal gewesen, nur zweimal war er fort gewesen, um sich zu Hause einen Kaffee zu holen, doch, nein, länger als ein paar Minuten hätten diese beiden Abwesenheiten nicht gedauert. Blanc bedankte sich, beendete die Verbindung und starrte auf sein altes Nokia. Vallauri hatte sein Leben lang nie eines gehabt. Da wird Franck Garro durch eine SMS in einen tödlichen Hinterhalt gelockt. Und plötzlich hat Vallauri doch ein Mobiltelefon. Seltsamer Zufall.

Düstere Ostern

Für Blanc glich eine Mordermittlung oft einer Sturmfahrt übers Meer: Er wurde von Gewalten hin und her geschleudert, die stärker waren als er selbst, und ständig rollten ihm Wellen über den Kopf, sodass er kaum noch Luft bekam. Wenn man mal Atem schöpfen wollte, dann musste irgendwann wenigstens für kurze Zeit Stille zwischen den Windböen einziehen. Er hatte mit Paulette abgemacht, dass der Ostersonntag ihre gemeinsame Atempause sein sollte.

Sie hatten ein paar Leute zum Mittagessen eingeladen: Freundinnen, die Paulette schon ewig kannte, Kollegen aus dem Krankenhaus, einige Nachbarn wie Jean-François Riou, ohne den Blancs alter Espace längst in der Schrottpresse gelandet wäre. Fabienne donnerte mit ihrer roten Ducati vor das Haus, ihre Frau Roxane Chelle saß auf dem Sozius, sie wirkten mit ihren schwarz verspiegelten Integralhelmen und dunklen Lederkombinationen wie Kriegerinnen aus einem Computerspiel. Marius folgte ihnen nur ein paar Augenblicke später. Er eilte um das Auto herum und öffnete seiner Lebensgefährtin Soumia Ouchène, die er ausgerechnet während seiner Corona-Quarantäne kennengelernt hatte, galant die Beifahrertür, als wäre sein alter Fiat ein Rolls Royce und sie eine Prinzessin.

Riou kam zu Fuß, wie immer ohne seine Frau, mit der er, wie Blanc vermutete, schon seit Jahren so wenig wie möglich sprach. Er brachte zwei Flaschen eisgekühlten Weißwein von

Bernard mit, dem Weingut, dessen Reben versteckt auf einer großen Waldlichtung nur ein paar Hundert Schritte hinter Blancs alter Ölmühle gediehen.

»Weißwein ist für Fische und für Frauen«, spottete Marius gutmütig.

»Und deshalb nichts für dich.« Samia Ouchène nahm Riou die Flaschen lächelnd ab und trug sie Richtung Küche. Sie war etwa fünfzig Jahre alt, trug Kopftuch und ein langes Kleid in einer schwer beschreibbaren Farbe, die irgendwie konservativ wirkte. Sie hatte im ersten Moment auf Blanc wie eine jener Maghrebinerinnen gewirkt, die im Supermarkt still ihre Einkäufe erledigten oder stumm und nahezu unsichtbar in den Villen der Wohlhabenden putzten. Doch rasch hatte er erkannt, dass sie ziemlich selbstbewusst war und Marius gut im Griff hatte. Er folgte ihr in die Küche und räumte im Kühlschrank ein paar Vorräte um, bis sie Platz für den Wein gefunden hatten.

»Ich stelle ein paar Wasserkaraffen auf den Tisch«, sagte er.

»Marius ist seit genau einhundertfünfzig Tagen trocken«, erwiderte sie stolz.

Blanc überschlug das rasch im Kopf. Fünf Monate. Kein Tropfen mehr seit ihrem Abenteuer in Arles. »Sie sind eine Heldin.«

»Wir duzen uns, bitte. Wir sind ja beide seine Leibwächter.« Sie grinste ihn verschwörerisch an und wirkte dabei wie ein junges Mädchen. Marius, fand Blanc, hatte endlich einmal Glück gehabt.

Für Paulette und Blanc war dieses Essen ebenfalls die Gelegenheit, ihre Beziehung gewissermaßen offiziell zu machen. Blanc konnte dabei nicht verhindern, dass er etwas verlegen war, fehlte nur noch, dass er sich so nervös aufführte wie einst, als er seine erste Freundin den Eltern vorgestellt hatte.

Absurd. Denn die Gäste waren höflich und taten so, als wären die beiden schon immer ein Paar, zumindest gab sich niemand überrascht, und vielleicht hatten die meisten von ihnen das ja tatsächlich kommen sehen. Marius zwinkerte ihm zu, verzichtete aber dankenswerterweise auf jede Bemerkung. Nur Fabienne beugte sich einmal zu ihm und flüsterte: »Ich habe eine Wette gewonnen. Roxane hatte darauf gesetzt, dass Du es nicht fertigbringst, deine Nachbarin zu verführen.«

»Danke, dass du mir mehr zugetraut hast.«

»Wir haben nur um einen Euro gewettet. Ich wollte nicht zu viel riskieren.« Sie stieß ihn freundschaftlich in die Seite.

Sie hatten einen langen Holztisch und zwei Bänke vor die alte Ölmühle gestellt. Die großen Steine der Mauern leuchteten im Sonnenlicht gelbbraun und waren warm, doch die vier Platanen vor dem Haus legten ihren kühlenden Schatten über die Tafel. Wenn Blanc die wenigen Schritte vom Tisch zum Eingang durch den Garten ging, sprangen braune Grashüpfer vor seinen Schuhspitzen hoch, schwirrten in Kapriolen durch die Luft und ließen sich in einer Art kontrollierter Bruchlandung irgendwo im Gesträuch fallen. Zuerst lag der Geruch von Süßwasser in der Luft, der aus der Touloubre aufstieg. Doch wurde er bald von einem angenehmeren Duft verdrängt: *Gigot,* gegrillte Hammelkeule.

Paulette hatte ihm erklärt, dass es keinen typischen Osterbrauch in der Provence gab, außer dem, dass dieser Feiertag wie jeder andere Feiertag Anlass für ein Festessen war. Also tischten sie neben den Keulen auch Lammschulter auf und harte korsische Wurst, dazu Salat und Gemüse sowie, selbstverständlich, gekochte Eier. Wein gab es auch, doch Soumia Ouchène und Blanc achteten darauf, dass ein Weinglas weniger auf dem Tisch stand, als es Gäste gab.

Marius schien das nicht einmal zu bemerken und rieb sich behaglich über den Bauch. »Mein Vater war Bauer«, erzählte er, »und meine Brüder und ich wurden von ihm jeden Ostersonntag ins Dorf geschickt, um den wenigen Nachbarn, die keine eigenen Hühner im Garten hielten, ein paar Eier vorbeizubringen. Ich wollte immer besonders viele Geschenke machen und habe meinen Korb randvoll gepackt. Genau genommen mehr als randvoll. Zerbrochene Eier haben meinen Weg gepflastert. Zumindest die Dorfhunde haben sich gefreut.«

»Ich habe als Kind mal ein Osterei mit dem Porträt meines Kunstlehrers bemalt«, sagte Roxane. »Meine Klassenkameraden haben gelacht und ihn ›Eierkopf‹ genannt, aber er fand das so gut, dass er das Ei nicht essen wollte. Einfach so aufbewahren konnte er es aber auch nicht, denn dann hätte es ja irgendwann gestunken. Also hat er das Osterei mit Kunstharz übergossen, um es zu konservieren. Möchte wissen, ob es wohl heute noch auf seinem Schreibtisch steht.«

Zum Dessert hatten Fabienne und Roxane *Îles Flottantes* mitgebracht: kleine Brocken weißen, gezuckerten Eischnees, die in einer gelben, nach Vanille duftenden *Crème Anglaise* trieben.

»Und ich dachte, du kennst dich nur mit Computern aus!«, rief Blanc bewundernd.

»Wir haben uns auf YouTube angesehen, wie man es macht. Nach nur drei Stunden hatten wir den Bogen raus. Das heißt: Roxane hatte den Bogen raus. Sie ist die Künstlerin. Ich kann nur Computer und Motorrad.«

Als Blanc schon dabei war, den Espresso aufzubrühen, blickte er zuerst erstaunt, dann leicht beunruhigt aus dem Küchenfenster, weil er das nur zu vertraute asthmatische Rattern eines alten Dieselmotors vernahm. Ein verbeulter weißer Lastwagen bog von der Route Départementale zu seinem Haus ab und parkte unter den Platanen.

»*Putain*«, sagte Marius, der neben ihn getreten war, »du fängst doch nicht etwa an Ostern mit Bauarbeiten an? Was ist denn diesmal kaputt?«

»Keine Ahnung«, gestand Blanc. Häuser waren wie Männer, und alte Häuser waren wie alte Männer: Sie mussten ständig zum Arzt. Doch er konnte sich nicht erinnern, dass in den letzten Tagen zerbrochene Dachschindeln vom Mistral in die Tiefe geschleudert worden wären oder dass Wasserleitungen tropften, Fenstergläser zersprungen wären oder sich Risse im Mauerwerk aufgetan hätten. Er warf Paulette einen fragenden Blick zu, doch sie hob nur ratlos die Schultern. Blanc überließ ihr die Kaffeemaschine und ging auf Matthieu Fuligni zu, den Bauunternehmer, der ihm über die Monate all die Blessuren der alten Ölmühle geflickt hatte. Fuligni, jung, aber schon kahl, unbesiegbar optimistisch, sprang aus dem Führerhaus und schüttelte ihm die Hand. Seine Rechte war von harter Arbeit und Betonstaub gegerbt und fühlte sich an wie ein Werkzeug.

»Störe ich?«

»Es ist Ostersonntag.«

»Endlich hat man mal Zeit für den Papierkram!«

»Welchen Papierkram?«

»Ihre Rechnung, *mon Capitaine,* erinnern Sie sich nicht mehr? Ich habe den Riss in der Mauer verputzt.« Er senkte vertraulich die Stimme. »Sodass die Herrin des Hauses ihn nicht mehr sieht und sich nicht unnötig Sorgen macht.«

Riss in der Mauer, ein altes Erdbeben … Blanc nickte resigniert, die Erinnerung kam wieder, aber er hatte die zugehörige Rechnung total vergessen. Er wollte die Zahl gar nicht lesen, die auf dem Papier stand, das ihm Fuligni reichte, und stopfte es zusammengefaltet in seine Hosentasche. »Möchten Sie einen Espresso?«

»Da sage ich nicht nein.«

Blanc führte Fuligni zum Tisch und stellte ihn vor. Sobald die Gäste erfuhren, dass sich ein Bauunternehmer zu ihnen gesellte, hatte Fuligni ein Dutzend neuer Freunde. Ungefähr jeder hatte etwas zu reparieren, ungefähr niemand kannte einen zuverlässigen Handwerker. Blanc lauschte mit einem Ohr, wie er Soumia und Marius dabei beriet, wie man in Soumias Haus in Saint César eine Zwischendecke einziehen könnte. Dann war Yvette, eine Freundin von Paulette, an der Reihe, die hinter ihrem Haus eine Terrasse gießen lassen wollte. Sie war so vorausschauend gewesen, zuvor in der Küche die übrig gebliebenen *Îles Flottantes* auf einem Teller zu arrangieren und die Köstlichkeiten vor Fuligni auf den Tisch zu stellen.

»Großartig«, nuschelte der Bauunternehmer zwischen zwei Bissen. Dann stärkte er sich mit einem zweiten Espresso, den Fabienne ihm reichte, bis er endlich erklärte: »Man muss Beton auf jeden Fall gegossen haben, bevor die Außentemperatur dreißig Grad überschreitet, denn sonst trocknet er zu schnell, vor allem bei Mistral. Dann bildet das Material Risse und ist nicht mehr stabil.« Fuligni warf einen theatralischen Blick in den perfekt blauen Himmel. »Dieses Jahr wird es im Mai sicherlich schon richtig heiß werden.«

»Nächsten Monat«, murmelte Yvette und schien im Geiste etwas durchzurechnen. »Monsieur Fuligni, könnten Sie meinem Mann und mir die Terrasse schon vor Anfang Mai gießen? Möglichst bald? Übermorgen schon?«

Fuligni machte ein skeptisches Gesicht, zog jedoch einen Notizblock und einen zerkauten Bleistift aus der Brusttasche seines Hemdes. Er schien nun seinerseits im Geiste Zahlen zu überschlagen.

Paulette beugte sich dicht zu Blanc. »Yvettes Schwägerin hat sich letztes Jahr eine neue Terrasse anlegen lassen. Nun will auch sie unbedingt im Sommer auf einer neuen Terrasse sitzen, Geld spielt keine Rolle. Ihr Mann ist der Chefarzt der Gastroenterologen in Salon.«

»Fuligni wird Yvettes Terrasse mit Hundert-Euro-Scheinen pflastern.« Blanc grinste. »Im nächsten Leben werde ich Gastroenterologe oder Maurer, dann liegen mir auch die Frauen zu Füßen.«

»Das schaffst du auch so.« Sie küsste ihn auf die Wange.

In diesem Moment vibrierte das alte Nokia. Blanc blickte auf das Display, und schlagartig war seine gute Laune verflogen. Sylvain. Der Maréchal hatte heute Dienst auf der Station. »Was ist los?«

»*Mon Capitaine*, Sie müssen kommen.« Die Stimme des jungen Beamten klang gepresst. »Es hat einen neuen Mordanschlag gegeben.«

»*Merde!* Wer? Wo?«

»Am Lac Zola hat ein Unbekannter auf Hugues Vallauri geschossen. Der alte Mann hat glücklicherweise überlebt. Vielleicht hat er sogar den Täter erkannt.«

Auf dem Barrage Zola stand eine Art kleiner Schuppen aus Blech, grün und weiß lackiert, vom Rost angefressen, fensterlos. Dieser Verschlag war so auf Stahlträger montiert, dass er ungefähr zur Hälfte auf dem Damm stand und mit der anderen Hälfte auf der Seeseite über die Dammkante hinausragte. Ein modernes Stahlrohr und zwei Kabel führten vom Boden des Schuppens die Staudammwand hinunter Richtung Wasser. Vielleicht ist das eine Pumpe, dachte Blanc flüchtig, oder eine Art Messstation. Nun hatte sich der Schuppen in ein Krankenlager verwandelt. Denn das kleine Bauwerk warf den einzigen Schatten auf den geschwungenen Steinbogen des Barrage Zola. Vallauri saß dort auf dem Boden, den Rücken gegen eine Blechwand gelehnt. Seine Outdoorweste hatte ihm jemand ausgezogen und zusammengefaltet als Stützkissen hinter den Kopf geklemmt. Die Weste war blutbesudelt. Sein grünes Flanellhemd war über der linken Schulter aufgerissen, darunter leuchtete ein frisch angelegter Verband. Eine junge Gendarmin kniete neben ihm und hielt seinen linken Unterarm, sie schien ihm den Puls zu fühlen. Vallauri war bei Bewusstsein, das Gesicht blass, Schweißperlen glänzten auf der Stirn, der Schmerz hatte tiefe Falten neben seine Mundwinkel gegraben, doch seine Augen waren klar.

Blanc war mit Marius und Fabienne so schnell, wie es der alte Espace erlaubte, bis zum Fuß der Sainte-Victoire gerast. Paulette musste sich um die verblüfften Gäste kümmern. Blanc hatte dabei ständig an Vallauri denken müssen. Während der langen Fahrt hatte er die ganze Zeit das Gefühl, etwas Entscheidendes übersehen zu haben, etwas, das mit dem Bauarbeiter zu tun hatte. Er hatte den irritierenden Eindruck, dass er unbewusst schon das Motiv kannte, warum auf den alten Mann geschossen worden war, ohne dass er ihn oder den Tatort oder irgendwelche Spuren gesehen hatte. Vom Parkplatz am Damm von Bimont waren sie durch den Wald bis zum Lac Zola gelaufen. Doch als sie endlich angekommen waren, gab es nichts zu sehen, das sein beunruhigendes Gefühl hätte erklären können. Ein alter Staudamm, Sonne und Himmel, von Garrigue und Wäldern bewachsene Hügel, die Pyramide der Sainte-Victoire und ein alter Mann, der in seinem Blut lag – wenn sich hier irgendwo Hinweise auf ein Mordmotiv verbargen, dann erfasste sie sein Bewusstsein jedenfalls nicht.

Blanc atmete schwer und blickte die junge Gendarmin fragend an. Er kannte sie schon von früheren Einsätzen her, sie erinnerte ihn an seine Tochter Astrid. »Was ist passiert, Brigadier Solange?«

»Der Mann ist niedergeschossen worden«, erwiderte sie. Brigadier Solange war noch sehr jung, aber dafür, dass sie die Hände voller Blut hatte, wirkte sie erstaunlich gefasst. »Ich war zufällig mit Brigadier Durand in der Nähe auf Streife. Wir haben einen Schuss gehört. Wir haben den Mann mitten auf dem Damm gefunden und in den Schatten getragen.«

»Der Mademoiselle verdanke ich mein Leben. Sie und ihr Kollege haben den Täter verjagt. Außerdem ist sie eine ziemlich gute Krankenschwester.« Vallauri blickte auf seine verbundene Schulter. Seine Stimme war leise, aber klar.

»Der Krankenwagen wird jeden Moment da sein, Monsieur Vallauri«, versicherte Blanc. Er kniete sich gemeinsam mit Fabienne und Marius neben den Verwundeten.

»Das geht schon. Es tut gar nicht mehr so weh.«

»Die Kugel steckt aber noch in der Schulter«, flüsterte Brigadier Solange.

»D'accord.« Blanc nickte, zugleich rasten seine Gedanken. »Monsieur Vallauri, bewegen Sie sich so wenig wie möglich. Haben Sie gesehen, wer auf Sie geschossen hat?«

»Nein. Der Schuss kam von hinten.« Der alte Mann verzog das Gesicht nun doch zu einer schmerzverzerrten Grimasse. »Eigentlich habe ich nicht mal begriffen, dass es ein Schuss war. Ich habe einen Schlag gespürt, der mich umgehauen hat. Im ersten Augenblick hatte ich gar keine Schmerzen. Ich habe mich nur gefragt, was ich plötzlich auf dem Boden mache. Schlaganfall, habe ich gedacht, jetzt bin ich also dran.« Er unterdrückte ein Stöhnen, was ihm nicht ganz gelang, ein tiefes Seufzen kam über seine Lippen. »Aber dann war Mademoiselle da und hat sich um mich gekümmert. Sie sollten sie befördern, *mon Capitaine.*«

»Keine schlechte Idee.« Blanc blickte Brigadier Solange an. »Haben Sie jemanden gesehen?«

Sie zögerte kurz. »Vielleicht. Ein paar Augenblicke, bevor wir den Schuss gehört haben, haben wir zufällig am gegenüberliegenden Ufer eine Gestalt bemerkt. Wir haben uns jedoch nichts dabei gedacht und sie für eine harmlose Wanderin gehalten. Nach dem Knall aber war sie plötzlich fort.«

»Sind Sie sicher, dass es eine Frau war?«

»Nicht hundertprozentig. Die Person war nicht sehr groß, wir haben, wie gesagt, kaum auf sie geachtet, und sie war zudem halb hinter Büschen verborgen. Brigadier Durand ist immer noch irgendwo drüben und sucht nach ihr. Sie trug irgendwelche Wandersachen, beinahe schon in Tarnfarbe, einen Sonnenhut, Sonnenbrille. Und dazu ein weißes Halstuch. Deshalb habe ich sofort geglaubt, dass es eine Frau sein muss.«

Fabienne sprang hoch. Bevor Blanc etwas sagen konnte, rannte sie schon den Damm entlang auf das gegenüberliegende Ufer zu. Blanc dachte daran, dass dort irgendwo ein Mörder lauern mochte und dass Fabienne nur auf die Hilfe eines einzigen jungen Brigadiers zählen könnte. Er gab Marius ein Zeichen. »Sieh auch nach!«

Marius nickte stumm und machte sich auf den Weg ins Unterholz. Er hatte seine Pistole gezogen.

Blanc wandte sich wieder an den Verletzten. »Monsieur Vallauri, halten Sie noch durch? Was genau ist hier passiert?«

»Das habe ich nur meinem verdammten Handy zu verdanken«, fluchte der alte Mann zwischen zusammengepressten Lippen.

Blanc lief ein Schauder über den Rücken. »Sie haben eine Nachricht erhalten?«, riet er.

»Eine SMS. So heißt das doch, oder? Die erste SMS, die ich

in meinem Leben bekommen habe. Wäre beinahe auch die letzte geworden.«

»Wo ist Ihr Handy?«

»In der Weste.«

Brigadier Solange hob behutsam seinen Kopf an, zog die Weste hervor und hatte mit geübtem Griff den Apparat rasch ertastet und hervorgezogen. Sie reichte ihn Blanc.

»Sie haben Ihr Handy nicht gesperrt, Monsieur Vallauri.«

»So? Kann man ein Handy denn absperren?«

Blanc erwiderte nichts und las die SMS, die um exakt 10.00 Uhr empfangen worden war: *Lieber Monsieur Vallauri, ich möchte für meinen Abschlussbericht gerne noch einmal mit Ihnen sprechen. Vielleicht verwende ich ja doch Ihre Fotos. Wollen wir uns heute treffen? Auf dem Staudamm von Bimont um zwölf Uhr? Ihre Samia Zerfaoui.*

»Waren Sie nicht überrascht von dieser Nachricht?«

»Das auch. Aber vor allem war ich gestresst, weil ich eine Antwort tippen musste.« Der alte Bauarbeiter verzog die Lippen zu einem schmerzverzerrten Grinsen. »Das hat eine Ewigkeit gedauert mit meinen dicken Fingern … Ich kapiere nicht, warum die Leute nicht einfach anrufen, wenn sie schon so einen Apparat haben.«

Vallauri hatte tatsächlich dreiundzwanzig Minuten für eine einzige dürre Antwortzeile gebraucht: *Mittags bin ich auf dem Barrage Zola.* Die Reaktion kam nur zwei Minuten später: *D'accord. Ich treffe Sie dann also dort. SZ.*

Die beiden Textnachrichten waren allerdings nicht von Samia Zerfaouis Handy gesendet worden, sondern von einer Nummer, die Blanc inzwischen auswendig kannte: der von Roland Dallest.

Fabienne kam atemlos zurück. »Wir haben niemanden gefunden. Marius und der Brigadier suchen weiter. Wir brauchen schnellstens Kriminaltechniker. Vielleicht liegt da noch eine Patronenhülse irgendwo unter den Büschen.«

»Wir brauchen die Kriminaltechniker auch noch für etwas anderes.« Blanc zeigte ihr die Textnachrichten auf Vallauris Handy. »Ich habe zwar keine große Hoffnung, aber vielleicht ist der Apparat von Roland Dallest ja doch noch nicht wieder ausgeschaltet worden und wir können ihn orten.«

»Ich kümmere mich darum.« Fabienne zog ihr iPhone hervor und rief in der Zentrale an.

Blanc beugte sich wieder zu dem Verwundeten. Der alte Mann war inzwischen noch blasser geworden, hatte die Augen geschlossen und schwitzte. Wo blieb dieser verdammte Krankenwagen bloß? »Monsieur Vallauri? Hören Sie mich? Wer konnte wissen, dass Sie seit zwei Tagen ein Handy haben?«

»Alle«, keuchte Vallauri, ohne die Augen zu öffnen. »Ich war genauso stolz auf mein Handy wie jeder dieser Halbstarken. Ich habe alle Telefonnummern, die ich mir irgendwo aufgeschrieben habe, ins Handy eingegeben. Das heißt, mein Enkel hat sie für mich eingetippt. Und dann haben wir allen meine Handynummer geschickt. Natürlich auch Madame Zerfaoui.«

»Es hat aber jemand unter einer ganz anderen Nummer diese SMS geschickt.«

»So?« Nun gelang es Vallauri doch, die Augenlider zu heben und ihn erstaunt anzublicken. »Das ist mir gar nicht aufgefallen. Wer denn?«

»Roland Dallest.«

»Aber an dessen Nummer habe ich garantiert nichts geschickt. Der ist doch …« Vallauri schwieg.

Blanc sah nach, an welche Kontakte der alte Arbeiter seine Telefonnummer weitergegeben hatte. Viele sagten ihm nichts, vielleicht Verwandte, Nachbarn, Freunde, Ratsmitglieder aus Le Tholonet. Ein paar Beamte würden sich darum kümmern müssen. Nur drei Namen kannte er. Die von Samia Zerfaoui. Von Christian Dallest. Und von Marjorie Dallest.

»Ist Ihnen noch etwas aufgefallen, nachdem Sie diese SMS erhalten haben?«

Vallauri schüttelte den Kopf und verzog dann vor Schmerzen wieder das Gesicht. Endlich tauchten am Ende des Staudamms eine Notärztin und zwei Rettungssanitäter mit einer Bahre auf. Blanc winkte sie heran.

»Mir ist nichts aufgefallen«, keuchte der Alte. »Ich war mittags auf dem Damm und habe auf Madame Zerfaoui gewartet. Vielleicht eine oder zwei Minuten, nicht sehr lange jedenfalls. In der ganzen Zeit habe ich niemanden gesehen. Dann kam der Schlag von hinten, und den Rest der Geschichte kennen Sie schon.«

»Sie werden jetzt ins Krankenhaus gebracht, Monsieur Vallauri«, sagte Blanc beruhigend und erhob sich.

Nachdem der Verletzte abtransportiert worden war, gingen Blanc und Fabienne zum gegenüberliegenden Ufer, wo sich Marius mit einem weiß gewandeten Kriminaltechniker unterhielt. Im Näherkommen erkannten sie Ben-Rouijal, der ihnen zunickte und die rechte Hand hob, in der er einen durchsichtigen Plastikbeutel hielt. Eine kleine messingfarbene Patronenhülse glänzte im Sonnenlicht wie ein Schmuckstück.

»Kaliber 9 Millimeter Luger«, erklärte Ben-Rouijal.

Blanc war nicht überrascht. Das Handy von Dallest – die Pistole von Dallest. Zumindest sah alles danach aus. »Haben Sie das Handy orten können?«, fragte er ohne große Hoffnung.

Ben-Rouijal schüttelte den Kopf. »Es war zwischen 9.58 Uhr und 10.29 Uhr am Funkmast südlich der Sainte-Victoire eingeloggt. Danach wurde es wieder ausgeschaltet.«

»*Bon*«, sagte Blanc und blickte Marius und Fabienne an. »Derselbe Modus Operandi wie bei Garros Ermordung: Der Täter schickt mit Roland Dallests Handy eine glaubwürdig aussehende SMS, die das Opfer an einen bestimmten Ort in den Hinterhalt lockt. Dort schießt er sofort. Er spricht das Opfer nicht einmal an, es kommt nicht zu einer persönlichen Abrechnung oder so etwas. Es ist eine kaltblütige Hinrichtung.«

»Ich bin ganz deiner Meinung«, erwiderte Fabienne, »außer, dass du immer noch ›der Täter‹ sagst. ›Die Täterin‹ trifft es eher, denke ich. Brigadier Solange hat eine Frau mit weißem Schal im Unterholz gesehen. Der Gleitschirmflieger hat eine Frau mit weißem Schal nahe am Gipfel gesehen. Und Marjorie Dallest ist eine der wenigen Personen, die überhaupt Vallauris Handynummer kennt. *Alors,* die Sache ist ziemlich klar.«

»Mir ist das überhaupt nicht klar.« Marius schüttelte den Kopf. »Warum hätte Marjorie Dallest zuerst ihren Schwager töten sollen? Weil sie ihn mit ihrem Ehemann verwechselt, den sie loswerden möchte? Das ist zugegebenermaßen möglich, aber denkt an den Saurierzahn: Der Mörder ist Roland Dallest sehr nahe gekommen. Und selbst auf nur wenige Zentimeter Distanz soll Marjorie Dallest noch Mann und Schwager verwechselt haben? Zumal sie doch wusste, dass ihr Mann dem Bruder einen Saurierzahn geschenkt hat? Schwer zu glauben ... Und im Priorat oben auf der Sainte-Victoire war Marjorie Dallest mit Péchenard verabredet, was der auch bestätigt hat. Also müsste Péchenard ihr Mittäter sein. Aber warum? Péchenard kannte Garro gar nicht. Und Marjorie Dallest fand den Kerl vielleicht lästig – aber ist das ein Mordmotiv? Und nun Vallauri? Warum um alles in der Welt hätte sie ihn in einen Hinterhalt locken und skrupellos niederschießen sollen? Im Gegenteil: Saurierforschung ist, nach allem, was wir wissen, die große Leidenschaft von Marjorie Dallest, der alte Bauarbeiter ist seit Jahren ein treuer Helfer dabei. Sie hat überhaupt keinen Grund, ihm etwas anzutun. Die drei Anschläge haben sicherlich etwas miteinander zu tun, aber ich bin nicht so sicher, dass Marjorie Dallest der Schlüssel zu diesem Geheimnis ist.«

Blanc atmete tief durch und starrte auf die Sainte-Victoire. Von dort, wo er stand, ragte ihr Gipfel nur eine Handbreit über die Linie dichter Kiefernwipfel, eine graue Haiflosse, die grüne Wogen zerteilt. Er fragte sich, was dieser Gipfel alles schon gesehen hatte. Dann schalt er sich selbst einen Narren. Graue Haiflosse, grüne Wogen und ein Gipfel, der alles sieht. Zu viel Natur machte ihn sentimental, das war sicher ein Erbe seiner Pariser Jahre. Doch die Lösung dieses Falls lag nicht in der Natur, sondern wie immer in den Seelen der Menschen. »Wir müssen uns alle Personen vornehmen, an die Vallauri seine Handynummer geschickt hat«, verkündete er. »Aber natürlich werden wir zwei Frauen ganz besonders intensiv befragen: Marjorie Dallest. Und Samia Zerfaoui.«

»Wenn Samia Zerfaoui es getan hätte, dann hätte sie garantiert nicht ihren eigenen Namen unter die SMS gesetzt«, erwiderte Fabienne.

»Die SMS, die Garro in die tödliche Falle gelockt hat, kam angeblich von Marjorie Dallest«, erinnerte sie Blanc.

»Vielleicht sind beide Frauen unschuldig«, brummte Marius. »Auch Christian Dallest kannte Vallauris Nummer.«

»D'accord.« Blanc nahm sein Handy, um das Ehepaar Dallest anzurufen, weil er sie zur Befragung vorladen wollte. Doch weder unter der Festnetznummer noch unter einer ihrer beiden Mobilnummern erreichte er jemanden. Also meldete er sich in Gadet auf der Gendarmerie-Station und befahl Sylvain,

mit ein paar Kollegen zum Haus der Paläontologen zu fahren und die beiden mitzunehmen. »Falls Sie die Dallests finden«, setzte er hinzu. »Wenn nicht, fragen Sie Assistenten, Studenten, die Nachbarn – irgendjemand wird vielleicht wissen, wo die beiden sind.« Dann fiel ihm erst wieder ein, dass Ostern war. Normale Menschen fuhren ins Grüne, besuchten Freunde, picknickten am Strand, was auch immer. Christian und Marjorie Dallest mochten irgendwo sein, wer weiß, wie lange Sylvain brauchte, um sie aufzustöbern. Bei Samia Zerfaoui hatte er mehr Glück – sie ging fast sofort ans Handy und war nur ein paar Kilometer entfernt. Wie es aussah, arbeitete sie auch am Feiertag.

»Ich komme gerade aus einem Meeting mit den Vertretern der Société du Canal de Provence.«

»An Ostern?«

»Nach dem Meeting gab es einen Cocktail. Man kann Arbeit und Freizeit verbinden, *mon Capitaine.*«

»Sie sind noch im Schloss?«

»Im Park davor.«

»Wir sind in einer Viertelstunde bei Ihnen.« Blanc verriet ihr nicht, was vorgefallen war, sagte ihr bloß, dass zwei Kollegen und er sie dort treffen würden, »um noch ein paar Fragen zu klären«.

Sie fanden die junge Ingenieurin auf einer Parkbank neben einer Bouleflâche außerhalb des Schlossplatzes. Sie balancierte ein Notebook auf den Knien. Als sie Blanc, Marius und Fabienne erblickte, legte sie den Rechner beiseite und erhob sich. Sie wirkte neugierig, vielleicht auch nervös – kein Wunder, wenn einen die Flics an einem Feiertag sprechen wollten.

»Es tut mir leid, dass ich Ihnen nicht das Schloss zeigen kann, aber sobald man als Besucher sein Anliegen erledigt hat, muss man das Gelände verlassen. Die Verantwortlichen der SCP sind in Sicherheitsfragen unbestechlich«, begrüßte sie Blanc und die Kollegen. »Und frohe Ostern übrigens.«

»So froh sind diese Ostern leider nicht.« Blanc erklärte ihr, was vorgefallen war. Sie setzten sich auf die Bank. Hinter ihnen hatten die Platanen einen dichten Schattenteppich auf den Park gelegt, doch irgendwie hatte die Sonne das Schloss dahinter erfasst, das so hell leuchtete und deshalb wirkte, als wäre es durch einen Zaubertrick größer geworden. Auch die Felswand des Massivs hinter dem Schloss schien zu glühen. Von dort, wo sie saßen, war der Gipfel der Sainte-Victoire zwar hinter Dächern und Baumwipfeln nicht zu erkennen, doch Blanc meinte, seine Wucht zu spüren, wie eine gigantische Welle aus Stein, die sich über Le Tholonet aufbaute.

Samia Zerfaoui schlug die Hand vor den Mund, und sie wurde blass, als Blanc ihr den Text der beiden Kurznachrichten vorlas. »Das habe ich nicht geschrieben«, stammelte sie. »So etwas würde ich nie tun! Außerdem arbeite ich doch gar nicht am Barrage Zola, da bin ich so gut wie nie.«

»Der Täter interessiert sich überhaupt nicht für den alten Staudamm, sondern war dort, weil Monsieur Vallauri zufällig auf dem Damm gewartet hat«, erwiderte Fabienne mit einer gewissen Schärfe in der Stimme.

Blanc warf ihr einen erstaunten Blick zu. Was er bei Samia Zerfaoui für die gewissermaßen natürliche Nervosität von jemandem gehalten hatte, der von Gendarmen befragt wird, kam Fabienne offenbar wie ein verdächtiges Verhalten vor.

»Wann haben Sie Monsieur Vallauri zuletzt getroffen?«, setzte Fabienne nach.

Die Ingenieurin überlegte ein paar Sekunden lang, bevor sie antwortete. »Ich erinnere mich nicht mehr genau. Jedenfalls war das vor Rolands Ermordung. Wie gesagt: Ich halte es nicht für nötig, die Fotos des alten Herren zu verwenden.«

Ein Renault Zoe der SCP fuhr an ihnen vorbei. Der Elektrowagen gab eine Art Raumschiffsummen von sich. Marius wartete, bis dieser Klang verhallt war, bevor er die Befragung fortführte. »Wussten Sie, dass sich Vallauri ein Handy zugelegt hat?«

»Ja. Oder besser gesagt: Ich weiß, dass er jetzt eine Nummer hat.« Samia Zerfaoui holte ihr Handy aus einer Tasche ihrer Weste und zeigte ihnen die Nachricht, die der ehemalige Bauarbeiter an alle seine Kontakte geschickt hatte: *Hugues Vallauri,* gefolgt von der Nummer. »Zuerst habe ich das gar nicht richtig kapiert«, fuhr sie fort, »das war schon sehr lakonisch. Normalerweise schreibt man doch noch ein paar Worte dazu. ›Hier ist meine neue Nummer‹ oder so etwas. Aber dann habe ich verstanden, wie es gemeint war. Das ist wohl eine Frage der Generation. Die Alten tippen halt nicht gerne. Ich glaube, meine Mutter hat mir noch nie eine SMS geschickt, die ruft immer an. Ist ja auch eigentlich schöner so«, setzte sie rasch hinzu.

»Waren Sie nicht ein bisschen verwundert, dass Ihnen Monsieur Vallauri einfach so seine Telefonnummer schickt?«, fragte Fabienne.

Sie zuckte mit den Achseln. »Im Geschäftsleben bekommt man doch dauernd irgendwelche Daten geschickt. Und«, sie zögerte kurz, »privat schicken einem die Leute ja auch ihre Nummern.«

»Haben Sie geantwortet?«, wollte Marius wissen.

»Nein, so wichtig war mir das nicht. Ich bin bis jetzt noch nicht mal dazu gekommen, die Nummer in meine Kontakte zu übernehmen.«

»Wissen Sie, wo Monsieur Vallauri wohnt?«

Sie schüttelte den Kopf. »Irgendwo hier im Ort, aber ich war nie bei ihm.«

Blanc deutete auf das Notebook. »Sie arbeiten immer noch an Ihrem Bericht?«

Samia Zerfaoui nickte. »Das sind wirklich die allerletzten Korrekturen. Gerade habe ich noch einige Details mit dem zuständigen Abteilungsleiter der SCP geklärt. Die arbeite ich jetzt ein.«

»An einem Feiertag?«

»Auch die Gesellschaft möchte den Bericht pünktlich erhalten. Zeit ist Geld, und ab einem gewissen Niveau ist Zeit besonders viel Geld.« Sie deutete lächelnd nach hinten. »Sie sehen ja das Schloss.«

Blanc gab seinen Kollegen ein Zeichen und erhob sich. »Einen schönen Tag noch.«

Samia Zerfaoui deutete auf ihr Notebook. »Ich werde Ostern mit dem Staudamm verbringen.«

Sie verabschiedeten sich von der Ingenieurin und schlenderten durch den Ort. Blanc wollte am Wohnhaus von Vallauri vorbeigehen, um zu sehen, ob dort jemand war. Doch das Haus war verschlossen und wirkte abweisend. Er rief auf der Station an, um ein paar Uniformierte und Kriminaltechniker hierher zu beordern. Auch wenn er nicht wirklich glaubte, dass sie ausgerechnet im Haus des alten Mannes eine Spur des Täters finden würden. Er seufzte. Später musste er noch Vallauris Kinder ausfindig machen, um sie über den Anschlag zu informieren.

Ein paar Schritte weiter erhob sich die kleine Kirche des Ortes auf einer Anhöhe. Sie war hübsch und schlicht und trotz des Ostertages verschlossen. Vor dem Gotteshaus wuchs eine riesige Zypresse, deren Schatten bis auf die Fassade fiel, sodass die Kirche wirkte wie die Scheibe einer Sonnenuhr. Rechts neben der Kirche stand eine Bronzestatue der Muttergottes, wie Blanc sie schon oft in der Provence gesehen hatte: als lächelnde, schwangere junge Frau, die ihre Hände gütig ausbreitet. Fabienne sah auf den gerundeten Leib der Maria und blickte dann schnell fort.

»Verdächtigst du etwa Samia Zerfaoui?«, fragte Blanc. Das kam ziemlich unvermittelt, geradezu plump, aber ihm wollte auf die Schnelle nichts anderes einfallen, um sie auf andere Gedanken zu bringen.

Sie blies die Luft hörbar aus und hob die Schultern. »Ich weiß es nicht. Für meinen Geschmack war sie etwas zu nervös, als wir aufgekreuzt sind. Aber andererseits auch etwas zu cool, als sie vom Anschlag auf Vallauri erfahren hat. Ich meine, der Mann ist über achtzig und wird am helllichten Tag rücklings niedergeschossen! Da ist man doch erschüttert, oder?«

Marius blickte skeptisch drein. »Vallauri ist nicht ihr Großvater. Sie kennt ihn doch kaum. Und wenn ich an ihren letzten Satz vorhin denke, dann glaube ich fast, dass Madame Zerfaoui Staudämme mehr interessieren als ihre Mitmenschen.«

Am frühen Abend waren sie wieder in Gadet. Blanc blickte nachdenklich aus dem Bürofenster. Die Kinder und Enkel waren jetzt bei Vallauri im Krankenhaus von Aix-en-Provence. Die Fensterläden der kleinen *Mairie* gegenüber glänzten kräftig grün. Sie waren aus Rahmenhölzern und Leisten getischlert und, soweit er das erkennen konnte, makellos. Ganz anders als in seiner alten Ölmühle, wo manche Läden aussahen, als hätte mal irgendjemand mit der Faust ordentlich hineingeschlagen, und einige Stellen hoffnungslos verrottet waren. Makellos war auch der hellgelbe Sandstein der Fassade des Rathauses mit den schlichten bogenförmig herausgemeißelten Ornamenten über den Fenstern. Makellos war das mit roten, gebrannten Schindeln gedeckte Dach. Makellos war der winzige Balkon mit dem ulkig dick wirkenden weißen Geländer, der den Fahnenmast trug. Makellos war sogar der blaue Himmel, der sich über dieses ganze Haus wölbte. Eine provenzalische Ansicht wie aus dem Bilderbuch, und es war Ostern, und Paulette war wunderschön und wartete auf ihn, und er saß an einem verschrammten, unaufgeräumten Schreibtisch in einem muffigen Raum, *eh merde*. Das Klingeln des Telefons schreckte ihn auf. Ben-Rouijal.

»Die Ärzte haben die Kugel aus Vallauris Körper entfernt und …«

»Geht es ihm gut?«, unterbrach ihn Blanc.

»Oh, ja, selbstverständlich«, erklärte der Kriminaltechniker, als wäre es selbstverständlich, dass ein Mann in seinem neunten Lebensjahrzehnt einen Pistolenschuss ohne gravierende Folgen überstand.

»Ich bin erleichtert.« Der ehemalige Bauarbeiter mochte nicht länger in Lebensgefahr schweben, aber Blanc vermutete, dass es eine gehörige Zeit dauern würde, bis er wieder durch die Natur unterhalb der Sainte-Victoire schweifen könnte – falls er sich in seinem betagten Alter überhaupt je wieder soweit erholen würde, dass er seine alte Leidenschaft fortführen konnte.

»Nun, jedenfalls haben wir die Kugel aus Aix erhalten und im Labor untersucht«, fuhr Ben-Rouijal fort. »Kein Zweifel, sie ist aus derselben Waffe abgefeuert worden, die auch beim Mord an Garro verwendet worden ist.«

»Ich bin nicht überrascht.«

»Aber es ist doch immer wieder schön, wenn man in seinen Vermutungen bestätigt wird.«

Schön war nicht das Adjektiv, das Blanc in diesem Zusammenhang verwendet hätte, aber er wusste, dass man unten im Labor die Welt gewissermaßen abstrakt wahrnahm: als Universum isolierter Spuren aus Metall, Stoff, menschlichem

Gewebe, digitalen Daten, jede Spur ein Puzzleteil, und alle mussten so zusammengefügt werden, dass sich am Ende ein vollständiges Bild ergab. Es war eine zutiefst befriedigende intellektuelle Leistung, wenn man wieder ein Puzzleteil einfügen konnte, und scheiß drauf, dass dieses Puzzlestück eine Pistolenkugel war, die man aus dem Leib eines Greises herausoperiert hatte. Nachdem er sich bei Ben-Rouijal bedankt und das Gespräch beendet hatte, starrte Blanc auf den Apparat, zögerte kurz und drückte schließlich auf die oberste Kurzwahltaste.

Er musste Aveline auf den neuesten Stand der Ermittlungen bringen.

»Ich hole mir mal einen Kaffee«, brummte Marius und verließ eilig den Raum.

Die Untersuchungsrichterin war in ihrem Haus in Caillouteaux, sie hob nach dem ersten Klingeln ab. »*Mon Capitaine,* Sie rufen vermutlich nicht am Sonntagabend an, um mir frohe Ostern zu wünschen.« Ihre Stimme klang kühl, gelassen, ein wenig rau von den Zigaretten, wie immer.

Fast wie immer ... Blanc glaubte einen Moment, ein leichtes Zittern herauszuhören. Er fragte sich, ob sie die Feiertage mit ihrem Mann verbrachte, mit jemand anderem, allein. »Geht es Ihnen gut, *Madame le Juge*?«

»Ausgezeichnet. Wir erwarten Gäste, jeden Moment müsste der *Traiteur* kommen, der uns das Abendessen liefert.«

»Ich fasse mich kurz.« Schwer zu sagen, ob das die Wahrheit war oder bloß ein Vorwand, um ihn abzuwimmeln. Er berichtete ihr so knapp wie möglich vom Attentat auf Vallauri und ihren Ermittlungen. »Ich hoffe, dass Professor Dallest und seine Frau bald zur Befragung hier sind. Momentan sind die beiden nicht aufzufinden«, schloss er.

Am anderen Ende der Leitung war das Schnippen eines

Feuerzeugs zu hören, ein tiefer Atemzug, fast wie ein Seufzer, dann erst antwortete Aveline: »Viel Glück beim Verhör, *mon Capitaine,* Sie werden es brauchen. Sie haben nicht sehr viel in der Hand. Die beiden Gendarmen glauben nur deshalb, eine Frau nahe am Tatort gesehen zu haben, weil sie einen weißen Schal bemerkt haben wollen. Doch es soll auch Männer geben, die mit weißen Schals herumlaufen. Und egal, ob Frau oder Mann: Die Beamten sind sich nicht sicher, ob diese Person überhaupt etwas mit dem Verbrechen zu tun hat.«

»Brigadier Solange und Brigadier Durand haben eine Gestalt mit einem weißen Schal gesehen. Genau wie der Gleitschirmpilot am Tatort der Ermordung Garros«, beharrte Blanc.

»Drei Zeugen für einen Schal – aber was hat das schon zu bedeuten? Was wollen Sie tun, wenn Madame Dallest aussagt, heute nicht in der Nähe des Barrage Zola gewesen zu sein? Sie können sie ein, zwei Stunden befragen, aber länger nicht. Sie haben nichts in der Hand, das eine Untersuchungshaft rechtfertigen würde, keinen Beweis, kein Indiz, letztlich nicht einmal eine überzeugende Zeugenaussage. Und dabei reden wir noch gar nicht vom Motiv: Warum sollte eine Wissenschaftlerin, die Fossilien erforscht, einen harmlosen Rentner töten wollen?«

»Vielleicht ist Vallauri doch gar nicht so harmlos. Er hat früher illegal mit Fossilien gehandelt.«

»Das ist ein halbes Menschenalter her. Außerdem handelt doch Madame Dallest selbst ganz legal und in großem Maßstab mit versteinerten Saurierknochen. Sollte Vallauri ihre Kreise wirklich stören, hätte sie garantiert Möglichkeiten, darauf anders als mit einer Pistolenkugel in den Rücken zu reagieren.« Aveline schwieg für einen Moment. Blanc meinte, dass sie ihre Hand über die Sprechmuschel gelegt hatte, er glaubte auch, Stimmen im Raum zu hören. Dann war sie wieder da. »Der einzige Grund, warum Sie Madame Dallest und Ihren Mann vorladen können, ist der, dass die beiden zu den mehreren Dutzend Menschen gehören, die Vallauris Telefonnummer kennen und damit theoretisch die Möglichkeit gehabt haben könnten, die zwei Kurzmitteilungen zu senden. Sagen die beiden jedoch aus, dass sie es nicht getan haben, dann müssen Sie sie gleich wieder gehen lassen.«

»Selbst wenn sie kein Alibi haben?«

»Ich bin mir sicher, dass es Millionen Franzosen gibt, die für die Stunde, während der jemand den bedauernswerten Monsieur Vallauri niedergeschossen hat, kein Alibi beibringen könnten.«

»Möchten Sie …«

»Ich muss mich jetzt um das Abendessen kümmern, *mon Capitaine.*« Sie legte auf, ohne seine Antwort abzuwarten.

Blanc fühlte sich wie ein Gefangener. Das Büro war der einzige hässliche Ort in einer schönen Welt, und er kam hier nicht heraus. Er steckte mit den Ermittlungen fest. *Merde,* er wusste nicht einmal, wie es Aveline wirklich ging. Ob sie wirklich Gäste erwartete? Es war Ostern, natürlich erwartete man da Gäste, und nur Idioten verbrachten ihre Zeit bei der Arbeit. Ein Klopfen an der Tür riss ihn aus seinen Grübeleien. Marius trat ein, gefolgt von Sylvain.

»Professor Dallest und seine Frau sind hier«, meldete der junge Gendarm. »Es tut mir leid, dass es so lange gedauert hat, sie zu finden. Sie haben ein Osterpicknick in der Natur gemacht.«

»In der Gegend von Velaux, sie haben es mir gerade gesagt«, ergänzte Marius und grinste dabei vielsagend. »Rate mal, wo.«

»War Péchenard auch da?«

»Nein, Professor Dallest und seine Frau waren allein auf dem Saurierhügel.«

Blanc dachte kurz nach, dann nickte er Sylvain zu. »Bringen Sie den Professor zu uns. Führen Sie Madame Dallest in das Zimmer von Sous-Lieutenant Souillard, sie möchte bitte dort warten. Sagen Sie Sous-Lieutenant Souillard, dass sie zu uns kommen soll. Wir befragen die beiden getrennt, zuerst den Professor, danach seine Frau. Wissen die beiden bereits vom Anschlag auf Vallauri?«

Sylvain wurde rot. »Ich musste ihnen doch sagen, warum ich sie am Ostersonntag zur Befragung mitnehme.«

»Haben Sie auch Einzelheiten verraten, Maréchal, vor allem von den beiden SMS?«

»Nein, *mon Capitaine.*«

»Gut. Dann nehmen wir uns die beiden mal vor.«

Sylvain führte den Professor herein. Ein paar Augenblicke später kam Fabienne in den Raum. Sie nickte Blanc zu, um ihm zu signalisieren, dass Marjorie Dallest in ihrem Büro wartete. Der Paläontologe war blass unter der Sonnenbräune, er wirkte nervös, aber mehr noch erschöpft – als hätte er schon ein langes, zermürbendes Verhör hinter sich, dachte Blanc erstaunt.

»Professor, ich muss Ihnen einige Fragen stellen, nichts als lästige Routine«, begann er nicht ganz wahrheitsgemäß.

»Wie geht es dem alten Hugues?«

»Ein Arzt würde wohl sagen: den Umständen entsprechend.«

»Machen Sie sich um den keine Sorgen, Professor, Vallauri ist ein zäher Kerl. Der überlebt uns noch alle«, versicherte Marius beruhigend.

»Haben Sie in den letzten Tagen eine Nachricht von Monsieur Vallauri erhalten?«, fragte Fabienne.

Dallest blickte sie einen Moment lang verwirrt an, dann lachte er trotz allem kurz auf. »Sie meinen das Telefon? Dass er sich auf seine alten Tage doch noch ein Handy angeschafft hat? Ja, er hat mir eine Nachricht geschickt. Ich wollte ihn eigentlich mal anrufen, einfach so, um wirklich sicher zu sein, dass Hugues drangeht. Aber seine Nachricht kam an, als Martini gerade bei uns auf der Grabung war und mich mal wieder wegen einiger Fossilien bedrängt hat. Und danach, *eh bien,* es gibt halt immer etwas Wichtigeres zu tun.«

Blanc wurde hellhörig. »Monsieur Martini war bei Ihnen, als Sie Vallauris Nachricht empfangen haben? Hat er sie zufällig mitgelesen?«

Christian Dallest hob die Schultern. »Keine Ahnung. Ich war so überrascht, dass Vallauri jetzt ein Handy hat, ich habe das Martini gegenüber erwähnt, er kennt den Alten doch auch. Wir haben beide gelacht. Aber ich weiß nicht, ob Martini wirklich die Nachricht auf dem Display gelesen hat. So wichtig war das ja nun auch nicht.«

Blanc sah das anders, aber das musste er dem Wissenschaftler nicht verraten. »Wann haben Sie Monsieur Vallauri das letzte Mal getroffen?«

»Vor zwei Tagen. Er hat kurz auf der Grabung vorbeigeschaut. Aber er hatte nicht viel Zeit, hat er gesagt.«

»Ist Ihnen etwas Besonderes aufgefallen?«, wollte Marius wissen.

Christian Dallest schüttelte den Kopf. »Nein. Hugues war wie immer. Was sollte mir denn aufgefallen sein?«

»Wirkte Monsieur Vallauri vielleicht unruhiger als sonst?« Fabienne zögerte kurz. »Oder hat er sich gar darüber geäußert, dass er sich bedroht fühlte? Dass er einen Streit gehabt hat? Dass es irgendwelchen Ärger gegeben hat?«

»Im Gegenteil.« Dallest errötete plötzlich. »Verstehen Sie mich bitte nicht falsch«, setzte er hastig hinzu, »aber Hugues schien mir eher erleichtert zu sein. Heiter. Irgendwie befreit.«

»Warum?« Fabienne blickte ihn mit einem gespielt naiven Ausdruck an, dabei konnte sich Blanc denken, dass sie die Antwort schon kannte.

»Na«, Dallest räusperte sich, »weil Garro ihm nun keinen Ärger mehr machen konnte. Nicht, dass er Garro etwas angetan hätte! Aber dieser ... tragische Vorfall hat dem Alten doch eine gewisse Last von den Schultern genommen, wenn Sie verstehen, was ich meine. Hugues kümmert sich halt sehr um die Landschaft hier und die Wanderwege. Jetzt hat er keinen Ärger mehr mit Bauschaum an den Büschen.«

»Sie haben heute auch die Natur genossen«, meinte Blanc kühl, »in Velaux.«

Der Professor atmete tief durch. »Marjorie bedrängt mich schon seit Tagen, mir die kämpfenden Dinosaurier in situ anzusehen – also bevor man die Fossilien aus dem Gestein löst und abtransportiert. Alphonse ist über Ostern nach Hause gefahren, also habe ich nachgegeben. Wir waren ungestört.«

»Was ist nun Ihre Meinung zu dem Fund?« Marius lächelte sein Vertrauen-Sie-mir-ruhig-alles-an-Lächeln.

»Er ist in der Tat ... außergewöhnlich«, erwiderte Dallest, und jeder im Raum merkte, wie schwer es ihm fiel, das zuzugeben. »Es könnte sein, dass ... Nun ja, mit ziemlicher Sicherheit sind es tatsächlich kämpfende Dinosaurier. Absolut einmalig. Ein Fund, den ganze Generationen von Paläontologen untersuchen werden, ohne dass wir vielleicht je alle seine Geheimnisse entschlüsseln können.«

»Ihre Frau sieht das sicherlich genauso«, warf Fabienne ein.

Daraufhin schwieg der Professor sehr lange. Schließlich seufzte er. »Marjorie wird bei der Bergung und der anschließenden Untersuchung mitmachen. Sie hat mir das heute sehr deutlich gesagt. Ich konnte sie nicht umstimmen. Wie auch?«

Er lachte bitter auf. »Jeder Paläontologe auf der Welt würde dabei mitmachen wollen.«

»Sie auch?«, meinte Marius.

»Selbstverständlich. Ich würde Alphonse sofort darum bitten, wenn ich nicht wüsste, dass er mein Angebot zur Mitarbeit höhnisch ablehnen würde.«

»Aber das Angebot Ihrer Frau würde er annehmen? Sie wird also fortan mit Doktor Péchenard zusammenarbeiten?«, fragte Blanc.

»Zumindest vorübergehend.« Jenseits des Fensters hatte die Abenddämmerung einen blauen Schleier über das Rathaus gebreitet. Dort gab es irgendetwas, das so interessant war, dass Dallest unverwandt hinausstarrte. »Natürlich wird Marjorie irgendwann zu mir zurückkehren.«

Blanc fragte sich, wie genau das der Professor wohl meinte und ob ihm selbst jetzt noch nicht klar war, wie es um seine Ehe stand. »Wann sind Sie heute nach Velaux gefahren?«

»Am frühen Nachmittag. Eher haben wir es nicht geschafft.«

Blanc wechselte einen erstaunten Blick mit Marius und Fabienne, bevor er fortfuhr: »Wo haben Sie die Vormittags- und Mittagsstunden verbracht?«

»In unserem Haus in Aix-en-Provence.«

»Mit Ihrer Frau?«, fragte Fabienne.

Dallest schüttelte den Kopf. »Marjorie ist so gegen halb elf oder vielleicht sogar noch etwas früher joggen gegangen. Sie war ungewöhnlich lange fort. Deshalb sind wir ja erst so spät zum Picknick gefahren. Sie war sicherlich nicht vor halb eins zurück. Und dabei war sie nicht einmal richtig außer Atem. Sie ist wirklich gut in Form.« Er lachte freudlos.

»*Merci beaucoup*. Wenn Sie sich bitte noch ein paar Minuten gedulden wollen, Professor.« Blanc erhob sich und gab seinen beiden Kollegen ein Zeichen. Sie gingen aus dem Raum und ließen Dallest zurück, der noch immer ein Detail auf der Rathausfassade studierte, das nur er allein erkennen konnte.

»Marjorie Dallest hat kein Alibi für den Zeitpunkt des Anschlags auf Vallauri!«, flüsterte Fabienne aufgeregt. »Zwei Stunden Jogging, und sie ist nicht einmal außer Atem, dass ich nicht lache! Marjorie Dallest hat das Haus verlassen und Vallauri die fatalen SMS geschickt. Dann ist sie bis zum Lac Zola gefahren, mit dem Auto bist du von Aix aus in weniger als einer Viertelstunde da, heute ist Ostern, es gibt keinen Berufsverkehr. An dem Barrage Zola wartet sie auf Vallauri und schießt ihn nieder, flieht aber, als die beiden Brigadiers zufällig aufkreuzen. Sie eilt zurück und fährt mit ihrem nichts ahnenden Gatten los, um sich während eines guten Essens unter freiem Himmel alte Knochen anzusehen.«

»Sie schießt einen alten Mann nieder und genießt danach einfach so ein idyllisches Osterpicknick?«, fragte Blanc skeptisch. »Glaubst du wirklich, dass sie so abgebrüht ist?«

»Es war ja kein gewöhnlicher Sonntagsausflug. Es ging letztlich um Marjorie Dallests Zukunft, beruflich wie privat. Das musste sie durchziehen. *D'accord,* ich gebe zu, dass ich keine Ahnung habe, warum Marjorie Dallest Vallauri töten wollte, das kriegen wir noch heraus. Aber ich bin sicher, dass sie heute innerhalb von wenigen Stunden zuerst einen alten Mann niedergeschossen und anschließend ihren Ehemann verlassen hat. Diese Frau zieht ihre Pläne eiskalt durch!«

Marius hatte schweigend gelauscht, nun jedoch hob er die Hand. »Professor Dallest hat ebenfalls kein Alibi«, warf er nüchtern ein.

Fabienne starrte ihn verblüfft an. »Er war zu Hause.«

»Das hat er uns gesagt. Aber gibt es dafür Zeugen? Vielleicht war Marjorie Dallest tatsächlich bloß joggen und ist einfach gut in Form. Doch während sie fort ist, greift Christian Dallest zum Handy seines toten Bruders und zieht den Anschlag auf Vallauri durch. Das können wir nicht ausschließen, oder?« Marius blickte sie an.

Blanc schüttelte zögernd den Kopf. »Es bleiben allerdings die gleichen Probleme wie in der Version mit seiner Frau als Täterin: Warum um alles in der Welt hätte der Professor Vallauri töten sollen? Und trauen wir ihm wirklich zu, dass er nach der Tat zum Picknick aufbricht, ohne sich etwas anmerken zu lassen?«

»Wir stecken in der Scheiße«, brummte Marius. »Irgendetwas passt nicht.«

Blanc schlug mit der Hand auf den Tisch. »Es *muss* etwas geben! Drei Mordanschläge, *merde,* irgendetwas haben die Opfer miteinander zu tun!«

»Hören wir uns an, was Madame Dallest uns zu sagen hat«, schlug Marius vor.

Das Erste, was Blanc auffiel, als er in Fabiennes Zimmer ging, war der leuchtend weiße Seidenschal um Marjorie Dallests Hals. Sie schien ihn wirklich jeden Tag zu tragen. Vielleicht war er ihr Markenzeichen, so wie der Indiana-Jones-Hut der Spleen ihres Mannes war. Nachdem sie eingetreten waren und sie begrüßt hatten, blickte sie betont auffällig auf ihre Armbanduhr. »Es ist Ostersonntag«, sagte sie genervt. Nicht aber nervös, fiel Blanc auf, so als müsste sie sich auf unangenehme Fragen gefasst machen. Diese Frau hat nichts mehr zu verbergen, fuhr es ihm durch den Kopf.

In den nächsten Minuten erzählte sie im Wesentlichen die gleiche Geschichte wie ihr Mann: Ja, sie hatte die Telefonnummer von Vallauri erhalten, ja, sie war erstaunt darüber, nein, sie hatte leider noch keine Zeit gehabt, sich bei ihm zu melden. Ja, sie hatte Vallauri vor zwei Tagen zuletzt auf der Grabung gesehen, nein, ihr war nichts Ungewöhnliches an seinem Verhalten aufgefallen. Ja, sie war an diesem Morgen lange gejoggt und anschließend nach Velaux gefahren, nein, was ihr Mann an diesem Vormittag im Haus gemacht hat, das kann sie nicht sagen. »Darf ich jetzt endlich gehen?«

»Haben Sie bitte noch einen Augenblick Geduld, Madame«, bat Blanc. »Wie hat Ihr Mann reagiert, nachdem Sie ihm die kämpfenden Dinosaurier gezeigt und ihm verkündet haben, dass Sie zukünftig mit Doktor Péchenard arbeiten werden?«

»Was hat mein Wechsel denn mit dem Anschlag auf den armen Hugues zu tun?«

»Das lassen Sie mal unsere Sorge sein.«

Sie blickte ihn einen Moment lang verblüfft an, schüttelte dann jedoch unwillig den Kopf. »Christian hat es nicht kapiert«, erklärte sie und klang dabei halb verächtlich, halb resigniert.

»Was hat er nicht kapiert?«, hakte Fabienne nach.

»Dass ich ihn verlassen werde. Ich habe Christian laut und deutlich erklärt, dass ich mit Alphonse ... *Eh bien.* Christian *wollte* mich einfach nicht verstehen. Er hat immer wieder erklärt, dass der Fund einmalig ist und er jetzt, da er ihn auch gesehen hat, versteht, wenn ich daran mitarbeiten möchte, und dass er mir natürlich nicht im Weg stehen wird und dass ich, wenn ich mit den kämpfenden Dinosauriern fertig bin, wieder mit ihm graben werde. Als würde ich bloß kurz eine Art Urlaubsvertretung bei Alphonse machen. Kein Wort davon, dass unsere Ehe am Ende ist.« Sie schüttelte in der Erinnerung an den Nachmittag ungläubig den Kopf. »Ich habe ihm wörtlich gesagt: ›Ich werde mich von dir trennen.‹ Aber er hat einfach so getan, als hätte ich gesagt: ›Ich nehme ein Sabbatical bei meinem Job.‹ So als ginge es allein um meine Stelle. Und er hat mir versprochen, dass ich später wieder bei ihm arbeiten kann. *Mon Dieu,* ich muss ausziehen, damit der Kerl versteht, dass ich es ernst meine!«

»Werden Sie denn ausziehen?«, wollte Marius wissen.

»Noch heute Abend. Genauer gesagt: Ich kehre gar nicht mehr ins Haus zurück. Ich lasse meine Sachen holen irgendwann in den nächsten Tagen, von irgendwem, ich weiß es noch nicht genau.« Sie lachte bitter auf. »Einen Vorteil hatte Ihr Verhör wenigstens. Während ich hier allein im Büro gehockt habe, konnte ich mir den heutigen Tag noch einmal durch den Kopf gehen lassen. Ich muss einen Schnitt machen, jetzt sofort, alles andere ist zwecklos. Ich muss Ihrem jungen Kollegen sogar dankbar sein. Wäre er nicht irgendwann in Velaux aufgekreuzt und hätte uns mitgenommen, hätten wir uns wohl in die Haare gekriegt. Christian war so starrsinnig, dass er mich in den Wahnsinn getrieben hat. Ich hätte ihn erschlagen können!« Sie blickte plötzlich verlegen in die Runde. »Natürlich nur bildlich gesprochen«, versicherte sie rasch.

Aber niemand glaubte ihr das so ganz.

Später beobachtete Blanc vom Fenster aus, wie Christian Dallest zu Sylvain in den Streifenwagen stieg, um sich nach Aix-en-Provence zurückbringen zu lassen. Der Professor hatte zuvor bloß ein paar Minuten lang in Fabiennes Büro unter vier Augen mit seiner Frau gesprochen. Was immer sie ihm erzählt haben mochte, jedenfalls hatte er es akzeptiert, allein nach Hause zu fahren. Sie hatte mit ihrem Handy telefoniert und Blanc dann bloß verkündet: »Ich werde abgeholt.«

Marius trat neben ihn und sah auf die Straße. *»Putain!«*, fluchte er plötzlich und deutete nach unten.

Ein weißer BMW X5 hielt vor der Gendarmerie-Station. Marjorie Dallest kam aus dem Gebäude und ging im Lichtkegel einer Straßenlaterne auf den wartenden Geländewagen zu, dessen Fahrer nicht einmal den Motor abgestellt hatte. Da war Blanc bereits an der Tür. Er rannte den Flur entlang, nahm auf der Treppe zwei Stufen auf einmal nach unten, passierte den verblüfften Diensthabenden der Spätschicht, stürzte ins Freie und stand in der milden Abendluft von Gadet. »Einen Moment noch!«, rief er und hob den Arm.

Die getönte Seitenscheibe an der Fahrerseite glitt lautlos nach unten. »*Mon Capitaine,* haben Sie etwas vergessen?«, fragte Martini amüsiert.

Blanc atmete einmal tief durch. »*Sie* holen Madame Dallest ab?!«

»Ich habe ihr ein Zimmer im Hotel reserviert. Nur für ein paar Tage. Ein Freundschaftsdienst.«

»Eine Investition in die Zukunft?«, fragte Blanc.

Marjorie Dallest saß neben dem Fossilienhändler auf dem Beifahrersitz, starrte aber geradeaus, als wäre Blanc gar nicht da.

»Marjorie und Doktor Péchenard werden ein unschlagbares Team bilden«, erklärte Martini, und das klang nicht länger amüsiert, sondern sehr ernst. »Niemand in Europa wird in Zukunft so viele Funde machen wie die beiden.«

»Haben Sie erfahren, was heute geschehen ist?«

Martini lächelte. »Manchmal hat ein Picknick ungeahnte Folgen.«

»Das meinte ich nicht!«

»Ah«, machte Martini und schnalzte tadelnd mit der Zunge, als hätte Blanc soeben eine Peinlichkeit begangen. »Armer Vallauri. Marjorie hat es mir am Telefon gesagt.«

»Haben Sie Vallauris Telefonnummer?«

Martini sah ihn an. »Warum sollte ich die haben?«

»Professor Dallest hat sie Ihnen vor zwei Tagen gezeigt, als Sie bei ihm auf der Grabung waren.«

»Man kann sich nicht jede Nummer merken, *mon Capitaine. Bonsoir.*« Die schwarze Seitenscheibe glitt lautlos hoch, und beinahe genauso lautlos rollte der schwere Wagen die Straße hinunter, bis er in der Dunkelheit verschwand.

Blanc saß mit Paulette bei einem späten Abendessen in der Küche, denn gegen Mitternacht wurde die Luft doch kühler und erinnerte sie daran, dass der Sommer noch auf seinen Auftritt warten musste. Die Möbel schimmerten honiggelb. Er hatte sie erst vor ein paar Monaten tischlern lassen, nachdem ein Schrank der vorherigen Küche aus Altersschwäche kollabiert war. Sie genossen das, was vom Mittagessen übrig geblieben war, mehr als genug, sie würden auch noch morgen etwas davon haben. Der Wind rüttelte leise am Fensterladen, als wollte er sich ins Haus schleichen. Paulette ließ den Rotwein im Glas kreisen und lauschte ihm schweigend, während er berichtete, warum Marius, Fabienne und er das Osterfest verlassen mussten. Blanc hatte die Lampe ausgeschaltet und stattdessen drei Kerzen angezündet. Das war romantischer, und wenn er ehrlich war, so zog er es vor, sein Gesicht im Halbdunkel zu belassen, denn er wollte nicht durchschaut werden. Und das spärliche Licht passte sowieso besser zu seiner düsteren Stimmung.

»Das ist aber nicht alles«, stellte sie fest, nachdem er geendet hatte. »Dich belastet noch mehr, schon seit einigen Tagen.«

»Wie meinst du das?« Blanc war überrascht und spürte im selben Augenblick doch auch, dass er endlich vieles erklären musste. Es reichte nicht, sich im Schatten hinter dem Kerzenschimmer verstecken zu wollen. Nicht bei Paulette.

»Der Fall bedrückt dich. Ich merke das. Natürlich denkst du an die Opfer und die Hinterbliebenen«, fuhr sie so rasch fort, dass er keine Einwände erheben konnte, »aber das bewegt dich schließlich immer. Diesmal sind deine Sorgen ... vielleicht nicht größer als sonst. Aber *anders*. Was ist mit dir los?«

Blanc wusste, dass er sich in diesem Moment entscheiden musste. Er konnte lügen – oder die Wahrheit sagen. Er hatte sein ganzes Leben lang, was das anging, immer gelogen. Doch plötzlich spürte er, dass es nicht gut war, nicht gut für Paulette, nicht gut für ihn, wenn er weiterhin log. Er atmete tief durch. »Einen Moment«, flüsterte er und eilte in den Hausflur zur Garderobe. Er fischte etwas aus seiner Jackentasche, kehrte zurück und reichte es ihr.

Einen verbeulten, alten weißen Matchbox-Lastwagen.

Paulette hielt ihn in der Hand und studierte ihn schweigend, als könnte sie irgendeine Botschaft in dem kleinen Spielzeug lesen.

»Der hat meinem Zwillingsbruder gehört«, erklärte er schließlich.

Paulette ergriff seine Hand. Sie wusste sofort, was es bedeutete, als er sagte: *hat gehört*.

»Ich kann mich kaum noch an Philip erinnern«, gestand er zögernd. »Es ist, als hätte ich noch einzelne Szenen im Kopf, aber keinen ganzen Film mehr. Wie wir einmal unter dem Weihnachtsbaum Geschenke ausgepackt haben. Wie wir an einem unglaublich heißen Tag stundenlang eine Sandburg am Strand gebaut haben, die immer wieder von den Wellen überspült wurde. Wie wir an einem Wintertag zur Schule gegangen sind, und ich hatte meine Handschuhe vergessen. Also haben wir uns sein Paar geteilt, er trug den linken Handschuh, ich den rechten, und auf der halben Strecke haben wir gewechselt.«

»Was ist geschehen?«

»Philip wurde überfahren, als er sieben Jahre alt war«, sagte er tonlos. »Wir durften mit unseren Fahrrädern über die Feldwege hinter unserem Haus radeln. Aber auf keinen Fall bis auf die dreispurige Route Nationale, die ganz in der Nähe unserer Wohnsiedlung vorbeiführte.« Blanc versuchte zu lächeln, es gelang ihm jedoch nicht. »Wenn du einem siebenjährigen Jungen sagst, dass er etwas auf keinen Fall tun darf, dann tut er es natürlich erst recht. Wir waren dauernd da, der Straßenbelag war so glatt, und irgendwie mochten wir sogar den Asphaltgestank im Sommer, er roch so ... so erwachsen. Aber an einem Tag hat uns ein Autofahrer übersehen. Vermutlich war er zu schnell. Ich habe den Lufthauch des Wagens gespürt, so nahe war er. Mehr ist mir aber nicht passiert. Doch Philip ... Ich konnte nichts mehr für ihn tun, niemand konnte das. Der Fahrer hat nach dem Zusammenstoß gebremst, bis er stand, aber dann hat er wieder Gas gegeben. Unfallflucht. Man hat ihn nie erwischt. Vielleicht bin ich deshalb Flic geworden ...« Paulette umarmte ihn. Sie schwiegen lange.

»Nach der Beerdigung haben meine Eltern ein gerahmtes Foto von Philip auf die Wohnzimmerkommode gestellt, links und rechts standen Kerzen, es war wie ein Altar«, fuhr er irgendwann leise fort. »Aber sie haben nicht mehr über ihn gesprochen, nie mehr. Niemand hat das getan. Es war, als wäre Philip zu einem Schatten geworden. Immer da, immer stumm. Auf dem Bewerbungsbogen für die Gendarmerie habe ich angegeben, dass ich Einzelkind bin. Das habe ich auch allen Freunden und Kollegen gesagt. Sogar meine Ex-Frau und meine Kinder wissen nicht, dass ich einen Bruder hatte.«

»Wie schrecklich«, murmelte Paulette.

»Über die Jahre habe ich Philip beinahe vergessen. Es gab Zeiten, glückliche Tage, da habe ich wirklich nicht mehr an ihn gedacht. Aber mit diesem verfluchten Fall sind die Erinnerungen zurückgeflutet: ein toter Zwillingsbruder – aber vielleicht hätte es den anderen treffen sollen. Plötzlich fühle ich mich, als hätte damals Gott oder der Teufel oder einfach bloß ein blindes Schicksal *mich* ausgewählt, aber irrtümlich Philip getroffen. Als hätte *ich* gehen sollen, nicht er.«

»Das ist doch nicht deine Schuld«, flüsterte sie.

»Das sagt der Verstand. Doch mit dem Verstand kommt man bei so etwas nicht weit.«

Paulette blieb eine Weile stumm, dann küsste sie ihn sanft auf die Wange. »Wenn das hier vorbei ist, dann machen wir eine Reise.«

»Wohin?«, fragte er erstaunt.

»Nach Norden. Wir werden Blumen auf das Grab deines Bruders legen. Und wir werden ihm sagen, dass wir an ihn denken.«

Der weiße Schal

Ostermontag. Ein weiterer perfekter Frühlingstag. Aus dem Wald wehte Pinienduft, die Vögel begrüßten das frühe Dämmerlicht mit ekstatischem Gesang, über der Touloubre schwebte eine silbrige Wolke aus Eintagsfliegen. Blanc saß mit Paulette auf der Terrasse, hielt eine Tasse dampfenden Espresso in Händen und blinzelte in die Sonne. Zuerst hatte er sich zum Schutz gegen die morgendliche Kühle ein Sweatshirt übergezogen, seine Geliebte hatte eine Wolldecke um die Schultern gelegt. Doch bald schon saßen sie in Jeans und T-Shirt auf den Holzstühlen. Blanc fühlte sich nach dem Geständnis des Vorabends so, als wäre ihm ein unsichtbarer Zementsack von den Schultern genommen worden. Auf dem kleinen runden Tisch stand Philips verbeultes Spielzeugauto. Plötzlich fühlte es sich gut an, den weißen Lastwagen zu betrachten, ihm war, als würde er das Lachen seines Bruders hören.

»Ich muss los«, sagte Paulette irgendwann bedauernd, erhob sich und küsste ihn. Sie hatte Dienst.

Blanc betrachtete den Bambus, der beide Ufer der Touloubre säumte. Manchmal fuhr eine Böe in die Pflanzen, die dann wie ein Vorhang flatterten, ihre schmalen Blätter erinnerten ihn an Federn. Ob Bambus auch schon vor sechzig Millionen Jahren an den sumpfigen Rändern urzeitlicher Flüsse gewuchert war? Waren diese mehr als mannshohen grünen Stengel, so schön und doch so gewöhnlich, älter und zäher als Riesenechsen und auch Menschen?

Er fragte sich, was er tun sollte. Einige Kollegen hatten über den Feiertag Dienst. Sie überprüften jede Person, an die Vallauri seine Telefonnummer geschickt hatte. Für diese Routinearbeit brauchte er Marius und Fabienne nicht – er hatte die beiden mehr oder weniger gezwungen, endlich einen Tag Urlaub zu nehmen. Urlaub … Er fragte sich, ob die Menschen, deren Spuren sie verfolgten, sich diesen Luxus gönnten. Ob Christian Dallest an diesem Morgen allein in seinem Haus aufgewacht war und langsam realisierte, dass seine Ehe in Trümmern lag? Blanc wusste, wie sich das anfühlte. Oder kniete der Professor schon wieder unterhalb der Sainte-Victoire im Staub und kratzte unerschütterlich Fossilien frei? Genossen Marjorie Dallest und Alphonse Péchenard das Frühstück eines Liebespaars nach einer schönen Nacht, so wie er es mit Paulette genießen durfte? Er konnte sich die beiden kaum so vorstellen – eher sah er auch sie auf felsigem Boden knien, gebeugt über die seltsam verdrehten Skelette zweier Dinosaurier, die noch im Todeskampf vereint waren. Ob Ange-Toussaint Martini bei ihnen war? Und was er wohl sah? Hatte das ehemalige Flüchtlingskind aus Algerien bereits die weltbesten Präparatoren kontaktiert; dachte er daran, ein Luxushotel für eine Ausstellung zu mieten; träumte er von der größten Auktion aller Zeiten, in Paris oder New York? Samia Zerfaoui konnte sich Blanc an diesem Morgen an keinem anderen Ort vorstellen als auf dem Staudamm von Bimont, wo sie über den Beton strich und dabei letzte und allerletzte und allerallerletzte Korrekturen an ihrem Bericht vornahm. Korrekturen an einem Text, den ein Mann mitverfasst hatte, der nicht mehr lebte. Hugues Vallauri sah den Sonnenaufgang durch ein Hospitalfenster. Ob er wohl erleichtert war und optimistisch, bald wieder vom Krankenlager aufzustehen? Oder musste ein alter Mann fürchten, dass er, wenn er erst einmal im Krankenhaus lag, niemals wieder gesund werden würde? Seine Gedanken waren schließlich bei Roland Dallest und Franck Garro, und er fragte sich, was diese beiden Männer noch verband, außer dass sie beide einen vorzeitigen, brutalen Tod erlitten hatten. Irgendjemand hatte einen Grund gehabt, die beiden Männer zu töten. Blanc war sicher, dass der Mörder einer jener Menschen war, deren Ostermorgen er sich gerade ausgemalt hatte. Fast alle waren glücklich oder konnten doch zumindest auf eine gute Zukunft hoffen.

Nur Christian Dallest, der Bruder des ersten Opfers, war dabei, sein Glück zu verlieren.

Blanc ging in die Küche und spülte die Espressotassen. Er streichelte Jacques über das Fell. »Bis später«, sagte er.

Er hatte nicht vor, Ostern allein und tatenlos in der Ölmühle zu verbringen.

Auf dem Empfangstresen der Gendarmerie-Station stand ein in goldene Metallfolie gewickelter, grinsender Schokoladenosterhase inmitten eines schreiend grünen Felds aus Kunstrasen.

»*Mon Dieu,* Sylvain!«, rief Blanc. »Wen wollen Sie denn damit erschrecken?«

Der junge Maréchal wurde rot. »Das ist ein Geschenk meiner Verlobten, *mon Capitaine.*«

»Dann sind Sie zu beneiden.« Blanc grinste zwar, meinte es aber ehrlich. Solange man sich kitschige Geschenke machte, war eine Beziehung in Ordnung. Die Probleme begannen, wenn man sich nicht mehr traute, Kitsch zu verschenken, oder wenn man die Geschenke gleich ganz vergaß.

Blanc ging in sein Büro. Es war still. Er öffnete das Fenster weit, so wehte frische Luft herein und auch der Lärm der kleinen Stadt. Die beiden Bars von Gadet waren schon voll; von den Tischchen, mit denen deren Betreiber die Bürgersteige blockierten, drang das Murmeln zahlloser morgendlicher Gespräche zu ihm hoch. Irgendwo hupte jemand. Ein Motorroller knatterte durch die Straße, ein feiner bläulicher Nebel stieg auf, zwei, drei Atemzüge lang stank es nach Zweitaktöl, und Blanc wurde einen Moment lang in jene Zeit zurückkatapultiert, als er helmlos und verwegen mit seinem frisierten Moped über die regennassen Straßen des Nordens gerast war. Er fischte Philips Lastwagen aus der Hosentasche und stellte ihn auf seinen Schreibtisch neben den Monitor. Blanc betrachtete ihn lange. Verbeultes Blech, verbogene Achsen, abgeplatzter weißer Lack.

Weißer Lack.

Weiß …

»Ich bin ein Idiot«, murmelte er und fuhr den Computer hoch. Seine Hände zitterten. Hektisch öffnete er den Browser und klickte herum, bis er endlich eine ganz bestimmte Seite aufgerufen hatte. Franck Garros Blog. Dann riss er den Pappumschlag auf, den Ben-Rouijal auf seinen Schreibtisch gelegt hatte, und holte die Schwarz-Weiß-Fotos hervor, die er neulich am Fuß der Sainte-Victoire geschossen hatte. Er hielt eine Aufnahme neben den Monitor. Er las, was Garro gepostet hatte: »Mal ein anderer Blick auf den alten Damm.« Alles war so deutlich zu sehen, dass ihm schauderte. Es war ein Foto der geschwungenen Rückseite des Staudamms, aufgenommen vom illegalen Weg an der steilen Talflanke, den der Blogger markiert hatte. Auf seiner Website präsentierte Garro sein Bild in leuchtenden Farben: der Staudamm von Bimont als elegant gebogene Barriere, als wäre er das Fragment einer riesigen Schüssel, darüber die dunkelgrün bewachsene Hügellinie, bekrönt von der grauen Klinge der Sainte-Victoire. Das Monument wirkte gar nicht, als wäre es aus Beton, sondern beinahe wie ein altes Mauerwerk. Die Wand war erdfarben, eine Art fahles Ocker, an manchen Stellen beinahe weiß ausgebleicht, andernorts vom Alter oder Wasser eingedunkelt. Er verglich das Bild mit seinem Foto, das er mit seiner alten Leica fast von derselben Stelle aus aufgenommen hatte. Auf ihm gab es keine Illusion: Der Beton sah aus, wie Beton aussehen sollte. Eine mächtige Barriere in allen Schattierungen von Grau. In Schwarz-Weiß waren die Kontraste klarer. Auf beiden Fotos erkannte er mehrere feine Linien, die sich von der oberen Kante bis hinunter zum Talgrund über den Damm zogen. Das Farbbild zeigte sie als dünne graue Striche, man hätte sie für Fugen halten können. Auf seinem Abzug wirkten sie hingegen wie schwarze Rillen. Es waren aber weder Fugen noch Rillen.

Es waren Risse.

Die ganze linke Hälfte des Damms war von einem Geflecht feinster Risse durchzogen. Als er durch die Hügel an der Sainte-Victoire gewandert war, hatte er das nicht bemerkt. Und auch nicht, als er über die Dammkannte gegangen und an den Seiten in die Tiefe geblickt hatte. Zu monumental und makellos wirkte der Bau. Er hatte zwar ein paar Linien gesehen, und ihm war aufgefallen, dass der Staudamm in verschiedenen Abschnitten farblich leicht unterschiedlich war. Doch im echten Leben und so nahe an diesem riesenhaften Bauwerk hatte er das, wie wohl jeder, der am Lac de Bimont entlangging, für jene Illusion des Lichts gehalten, die schon Cézanne verzaubert hatte. Für dasselbe Spiel aus Sonne und Luft, das auch die Sainte-Victoire in zahllose Schattierungen hüllte.

Erst auf den Fotos, die alles abstrakter darstellten, die vor allem als Schwarz-Weiß-Aufnahmen die Welt auf das Wesentliche reduziert wiedergaben, fiel es ihm nun auf. Auf den Bildern sah man dem Staudamm seine beinahe achtzig Jahre an.

Wo man im echten Leben bloß Schatten zu sehen meinte, erkannte man hier feine Spalten, nicht einmal fingerbreit, aber Dutzende Meter lang, wie Risse in einer beschädigten Glasscheibe. Und was in der Natur wie ein Spiel des Sonnenlichts gewirkt hatte, sah auf dem Schwarz-Weiß-Foto aus wie unterschiedliches Material.

Blanc dachte an die hektische Entstehungsgeschichte des Staudamms in einem außerordentlich heißen und trockenen Sommer und erinnerte sich an Vallauris Aussage: *Das war im Sommer neunundvierzig ... Es war über dreißig Grad heiß, der Mistral blies manchmal so stark, dass wir uns am Gerüst festbinden mussten, um nicht in die Tiefe geweht zu werden. Wir standen damals unter Zeitdruck, die Genossen im Betonwerk hatten nämlich eine Zeit lang gestreikt ... Deshalb haben wir im Sommer Überstunden eingelegt, um den Rückstand aufzuholen.* Gestern hatte der Bauunternehmer Fuligni Paulettes Freundin beraten: *Man muss Beton auf jeden Fall gegossen haben, bevor die Außentemperatur dreißig Grad überschreitet, denn sonst trocknet er zu schnell, vor allem bei Mistral. Dann bildet das Material Risse und ist nicht mehr stabil.*

Das war es gewesen, was ihn seither unbewusst beunruhigt hatte.

Schließlich erinnerte er sich an den Tag, als sie mit Samia Zerfaoui auf der wackeligen Treppe bis zum Innern des Staudamms hinuntergestiegen waren. *Dieses Bauwerk wird ewig halten,* hatte sie gesagt. Obwohl sich nur ein paar Zentimeter neben ihnen feine Risse durch den Beton zogen. Obwohl Vallauri, der den Damm einst mitgebaut hatte, von der Hektik und der Hitze damals wusste. Obwohl ihr Partner Roland Dallest, der etliche Jahre Berufserfahrung mehr hatte, für sein Sicherheitsgutachten plötzlich noch einmal dringend mit Vallauri hatte sprechen wollen – und ermordet worden war, bevor es dazu kam.

Das hatte ihn beim Anblick von Philips altem Spielzeuglastwagen beinahe umgehauen: weißer Lack. Weiße Farbe. Weißer Schal. Auch Samia Zerfaoui hatte am Tag von Roland Dallests Ermordung einen weißen Seidenschal getragen! Er aber hatte dieses Detail vergessen, so wie er seinen Bruder hatte vergessen wollen. Denn er hatte auf den Saurierzahn gestarrt und dann auf den Zwillingsbruder. Wie verhext hatte er sich auf den Zwillingsbruder gestürzt, und damit auf die Welt der Fossilien und ihre Intrigen, und damit auf Marjorie Dallest.

Dabei hatte Samia Zerfaoui ein sehr gutes Motiv, um Roland Dallest zu töten. Und Franck Garro.

Und Hugues Vallauri.

Blanc sprang auf, rannte den Flur entlang und stürzte die Treppe hinunter.

»Wo wollen Sie hin?«, rief Sylvain erschrocken.

»Zum Staudamm von Bimont«, antwortete Blanc atemlos und drückte die Tür auf.

»Soll ich Verstärkung rufen?«

Aber da war Blanc schon am Wagen und antwortete nicht mehr.

Der alte grüne Renault Espace war so ungefähr das Gegenteil des neuen, wuchtigen Streifenwagens: ein Auto, auf das niemand Rücksicht nahm. Es war ziemlich viel los, Osterurlauber, Ausflügler, Fahrzeuge mit Schweizer, deutschen und österreichischen Kennzeichen, die Lastwagen der Bauarbeiter, die am Feiertag schwarzarbeiteten. Blanc raste, hupte, gestikulierte, doch es gab Dutzende durchgedrehte Chauffeure wie ihn, die sich alle so aufführten, als wollten sie die Rallye

Monte Carlo gewinnen. Viele Fahrer zeigten ihm den Mittelfinger, niemand machte freiwillig Platz. Er folgte, wie er fand: quälend langsam, der schmalen Route Départementale 19. Zu seiner Rechten beschien die Morgensonne lange Reihen von Weinstöcken in einem flachen Tal, die Blätter glänzten, der Sandboden glühte beinahe orangefarben. Links wölbten sich sanft ansteigende Hügel, auf deren Kamm ein Züchter Volieren erbaut hatte, Drahtkäfige, so riesig wie Lagerhallen. In ihnen wurden Fasane großgezogen, die jeden Herbst bei Beginn der Jagdsaison freigelassen wurden, um sogleich von Waidmännern abgeschossen zu werden. Blanc dachte an Dallest und Garro, die ihrem Mörder genauso ahnungslos in der Natur gegenübergetreten waren, wie es diese Vögel tun würden.

Ihrer Mörderin.

»*Eh merde!*«, rief er und riskierte es, einen Lieferwagen zu überholen. Der Fahrer des rasend schnell entgegenkommenden Opels betätigte nicht einmal mehr die Lichthupe, er ließ das Fernlicht gleich eingeschaltet und gestikulierte wild. Blanc blickte für einen Sekundenbruchteil in ein wutverzerrtes Gesicht, als sich die beiden Autos gefährlich nahe kamen, dann bog er mit quietschenden Reifen wieder in die richtige Spur. Endlich drängte sich Blanc durch den Péage von Coudoux und bog auf die A7 ein. Dort fuhr er auf der linken Spur Vollgas und betete, dass der alte Minivan nicht auseinanderbrach. Hinter Aix-en-Provence ging es wieder auf engen Landstraßen weiter, bis er endlich auf dem Parkplatz neben dem Staudamm von Bimont hielt. Es standen schon ziemlich viele Autos hier, auf den Picknicktischen neben dem Platz machten sich einige Familien über ein frühes Mittagessen her. Ausflügler flanierten über den Kamm des Staudamms. Auf den Hügeln am jenseitigen Ufer führte eine Route Richtung Sainte-Victoire. Blanc sah Wanderer in der Natur, wie Ameisen an der Flanke einer

Pyramide. Mehrere Gleitschirmflieger umkreisten bereits das Gipfelkreuz, sie erinnerten ihn an Geier. Er blickte sich beunruhigt um. Ausgerechnet heute spazierten rund um die Sainte-Victoire so viele Müßiggänger wie durch den Jardin de Luxembourg. Würde nicht einfach sein, Samia Zerfaoui zu finden. Falls sie denn überhaupt hier war. Er machte sich Richtung Staudamm auf und tastete im Gehen nach Handschellen und seiner SIG Sauer – bei Letzterer vergebens. Die Handschellen hatte er dabei, doch die Pistole hatte er heute Morgen gar nicht mitgenommen, sie lag noch im Nachttisch in der Ölmühle. *Eh merde.*

Auf dem Kamm des Staudamms musterte er die Leute: zwei junge Frauen, die am Betongeländer standen und Selfies machten. Eine Familie, Mutter, Vater, drei Kinder, das jüngste noch im Kinderwagen. Eine Gruppe Jogger, die zügig an ihm vorbeieilte, alle in schreiend neonfarbenen Outfits. Das schmale Portal zur Eisentreppe, die an der Flanke des Damms hinunterführte, stand offen. Blanc beugte sich über den Rand und sah in die Tiefe. Niemand. Aber er glaubte, dass ganz unten die Stahltür zum Innern des gewaltigen Bauwerks geöffnet sei. Er stürzte die Treppe hinunter, nahm zwei Stufen auf einmal, wäre beinahe gestolpert. Die Konstruktion zitterte so stark, dass irgendwo Eisenteile laut gegen den Beton schlugen. Jeder, der unten im Damm war, musste das hören. Scheiß drauf. Er atmete schwer, als er endlich den untersten Absatz erreichte. Die Stahltür war tatsächlich nur angelehnt. Er drückte sie langsam eine Handbreit weiter auf. Der Gang dahinter war leer, doch jemand hatte das Licht eingeschaltet. Eine flackernde Neonröhre erhellte den Beton.

»Gendarmerie!«, rief Blanc und stieß die Tür ganz auf. Niemand. Er hätte seine Waffe mitnehmen sollen. Vorsichtig betrat er den Gang. Die Luft war abgestanden und muffig. Er fühlte, wie ein Schweißtropfen ihm eisig über das Rückgrat lief. »Madame Zerfaoui? Capitaine Blanc, Gendarmerie, ich möchte Sie sprechen!« Nichts. Und doch *spürte* er, dass jemand dort war, irgendwo in diesem Staudamm. Seine Kopfhaut kribbelte, sein Magen zog sich zusammen. Weiter. Er erreichte die kleine Kammer mit dem Pendel. Noch immer einen Zehntelmillimeter von der Idealmarke entfernt. Millionen Tonnen Beton und Wasser über ihm – er kam sich vor, als würde eine riesige Faust seine Lunge langsam zusammendrücken. Jenseits der Kammer zweigte ein schmaler Gang ab, der im Dunkeln lag. Ihn hatten sie letztes Mal nicht betreten. Blanc fragte sich, wohin er wohl führen mochte. Vorsichtig ging er näher.

»Madame Zerfaoui?«

Er trat ins Dunkle.

»Madame Zerfaoui? Ich ...«

Die Pistolenkugel war schneller als der Schall, sie traf ihn, bevor er den Knall hörte. Ein Schlag gegen den Kopf, so überraschend, dass er im ersten Augenblick nicht einmal Schmerz spürte, aber wuchtig genug, um ihn von den Füßen zu reißen. Er stürzte schwer und spürte feuchten, etwas krümeligen Beton auf seiner Wange, die ganze Welt schien ihm verdreht zu sein, er konnte nicht mehr klar sehen. Vallauri, fuhr es ihm durch den Kopf, den hatte es ganz genauso umgehauen. Er wollte sich hochkämpfen, doch seine Arme und Beine waren wie aus Gummi, er stöhnte, schloss die Augen und lag dann ganz still da. Ein Schatten über ihm, er spürte ihn eher, als dass er ihn sah. Er spürte einen Tritt gegen die Schulter, so als würde die Person, die über ihm stand, feststellen wollen, ob er sich noch regte. Er hätte sich gern gewehrt, um sich geschlagen, doch er war so benommen, dass er von dem Fußtritt aus dem Bauch- in die Rückenlage geschleudert wurde. Dann verschwand der Schatten im Gang, der zur Treppe führte.

Der Schmerz kam so plötzlich über Blanc, als hätte jemand einen Schalter umgelegt. Blut auf dem Boden, viel Blut. Verwirrt fragte sich Blanc, wieso er noch bei Bewusstsein war, obwohl er einen Kopfschuss abbekommen hatte. Mit den Schmerzen war auch das Gefühl für den Körper zurückgekehrt. Er konnte seine Gliedmaßen wieder bewegen. Er betastete seine linke Schläfe. Die Haare über dem Ohr waren blutverklebt, die Stelle brannte, als hätte jemand ein Bügeleisen daraufgelegt. Streifschuss, dachte er erleichtert, es ist nur ein verdammter Streifschuss. Blanc stützte sich an der Wand ab, kam endlich taumelnd hoch. Der Gang war leer, die Stahltür offen, Sonnenlicht blendete ihn. Er lief schwankend ins Freie. Die Treppe zitterte. Er blickte nach oben, ihn schwindelte einen Moment lang. Als er wieder klar sah, bemerkte er die Gestalt weit über sich, er erkannte nicht viel mehr als ihre Schuhsohlen.

Blanc spürte, wie die Wut ihn packte und ihm neue Kraft schenkte. Er eilte hinauf, so gut es ging. Blut lief ihm über das linke Auge und behinderte seine Sicht. Aber der Schmerz ließ langsam nach und machte einer kristallinen Klarheit Platz. Er hörte jeden Schritt weit über sich, spürte die winzigste Rostblase auf dem Eisengeländer, wenn er es packte, um von einer Treppenflucht zur nächsten die Richtung zu wechseln. Er roch den Duft von Ginster und warmem Süßwasser, der vom Talgrund hochwaberte. Wieder peitschte ein Schuss. Im Freien klang der Knall schwächer, kaum lauter als bei einem Silvesterfeuerwerk für Kinder. Jedenfalls nicht so laut, dass sich ein Wanderer auf dem Damm neugierig über die Brüstung gebeugt und in die Tiefe geschaut hätte. Die Kugel prallte mit einem metallischen Klingen gegen irgendeine Treppenstufe und schlug als Querschläger gegen den Beton. Blanc hatte nicht einmal seine Schritte verlangsamt.

Als er endlich keuchend auf der Dammkante stand, blickte er sich hektisch um. Ein älteres Paar starrte ihn fassungslos an, die Frau schlug die Hand vor den Mund. Blanc konnte sich denken, dass er mit seinem blutigen Kopf und dem rot verschmierten T-Shirt aussah wie eine Figur aus einem Horrorfilm. Er zerrte seinen Dienstausweis aus der Hosentasche. »Gendarmerie! Haben Sie gerade jemanden hier hochkommen sehen?«

Die beiden sahen ihn noch endlose Sekunden lang reglos an, dann nahm sich der Mann endlich zusammen. »Eine Frau ist in diese Richtung gerannt.« Er deutete den Damm entlang auf das jenseitige Ufer, dorthin, wo der Gipfel der Sainte-Victoire in den Himmel ragte.

Und tatsächlich sah Blanc nun, schon einige Hundert Meter entfernt, eine Gestalt, die über den Wanderweg hügelaufwärts rannte. Blonde Haare. Weiß leuchtender Schal. Er fragte sich, warum Samia Zerfaoui nicht den Weg Richtung Parkplatz eingeschlagen hatte, um über die Straßen zu fliehen. Vermutlich glaubte sie, dass dort noch mehr Gendarmen auf sie warteten. Sie wollte zwischen Strauchwerk und Felsen verschwinden. Panik, dachte er, nichts als blinde Panik. Wenn sie noch klar denken könnte, dann wüsste sie, dass man sie früher oder später erwischen würde. *Eh merde.* Niemand war gefährlicher als ein bewaffneter Mensch, der nicht mehr klar denken konnte.

»Rufen Sie die Gendarmerie. Sie sollen Leute zur Sainte-Victoire schicken«, rief er dem Pärchen zu, drehte sich um, ohne ihre Antwort abzuwarten, und rannte über den Staudamm.

Mit jedem Schritt schien die Sainte-Victoire bedrohlich über seinem Kopf zu wachsen. Die Route zum Gipfel zweigte am jenseitigen Ufer vom Hauptwanderweg ab, ein kleines gelbes Schild markierte sie: *Sentier Imoucha*. Blanc eilte nun bergauf und atmete schwerer. Seine Kopfwunde pochte, manchmal schwindelte ihn. Der Boden war felsig und uneben, bald schmerzten Fußgelenke und Knie, er musste aufpassen, dass er nicht umknickte. Überall blühten Immortellen, Sträuße gelber Leuchtfeuer im Dickicht, unsterbliche Strohblume, hoffentlich war er unsterblich, wenigstens an diesem Tag. Er war Samia Zerfaoui nicht näher gekommen. Er sah sie zwischen Ginster und Kiefern, Hunderte Meter vor ihm. Manchmal wurde sie von Sträuchern verborgen, und er fürchtete, dass sie sich ins Unterholz schlagen würde. Doch nach einer Weile wurde ihm bewusst, dass sie sich hier ja nicht besonders gut auskannte. Sobald sie die markierte Route verließ, musste sie fürchten, von Dornengestrüpp aufgehalten zu werden oder plötzlich vor einem Abgrund zu stehen. Solange Blanc durchhielt und nicht zu weit zurückfiel, hatte Samia Zerfaoui keine Wahl: Sie musste nach oben. Der Weg wurde steiler und noch felsiger. Bald wuchsen nur noch wenige Bäume am Rand, verkrüppelte Kiefern und Pinien, die sich aus Spalten gezwängt hatten, zähe, vom Mistral verbogene Bäume, kaum mehr als mannshoch. Ihre Schatten waren winzige dunkle Inseln auf dem grauen Stein, der von der Mittagshitze gebacken wurde. Das niedrige Buschwerk bot weniger Deckung, er konnte die Flüchtende nun gut sehen. Er hatte die meisten Wanderer, die auf dem Weg zum Gipfel waren, längst überholt. Sie waren schreckerfüllt zurückgewichen, sobald sie sein blutiges Antlitz gesehen hatten. Nun kämpften sich Samia Zerfaoui und er alleine die Bergflanke hoch. Der Gipfel der Sainte-Victoire verschluckte bereits den halben Himmel. Er glaubte, ihr endlich näher gekommen zu sein.

Da drehte sie sich plötzlich um, legte an und feuerte.

Blanc warf sich zu Boden und schlug sich die linke Hand an einem spitzen Stein auf. Er stöhnte vor Schmerz, aber rührte sich nicht. Zwei Kugeln zischten über ihn hinweg, er hörte, wie sie dicht neben seinem Kopf gegen Felsen prallten. Er wartete noch ein paar Augenblicke, dann wagte er es, aufzuspringen und weiterzulaufen. Samia Zerfaoui hatte sich da längst wieder umgedreht und eilte bergan. Sie hatte durch die Schüsse wieder einige Meter Vorsprung gewonnen. Doch Blanc sah, dass sie plötzlich hinkte. Vielleicht quälte sie ein Krampf, oder sie hatte sich irgendwo das Fußgelenk umgeknickt. Jedenfalls holte er auf einmal rasch auf. Sie schien mit jedem Meter langsamer zu werden, kletterte über einen Abhang aus Geröll, das letzte Hindernis, das sie vom Gipfelkreuz trennte. Als sie den Sockel erreichte, sah sie sich schwer atmend und hektisch um. Oben auf dem Gipfelgrat war keine Route mehr mit Farbflecken oder Schildern ausgewiesen. Sie hinkte auf die kahlen grauen Klippen zu, deren Kanten lotrecht in den Abgrund stürzten. Vor den Felsen war eine überdachte Aussichtsplattform in den Stein geschraubt worden, eine Art würfelförmiger Käfig aus Stahlträgern, kleiner als das Wartehäuschen einer Bushaltestelle. Hier waren im Sommer Wächter der Feuerwehr stationiert, die im weiten Umland nach Bränden Ausschau hielten. Jetzt war der Verschlag jedoch leer. Samia Zerfaoui schleppte sich dort hinein, sie war am Ende ihrer Kräfte, ihr Gesicht schmerzverzerrt. Sie drehte sich um und starrte ihn aus blutunterlaufenen Augen an. Blanc verlangsamte seine Schritte, blieb schließlich keuchend vor der Plattform stehen. Sie hob die Rechte mit der Pistole. Ihre Hand zitterte. Doch es trennten sie nur noch wenige Meter, sie konnte ihn nicht verfehlen.

»Kommen Sie nicht näher!«

Blanc ignorierte sie. Er ging langsam weiter in den Käfig hinein. »Sie haben keine Chance, Madame.«

»Ich werde Sie töten.«

»Werden Sie nicht. Die Pistole von Dallest hat ein sechsschüssiges Magazin. Eine Kugel für Franck Garro. Eine Kugel für Hugues Vallauri. Und auf mich haben Sie viermal geschossen. Die Waffe nützt Ihnen nichts mehr.« Ein Bluff. Blanc glaubte sich aus den Unterlagen der Kriminaltechniker zu erinnern, dass die Kel-Tec PF-9 sieben Kugeln im Magazin hatte. Doch Samia Zerfaoui zögerte und blickte einen Moment lang die Waffe an, als könnte sie ihr verraten, ob sie noch geladen war. Blanc nutzte diesen Augenblick der Ablenkung und sprang. Er packte ihr Handgelenk. Ein Schuss löste sich. Der Knall war betäubend laut im Stahlkäfig, die Kugel schlug mit einem bösartig klingenden sirrenden Geräusch gegen das Metall, der Querschläger verschwand nach draußen. Blanc warf die junge Frau nieder, sie stöhnte, als sie auf den Gitterboden stürzte. Samia Zerfaoui blieb benommen liegen. Blanc zerrte die Handschellen hervor. Mit einem leisen Klacken schlossen sie sich um ihre Gelenke und einen Stahlträger der Aussichtsplattform.

Blanc wurde schwarz vor Augen.

Er wachte wieder auf, sah sich erschrocken um. Samia Zerfaoui hatte ihre gefesselten Hände ein Stück weit den Stahlträger hochgeschoben, damit sie bequemer sitzen konnte. Sie sah ihn schweigend an. Wie lange war er weggetreten? Bloß einige Sekunden? Etliche Minuten? Er holte sein Handy hervor und alarmierte die Kollegen. Sie würden einige Zeit brauchen, bis sie auf der Sainte-Victoire eingetroffen waren. Er lehnte sich schwer atmend gegen einen anderen Stahlträger und streckte die Beine aus. Er fragte sich, ob er jetzt überhaupt noch genug Kraft hatte, um aufzustehen. Seine Kopfwunde hatte wieder zu bluten begonnen, vielleicht hatte sie auch niemals aufgehört zu bluten; wer weiß, wie viel Blut er schon verloren hatte. Er durfte kein zweites Mal das Bewusstsein verlieren. Er musste mit ihr reden. Er sah die junge Frau wie durch einen roten Schleier.

»Sie sind mir einige Erklärungen schuldig«, keuchte er.

»Ich hatte keine Wahl!«, rief Samia Zerfaoui verzweifelt.

Blanc schüttelte den Kopf, fand in seiner Jeans ein Taschentuch und drückte es sich auf die Wunde. »Diese Ausrede habe ich schon viel zu oft gehört.« Ein Königreich für ein Glas Wasser; seine Kehle fühlte sich an, als hätte er Feuer geschluckt.

»Was wissen Sie schon?«, entgegnete sie, nun leiser, resignierter. Sie schien erst jetzt zu begreifen, dass das Spiel aus war.

»Mehr, als Sie denken.« Blanc blickte die Ingenieurin an: jung, exzellent ausgebildet, brennend ehrgeizig. Gar nicht so viel anders als er selbst vor zwanzig Jahren. Nur wäre er nie über Leichen gegangen, um Erfolg zu haben. Das redete er sich zumindest ein.

»Sie fürchteten das Ergebnis Ihrer eigenen Arbeit«, stellte er fest. »Oder sagen wir es so: Sie fürchteten das Ergebnis der Arbeit Ihres Kollegen.«

»Roland war so wahnsinnig gewissenhaft«, murmelte Samia Zerfaoui. »Wir kamen mit dem Gutachten problemlos voran, sogar besser, als wir uns das gedacht hatten. Eigentlich waren wir schon so gut wie fertig damit. Aber dann hat Roland mit Vallauri geredet. Wir waren unserem Zeitplan voraus, also hat er sich gedacht, es schadet nicht, wenn wir die alten Fotos von ihm in unser Gutachten aufnehmen.« Sie schwieg und starrte einem Gleitschirmflieger hinterher, der auf die Klippe zuraste, im letzten Moment eine Linkskurve flog und dann in einem weiten, eleganten Bogen über den Gipfel rauschte.

Die große Freiheit, dachte Blanc, die Samia Zerfaoui nun auf viele Jahre hin verwehrt sein würde. Aix lag im bläulichen Dunst weit unter ihnen wie eine Fata Morgana, eine Verheißung, wie ein höhnisches Versprechen: Sie würde auch nicht mehr durch die Gassen einer schönen Stadt schlendern, würde sich nicht mehr in Läden umsehen, um extravaganten Schmuck zu kaufen, würde nicht mehr in Cafés gehen, nicht mehr in Kinos, nicht mehr in Clubs, nichts mehr.

Weil sie nicht weiterreden wollte, fuhr er fort: »Vallauri hat aber nicht bloß seine alten Fotos hervorgekramt, er hat Dallest auch von den Bauarbeiten erzählt. Vom Streik im Betonwerk während des heißen Sommers. Von der Arbeit im Rekordtempo. Dallest muss dabei irgendwann begriffen haben, dass man damals die Vorschriften ignoriert hat – und dass der Beton deshalb viel zu schnell ausgehärtet ist.«

»Trotzdem besteht überhaupt keine Gefahr für den Staudamm!«, rief Samia Zerfaoui. Ihre Stimme zitterte auf einmal vor Zorn und vor einem beinahe noch kindlichen Trotz. »Acht Jahrzehnte hält dieser Damm schon dem Wasser stand! Wäre die Materialqualität schlecht gewesen, es wäre längst etwas passiert! Zuerst habe ich gelacht, als Roland mir erzählt hat, dass er die Streikfolgen jenes Sommers in unseren Bericht aufnehmen wollte. So eine alte Geschichte! Doch dann habe ich gemerkt, dass er es ernst meinte: Er wollte seine Zweifel an der Stabilität des Staudamms offiziell zu Protokoll geben. Er wollte in dem Gutachten empfehlen, das komplette Bauwerk gründlich auf seine Stabilität hin zu untersuchen und gegebenenfalls zu verstärken.«

»*Eh bien,* das ist doch nicht schlimm, im Gegenteil: Ihr Ingenieurbüro hätte davon wieder profitiert.«

»Roland hat vorgeschlagen, dafür das Wasser des Stausees abzulassen, damit man den ganzen Damm analysieren kann.«

»Na und?«, meinte Blanc. »Was ist denn daran so schlimm?«

Sie starrte ihn an, als hätte sie einen Idioten vor sich. Dann deutete sie mit ihren gefesselten Händen zum Himmel. »Wir haben April, und es ist jetzt schon warm und trocken! Soll man den Stausee etwa ausgerechnet während des Sommers leeren, wenn es vierzig Grad heiß wird und vielleicht acht Wochen lang kein Regen fällt?! Soll man ausgerechnet dann vierzehn Millionen Kubikmeter Wasser einfach ablassen? Soll man Marseille und Aix-en-Provence auf Monate oder sogar Jahre hin das Wasser kappen? Was soll man den anderthalb Millionen Bürgern sagen? Und den Bauern, deren Felder nicht mehr bewässert werden? Und den Unternehmern? Was hätten wir den Leuten denn verkünden sollen? ›Tut uns leid, wir verwandeln die Provence in die Sahara, weil vor achtzig Jahren ein paar kommunistische Arbeiter in einem Betonwerk gestreikt haben.‹ Man hätte uns davongejagt!«

Blanc nickte nachdenklich. »Das Gutachten zur Stabilität des Staudamms von Bimont bedeutete den Durchbruch für Ihr Ingenieurbüro. Aber wenn Dallest so etwas vorgeschlagen hätte, dann …«

»… wäre das unser letzter Auftrag gewesen, genau. Niemand hätte uns mehr einen Job gegeben. Denn natürlich würde kein Politiker und kein Manager der SCP Rolands Vorschlag ernsthaft in Erwägung ziehen. Es hätte also überhaupt nichts gebracht, das zu erwähnen, niemand wäre diesem Rat gefolgt. Nur wären wir ruiniert gewesen.«

»Und deshalb musste Ihr Kollege sterben.«

Sie schloss die Augen und wirkte auf einmal ungeheuer erschöpft. »Ich wollte das wirklich nicht«, murmelte sie. »Ich wusste, dass Roland sich noch einmal mit Vallauri treffen wollte. Der alte Bauarbeiter sollte den Bericht, den Roland zum Streik und seinen Folgen geschrieben hatte, abzeichnen, um ihn zu beglaubigen. Roland wollte das ganze Gutachten dann noch vor dem Wochenende der SCP übergeben, deshalb wollte er Vallauri unbedingt so bald wie möglich sprechen. Ich hatte die Tage davor schon versucht, ihn davon abzubringen, und auch an diesem Vormittag wieder. Umsonst, er wollte einfach nicht auf mich hören. Wir haben uns die ganze Zeit gestritten. Das war ... Nun, der Streit hat mir wehgetan.«

»Weil Sie *doch* ein Verhältnis mit Dallest hatten«, riet Blanc.

»Nichts weiter als eine kurze Affäre. Ich hatte sie rechtzeitig beendet.«

»Rechtzeitig?«

Samia Zerfaoui sah ihm direkt in die Augen. »Ich will Erfolg haben. Und ich will eine Familie gründen. Eine Frau kann heute alles haben. Mit Roland hätte ich Erfolg gehabt. Aber ich hätte mit ihm keine Familie gründen können.«

»Weil er keine Kinder zeugen konnte.«

»Roland war ein ehrlicher, korrekter Mensch. Er hat es mir bereits nach unserer ersten gemeinsamen Woche gesagt. Ich glaube, er wusste, was ich mir für die Zukunft erhoffe. Und er wusste, was dieses Geständnis für unsere Beziehung bedeuten würde. Ich habe es ihm hoch angerechnet, dass er es mir trotzdem gesagt hat.«

»Das hat Sie dennoch nicht davon abgehalten, ihm ein Fossil ins Herz zu rammen.«

»Bitte seien Sie nicht zynisch. Roland und ich, wir waren wirklich ein gutes Team. Auch nach unserer Affäre. Wenn er bloß nicht so dickköpfig gewesen wäre!«

»Péchenard hat Ihren Streit einmal beobachtet«, ergänzte Blanc.

Samia Zerfaoui blickte ihn einen Moment lang verwirrt an, dann atmete sie tief durch. »Ich habe keine Ahnung, wen Sie meinen. Roland wollte sich jedenfalls nicht davon abbringen lassen, Vallauris Geschichte in den Bericht aufzunehmen. Er ist mittags losgegangen und hat mich einfach stehen gelassen wie ein dummes Schulmädchen. Ich bin ihm hinterhergelaufen. Wir haben uns wieder in die Haare gekriegt. Er hat mich«, sie zögerte, »er hat mich so beschimpft, wie man mich zuletzt als Schülerin beschimpft hat. Roland hat geschrien, dass ich nicht den Mumm habe, so ein unangenehmes Gutachten zu erstellen, weil ich als Frau jedem Streit aus dem Weg gehen will. Weil ich es ... weil ich es wegen meiner Herkunft gewohnt bin, den Mächtigen zu gehorchen. Mich den Männern zu unterwerfen. So hat er das gesagt! Aber das Gegenteil ist wahr! Ich will mich durchsetzen, um meine eigene Herrin zu sein! Ich will mich von niemandem herumschubsen lassen – auch nicht von Roland.«

»Und irgendwann haben Sie zugestochen«, sagte Blanc leise.

»Ich habe gar nicht nachgedacht, ich war so wütend.« Sie hob die gefesselten Hände vors Gesicht, doch sie weinte nicht. »Roland hat diesen Saurierzahn ständig um den Hals getragen. Er war so stolz darauf: das Geschenk seines Bruders! Sein egozentrischer Bruder, den er naiv wie einen Halbgott verehrte, während der sich einen Dreck um Roland kümmerte. Auch das hat mich immer wütend gemacht.«

Blanc nickte. »Sie haben dieses Detail bei unserer ersten Befragung nicht erwähnt, obwohl da noch der Tote mit dem Zahn im Brustkasten nur ein paar Meter neben Ihnen lag. Ich war so verwirrt von diesem verdammten Zahn, dass mir auch später gar nicht aufgefallen ist, dass Sie nie erwähnt haben, dass Roland Dallest das Fossil um den Hals trug, obwohl Sie es doch täglich gesehen haben müssen.«

Sie atmete tief durch. »Ich weiß gar nicht, wie es genau passiert ist. Plötzlich habe ich diesen Zahn gepackt und einfach zugestoßen. Ich hätte nie gedacht, dass ... dass er wirklich wie ein Messer in den Körper eindringt. Ich wollte ihn bloß umstoßen, ihm wehtun, einen Schock versetzen, damit er zur Besinnung kommt. *D'accord,* damit er Angst vor mir hat. Ich wollte ihm Angst machen, um ihn von seinem Plan abzuhalten. Aber ich habe Roland niedergestochen. Mit einem Stein! Ich habe meinen Augen nicht getraut, als er plötzlich vor mir lag. All das Blut ... Aber da war es schon zu spät.«

Blanc blickte Samia Zerfaoui nachdenklich an und schwieg. Bei ihr klang das wie eine spontane Tat, ein Gewaltakt im Affekt ... Die Kriminaltechniker hatten jedoch keinen Fingerabdruck von ihr auf dem Fossil sichergestellt. Er erinnerte sich daran, dass sie am Tattag Arbeitshandschuhe in ihrer Hosentasche gehabt hatte. Blanc glaubte plötzlich, dass sie diese Handschuhe beim Mord getragen hatte – um keine Fingerabdrücke zu hinterlassen. Es war alles andere als eine spontane Tat gewesen. Sie hatte sehr wohl gewusst, was sie mit dem versteinerten Zahn anrichten würde. Womöglich war auch nicht allein das Gutachten ihr Mordmotiv, sondern auch eine schrecklich enttäuschte Liebe. Samia Zerfaoui hatte Roland Dallest geliebt, doch der hatte sie als Mann enttäuscht, wofür er nichts konnte. Und er hatte sie als Geschäftspartner enttäuscht, wofür er in ihren Augen sehr wohl verantwortlich war. Also hatte sie ihn aus verletztem Stolz – aber geplant und kaltblütig getötet. Doch ob man das je beweisen können würde?

»Sie haben die Tasche mit den Unterlagen Ihres Partners mitgenommen. Und seinem Handy. Und seiner Pistole«, erinnerte er sie schließlich.

Sie sah ihn misstrauisch an, sie ahnte wohl plötzlich, was

er wirklich über sie dachte. »Eigentlich wollte ich bloß die Notizen, die sich Roland zu Vallauris Aussage gemacht hatte, vernichten. Den Text des Gutachtens hatten wir im Computer gespeichert, den konnte ich sowieso problemlos ändern. Aber ich musste sichergehen, dass es keinen Hinweis auf die Bauarbeiten der Vierzigerjahre mehr gab. Kein Foto, nichts.«

»Kein Foto, ja«, erwiderte Blanc mit einem Anflug von Sarkasmus. »Vallauri hatte seinerzeit Bilder gemacht – und Garro hat jetzt welche gemacht. Und im Gegensatz zum alten Bauarbeiter hat er sie auch in seinem Blog veröffentlicht, das von Hunderttausenden gelesen wurde. Auch von Ihnen. Sie haben sich mit Garro gestritten, nicht Roland Dallest, wie Sie uns glauben machen wollten. Seine Wanderroute führte im Tal so dicht am Staudamm vorbei, dass jeder die Risse aus nächster Nähe sehen konnte. Denn die unvorschriftsmäßigen Arbeiten von damals haben eben doch Spuren hinterlassen. Jeder kann die dunklen Linien auf dem Beton sehen, aber wer denkt sich schon Böses dabei? Das sind halt Dreck, Verfärbungen, irgendwelche harmlosen Dinge. Man muss den Staudamm schon aus nächster Nähe sehen, um zu erkennen, dass es wirklich Risse sind. Aber kein offizieller Wanderweg kommt dem Damm nahe. Folgt man hingegen Garros Route, hätte man die Risse bemerken können. Deshalb waren Sie so wütend und haben ihn zur Rede gestellt. Deshalb wollten Sie ihn unbedingt anzeigen, um ihn zum Schweigen zu bringen. Doch die Anzeige verrottet irgendwo bei der Polizei, wer kümmert sich schon um jemanden, der irgendwo verbotenerweise zu Fuß herumgeht? Garro wusste nicht einmal, dass Sie ihn angezeigt hatten. Sein Blogeintrag war bereits online. Also haben Sie die Sache selbst in die Hand genommen: Sie hatten ja bereits getötet, um das Geheimnis zu bewahren – und sie hatten jetzt sogar eine Waffe. Nach unserer ersten Vernehmung haben Sie zudem durch die Fragen, die wir Ihnen gestellt haben, geahnt, dass wir auch im Umfeld von Christian Dallest ermittelten – mit dem Garro sich schon heftig gestritten hatte. Wir würden Garros Mörder also eher unter Christian Dallest und den anderen Wissenschaftlern vermuten und Sie nicht verdächtigen. Sie waren gar nicht in Lyon, wie Sie uns weisgemacht haben. Sie waren im Priorat. Sie haben ihn mit dem Handy Ihres toten Partners in eine Falle gelockt. Und die Textvorlage für die SMS hat Ihnen Garro in seinem Blog unwissentlich sogar selbst geliefert.«

»Ich hatte keine Schwierigkeiten, das Handy zu entsperren, ich kannte Rolands PIN: mein Geburtstag.« Sie seufzte. »*Eh bien.* Ich habe mir gedacht, dass das kein Zufall ist. Das Schicksal hat mir die Waffen in die Hand gegeben, mit denen ich die Kontrolle über mein Leben gewinne: Rolands Fossil. Rolands Handy. Rolands Pistole. Wenn jemand durch Garros lächerliches Blog auf die Risse aufmerksam geworden wäre und Alarm geschlagen hätte, dann wäre Roland doch gewissermaßen umsonst gestorben! Man hätte mir doch vorgeworfen, dass mein Gutachten fehlerhaft ist, weil ich dieses Risiko nicht erwähnt hatte. Ist das nicht verrückt? Hätten wir die zweifelhafte Betonqualität erwähnt, dann wären wir ruiniert gewesen. Erwähne ich sie nicht, dann hätte man mich dank dieses verdammten Blogs ebenfalls ruinieren können. Mir blieb gar nichts anderes übrig, als Garro zum Schweigen zu bringen.«

Blanc spürte, wie ihn die Schmerzen an der Schläfe in eine Art masochistischen Rausch versetzten: Sie wurden so stark, dass sie seine Müdigkeit verbrannten und ihn quälend wach machten. »Warum haben Sie Garro im Priorat unter dem Gipfel getötet?«

»Wo sonst? Ich hätte ihn nicht zum Staudamm locken können, denn das hätte Sie misstrauisch gemacht. Und nicht in die

Nähe der Ausgrabungen von Professor Dallest, denn vielleicht wäre einer der Paläontologen dabei Zeuge geworden. Ich hätte Garro niemals irgendwo in der Natur auflauern können, denn er war ja immer auf völlig unberechenbaren Routen unterwegs. Das Priorat habe ich an einem freien Wochenende mal besucht, als ich auf dem Gipfel war. Das war der einzige einsame Ort, der mir eingefallen ist.«

»Wussten Sie, dass sich Madame Dallest und Doktor Péchenard zufällig genau am gleichen Tag dort getroffen haben?«

Sie schüttelte den Kopf. »Ich habe niemanden bemerkt. Als Garro in die Kapelle kam, habe ich sofort geschossen. Ich wollte nicht ... nun, ich wollte mich nicht durch Skrupel von der Tat abhalten lassen. Hätten wir erst einmal angefangen, miteinander zu sprechen, dann hätte ich vielleicht nicht mehr abdrücken können. Ich habe gefeuert, bevor er überhaupt begriffen hat, was geschah. Dann bin ich aus der Kapelle gestürzt und den Berg hinuntergelaufen. Ich habe niemanden gesehen.«

»Mit Vallauri haben Sie es genauso gemacht.«

»Er war der letzte lebende Bauarbeiter von damals. Der Staudamm war das große Abenteuer seines Lebens. Er hat dauernd davon gesprochen. Früher oder später hätte er wieder jemanden wie Roland damit beunruhigt. Das musste ich verhindern. Ich wollte ihm irgendwo in der Landschaft auflauern, aber ich habe ihn nie gesehen. Ich habe die Abgabe meines Gutachtens unter irgendwelchen Vorwänden noch um ein paar Tage hinausgezögert, damit ich mich weiter rund um den Staudamm aufhalten konnte. Ich wollte Vallauri in der Garrigue stellen. Vergebens. Der Mann ist einfach niemals da aufgetaucht, wo ich auf ihn gewartet habe. Aber dann hat er mir aus heiterem Himmel seine Handynummer geschickt. Auch das war ein Wink des Schicksals, finden Sie nicht? Ich habe die SMS mit meinem eigenen Namen unterschrieben, denn ich war sicher, dass Sie dann jeden anderen verdächtigen würden, nur nicht mich. Ich hätte es allerdings lieber gehabt, wenn wir uns an einem einsameren Ort getroffen hätten, aber der Alte hatte mir keine andere Wahl gelassen, als ihm am Barrage Zola aufzulauern. Ich habe geschossen, aber nicht gut genug gezielt. Plötzlich waren diese beiden Gendarmen da. Ich konnte gerade noch fliehen.«

»Nach Le Tholonet. Wo Sie uns weisgemacht haben, dass Sie im Schloss einen Termin mit einem Abteilungsleiter der Société du Canal de Provence hatten.«

»Den hatte ich auch. Er hat die Zahlung der ersten Honorarrate veranlasst. Ich war reich und glücklich, ich war am Ziel. Zumindest einen Augenblick lang. Wie sind Sie mir am Ende auf die Spur gekommen?«

»Sie haben das falsche Halstuch getragen«, erklärte Blanc.

»Warum müsst ihr Männer eigentlich immer alles alleine erledigen?« Fabienne war irgendwann mit ein paar Beamten angekommen. Sie war außer Atem, sie musste den ganzen Weg hochgelaufen sein. Die Uniformierten führten Samia Zerfaoui ab. Weiter unten, auf dem Weg nahe am Priorat, sah Blanc Marius, der sich mit den Händen auf den Knien abstützte und um Atem rang. Sein Freund und Kollege würde die junge Frau in Empfang nehmen, sobald die Gendarmen sie bis zu ihm hinunter eskortiert hatten. Fabienne hatte sich neben Blanc gekniet, weil er sich so benommen fühlte, dass er sich lieber noch einmal im länger werdenden Schatten des Gipfelkreuzes hingesetzt hatte, bevor er sich ebenfalls an den Abstieg machen wollte. Sie reichte ihm eine Wasserflasche.

Blanc trank in gierigen Zügen, er fühlte sich danach etwas besser. »Ich hatte doch nichts in der Hand«, erklärte er schließlich, »keinen Beweis, keinen Haftbefehl, gar nichts. Nur meine Fotos und Fulignis Geschichte vom Beton, der nicht zu schnell trocknen darf. Und drei Zeugen, die ein weißes Halstuch gesehen haben wollen. Damit hätte ich Samia Zerfaoui niemals festnehmen können. Ich musste bluffen. Hätte sie sich beherrscht und alles abgestritten – ich hätte nichts machen können. Kein Grund, euch aus dem Osterurlaub zu holen, habe ich gedacht. Entweder wirkt mein Bluff und ich verhafte sie. Oder er wirkt nicht und ich ziehe unverrichteter Dinge wieder ab. Zum Glück ist sie in Panik geraten, sobald sie mich gesehen hat.«

»Einen Streifschuss am Kopf nenne ich wirklich Glück!« rief Fabienne bitter. Plötzlich umarmte sie ihn. »Wenn du beim nächsten Mal Clint Eastwood spielst, dann solltest du wenigstens deine Knarre mitnehmen, *d'accord*? Und noch eine bessere Idee: Du solltest mich mitnehmen. Wir sind schließlich ein Team.« Sie half ihm auf die Beine. »Nicht, dass du dir jetzt einbildest, Clint Eastwood zu ähneln. Im Moment siehst du beschissen aus. Gut, dass deine Freundin Krankenschwester ist, die ist sicher noch Schlimmeres gewohnt.«

Blanc erwiderte nichts darauf, denn selbstverständlich hatte Fabienne in allem recht.

Es dauerte noch bis zum späten Abend, dann saß er endlich neben Paulette vor der alten Ölmühle in Sainte-Françoise-la-Vallée. Seine linke Schläfe pochte schmerzhaft, aber sein Kopf war sauber verbunden, und alles in allem fühlte er sich großartig. In Gadet hatten Marius, Fabienne und er Samia Zerfaoui noch einmal offiziell vernommen. Sie hatte die Anschläge gestanden, aber immer betont, dass es eigentlich spontane Taten waren, beinahe schon so etwas wie Notwehr. Auf hoher See und vor Gericht war man in Gottes Hand – Blanc wusste nicht, ob sie damit bei ihrem Prozess irgendjemanden überzeugen würde oder ob sie wegen Doppelmordes und Mordversuchs so lange ins Gefängnis musste, dass sie erst als alte Frau wieder den freien Himmel sehen würde. Er war erleichtert, dass er nicht solche Urteile fällen musste.

Noch während des Verhörs hatte er versucht, trotz des Feiertages irgendjemanden bei der SCP oder in der Unterpräfektur von Aix-en-Provence zu erreichen, der für den Staudamm von Bimont verantwortlich war. Endlich hatte er einen Beamten der Unterpräfektur am Apparat gehabt, der sich einigermaßen beunruhigt gab, als er ihm von dem schlecht verarbeiteten Beton und den Rissen des Staudamms erzählte.

»Wir kümmern uns so schnell wie möglich darum«, hatte er versprochen – und Blanc hatte sich gefragt, was das wohl bedeuten mochte. Aber auch da hatte er nach dem Auflegen das Gefühl gehabt, seine Pflicht getan zu haben. Er war mit einer Schramme davongekommen. Er hatte drei schreckliche Verbrechen aufgeklärt. Er hatte die Behörden vor einer möglichen Katastrophe gewarnt. Und er hatte seiner Geliebten die so lange verheimlichte Geschichte seines Zwillingsbruders offenbart. Es hatte Zeiten in seinem Leben gegeben, da war ihm weniger gelungen.

Personnage

ROGER BLANC
Capitaine der Gendarmerie, dessen Karriere und dessen Leben in der Provence unsanft aus der Kurve getragen werden – oder auch nicht

MARIUS TONON
Ewiger Lieutenant, erfahrener Kollege und der beste Freund, den Blanc in der Provence gefunden hat

FABIENNE SOUILLARD
Computerspezialistin, die der Himmel oder die Bürokratie in den Midi geschickt hat

NICOLAS NKOULOU
Commandant der Gendarmerie, der seinen Blick von Gadet aus fest auf eine viel größere Stadt gerichtet hält

SAAD BEN-ROUIJAL
Der Kellergeist der Gendarmerie-Station, ein Spezialist für unsichtbare Spuren

YVES-LAURENT SYLVAIN
Maréchal und Babyface, ein Gendarm, den man besser nicht unterschätzen sollte

AVELINE VIALARON-ALLÈGRE
Untersuchungsrichterin, die das Risiko liebt; Gattin eines Staatssekretärs im Innenministerium

FONTAINE THEZAN
Rechtsmedizinerin in Salon-de-Provence, die ihre wechselnden Begleiter nicht zu sehr ins Vertrauen zieht

PAULETTE AYBALEN
Nachbarin von Blanc, die ihr Dorf, ihre Töchter, ihre Pferde und den freien Himmel liebt und ganz sicher noch jemanden mehr

ROXANE CHELLE
Die Frau, mit der Fabienne eine Familie gründen will

SOUMIA OUCHÈNE
Für Marius weit mehr als eine hilfsbereite Nachbarin

JEAN-FRANÇOIS RIOU
Ein Nachbar und die gute Fee der Automotoren

MATTHIEU FULIGNI
Ein junger Bauunternehmer ohne Sorgen, der sich zum Glück auch mit Beton auskennt

SOLANGE
Eine junge Beamtin, erstaunlicherweise sogar jünger als Blancs Tochter

DURAND
Brigadier, der an der Sainte-Victoire Dienst tut

CHRISTINE BUI-TRONG
Eine Gendarmin im Schatten des Gipfelkreuzes

CHRISTIAN DALLEST
Ein berühmter Paläontologe, Fernsehexperte und Hutträger

ROLAND DALLEST
Sein Zwillingsbruder, ein gewissenhafter Ingenieur

SAMIA ZERFAOUI
Die junge Ingenieurin bekommt an der Sainte-Victoire die Chance ihres Lebens

MARJORIE DALLEST
Gattin und Assistentin des Professors. Eine Frau mit unbestechlichem Blick für Fossilien und Karrieren

ALPHONSE PÉCHENARD
Ein Wissenschaftler, der endlich die Entdeckung seines Lebens macht

ANGE-TOUSSAINT MARTINI
Ein geduldiger Händler, der alte Knochen in neues Geld verwandelt

FRANCK GARRO
Blogger mit Bauschaum, der offizielle Wege hasst und Streitigkeiten liebt

HUGUES VALLAURI
Früher Bauarbeiter, heute Naturschützer. Er kennt an der Sainte-Victoire jeden Stein, und das kann man wörtlich nehmen

MAURICE FRUTOSO
Ein Assistent von Professor Dallest, der sich recht genau erinnern kann

UELI SUTTER
Ein ehemaliger Anwalt aus Basel, ein Fan der Provence und ein ziemlich guter Zeuge

PIERRE DUHAMEL
Ein Mann im Himmel, der aber noch sehr lebendig ist – zum Glück für Roger Blanc

MARIO CAPELLA
Dieser Paläontologe ist ein Fan von Dinosauriern – und von Fabienne

YVETTE
Eine Freundin von Paulette, die so schnell wie möglich auf ihrer eigenen Terrasse sitzen will

Nachwort

Keine Panik: Das ist ein Krimi, die Geschichte ist erfunden. *Eh bien,* zumindest teilweise. Der Staudamm von Bimont liegt (ebenso wie der Barrage Zola) durchaus malerisch in der Landschaft Cézannes südlich der Montagne Sainte-Victoire. Und während der Bauarbeiten wurde 1949 tatsächlich im Betonwerk gestreikt, weshalb dieser Staudamm seinerzeit in manchen Abschnitten während des Sommers und bei Mistral unter großer Eile zusammengefügt wurde, zudem mit einer leicht anderen Materialmischung als der Rest des Monuments. Tatsächlich haben Ingenieure bei der routinemäßigen Überprüfung deshalb vor einigen Jahren bereits strukturelle Veränderungen festgestellt – aber sie haben Entwarnung gegeben: Der Staudamm von Bimont ist sicher!

Hoffentlich.

Nur für den Fall der Fälle, rein hypothetisch, versteht sich, also im niemals eintretenden Fall, dass der Staudamm *doch* bricht, ist vor einigen Jahren ein Notfallplan mitsamt Simulation gemacht worden. Birst der Damm, was natürlich niemals geschehen wird, dann wälzt sich eine Flutwelle, die anfangs mehr als zwanzig Meter hoch ist, von der südlichen Flanke der Sainte-Victoire über zwei Autobahnen hinweg in den Étang de Berre. Die ersten Stadtviertel von Aix-en-Provence würden siebzehn Minuten nach dem Dammbruch getroffen werden. Zur Warnung vor diesem niemals eintretenden Fall sind auf zweiundzwanzig Kilometern von der Sainte-Victoire bis zum

Étang de Berre Sirenen installiert worden, deren Heulen die Menschen warnen soll. Man möge sich dann bitte möglichst schnell irgendwo auf höher gelegenen Gebieten in Sicherheit bringen. Wo genau, kann jedermann in eben jenem Notfallplan nachlesen, der im Internet frei zugänglich ist – sofern man ihn auf einer der eher versteckten Websites findet. Außerdem weisen in jeder Gemeinde im Gefahrengebiet blaue Schilder auf höher gelegene Fluchtplätze hin, zum Beispiel in Le Tholonet, das nach einem Dammbruch binnen weniger Minuten zerstört werden würde. Falls Sie mal vor Ort sind: Suchen Sie ein Hinweisschild und stoppen Sie die Zeit, bis Sie es gefunden haben und ihm gefolgt sind. Ich habe mich im Freundes- und Bekanntenkreis umgehört und scheine der Einzige zu sein, der von der Existenz dieses Plans weiß – vom suboptimalen Beton des Staudamms ganz zu schweigen. Ich würde also, ganz wie meine geschätzte Freundin Fabienne, höchstens einen Euro darauf wetten, dass der Notfallplan funktioniert. Wie beruhigend, dass dieser Fall niemals eintreten wird.

Zu den Dingen, die im Roman ebenfalls zumindest ungefähr stimmen, zählen die Details à la *Jurassic Park*. Die Gegend zwischen Sainte-Victoire, Velaux und dem Fluss Arc ist schon lange, vor allem aber seit den letzten gut zweieinhalb Jahrzehnten, ein Eldorado der Paläontologie. Bei den meisten der hier genannten Riesenechsen handelt es sich um authentische Funde aus der Provence. (Nur leider nicht bei den kämpfenden Dinosauriern, die einem Original aus der Mongolei nachempfunden sind.) Die Namensgebungen nach einer Autobahngesellschaft oder einem inzwischen verurteilten Bürgermeister sind authentisch, ebenso wie die genannten Preise, die für gut erhaltene Saurierskelette international aufgerufen werden. Die Gelehrten mögen es mir nachsehen, dass ich ihre (fiktiven) »Kollegen« bereits im April den Boden aufkratzen lasse, während sie doch tatsächlich erst im Hochsommer loslegen. Außerdem, klar, sind es nicht die erfundenen Paläontologen, die jene spektakulären Skelette freigelegt haben, sondern leibhaftige Wissenschaftlerinnen und Wissenschaftler aus Frankreich und anderen Ländern. Eigentlich überflüssig zu erwähnen, dass die echten Forscher selbstverständlich auch deutlich sympathischer sind als die Gelehrten, mit denen es Blanc und seine Kollegen zu tun bekommen.

Rund um die Sainte-Victoire haben übrigens wirklich schon Anarcho-Trekker »Wanderrouten« mit Bauschaum markiert. Wenn Sie, liebe Leserin, lieber Leser, den Gipfel erklimmen wollen, dann tun Sie es doch bitte auf den offiziellen Wegen. Die sind spektakulär genug. Nehmen Sie viel Wasser mit und schützen Sie Kopf und Nacken vor der Sonne – zum Beispiel mit einem Indiana-Jones-Hut.

Von Cay Rademacher sind bei DuMont außerdem erschienen:

Der Trümmermörder
Der Schieber
Der Fälscher
Mörderischer Mistral
Tödliche Camargue
Brennender Midi
Gefährliche Côte Bleue
Dunkles Arles
Verhängnisvolles Calès
Verlorenes Vernègues
Schweigendes Les Baux
Geheimnisvolle Garrigue
Ein letzter Sommer in Méjean
Stille Nacht in der Provence
Die Passage nach Maskat
Drei Tage im September

FSC www.fsc.org
MIX
Papier | Fördert gute Waldnutzung
FSC® C083411

Dieses Buch wurde klimaneutral produziert.

Klimaneutral
Druckprodukt
ClimatePartner.com/17531-2110-1001

Erste Auflage 2023

Umschlaggestaltung: Lübbeke Naumann Thoben, Köln
Karte: Kartografie Angelika Solibieda, Cartomedia Karlsruhe
Satz: Angelika Kudella, Köln
Gesetzt aus der Sabon
Druck und Verarbeitung: CPI books GmbH, Leck
Gedruckt auf säurefreiem und chlorfrei gebleichtem Papier
Printed in Germany
ISBN 978-3-8321-8187-1

www.dumont-buchverlag.de